EXCALIBUR

Herausgegeben von
Melissa Andersson
und
Gerd Rottenecker

Die Türme von Tornor bei Excalibur:

1. Die Winterfestung (70210)
2. Der Rat der Hexer (70211)
3. Die Träumer von Kendra (70212)

Elizabeth A. Lynn

DIE TÜRME VON TORNOR
1

Die Winterfestung

Ins Deutsche übertragen von
Roland Fleissner

Knaur

Die amerikanische Originalausgabe erschien 1979
unter dem Titel »Watchtower« bei Berkley Books, New York.
Die deutsche Erstausgabe erschien 1983 unter dem Titel
»Die Zwingfeste« im Heyne Verlag, München.

Besuchen Sie uns im Internet:
www.droemer-weltbild.de

Neuausgabe 11/2000

Umschlagkonzept: Melissa Andersson
Umschlaggestaltung: Agentur Zero, München
Umschlagillustration: Duane Meyers, »Dragon's Winter«
Lektorat: Gerd Rottenecker
Satz: Ventura Publisher im Verlag
Druck und Bindung: Nørhaven A/S
Printed in Denmark
ISBN 3-426-70210-X

2 4 5 3 1

Das Land Arun ist reine Fiktion, und seine Menschen, seine Kultur und seine Bräuche weisen nur zufällige Ähnlichkeiten zu den Geschichten der Völker unserer Welt auf – mit einer Ausnahme: Die Kunst der »Chearies«, wie sie hier dargestellt wird, besitzt gewisse Ähnlichkeiten mit der japanischen Kämpferdisziplin des Aikido, wie sie der Meister Morihei Uyeshiba geschaffen hat. Diese Anlehnung ist beabsichtigt. Wer schreibt, muß über das schreiben, was ihm bekannt ist. Darum sagt die Autorin, in Dankbarkeit für dieses Wissen, ihren Lehrern ihren ergebenen Dank.

1. KAPITEL

Tornor Keep war ein toter Ort. Es brannte aus. Rykes Gesicht war rußverschmutzt, seine Handgelenke waren bis aufs Fleisch zerschunden, so sehr hatte er gegen die Fesseln gewütet. Der Kopf schmerzte ihn. Er war sich nicht ganz klar darüber, was er gesehen hatte und was nicht. Er lag im Inneren Hof. Über der Äußeren Mauer konnte er eine Rauchfahne, federfein, erkennen, wo die Sappeure Col Istors durchgebrochen waren und die Mauer zerstört hatten. In seinen Nüstern spürte er den Rauch eines näheren Brandes. Irgend etwas hinter ihm stand im Großen Saal in Flammen.

Athor, der Herr des Keep, war tot, sein langer Bart blutrot von den Wunden, die er empfangen hatte. Ryke hatte gesehen, wie er fiel, und er hatte im Getümmel des Kampfes fast damit gerechnet, daß die Burg und die Mauern und der Turm von Tornor wanken und zusammenbrechen würden, als ihr Herr starb ... Aber dies geschah nicht. Die Mauern standen noch. Alle Männer aus Rykes Wachtrupp waren gefallen. Sie lagen vor den Toren, bei deren Verteidigung sie gestorben waren. Sie lagen da, und ihre Leiber waren verschmolzen mit dem gefühllosen Schnee. Ryke malte sich in Gedanken aus, wie die Frauen aus dem Dorf im Frühling heraufkommen würden, um die Leichen ihrer Männer und Söhne aus der tauenden Erde zu graben.

Sein Kopf war gedankenleicht. Er kuschelte sich enger gegen die Steine. Er überlegte, wie viele Männer von Tornor noch am Leben sein mochten und was Col Istor mit ihnen vorhatte – mit *ihm* vorhatte. Eigentlich wäre er gern mit den Leuten seines Wachtrupps gefallen. Er rechnete eigentlich auch noch immer damit zu sterben. Nicht daß er gern sterben wollte, doch fiel es ihm schwer, gerade jetzt Lebensmut aufzubringen, jetzt, wo Athor tot war, wo das Gleichgewicht gestört und zerbrochen war, wo die Ordnung der Dinge nicht mehr stimmte. Er überlegte sich, ob Col Istor ihn wohl nur deshalb hatte in die Burg zerren lassen, ihn nur deshalb in Ketten hatte legen lassen, um an ihm ein Exempel zu statuieren. Der Stein fühlte sich gegen seine Wange rauh an. Er begann zu frösteln. Von irgendwoher aus dem großen Hof hörte er das Gackern von Hühnern, die Stimmen von Frauen, die die Hühner zusammentrieben. Der Winter hatte gerade begonnen, vor zwei Wochen, und Ryke war noch nicht gefeit gegen die Kälte. Der zweite größere Schneefall hatte in der letzten Nacht plötzlich aufgehört. Nein, dachte er dumpf, es hatte vor zwei Nächten aufgehört zu schneien ...

Immer wieder von Kälteschauern geschüttelt, schlief er unruhig. Dann wachte er auf, als er versuchte, sich herumzurollen. Irgend jemand hatte ihn in die Seite getreten.

Er blickte nach oben. Über ihm, vor dem blauen Winterhimmel, stand Col Istor: schwarzhaarig, schwarzbärtig, ein fettes dunkelhäutiges Südländergesicht.

»Gerade haben wir das Feuer gelöscht«, erklärte er beiläufig zu Ryke hinunter, als spräche er zu einem Freund, nicht zu einem in Ketten gelegten und besiegten Feind. »Diese Verrückten haben die Küche in Brand gesteckt, anstatt sich zu ergeben.« Col Istor hockte sich nieder. Er trug ein Panzerhemd und hatte ein Langschwert umgegürtet. Der eiserne Helm sah aus wie ein alter Kochtopf. Er roch nach Asche. »Ist es dir hier warm genug?«

»Zu dicht!« sagte jemand scharf aus dem Hintergrund.

»Halt's Maul!« Ein breitschultriger, untersetzter Mann. Die dunklen Augen tasteten Ryke ab, als wäre der Kommandant der Wache eine zum Schlachten bestimmte Ziege. »Du kämpfst gut!« sagte er. »Du bist doch nicht ernstlich verletzt, oder? Keine Wunden, außer dem Hieb auf den Kopf? Das hat dir das Leben gerettet. Keine Knochen gebrochen. Du bist jung. Du bist besser dran als dein Herr.«

Langsam setzte Ryke sich auf. Er dachte daran, dem Mann die Kettenfessel um seine Handgelenke ins Gesicht zu dreschen, doch hatten seine Arme nicht genügend Kraft übrig, die schweren Eisenfesseln zu schwingen. »Athor ist tot.«

Col Istor gluckste. »Ich habe nicht den alten Herrn gemeint«, sagte er. »Ich rede von dem jungen, vom Prinzen.«

»Errel?« Ryke mußte blinzeln. Der Rauch brannte ihm in den Augen. Er hatte seit zwei Tagen nicht geschlafen, sein Kopf fühlte sich an wie Werg. Er scharrte eine Handvoll Schnee zusammen und rieb sich das Gesicht damit ab. Er mühte sich zu denken. Errel, Athors einziger Sohn und Erbe, war auf der Jagd gewesen, als Col Istor mit seinen Soldaten vor fünf Tagen vor dem Keep erschienen war. Er war nicht zurückgekehrt. Athor und die Kommandanten hatten ihn in Sicherheit gewähnt. Ryke jedenfalls hatte dies sehr stark gehofft. »Er ist außerhalb deiner Reichweite.«

»Er ist mitten unter uns«, sagte Col Istor. Er stand auf und nickte dem Mann in seinem Rücken zu. »Bring ihn auf die Beine!«

Der Mann trat vor und zerrte Ryke empor. Seine Hände waren groß und grob. Ryke lehnte sich gegen die Mauer, bis seine Beine aufhörten zu zittern. Col betrachtete ihn mit gleichgültigem Interesse. Der Mann sah nicht wie ein Kriegsherr aus. Jedermann wußte, daß der Krieg aus dem Norden kam. Er wurde im Felsgestein geboren, und er verhärtete sich in dem unablässigen Hader, der nun einem Waffenstillstand gewichen war, zwischen Arun und dem noch weiter im Norden liegenden Land, Anhard-jenseits-der-Berge. Athor von Tornor hatte zwar sorgfältig auf Anzeichen von plündernden Trupps aus Anhard geachtet, doch hatte er den Gerüchten weiter keine Beachtung geschenkt, die ihm durch die Händler aus dem Süden zu Ohren gelangten, daß aus den friedlichen Bauerndörfern Aruns, den schimmernden goldenen Getreidefeldern des Galbareth, ein Söldnerführer aufgetaucht sei. Und nun hatte dieser Mann das kriegserfahrene Tornor mitten im Winter angegriffen, und er hatte gesiegt.

»Bringt ihn!« befahl Col.

Sie gingen über den Inneren Hof ans Tor. Es fiel Ryke schwer, sich auf dem glatten Schnee zu bewegen. Der eisige Wind belebte ihn zur Hälfte wieder. Überall in dem hellen Sonnenlicht waren Cols Soldaten damit beschäftigt, die Burg instand zu setzen. An einer der Mauern waren Leichen aufgestapelt. Die meisten trugen Kampfausrüstung, doch einer hatte noch die lederne Kochschürze um. Man konnte nicht erkennen, welcher von den Köchen der Tote war.

Einmal stürzte Ryke. Sie warteten, bis er wieder Fuß gefaßt hatte, und gingen dann weiter.

Sie schritten durch das Innere Torhaus, unter den Eisenzähnen des Fallgatters durch. Wachtposten nahmen Habtachtstellung ein. Mehrere von ihnen trugen Beutestücke mit dem Feueremblem Zilia Keeps, dem östlichsten der Keeps, drei Tagesritte von Tornor entfernt. Ryke wußte nicht, was mit Ocel, dem Herrn jener Burg, und mit seiner Familie geschehen war. Er hatte eine große Familie. Wahrscheinlich waren sie alle tot. Zwischen den Mauern im Äußeren Hof streiften noch mehr Wachtposten herum. Einer schleppte einen Armvoll gebrauchter Pfeile. Er hielt sie am gefiederten Ende gepackt und zerstörte so die Fluglenkung. Die Südleute hatten keine Ahnung vom Bogenschießen.

Ryke fragte sich, ob die Burg mit einem größeren Vorrat von Pfeilen länger hätte standhalten können. Die Pfeilmacher des Keep hatten die Burg ausreichend mit Jagdpfeilen versorgt, doch seit Abschluß des Waffenstillstandes hatten sie immer weniger Kampfpfeile zugeschnitten.

Er kam zu dem Schluß, daß es keinen Unterschied gemacht haben würde.

Über der Mauer knatterten Athors Paniere im Wind, der rote achtzackige Stern auf weißem Feld. Während Ryke zuschaute, kroch eine kleine dunkle Gestalt den Fahnenmast hinauf und schnitt die Fahne ab. Ryke wendete die Augen ab, als er merkte, daß Col ihn beobachtete. Die Fesseln zerrten schmerzhaft an seinen Handgelenken. Sie gingen nun die südliche Mauer entlang. Der Hundezwinger lag am Fuße des Burgfrieds, des Wachtturms, in der Sonne. Es war nur eine kleine Einfriedung mit einem leinenen Schattendach. Athor hatte den Zwinger für seine Wolfshündin und ihren Wurf bauen lassen. Derzeit waren keine Hunde drin. Errel lag ausgestreckt auf den kotverdreckten Steinen, mit einer schmutzigen Decke zugedeckt. Das Gesicht war blau vor Kälte, um den Mund vernarbende Wunden. Die Augen waren geschlossen. Nur das stetige Heben und Senken der Brust verriet Ryke, daß Errel noch lebte.

»Nach viel sieht der ja nicht gerade aus«, sagte der Mann, dessen Namen Ryke nicht kannte.

Col Istor sagte: »Meine Männer schnappten ihn auf der Weststraße in Richtung Cloud Keep. Er tötete vier von ihnen mit seinem Langbogen. Aber jetzt hat er sein Fett weg.«

Ryke wünschte, er hätte beide Hände um Cols fetten Nacken legen können. »Was willst du?« fragte er.

Col Istor wippte von den Fersen auf die Zehen, er lächelte vergnügt. Er hatte ein gemustertes Lederwams an und darüber ein Kettenhemd. Unter dem Lederwams flatterten die Zipfel seines Leinenhemdes. Das Kettenhemd wirkte zugleich leicht und fest und ebenso gut wie alles, was die Schmiede im Norden anfertigen konnten. »Ich könnte ihn töten«, sagte er. »Oder einen Knecht aus ihm machen. Einen Schweinehirten. Oder ich könnte ihn am Leben und in Ketten legen lassen.«

»Was willst du, Dieb?« fragte Ryke.

Der zweite Mann hieb ihm den Handrücken ins Gesicht. Der Schlag ließ Ryke gegen die Mauer taumeln. Sein Kopf drehte sich, Lichter wie Pfeile zuckten ihm durchs Hirn. Er schluckte die Übelkeit hinunter und konnte sich mühsam auf den Füßen halten.

»Genug, Held«, sagte Col Istor. Gehorsam trat der so Genannte zurück. Col blickte zum Himmel auf. »Es ist klares Wetter«, sagte er. »Wird es später schneien?«

Zuerst hatten sie über Errel gesprochen, nun plötzlich über das Wetter – es ergab keinen Sinn. »Was ...?«

»Antworte einfach!« sagte der Kriegsherr. Er legte die linke Hand auf den Schwertknauf, nicht als Bedrohung, sondern ganz sacht, als verliehe ihm die Berührung seines Schwerts Behagen. Die lederne Schwertscheide war mit Metall beschlagen, und das Schwert war womöglich aus Tezeranstahl, dem besten, den es gab.

»In etwa vier, fünf Tagen. Früher, wenn der Wind nach Osten umspringt.«

»Wir werden Nahrungsmittel aus dem Dorf holen müssen, aber ich will nicht die Leute aushungern, um mein Heer zu ernähren. Was für Vorräte hat Athor angelegt?«

»Die Vorratskammern sind voller Korn und Pökelrindfleisch«, sagte Ryke. Er saugte an der Innenseite seiner Wange und schmeckte Blut. Helds Hieb hatte sie aufplatzen lassen. »Es wird aber nicht ausreichen. Athor rechnete damit, zweihundert Mann und Dienerschaft ernähren zu können. Ihr seid mehr.« Er versuchte so ausdruckslos wie möglich zu sprechen, aber es gelang ihm nicht vollkommen.

»Es treibt einem die Galle hoch, nicht wahr?« sagte Col. Über der Mauer zogen Soldaten seine Standarte auf: ein rotes Schwert auf schwarzem Grund. Held trug das gleiche Emblem auf der rechten Brust seines Überhemdes. »Schau mich an, Ryke!«

Ryke blickte dem Mann in die Augen. Der Mann besaß Stärke.

»Besser so«, sagte Col. »Die Truppe kann mit eingeschränkten Rationen leben, falls es nötig ist. Wie gut ist das Wasser im Fluß?« Er bezog sich auf den Rurian, der westlich der Bergfeste zu Tal strömte. Unterwegs nahm der Fluß kleinere Bäche auf, wurde breiter und rauschte nach Süden, und Ryke hatte sagen hören, daß er ohne Abweichung direkt ins Meer fließe. Tornor Keep kam der Fluß fast so nahe, daß er die Festungsmauern umspülte: er war die wichtigste Quelle der Wasserversorgung für die Burg.

»Es ist Schmelzwasser. Und es ist rein«, sagte Ryke. »Aber was soll das?«

»Du fragst mich, was ich will«, sagte Col Istor. »Gut, ich will dich! Du kennst die Feste, die Dörfer, die Witterungsverhältnisse, du weißt, was das Land braucht. Ich will, daß du in meine Dienste trittst. Als Gegenleistung für deine Treue bleibt dein Prinzchen da am Leben und bekommt zu essen.« Die beiden Männer wandten sich um und blickten zwischen den hölzernen Zaunlatten hindurch zu Errel hinüber.

Ryke versuchte sich auszumalen, was Athor an seiner Stelle getan haben würde. Aber Athor war tot wie ein geschlachteter Hammel und konnte nichts sagen. »Nehmen wir an, ich sage nein«, sagte er.

Col Istor lächelte. »Dann kannst du zusehen, während Held ihm die Finger zerbricht.«

Er sagte es mit gleichmütiger Stimme, doch laut genug, daß Errel ihn hören konnte, wenn er überhaupt imstande war zu hören. Ryke beobachtete den sich hebenden und senkenden Brustkorb. Also hatte wohl auch er einen Hieb auf den Kopf erhalten. Man kann von einem Schlag auf den Kopf sterben. Ein Mensch kann an Unterkühlung sterben. »Wie viele Wachhauptleute hast du?« fragte er.

»Drei«, sagte Col.

»Mach vier draus!«

Col zupfte an seinem Bart. »Vier«, sagte er langsam. Held, der neben ihm stand, machte eine kurze Bewegung, sagte aber kein Wort.

Ryke sagte: »Laß Errel aus dem Zwinger holen!«

Col nickte Held zu. Der Mann zog den Riegel der Zwingertür beiseite. Er packte Errel bei den Füßen und zerrte den langen Körper aus der Einfriedung. Ryke ließ sich auf ein Knie nieder, und er wäre dabei fast hingefallen. Er stützte sich ab und streckte dann beide Hände aus. Ein paar schwarzbärtige Soldaten unterbrachen neugierig ihre Tätigkeit und schauten zu. Col streckte gleichfalls die Hände aus und umschloß die Rykes mit den seinen. Ryke fuhr sich mit der Zunge über die Lippen. Nein, er würde Col Istor nicht den Eid schwören, den er mit fünfzehn Jahren dem rechtmäßigen Herrn von Tornor geschworen hatte. »Ich werde dir dienen«, sagte er, »getreulich, solange Errel in Frieden gelassen wird und ihm kein Schaden geschieht.«

Dies genügte. Col trat zurück, so daß er aufstehen konnte. »Schön«, sagte er. Dann drehte er sich hastig zu Held um. »Laß ihn zum Feldscher bringen.« Held winkte zwei Soldaten, die zugeschaut hatten. Sie kamen heran, der eine packte Errel bei den Schultern, der andere nahm die schlaffen

Beine auf. »Sag Gam und Onran, sie sollen Männer auswählen für eine vierte Wachablösung. Du auch.« Held nickte zögernd, doch Col beachtete es nicht. Er wandte sich wieder Ryke zu. »Komm mit, wir lassen beim Schmied deine Ketten aufbrechen!«

Als Ryke aus der Schmiede trat, wartete Col auf ihn. Sie schlenderten zu den Soldatenunterkünften. Col sagte: »Deine Wache ist genau wie die anderen, damit haben wir knapp unter hundert Mann.«

»Wie viele Männer hast du insgesamt mitgebracht?«

»Fünfhundert. Wir haben fünfzig als Besatzung in der Feste Zilia Keep zurückgelassen und fünfzig im Kampf verloren.« Ryke unterdrückte sein Vergnügen über die Nachricht, daß Tornor Verluste von fünfzig Mann in Cols Heer bewirkt hatte. Er würde künftig solche Gedanken aus seinem Kopf verbannen müssen: Er war nun einer von Cols Männern. »Ich werde heute beim Abendessen eine neue Wacheinteilung verkünden. Du wirst mit den Männern exerzieren müssen und sie in guter Verfassung halten. In ein, zwei Monaten, wenn die schlimmsten Schneefälle vorüber sind, werden wir Stoßtrupps aussenden und die Feste Cloud Keep kitzeln. Sie wird nicht standhalten, wenn die Zeit zum Kampf gekommen ist.«

Cloud Keeps Herr war Berent Einauge; er hatte ein Auge verloren, vor neun Jahren, während des letzten Anhard-Krieges, als ein Pferd im Galopp einen Stein hochschleuderte. Ryke fragte sich, woher Col wissen konnte, daß Cloud Keep schwach war. Möglicherweise hatte er Nordländer als *Verräter* – sagte er bei sich und verdrängte den Gedanken sofort – unter seinen Mannschaften, die ihm dergleichen sagen konnten.

»Und nach Cloud Keep kommt Pel Keep?« fragte er.

»Ja. Das wird am schwersten sein. Schwieriger als hier. Sironen ist kein Narr. Er wird auf mich vorbereitet sein.«

Sie durchschritten den Waffenhof. Trotz des Schnees exerzierten hier Männer mit Messern und Schwertern und Streitäxten: Es waren nun Cols Männer. Jede Feste auf den Bergpässen, jedes größere Dorf, jede südliche Stadt längs des Rurian bis hinunter nach Kendra-im-Delta hatte einen Waffenhof. Und jeder Junge trat täglich durch sein Tor, um mit Waffen zu üben, sobald er dreizehn Jahre alt geworden war. Ohne diese Ausbildung wäre Arun schon vor langer Zeit von Anhard überrannt worden. Seit dem Waffenstillstand, so hatte Ryke vernommen, war das Exerzieren in den Höfen im Süden nachlässig geworden. Den Bauern fiel es nicht schwer, faul zu werden, denn es waren die Bergfesten, die die Härte des Krieges abfingen.

Sie verlangsamten ihre Schritte, um den Männern zuzusehen, die einander kämpfend umkreisten. Früher einmal hatte jeder Hof einen »Meister des Hofs« besessen, einen Mann, dessen kämpferisches Geschick außer Zweifel stand, dessen Aufgabe es war, die Knaben zu unterrichten und die Waffenübungen zu überwachen. In Tornor war dieser Brauch in Vergessenheit geraten. Col blickte von einem Ende des Hofes zum anderen, seinen scharfen Augen entging nichts. Die zwei Männer, die am dichtesten bei ihnen kämpften, hieben mit Holzschwertern aufeinander ein. »Seine Deckung ist unbeholfen«, murmelte Col. Er rief dem nächststehenden Mann einen Befehl zu, der brüllte etwas zurück, ohne sich umzuwenden, und hielt seinen Schild höher.

Col blickte zur Schmiede zurück. »Ich habe das auch gemacht«, sagte er.

»Du warst Schmied?«

»Ja. Und mein Vater und davor sein Vater. Wir lebten im

Dorf Iste. Hast du davon gehört?« Ryke schüttelte den Kopf. »Ein Mückenschiß in der Nähe des Aruna-Sees an der Großen Südstraße. Als Junge sah ich immer, wie die Herren der Bergfesten zwischen den Bergen und Kendra-im-Delta hin und her ritten, und ich wünschte mir, bei ihnen zu sein, und ich beneidete jeden Pferdejungen im Troß. Ich habe mich nach dem Dorf genannt. Das und die alte Streitaxt meines Vaters waren die beiden Dinge, die ich mitnahm, als ich meine Heimat verließ.« Er schob die Daumen in den Gürtel. »Die Männer könnten dir Schwierigkeiten machen, schließlich bist du ein Nordländer und warst gerade noch der Feind. Unternimm, was du für nötig findest, um die Disziplin aufrechtzuerhalten.« Und ich werde darauf achten, wie du mit ihnen fertig wirst, verriet der Ton seiner Stimme unausgesprochen. Er schlenderte auf die Soldatenunterkünfte zu. »Sie müßten inzwischen beisammen sein.« Ryke, der zehn Jahre lang in dem Bau gelebt hatte und jeden Riß in der Mauer kannte, folgte ihm.

An die hundert Mann hielten sich in der südwestlichen Ecke der Unterkünfte auf, der kalten Ecke, die am weitesten von den Kaminen der Küche entfernt war. Sie standen auf, als ihr Befehlshaber eintrat. Der Duft von gebratenem Schinken drang aus der Küche und füllte den Raum. Ryke lief das Wasser im Mund zusammen. Er kam sich vor wie ein Fremder. Mit seinem hellen Haar, seiner hellen Haut, größer als die Männer, stach er unter ihnen hervor wie ein roter Fuchs im Schnee. Sie beäugten ihn vorsichtig. Er fragte sich, was Held ihnen wohl gesagt haben mochte.

Col Istor sagte: »Hier ist Ryke, ein Exkommandeur dieser Zwingburg. Er wird diese Wachablösung befehligen. Seine Autorität ist die gleiche wie die eines jeden anderen Wachoffiziers.« Er wippte auf den Füßen auf und ab. »Ist das klar?« Er streifte die schweigenden Soldaten mit seinen

Blicken. Es folgte mürrische Zustimmung. »Das ist alles.« Er wandte sich der Treppe zu. Im Weggehen warf er Ryke ein schiefes Grinsen zu.

Ryke verschränkte die Arme. Die Männer warteten darauf, daß er etwas sagte. Sonnenstrahlen warfen ein Muster auf die verblichenen Wandbehänge. Der fettige Ruß der Kerzen in den Wandleuchtern hatte die Szene mit den kämpfenden Männern fast bis zur Unkenntlichkeit überdeckt. Auf dem nächsthängenden Teppich zielten Bogenschützen mit ihren Pfeilen auf plündernde Trupps aus Anhard. Ein Riß kennzeichnete die Stelle, wo irgendein Soldat aus der Feste, sinnlos betrunken, mit dem Schwert auf die Anhardkrieger an der Wand eingehackt hatte. Die Gesichter unter den Pickelhelmen waren bleiche Farbflecken. Ryke streifte die lebendigen Krieger mit seinem Blick, die unter denen an der Wand wartend dastanden. Noch vor so kurzem waren sie seine Feinde gewesen ... Inmitten der dunkelhäutigen Gesichter sah er hie und da einen Nordländer. Er kannte die Männer nicht: Sie waren, vermutete er, Leute aus Zilia Keep, die Col gekauft oder gezwungen oder überredet hatte, ihm zu dienen. Zweifellos war es einer von ihnen gewesen, der Col gesagt hatte, wer Ryke sei.

Er schritt die Pritschenreihe hinunter, bis er zum letzten, ganz innen gelegenen Strohsack kam. »Ich werde hier schlafen«, sagte er und stieß das darauf liegende Bündel Zeug auf den Fußboden. Ein schlanker Rothaariger trat aus der Reihe vor. »Wie heißt du?« fragte Ryke. Er war anscheinend der inoffizielle Anführer der Gruppe.

»Vargo«, sagte der Rotschopf. Auf dem Gesicht und auf den Handrücken hatte er Sommersprossen. An der linken Hüfte hing eine leere Axtscheide. Er blickte Ryke direkt ins Gesicht. »Das ist mein Bett, das du dir genommen hast.«

Ryke wies auf die daneben stehende Pritsche. »Nein. Das da ist deins. Du bist Zweiter der Wachmannschaft.«

Die zuschauenden Soldaten murmelten erstaunt und interessiert. Vargo leckte sich die Lippen; er war deutlich verwirrt, daß man ihm so plötzlich den Anlaß für einen Kampf genommen hatte.

»Col wird beim Abendessen eine neue Wacheinteilung verkünden. Ihr tretet vorher hier an zur Waffeninspektion. Ihr habt den ganzen Nachmittag Zeit, eure Ausrüstung in Ordnung zu bringen. Ich will sehen, was ich tun kann, damit wir zusätzliche Decken bekommen. Vargo, du bleibst. Die anderen – abtreten!« Langsam löste sich der Trupp auf, entweder gingen die Männer zur Tür hinaus oder zu ihren Pritschen. Sie gingen in Gruppen und redeten. Ryke setzte sich auf sein Bett, Vargo gleichfalls. »Du kennst sie. Erzähl mir was über sie: Wer sind die Drückeberger und welche sind Unruhestifter?«

Vor dem Abendessen ließ Ryke Vargo die Männer im Hof vor den Unterkünften antreten. Küchenjungen lugten neugierig aus den Fenstern der Küche. Die Männer am Inneren Tor drehten sich um und schauten zu. Ryke schritt langsam die Reihen ab, sah sich die Waffen an und blickte dann den Männern in die Augen. Einer der Männer hatte keine Haltung angenommen, seine Lederausrüstung war schmuddelig, der Schwertgriff nicht poliert. Sein Name war Ephrem, und Vargo hatte Ryke gewarnt, daß der Mann Schwierigkeiten machen könnte. Er starrte Ryke ins Gesicht. Ein breitschultriger dunkeläugiger Bursche, massig wie ein Stier. Ryke sagte: »Du warst mit den anderen in der Unterkunft. Du hast den Befehl gehört.«

Der Mann schaute nach links und rechts. »Ich hatte zu tun.« Seine Haltung war eine Herausforderung an Ryke, zu reagieren.

Ryke trat einen Schritt zurück. Ephrem entspannte sich, seine Schultern senkten sich. Ryke wirbelte herum und hieb ihm mit voller Kraft quer über die linke Seile der Kinnlade. Unter dem Handschuh hatte Ryke einen glatten eisernen Bolzen versteckt, den er aus der Schmiede mitgenommen hatte. Ephrems Kopf ruckte nach hinten. Der Schlag riß den Mann von den Beinen, er taumelte zwei Armspannen weit zurück und ging dann schlaff wie ein Wurm auf dem kalten Steingrund des Hofes zu Boden.

Ryke machte weiter. Es dauerte eine Weile, bis er seine Inspektion beendet hatte. Ephrem war noch immer bewußtlos. »Du da und du!« Ryke winkte beiläufig zwei Männer heran. »Legt ihn auf seine Pritsche!« Die Männer sprangen aus dem Glied und zerrten Ephrem davon. Die Küchenjungen pfiffen den Bewußtlosen aus. Die anderen standen bewegungslos. Ryke ließ sie warten. Er spürte ihre Stimmung, tastete sie ab, wie ein Mann das Temperament eines frisch zugerittenen Pferdes abzutasten versucht. Einige drehten sich um und sahen zu, wie Ephrem in die Unterkunft geschleift wurde. Ryke wartete, bis sie sich ihm wieder zuwandten. Es wurde plötzlich ganz still. Irgendwo innerhalb der Festungsmauern bellte ein Hund, ein einsamer Laut. Ryke dachte, ob es vielleicht einer von Athors Wolfshunden sein mochte, der seinen Herrn suchte und ihn nicht fand. »Abtreten!« sagte er.

Col gab die neue Wacheinteilung vor Beginn der Abendmahlzeit bekannt.

Ryke saß mit Col und den anderen Wachoffizieren an einem Tisch. Die Tafel stand unter einem jetzt leeren Fleck an der Wand, wo zuvor Athors Banner gehangen hatte. Die Mannschaften saßen an drei langen Tischen, die senkrecht wie die Zinken einer Küchengabel von dem kleineren

Tisch Cols ausgingen. Rykes Trupp hatte die Morgenwache, von Sonnenaufgang bis Mittag. Die Soldaten glühten von ihrem Sieg. Col hatte zwar gesagt, die Truppe könnte sich im Essen einschränken, aber er ließ sie jedenfalls an diesem Abend nicht fasten, an diesem ersten Abend in der Burg, die zu erobern er sich so angestrengt hatte. Von den Küchendurchreichen taumelten die Küchenjungen, mit schweren Platten beladen, heran: ganze Schinken, Ziegenfleisch, zwei ganze Schafe, die man aus dem Dorf requiriert hatte, Brote, Käse, Soßen, Kartoffeln, Wein. Die Männer brachten Trinksprüche auf Col aus, auf die Offiziere, auf einander. Sie tranken auf ihre gefallenen Kameraden. Sie tranken nicht auf die zweihundert Gefallenen Athors, die man vor den Äußeren Mauern in flache Massengräber geworfen hatte.

Ryke schloß sich den Trinksprüchen nicht an.

Die anderen Kommandeure beobachteten ihn: Onran heimlich; der alte Gam, der Reiterkommandeur, amüsiert; Held mit grimmigem Argwohn. Wenn Col dies bemerkte, so sagte er doch nichts. Am anderen Ende der Halle hingen über den Küchendurchreichen Piken, Streitäxte, Wurfspeere, Schwerter, Helme, Schilde mit Ziselierungen in Silber und Gold, Beutestücke, die sich über die Jahre hin von den Plünderern aus Anhard angesammelt hatten, die über die Berge eingedrungen waren, um zu rauben, und die sich dann selbst geplündert fanden. Manche der Stücke waren dunkel vor Rost. Ryke erinnerte sich an den Raubüberfall vor neun Jahren, bei dem Athor von Tornor den Anführer der Plünderer eigenhändig getötet hatte. Ryke besaß ein Erinnerungsstück an diesen Kampf – ein anhardisches Jagdmesser. Er hatte es einem Mann abgenommen, den er getötet hatte. Er trug es in einem Futteral in seinem rechten Stiefel.

An den Seitenwänden der Halle hingen Tapisserien mit Darstellungen der Errichtung der Burg. Sie zeigten Steinmetze und meisterliche Zimmerleute mit ihren Werkzeugen, Männer, die Steine aus einem Steinbruch herankarren, Arbeiter, die die Fundamente ausheben, weitere Bausteine auf einem Floß, das den von der Schneeschmelze angeschwollenen Rurian heruntertreibt. Ryke betrachtete die verblichenen Wandteppiche, damit er nicht die Südländer in ihrem Triumph sehen mußte. Es war heiß und verraucht in der Halle. Als die Platten sich geleert hatten, erhob sich Col. Die Männer jubelten ihm zu. Er brüllte, und sie schwiegen.

»Ihr seid gute Kämpfer, und ich bin stolz auf euch«, sagte er. Sie hämmerten auf die Tische. »Genug! Fünfundzwanzig Mann aus jeder Wache kehren nach Zilia Keep zurück, um die Burg gegen eine Rebellion zu schützen! Ihr brecht morgen auf! Nehmt euch hier aus den Küchen, was ihr an Proviant braucht! Ihr laßt die Dörfer unterwegs in Frieden! Die Mannschaften, die hierbleiben, werden sich für den Winter verschanzen. Ich höre, daß es in diesem gottverlassenen Land noch zwei, drei Wintermonate geben wird. Wir werden uns warm halten, indem wir den Schnee fortschaufeln und ein paar Stoßtruppunternehmen über die Grenze von Cloud Keep unternehmen.« Die Männer grölten. »Ruhe! Wir werden nicht verweichlichen, nur weil wir zu Hause hocken müssen. Aber wir werden uns auch nicht langweilen. Wir werden leben wie die Herren. Wir werden uns Frauen aus dem Dorf holen.« Das gefiel ihnen gleichfalls. »Ich höre, daß es im Westflügel eine Anzahl von Räumen für Frauen gibt. Also könnt ihr aufhören, euch wegen der Küchenbolzen zu prügeln. Und außerdem wird Tornor Keep, genau wie die großen Häuser in Kendra-im-Delta, einen *cheari* haben.« Ryke runzelte die Stirn. Dies war ein Begriff aus der alten Südsprache, den er nicht kannte. »Er ist neu im Geschäft, aber er wird es rasch lernen.«

Ryke beugte sich zu Gam hinüber. »Was ist ein ›cheari‹?«

»Es bedeutet Spaßmacher, Hofnarr«, sagte der Stallmeister. Ryke nickte. Es war Brauch im Süden, so hatte er gehört, besonders in vornehmen Häusern, einen Jungen anzumalen und mit Federn auszustaffieren und ihn für sein Essen radschlagen zu lassen. Er lehnte sich in seinem Sessel zurück. Er fühlte sich sehr müde, und der Rauch und der Lärm bereiteten ihm allmählich Kopfschmerzen. Unter dem Tisch drückte sich ein warmer Kopf gegen sein Knie. Er spürte ein glattes Fell und seidige Ohren. Ein Hund drückte ihm die Schnauze in die Handfläche. Er hoffte, daß es einer von Athors Wolfshunden war, und fütterte das Tier mit Brocken von seinem Teller.

Damit beschäftigt, bemerkte er zunächst nicht, wie der Akrobat aus der Küchentür kam und am Ende der Tische radzuschlagen begann. Der Artist war hochgewachsen für einen Jungen, und er war ungeschickt. Sie hatten ihm Beinkleider, mit rotem Samt verbrämt, angezogen, doch sein Oberkörper und die Füße waren nackt. Jemand warf ihm einen Markknochen zu. Er tat, als sei er ein Hund, packte den Knochen mit den Zähnen und rannte auf allen vieren herum. »Braver Junge«, sagte Col. Der Gaukler bellte. Unter Gelächter warfen ihm die Männer Überreste zu. Der Junge sammelte sie ein. Er tapste wie ein Tier umher, wedelte einen Weidenzweig wie einen Schwanz und kam schließlich in die Nähe des Kommandantentisches. Ryke sah, daß es kein Junge war, sondern ein Mann, mit guten Muskeln, schlank, aber voller brauner Prellungen. Das Gesicht war blau geschminkt. Der Mann kam im Hundstrott an ihm vorbei – und Ryke erkannte, daß es Errel war. Er vermochte es nicht zu glauben. Er schaute Col Istor an. Der

Kriegsherr lächelte vor sich hin, als habe er gerade einen schlauen Schabernack gut ausgespielt. Am ganzen Leib zitternd, stand Ryke auf.

Auch Col erhob sich. Ebenso Held. »Dein Eid, Kommandeur!« sagte Col. »Er lebt, und es ist ihm nichts geschehen! Setz dich hin!« Ringsum dröhnte der Lärm ungebrochen weiter. Keiner der Prasser hatte bisher bemerkt, daß etwas nicht in Ordnung war. Col Istors Augen wurden hart. »Setz dich wieder!« Ryke tat es. Er bekam keine Luft. Sein Kopf war dumpf vor Schmerz. Er wartete darauf, daß die Granitfundamente der Feste zu erzittern begännen, daß die dicken Mauern auseinanderbrächen – aber es geschah nichts ... Cols Lippen bewegten sich. Ryke starrte die Figuren in den Geweben an der Wand an. Der Geschmack der Mahlzeit war in seinem Mund plötzlich wie Asche. Er hörte über dem Dröhnen in seinem Schädel keinen anderen Laut.

2. KAPITEL

Vier Monate nach dem Tode Athors war der Norden – mit Ausnahme der Festung Pel – fest im Griff Col Istors und fest im Griff des Winters.

Ryke ritt von seiner Burg ins Dorf, in dem er geboren worden war. Ungefähr alle drei Wochen unternahm er diesen Ritt, als Beauftragter und Abgesandter Col Istors. Er trug seinen pelzgefütterten Reitmantel und pelzgefütterte Stiefel über der wollenen Unterhose und den ledernen Reithosen. Die Erde war mit verharschtem Schnee bedeckt; die Hufe seines Tieres brachen ein und hinterließen saubere klar gezeichnete Spuren. Zwischen der Festung und der Ortschaft erstreckte sich eine weite, von Steinen übersäte Landschaft, die nicht von den Bauern genutzt wurde. Im Sommer wuchs das Gras zwischen den Felsblöcken, und die Kinder von Tornor Keep führten dann die Milchziegen der Festung hierher zum Grasen und ließen sie weiden, während sie die blauen Maßliebchen zupften. Früher einmal hatte sich die Ortschaft bis hierher erstreckt und war mit der Burg durch Steinmauern verbunden gewesen. Doch das Dorf war weiter angewachsen, die Schutzmauern waren niedergerissen worden, und die Steine dienten dem Hausbau. Jetzt gab es hier nur noch die Ruinen einiger früherer Häuser. Von der Burg aus gesehen, wirkte das Gelände so, als habe es eine Körnung, ein Muster, dort wo einst die alten Straßen verliefen. Doch in der Nähe verschmolzen die Muster zu einem unübersichtlichen Wirrwarr.

Es hatte sich erwiesen, daß die Vorräte, die Athor angelegt hatte, nicht ausreichen würden, um dreihundert Mann zu ernähren, ganz zu schweigen von der Dienerschaft, den

Frauen und den Pferden. Also mußte Col Istor im Dorf Nahrungsmittel requirieren. Er hielt sich zwar an sein Wort und hungerte das Dorf nicht aus, um sein Heer zu ernähren, doch nach Brauch und Recht gehörte ein Teil der jährlichen Ernte und des Jungviehs aus dem Dorf der Burg, und der Herr der Feste konnte diese jederzeit einfordern. Ryke trug die markierten Kerbhölzer mit der Zehntenabgabe an seinem Gürtel; so viele Schweine, soviel Korn sollten binnen Wochenfrist nach Tornor Keep geliefert werden – vorausgesetzt das Wetter erlaubte es. Als Gegenleistung jagten die Männer des Keeps die Wildziegen und schützten die Herden der Dörfler vor Dachsen, Wölfen, Füchsen und Wildkatzen. Die Leute aus dem Süden jagten mit Spießen und Schleudern, nicht mit Pfeil und Bogen. Vor einer Woche waren die Männer des Wachtrupps von Gam auf die Fährte eines Ebers gestoßen und waren ihr nach Süden gefolgt, hatten sie aber verloren. Der Küchenchef war davon wenig erbaut gewesen. Er stammte ebenfalls aus dem Süden, und er hatte bisher noch nie die Gelegenheit gehabt, ein Wildschwein zuzubereiten.

Die Kerbhölzer trugen eingeschnittene Zeichen: eine Sichel für Getreide, ein Horn für Ziegen. Außerdem waren da noch Kerben für die Menge an Scheffeln Getreide und die Zahl der erforderlichen Tiere. Die Hölzer klapperten gegen Rykes Hüfte. Die Kerben hatte Col selbst geschnitzt, und er hatte Ryke aufgetragen, den Dorfbewohnern zu sagen, daß Errel am Leben sei. »Sag ihnen, daß es davon abhängt, ob er gesund bleibt, daß sie uns unterstützen«, hatte er gesagt. »Ich will nicht, daß die irgendwas Dummes anstellen, etwa einen Aufstand planen.« Grienend wippte er von den Fersen auf die Fußballen und zurück. Ryke hatte sich nicht die Mühe gemacht, ihm klarzumachen, daß es im Dorf fast nur noch alte Männer, junge Bürschchen, Kinder und Frauen gebe, und die würden wohl kaum mitten im kalten Winter einen Aufstand anzetteln ...

Ryke ritt in die vertrauten schmalen Gassen ein. Sie zogen sich den Hang hinauf und fielen ab, je nach der Kontur des Geländes. Von einem Hügel aus sah er kurz den Fluß. Am Ufer kauerten Frauen in wollenen Kapuzenkleidern und fischten durch Löcher, die sie ins Eis geschlagen hatten. Er ritt zum Haus Sterrets, des Vorstehers, um dort die Zinshölzer abzugeben. Als er zum Dorfplatz kam, versammelten sich zahllose Hunde um ihn herum und verbellten ihn. Eine schrille Frauenstimme befahl ihnen, ruhig zu sein. Die Hunde waren mager wie Wölfe, die Rippen zeichneten sich unter dem Fell ab. Er gab seinem Pferd die Sporen, um die Hundehorde auseinanderzutreiben. Die Wolfshündin Athors, die ihn gewissermaßen adoptiert hatte, war ihm bis zum Seitentor gefolgt und hatte winselnd gebettelt, mitgenommen zu werden, aber er hatte den Wachtposten befohlen, sie festzuhalten. Nun war er froh darüber: Die Dorfhunde hätten den Fremdling an ihr gerochen und sie in Stücke gerissen.

Der Dorfschulze Sterret war ein Stellmacher, und seine Söhne hatten den Wagenbau von ihm gelernt. Einer der Söhne war in den Süden gewandert, nach Kendra-im-Delta, und der alte Mann erhielt einmal im Jahr Nachricht von ihm. Im Sommer. Das Haus war größer als die meisten anderen. Es war aus grauen Steinblöcken erbaut, hatte einen richtigen Kamin und ein Ziegeldach. Von den Rändern der Dachziegel hingen Eiszapfen. Das Haus lag im Mittelpunkt der Ansiedlung, am Rande des Marktes.

Die Kinder ließen sich von der Kälte nicht schrecken, sie rannten vor Rykes Pferd her, ihre klaren, hellen Stimmen kündigten ihn an, bis er am Tor zu Sterrets Anwesen angelangt war. Er erinnerte sich, wie er als Kind beim Versteckspiel in den Türen der Häuser aus und ein gerannt war, bis seine Wangen brannten und seine Zehen in den Schaffellschuhen steif und blau geworden waren.

Sterret kam bis ans Tor, um die Kerbhölzer in Empfang zu nehmen. Sein jüngster Sohn begleitete ihn. Sterret ging mit einem Stock; er hatte in den Kriegen gegen Anhard gedient und eine Hüftwunde davongetragen. Die Metallkappe des Stockes bohrte scharf gezeichnete Löcher in den Boden, als wenn ein Zimmermann mit einem Drillbohrer am Werk wäre. Der Mann streifte mit dem Daumen über die Markierungen. »Es wird geschehen«, sagte er. »Wie geht es dem Prinzen?« Eine Gattertür wurde geöffnet. Aus der Küche wehte der Geruch scharf gewürzter Würste. Eine Frau spähte durch den Türspalt.

»Errel geht es gut«, sagte Ryke.

»Sage ihm, daß wir nicht vergessen«, sagte der Junge, mit fieberndem Schimmer in den Augen.

»Ich werde es ihm sagen.«

»Komm mit!« befahl Sterret dem jüngeren seiner zwei noch verbliebenen Söhne. Einst waren es sechs gewesen. Er legte dem Jungen eine Hand auf die Schulter, und so – das Kind als Stütze benutzend – humpelte der Stellmacher in sein Haus zurück. Die Gattertür schloß sich.

Am Rande des Dorfes wurden die Häuser immer kleiner und wirkten ärmlicher. Die Kamine wurden spärlicher. Auf den Dächern lagen statt der Ziegel Rasen- und Torfstücke. Ryke stieg vor einem schmucklosen Steinhäuschen vom Pferd. Durch ein Abzugsloch im Dach stieg Rauch auf. Er schlang die Zügel durch einen Eisenring, der in einen Stein eingelassen war. Die Tür öffnete sich, und seine Mutter stand in einen Wollschal gehüllt im Eingang. Er bückte sich und küßte sie auf die Wange. Hinter der Tür lugte seine jüngste Schwester hervor. Er konnte den Geruch von Hafermaische riechen. Ryke klopfte sich den Schnee vom Mantel und wartete dann, daß seine Mutter ihn ins Haus bitten würde.

Sie schob ihm einen Stuhl an den Tisch und gab ihm zu essen: Gerstenfladen und Sauerbier. Sie ging zwischen der Herdstelle und dem Tisch hin und her, gebückt, mit den schwerfälligen Schritten einer Frau, die zwölf Kinder geboren und sieben von ihnen verloren hatte. Vier waren vor Rykes Geburt gestorben. Er streckte die Füße ans Feuer. Der Schnee schmolz von den Stiefeln und fiel zischelnd in die Flammen.

»Geht es euch gut?« fragte sie.

»Ja. Und dir?«

Sie gab der Kleinen einen Gerstenfladen und tat so, als hätte sie ihn nicht gehört. Ihr Haar war grau, dicht und lang, und sie trug es geflochten, wie es einer verheirateten Frau anstand. Der Zopf hing ihr unter dem braunen Wolltuch ihrer Haube auf den Rücken. Er wußte, wie alt sie war, ungefähr: sie war so zwischen fünfundvierzig und fünfzig Jahren. Sie wirkte älter, als ein Mann in ihren Jahren es getan hätte. Die Frauen in den Bergen alterten früher als die Männer.

»Sie hat Husten«, sagte das kleine Mädchen. Es umklammerte mit einer festen Faust die Schürze der Mutter.

»Ach, es ist nichts«, sagte die Mutter. »Ich hab' mich erkältet.«

Ryke runzelte die Stirn. Sein Vater war gestorben, nachdem er sich im Sommer nach einem Bad im Fluß erkältet hatte. Eine schlechte Art zu sterben für einen Kämpfer. Der Vater war einer von Athors Leutnants gewesen und hatte fast das ganze Jahr über in der Festung gelebt. »Bist du schon bei der Heilerin gewesen?«

Sie schob die Lippen vor und kniff sie zusammen, und er

begriff, daß sie nicht weiter darüber sprechen wollte. Hartnäckig wie der Winter, hatte ihr Vater einst über die Mutter gesagt. Sie griff nach ihrem Strickzeug. »Kepi wird im Frühjahr als Lehrling bei der Heilerin anfangen.«

Kepi war seine zweitjüngste Schwester. »Wie alt ist sie jetzt?«

»Neun.«

»Das ist gut.« In den Bergdörfern schätzte man seine Heiler hoch. Derzeit war es hier im Ort eine alte Frau namens Otha. Vor acht Jahren oder so hatte sie eine Schülerin gehabt, doch das Mädchen war ihr davongelaufen, und sie hatte sich geweigert, eine neue anzunehmen, was zu beträchtlicher Sorge im Dorf geführt hatte. »Was macht Evion?« Außer Ryke selbst war Evion der nächstälteste Sohn. Er war dreizehn Jahre alt. In glücklicheren Zeiten würde er nun in Tornor sein und unter dem Schutz seines älteren Bruders als Küchenjunge, Schmiedegeselle oder Stallbursche lernen.

»Es geht ihm gut. Er ist den ganzen Tag über mit den Männern beisammen. Ich bekomme ihn kaum zu sehen.« Ihre Lippen bewegten sich; sie zählte die Maschen. Er wartete, bis sie die Reihe zu Ende gestrickt hatte.

»Und Becke?« Becke war seine älteste Schwester, neunzehn Jahre alt. Sie hatte zwei Kinder. Ihr Mann war an der Festungsmauer Tornors gefallen, die Streitaxt eines Südländers hatte ihm den Schädel gespalten, als wäre er ein Stück trockenes Brennholz. Danach hatte Becke das dritte Kind aus dem Mutterleib verloren.

Seine Mutter schwieg. Ryke hatte schon zweimal versucht, mit seiner Schwester zu sprechen, aber sie hatte sich in ihrem Haus eingeschlossen und sich geweigert, ihn zu empfangen. »Und du, Kleines?« neckte er und zog seine jüngste Schwester an den Zöpfen. Sie schrie kichernd auf und lief eilends in die Sicherheit der mütterlichen Röcke. Sie war erst sieben.

Als er draußen wieder aufsaß, sah er eine Horde von Jungen, die ihn aus ihrem Schlupfwinkel in der breiten Einfahrt zum Anwesen eines Fuhrunternehmers her beobachteten. Als sie bemerkten, daß er sie ansah, wandten sie die Köpfe ab. Er kannte keinen der Jungen. Sie hatten plumpe Schaffellkleidung an, das Fell gegen die Kälte nach innen gewendet. Ryke fragte sich, ob sie ihn vielleicht haßten, weil er überlebt hatte. Aber er lebte nur, um Errel zu schützen, er lebte für Tornor. Er packte mit einer behandschuhten Hand die Zügel und winkte mit der anderen den Jungen zu. Es war nicht seine Schuld, daß ihre Väter und Brüder gefallen waren.

Mit ausdruckslosen toten Augen – wie die Gestalten auf den Wandteppichen – starrten sie durch ihn hindurch. Einer der Jungen warf einen Stein – nicht auf Ryke, sondern in die Luft. Der Stein wirbelte hoch und fiel. Auf den eisbedeckten Dachziegeln eines Hauses rutschte er dann ratternd herunter. Die Jungen stoben davon. Ryke wendete sein Tier, um nach Tornor zurückzureiten. Die Häuser des Dorfes hingen an den schneebedeckten Hügelflanken und lehnten sich gegeneinander, als suchten sie beieinander Wärme. Die Hunde bellten. Sein Eid, den er Athor geschworen hatte, und der neue Eid, der ihn an Col Istor band, nagten bitter an Rykes Herz.

Vier Tage nach seinem Ritt ins Dorf fand er heraus, was ihm seine Mutter über seine Schwester Becke nicht hatte sagen wollen.

Seine Leute hatten Spätwache, von Mittag bis Sonnenuntergang. Ryke machte die Runden. Im Hof hallten Hammerschläge wider, die Männer zimmerten noch einen Tisch und zwei weitere Bänke. Der eisige Wind wirbelte Hobelspäne über das Steinpflaster. Der Himmel war noch hell, aber die Sonne war bereits hinter der Burgmauer verschwunden, und der Innere Wall lag im Schatten. Zwei Knaben rannten in die Große Halle, einer schleppte eine Last von ungebündelten Holzstecken, der andere plagte sich mit einem Armvoll klebriger Pechfackeln ab. Ryke war ganz in Gedanken verloren – er war in einem Traum, dem Traum von einem Sommer, in dem er mit seinem Vater zum Hof eines Vetters geritten war, der direkt am Rand des Galbareth lag; Ryke erinnerte sich an das Summen des Windes über dem flachen Land; der Vater hatte ihn auf die Schulter gesetzt, so daß Ryke über das Meer von Korn schauen konnte, das sich in der untergehenden Sonne rötlichblau verfärbte ... Ryke gelangte an die Stufen zum Wachtturm und stieß dabei fast eine Frau zu Boden. Hastig fing er sie an ihrem Ellbogen auf und murmelte eine Entschuldigung. Die Frau trug das Haar nach südlicher Mode mit einem Fischbeinkamm hochgesteckt, doch ihre Bewegungen, ihre Haltung kamen Ryke vertraut vor. Sie hatte ein Kleid aus blauer Wolle an. Ihre Wangenlinie war die gleiche, die auch er aufwies. Die Frau wandte die Augen ab und versuchte sich an ihm vorbeizuschieben. Er legte ihr eine Hand auf die Schulter. »Becke?«

Ihre Stimme kam klanglos aus der Düsternis: »Ich bin es.«

Sie war nicht wie eine Dienerin gekleidet. »Was ... was machst du hier ...?«

»Ich bin jetzt eine von den Keep-Frauen«, sagte sie herausfordernd.

»Wie lange bist du schon hier?«

»Drei Wochen.« Sie bewegte die Schulter unter seiner Hand. Er ließ sie los. Im Zwielicht konnte er mit Mühe ihre

Augen erkennen, wie glimmende Kohlen: hellbraune, haselnußhelle Augen, genau wie die seinen.

»Wo sind die Kinder?«

»Bei Ana.« Ana war die Nachbarin. Ihr Mann war der Fuhrmann des Dorfes.

Ryke wußte nicht, was er seiner Schwester sagen sollte. Sie war ihm nicht sehr vertraut. Sie war acht Jahre alt gewesen, als er aus dem Dorf weggegangen war, um in der Feste zu leben, und von da an hatte er sie nur im Sommer und zur Erntezeit getroffen. Sie war ein wildes Kind gewesen. Es gab Zeiten, da waren sie Freunde; meistens aber bekämpften sie einander. Er hätte gern zu ihr gesagt: *»Was würde Jebe davon halten?«* denn Jebe war ihr Mann – aber er war tot, und wenn er am Leben wäre, dann wäre sie natürlich nicht hier.

Es war keine Schande, eine Keep-Frau zu sein, besonders nicht, wenn man Witwe war, und besonders nicht in Kriegszeiten, wenn es in den Dörfern kaum Männer gab. Und sollte sie ein Kind bekommen, dann würde es im Dorf von einer Amme aufgezogen werden, bis es alt genug sein würde, daß die Feste es zurückfordern konnte. Errels Mutter war auch eine »Keep-Frau« gewesen.

Und Becke war noch jung, sie war sehr hübsch und besaß eine feine, saubere Haut. »Warum hast du mich nicht wissen lassen, daß du hier bist?« fragte er.

»Ich wollte dich nicht sehen«, antwortete sie. Die Stimme klang kalt. Ein Duft nach Geißblatt ging von ihr aus. Ryke vermutete, daß sie einen Strang oder ein Tütchen mit den getrockneten Blüten in ihr Haar verflochten hatte. Oben im Wachtturm zündete jemand ein Licht an. »Laß mich gehen, Bruder! Man erwartet mich.«

Er trat beiseite, um sie vorbeizulassen. Ihre Röcke streiften raschelnd seine Beine. Sie stieg die Stufen im Wachtturm hinauf. Er neigte den Kopf. Es erfüllte ihn mit Schmach und Scham, wenn er daran dachte, wie seine Schwester von Col Istor bestiegen wurde. Auch fragte er sich, warum Col ihn nicht mit der Tatsache verhöhnt hatte, daß sie sein Bett mit ihm teilte. Der Grund konnte nur sein, Col wußte es einfach nicht, daß sie seine Schwester war. Ryke vermochte nicht einmal wirklichen Zorn zu verspüren. Frauen waren gezwungen zu überleben. Und Becke leistete ihre Dienste den Südländern – genau wie er selbst auch. Er würde die Vorstellung aus seinem Hirn bannen müssen, wie er gelernt hatte, so viele andere Dinge nicht mehr zu denken.

Errel und Ryke hatten sich einen Weg ausgedacht, wie sie miteinander in Verbindung kommen könnten. Sie schickten einander Zeichen, die ein wohlwollendes Küchenmädchen hin und her trug, Zeichen, als wären es geheime Botschaften zwischen zwei Liebenden.

Dann trafen sie sich auf der Festungsmauer, über dem Großen Saal, standen Schulter an Schulter nebeneinander wie zwei Wachtposten, die sich eingemummt haben und wegen der Kälte und des wirbelnden Schnees eng aneinanderdrängten. Errel fragte, wie es im Dorf stehe. Ryke erklärte es ihm. Das Gesicht des Prinzen sah hager aus, als hungere er. Er stellte die Fragen, die auch Athor gefragt haben würde. Ryke erinnerte sich an Errel als Jäger, an Errel als Bogenschützen, an Errel, der hinter der Schulter seines Vaters Athor stand, ganz jung und ernst, während Ryke niederkniete und den Lehnseid schwor, die bedingungslose Treue zu seinem Herrn ... Und jetzt mußte der Prinz die Reste essen, die er sich von den Tischen stehlen konnte oder die die Köche ihm zuschoben. Ryke stützte einen Ellbogen auf den Mauerrand. Tief in seinem Innern, dort wo er es fast vor sich selbst verbergen konnte, brannte eine rasende Wut. Das wärmte ihn ein wenig. Er redete mit ruhiger Stimme von Schafen und Schweinen – und er dachte dabei an jenen seltenen Augenblick, der ihm vorbehalten sein würde, in dem er seine Finger um Col Istors Kehle legte.

»Sterret fragt immer nach dir. Die Dorfleute haben nicht vergessen, wem ihre erste Treuepflicht gilt«, sagte er.

Errels Wangen röteten sich. »Ich hoffe um ihretwillen, daß sie Col keine Schwierigkeiten bereiten«, sagte der Prinz.

»Das tun sie nicht.«

»Es freut mich, dies zu hören. Halten sich Cols Leute an die Jagdverpflichtung?«

»Drei von Onrans Männern haben gestern einen Wolf nach Hause gebracht.«

»Das ist gut«, sagte der Herr von Tornor.

Er trug einen schäbigen alten Mantel mit Pelzbesatz, viel zu große fleckige Stiefel, und er hatte keine Handschuhe an. Er sah nicht wie ein Kämpfer aus. Col hatte Ryke gegenüber ganz deutlich erklärt, daß er nicht wünsche, daß Ryke und Errel einander träfen. So war dies erst die vierte Begegnung in vier Monaten, die Ryke anzuzetteln gewagt hatte. »Bist du in guter Verfassung, mein Prinz?« fragte Ryke.

Errel gab ein leises Kichern von sich. »Mußt du mich das fragen? Ich bin in so guter Verfassung, daß ich jeden Abend für mein Essen in der Halle radschlage. In guter Verfassung – wozu?«

»Würde Col dich in den Stallungen arbeiten lassen – als Stallbursche etwa –, wenn du ihn darum bitten würdest?«

»Er hätte es vielleicht ganz gern, daß ich ihn um etwas bitte. Aber ich bezweifle, daß er es zuläßt, wenn ich meine traurige Hofnarrenpritsche mit einem Pferdestriegel vertausche. Er hat viel zuviel Spaß an den lustigen Situationen.«

Ryke begriff nicht, wie es seinem Prinzen möglich war zu lachen. Er dachte daran, was wohl Athor denken würde, wenn er wüßte, daß sein Sohn am Leben war und für sein Essen und seinen Lebensunterhalt den Narren spielen mußte wie ein Hund, den man gelehrt hat, Männchen zu machen und Pfötchen zu geben. Athor wäre wohl außer sich. Für seine Wutausbrüche war Athor berühmt gewesen! Aber Athor war tot. Errel hüllte sich enger in seinen Mantel. Sein Gesicht war bartlos, sauber geschoren für die Farbschminke, die zu tragen Col den Prinzen zwang. »Ich habe mir gedacht ...«, sagte Ryke.

»Sag es mir!«

Ryke spähte die Festungsmauer auf und ab, soweit der Schneefall es erlaubte. Es war niemand in der Nähe. Unter ihnen rannte ein hellhaariges Mädchen, zitternd vor Kälte, eilig zum Kücheneingang. Sie trug eine Messingschüssel. Ihre bloßen Füße hinterließen flache Abdrücke in dem wirbelnden Schnee. Ryke sagte: »Ich habe einen Packen und Reisepelze in einem Winkel in den Ställen versteckt, wo nicht einmal der alte Gam sie finden kann. Wenn es dir gelingt, dorthin zu kommen ...«

Errel blickte starr nach Westen in das schneestöbernde Dämmerlicht. Seine Hände lagen flach auf dem eiskalten Stein der Brüstung. »Das ist nicht der rechte Weg, Ryke«, sagte er.

»Du meinst, du willst nicht fliehen?« Die Worte hallten scharf zwischen den Festungswällen wider.

»Leise!« befahl Errel. »Der Wind könnte nachlassen.« Sie lauschten beide. Es näherte sich kein Mensch. Dann sagte der Prinz: »Ich träume von der Flucht. Aber wenn ich auch den Narren spiele, so bin ich doch noch nicht zum Narren geworden. So, wie du es willst, geht es nicht. Dabei würdest du hierbleiben und wärest dem Zorn von Col ausgesetzt.

Ich werde keinem Plan zustimmen, der dich in Gefahr bringt.«

»Einer reitet schneller als zwei ...«

»Nein! Davon will ich nichts mehr hören!« Der Prinz wandte einer plötzlichen Windbö den Rücken und blickte Ryke hart in die Augen. Seine Augen waren blau wie Eis. »Ryke, Eide sind für beide Seiten bindend.«

»Ja, mein Prinz.« Ryke neigte den Kopf tief.

Der Wind starb ab. In der Stille hörten sie Schritte, die sich ihnen näherten. Der Wachtposten. Sie preßten sich an die Steinbrüstung, und der Posten zog in seiner Pelzausrüstung an ihnen vorbei, ohne sie zu sehen. Ryke wartete, bis die Schritte verklungen waren, dann sagte er: »Haben die Karten dir etwas gesagt, mein Prinz?« Auf die Bitte Errels hin hatte er aus den früheren Gemächern des Prinzen dessen Satz von »Glückskarten« gestohlen. Ryke fühlte sich unbehaglich, wo es um Magisches ging. Er mochte nicht gern glauben wollen, daß die Zukunft sich im Kleinen ausdrücke, in Symbolen, in zwei Handvoll gemalter Spielkarten. Aber Errel hatte stets eine glückliche Hand mit diesen »Karten«.

Errel sagte: »Und wenn ich nun ja sagte? Du glaubst doch nicht an die Karten.«

»Wenn es darum geht, hier wegzukommen«, sagte Ryke, »dann bin ich bereit, an jede Magie zu glauben. Sogar an die Karten.«

Sie gingen in südliche Richtung weiter. Durch den dicht fallenden Schnee schimmerte dünnes Licht aus dem Fenster des Wachtturms. Dort war Col. Bitterkeit stieg in Ryke auf. Errel sagte: »Es ist nicht weise, die Karten zu erwähnen, wenn man sie nicht befragt. Sie sind alt und mächtig, und wie viele alte Wesen ärgert es sie, wenn man über sie spricht, ohne daß sie selber es hören können.«

Durch den winselnden Wind vernahmen sie eine laute zornige Stimme. »Held macht seine Runde«, sagte Ryke.

Errel antwortete: »Weißt du, wie sie ihn in der Küche nennen? ›Cols Hund‹!«

Ryke fragte sich, was wohl Col Istor mit den Karten anfangen würde. »In letzter Zeit holt er dich ziemlich oft«, sagte er. Er biß damit in den Kern seiner Bitterkeit, wie ein Hund seine Wunde benagt.

»Das lenkt die Männer von der knappen Verpflegung ab.«

»Sironen wird ihm ein Ende bereiten«, sagte Ryke. »Sironen wird ihn aufhalten, sobald er Pel Keep angreift.«

»Miaooo.«

Ryke scheute wie ein nervöses Pferd, als er diesen Laut vernahm. Aus Errels Pelzmantel hatte sich der orangebraune Kopf eines Kätzchens geschoben. »Was ...«

»Ich habe sie halb erfroren auf der Treppe gefunden. Ich nehme sie mit in die Küche. Sie kann eine Küchenkatze werden.«

Wieder sagte das Katzenjunge »Miaooo« und begann heftig zu schnurren. Und wie als Antwort auf dieses schwache Geräusch ertönte draußen vor der Festungsmauer ein wütender Schrei. Jammernd und zornig.

»Eine Wildkatze«, sagte Errel, sachlich interessiert wie ein Jäger. »Die kommen nicht oft so nahe heran.«

»Sie muß großen Hunger haben.« Beide wandten den Kopf in westliche Richtung, als die Katze erneut zu jammern begann.

»Schau da!« Errel wies hinüber. Zwischen den Felsblökken, die grau den Beginn der westlichen Straße kaschierten, kam ein Reiter, kamen zwei Reiter heran. Diese Straße führte nach Cloud Keep, nach Pel Keep und weiter bis zu ihrem Ende, bis zu den Großen Bergen, die Aruns Westgrenze bildeten. Im Schatten dieser Gipfel gab es keine Burgen mehr. Sie wären völlig unnötig gewesen. Die Bergriesen erhoben sich dunkel, steil und mit eisgekrönten Häuptern.

»Botschafter«, sagte Ryke.

»Ich sehe es«, bemerkte Errel. »Das ist seltsam. Es paßt eigentlich nicht, daß jemand vom Grünen Clan so weit in den Norden reist. Das letztemal, als sie das taten, war es bei den Friedensverhandlungen mit Anhard.«

»Sie ziehen hinter dem Krieg her«, sagte Ryke. Er kniff die Augen zusammen und konnte in der weißgrauen Weite gerade noch die Standarte ausmachen, die die Reiter trugen. Eine grüne Fahne bedeutete Herolde, Botschafter oder Waffenstillstand. Dann rief von unten von der Festungsmauer eine Stimme. Männer rannten am westlichen Seitentor zusammen.

»So ist es.« Das Kätzchen miaute wieder, und der Hofnarr streichelte es geistesabwesend. Seine Augen waren auf die zwei kleinen Gestalten gerichtet, die auf die Burg zuritten.

»Ich muß gehen«, sagte Ryke. »Sie werden mich schon vermissen.«

»Ja. Geh nur!«

Ryke runzelte die Stirn. Col hatte streng befohlen, daß sein Hofnarr keinen Zugang zur Burgmauer haben sollte. Man würde Errel übel mitspielen, wenn die Wachen ihn hier finden würden. »Du solltest hier nicht bleiben«, sagte Ryke.

»Ich weiß es«, antwortete Errel. »Ich nehme die Nordtreppe. Geh schon voraus!«

Ryke verließ ihn. Er fragte sich, welche Botschaft mitten im Winter nach Tornor kommen mochte und woher sie kam. Es konnte kaum eine Herausforderung sein, schließlich kündigte man Kriege ja nicht durch Warnungen an. Es könnte vielleicht ein Angebot sein, ein Bündnis (von Cloud Keep?), ein Hilferuf ...

Das Bild einer der Karten drängte sich in seine Vorstellung, so wie er die Blätter durch Errels schmale, lange Finger hatte gleiten sehen: eine grüne Gestalt in Mantel und Kapuze, die unter einem schwarzblauen Himmel auf einem Rotfuchs dahinritt. Die Bezeichnung der Karte lautete »Der Bote«. Rykes Stiefel hallten auf den glatten Steinen wider. Er gelangte an die Nordtreppe und eilte sie rasch hinab in die rauchige Wärme der Großen Halle. Jemand rief ihn. »Hier bin ich!« sagte er. »Wer verlangt nach mir?«

»Col will dich sprechen«, sagte Vargo. »Was soll das alles?«

»Ich weiß es nicht.«

Seine Männer drängelten sich um ihn. Er konnte den schalen Biergeruch aus ihren Mündern riechen. »Machen wir noch einen Überfall auf Cloud Keep?«

»Ich weiß es nicht.« Ryke schüttelte den Schnee von seinem Umhang. Dann befestigte er seinen Mantel wieder am Hals und trat durch die Tür der Großen Halle in den Inneren Hof. Der Wind schien sich zu legen. Er zog die Kapuze ins Gesicht und machte sich zu der Wendeltreppe des Wachtturms auf.

Tornor Keep war ein Maulwurfsbau von Treppen und Korridoren. Die Burg selbst reichte – wie das Geschlecht des Burgherrn selbst – zweihundert Jahre zurück, und die Äußere und die Innere Festungsmauer, die Männerquartiere und die Große Halle bestanden noch immer aus den alten Steinen, dem dunklen rauhen Granit aus den Bergen. Doch die Wohngemächer, die Lagerräume, Ställe, der Waffenhof, die Schmiede, die Getreidemühle und die Küchen waren so oft verändert worden und hatten Anbauten erhalten, daß man die ursprünglichen Ausmaße des Inneren Hofes nur noch ahnen konnte. Athors Vater, Morven, hatte den Wohngemächern einen Wäschereitrakt hinzugefügt, und Athor selbst hatte die Wassermühle, die sich über den Rurianfluß direkt unter der Festung von einem Ufer zum anderen erstreckte, ausbessern und erweitern lassen. Die Wohngemächer standen derzeit leer – bis auf die Räume, die Col Istor benutzte, und bis auf das Hin und Her der Weiber der Burg. Die Männer schliefen in ihren Quartieren, die Diener im Küchenbereich, die Köche in den winzigen Schlafkabinen in den Vorratskammern. Ryke wußte nicht, welcher Herr von Tornor den Wachtturm hatte errichten lassen. In den Legenden hieß es, der Herr habe den Turm bauen lassen, »auf daß er die Plünderer aus Anhard erspähen könne, ehe ihre Könige den Befehl zum Angriff geben konnten«. Und tatsächlich hatte der Turm nur Fenster nach Norden. Im Osten, Westen und Süden war der Turm augenlos. Vielleicht deshalb, vielleicht aber auch aus anderen Gründen war der Turm verfallen. Athor hatte sogar davon gesprochen, ihn mit Brettern verschalen zu lassen, ja ihn sogar abzureißen ...

Doch Col mochte den Bergfried. Er hatte entschieden, daß hier alle seine Besprechungen mit den Unterführern stattfinden sollten, und er hatte befohlen, ihn sauberzuschrubben, die Wände frisch zu kalken und neue Fenster einzusetzen. Jede der neuen gelben Scheiben saß in einem eisernen Rahmen und konnte einzeln geöffnet werden. Ryke stieg die Stufen langsam hinauf. Die hohe Wendeltreppe war mühsam und schlecht beleuchtet. Endlich erreichte er das Stiegenende. Er vernahm Stimmen; am vordringlichsten war die Stimme Cols. Der Mann freute sich über irgend etwas. Sein Vergnügen breitete sich wie eine Aura, wie ein spürbarer Wind, die Treppe hinab aus. Vor der Tür verbeugte sich ein Page und stieß die Tür für ihn auf. Ryke betrat das Turmzimmer.

Die drei anderen Kommandanten waren bereits da. Ryke nickte ihnen zu und verneigte sich vor Col. »Ryke, mein vierter Wachoffizier«, sagte der Feldherr. Seine Zähne blitzten durch den schwarzen Bart. Zu Ehren der Gäste hatte er eine Tunika aus feiner violetter Wolle angelegt und trug eine blaue Samtschärpe anstatt seiner normalen Uniform aus Leder und Leinwand. Er machte eine Handbewegung auf die Boten zu. Sie steckten in dicken Reisepelzen und hatten sich mit dem Rücken zum Kamin aufgestellt. Das Wollfutter ihrer Pelze schimmerte in dem Grün, das das Kennzeichen ihrer Stellung und ihrer Neutralität war.

»Norres ... Sorren.«

Ryke nickte grüßend. Zwei schmale, bartlose Gesichter blickten ihn abschätzend an. Sie sind noch Jungen, dachte er. Dann betrachtete er genauer ihre Körper, die Größe und das Gewicht, und wie sie da nebeneinander standen: Norres' linke Schulter in Körperkontakt zu Sorrens rechter – und wie griffbereit die Langdolche an ihren Hüften hingen. Nein, sie waren keine Kinder mehr. Irgend etwas regte sich in seiner Erinnerung. Ein dunkelhäutiger Südländer, im Sommer, der den Fluß entlangzog mit seinen Packtieren, voll beladen mit Seidenstoffen und Gewürzen, hatte in Tornor haltgemacht und war bis spät in die Nacht beim Würfelspiel aufgeblieben, das die Wachen spielten, lange nachdem Athor sich zu Bett begeben hatte. Der Kaufmann hatte viele Geschichten erzählt. (Aber das hatte ihm nicht viel genutzt: Er hatte drei Runden verloren und mußte mit einer Bahn Seide und einem Dutzend Straußenfedern bezahlen; dann gab er das Spiel angewidert auf.) In den Geschichten kam der berühmte Hauptmann Ewain Med vor, und die Saga von dem Bann gegen Raven Batto.

Wenn er seine Zuhörer nicht mit Erzählungen aus der großen Stadt in ehrfürchtigen Schrecken versetzen konnte, sprach der Händler über die Boten. Er nannte sie den »Grünen Clan«. Sie trugen Schriftstücke durch die Lande, die man sonst keinem anvertrauen konnte. Sie konnten nicht bestochen werden. Sie ließen sich nicht dazu herab zu spionieren. Die Nordleute lächelten und versicherten dem Schwätzer, sie wüßten alles über die Leute vom Clan der Botschafter. Sie waren es ja schließlich gewesen, die den Vertragstext über den Waffenstillstand zwischen Anhard und Arun hin und her getragen hatten. Dem Händler ging ein wenig die Luft aus, also erzählte er flüsternd eine Geschichte über einen Mann, der versucht hatte, zwei Boten zu bestechen, damit sie eine Lüge weitertrügen. Die Boten zogen ihm angeblich die Haut ab und nagelten sie an die Tür zu seinem Haus. Unter drängenden Fragen gab er auch den Namen der beiden Boten preis. Ryke glaubte sich zu erinnern, daß die Namen *Norres* und *Sorren* lauteten. Noch eine Einzelheit aus der Erzählung des Händlers fiel ihm wieder ein. Die Boten seien *ghyas* gewesen ... Dies war ein Wort der Leute aus dem Süden, und es bedeutete so etwas Ähnliches wie halb-Mann-halb-Frau. Also weder Mann noch Frau, sondern etwas Drittes. Wenn man keine Ahnung hat, dachte Ryke, dann sieht so jemand vielleicht genau wie ein junger Mann aus. Er wandte den Blick ab, als ihm bewußt wurde, daß er die beiden Botschafter angestarrt hatte. Sie schienen es nicht zu bemerken. Dann machte er sich klar, daß sie es gewohnt waren, angestarrt zu werden.

Col sagte: »Sie bringen ein Waffenstillstandsangebot von Berent Einauge.«

Der einäugige Berent war der Herr der Bergfeste Cloud Keep. Über einen Monat lang hatte Col Istor Überfalltrupps an die Mauern dieser Festung geschickt. Jetzt lächelte der

Oberste Feldherr. Ryke vermutete, daß er mit einem solchen Ansinnen gerechnet hatte, es vielleicht genau eingeplant hatte.

»Er wird mir eine Geisel schicken, einen seiner jüngeren Söhne. Er soll drei Wochen nach meiner Unterschrift unter den Vertrag für den Waffenstillstand hier eintreffen.«

Held krächzte gepreßt: »Der ist weniger dumm, als ich gedacht hätte. Einen Krieg gegen dich würde er bestimmt verlieren.«

Das entsprach der Wahrheit. Aber Ryke empfand Mitleid mit Berent, der einen seiner Söhne als Faustpfand anbieten mußte, um ein Heer fernzuhalten, dessen Vorhut er jeden Tag vor seinen Mauern zu erblicken fürchtete. Ryke öffnete die Haltebänder seines Umhangs. Es war sehr warm in diesem achteckigen Raum. Col hatte die Wände mit Kalk weißeln und darüber die uralten Tapisserien aus den Wohngemächern aufhängen lassen. Auf einer der Wände sah man einen Mann mit golddurchflochtenem Bart, der seine Leute in Aufstellung brachte. Ryke glaubte ihn beinahe die Befehle brüllen zu hören. Unter der alten Rußschicht des Teppichs glaubte er, eine Erinnerung an das Gesicht Athors zu erkennen.

Onran fragte: »Und wenn es nur ein Trick ist? Vielleicht versucht er nur, uns aufs Kreuz zu legen.«

»Nein!« sagte der Bote, der rechts stand. Norres. »Er lügt nicht.« Die Stimme des *ghya* klang, als amüsiere er sich.

»Wie kannst du dessen sicher sein ...«, setzte Onran zu einer Rede an.

Col schnitt ihm das Wort ab. »Onran macht nur Spaß«, sagte er. »Nehmt ihr ein Glas Wein?« Er goß Wein aus einem Krug in zwei Gläser. Die beiden Boten hoben die Kristallkelche und tranken die gelbe Flüssigkeit ... Dabei fiel Sorrens Kopfhaube nach hinten, und man sah schulterlanges

Haar, das mit einem grünen Band zusammengehalten war, und eine Haut, so bleich wie die irgendeines Nordländers. Norres hob die Hand zu seinem eigenen kapuzenbedeckten Gesicht. Die beiden waren von blasser Gesichtsfarbe. Sorren hatte eine gezackte Narbe unter dem linken Auge.

Norres sagte: »Ich habe nie zuvor ein solches Zimmer gesehen.«

Col antwortete voller Stolz: »Du solltest es bei Tageslicht sehen.« Er klopfte auf den Tisch, auf dem der Weinkrug stand. »Als wir hier ankamen, zog es durch die zerbrochenen Fenster. Der Kamin war verstopft, die Treppenstufen so glitschig, daß man sie nicht ohne Lebensgefahr benutzen konnte ...« Col streichelte seinen Bart. »Eines Tages, so hoffe ich, wird diese Festung so elegant und komfortabel sein wie die großen Nobelhäuser bei uns im Süden.«

Dazu wirst du keine Chance bekommen, dachte Ryke. Sironen wird dem einen Riegel vorschieben. Ryke entkrampfte seine Finger, die sich zu Fäusten geballt hatten. Col redete weiter. Ryke hatte ihn kaum jemals so beredt erlebt. »Ihr werdet uns doch die Ehre erweisen, mit uns zu Abend zu speisen. Ihr müßt hungrig sein, nach dem langen Ritt von Cloud Keep. Wir können zwar hier kaum besondere Delikatessen anbieten, aber es gibt genug zu essen, und es gibt Wein. Und es gibt Unterhaltung.«

»Ihr seid sehr gastfreundlich«, sagte Norres.

»Ich weiß, was ich Botschaftern schuldig bin«, antwortete Col. »Mehr Licht!« Der Page huschte herbei. »Zeige unseren Gästen ihre Gemächer.«

Norres fragte: »Kann ich zunächst noch in den Stall? Wir sind es gewohnt, zuerst nach unseren Pferden zu sehen.«

»Mein Stallmeister wird euch hinführen«, sagte Col. Gam verzog das Gesicht. Einen Augenblick lang ärgerte es ihn, daß er auf diese Weise die Aufgaben eines Dienstjungen übertragen bekommen hatte.

»Ich danke«, sagte Norres. Die *ghyas* zogen die Kapuzen wieder über den Kopf und folgten Gam. Der Page trat mit wild zuckender Fackel zurück, und Col bedeutete ihm, er solle die Tür schließen.

Danach wandte er sich Onran zu. »Erspar mir bitte deinen Senf, mein Junge, bis die beiden wieder verschwunden sind! Es bringt Unglück, wenn man das Wort eines Boten in Zweifel zieht. Und diese beiden sind gefährlicher als die meisten anderen. Ich bin nämlich nicht ganz unerfahren mit dem Grünen Clan. Mit denen will ich keinen Streit.«

Onran murmelte irgend etwas Entschuldigendes. Er war der jüngste der Leutnants, zweiundzwanzig Jahre alt, er war aufbrausend, heftig und bei seinen Männern sehr beliebt. »Ich bekomme eine Gänsehaut, wenn ich die sehe«, sagte er und griff nach dem Weinkrug.

Col riß ihm das Gefäß aus der Hand. »Dann behalte es für dich selber! Und warne deine Leute! Ich will heute abend keine dummen Witzeleien hören! Wir sprechen später darüber. Du kannst gehen!« Es gab nichts mehr zu sagen. Onran hatte einen roten Kopf bekommen. Er polterte laut die Stufen hinunter. Ryke folgte ihm, langsamer, hinaus in die Kälte.

Die Treppe war so steil, daß man unmöglich miteinander sprechen konnte, ehe man nicht unten im Hof war. Auf dem letzten Absatz traten sie hinter der Lampe des Leuchtjungen eng zusammen. Onrans Gesicht war verkniffen und verdrossen. »Gib mir das!« befahl er und griff nach der Lampe, doch der Junge wich ihm aus und wieselte wieder die Treppe hinauf. Onran stieß einen Fluch aus.

Hinter ihnen erklang die höhnische Stimme von Held: »Ist dir der Mund zugefroren?« Onran antwortete mit einem

Schimpfwort. Nebeneinander gingen sie zu dritt zu den Männerquartieren hinüber.

Onran sagte: »Ich habe ja nur einen Spaß gemacht. Sie waren gar nicht beleidigt.«

»Da hast du aber Glück gehabt«, sagte Held. »Wenn die nämlich wollten, die könnten dir bei lebendigem Leib die Haut abziehen, und keiner hier könnte sie daran hindern. Das ist ihr Clan-Vorrecht. Früher ist das schon mal geschehen. Irgendeinem Herrn aus dem Süden.«

»Was hatte er getan?« fragte Onran.

»Er hat versucht, einen Boten zu bestechen, damit der lügen sollte.« Held deutete mit dem behandschuhten Daumen in Richtung auf die Wohngemächer. »Außerdem habe ich gehört, daß es genau diese zwei gewesen sind.«

»Was weißt du von ihnen?« fragte Onran. Er war neugierig wie ein Kind.

»Was wir alle wissen.«

»Sie sind geschlechtslos?«

»Ja, das habe ich auch gehört.«

»Und sie kämpfen wie Höllenhunde.«

»Und es kostete ein Vermögen, sie anzustellen«, sagte Held. »Deswegen ist Col so sicher, daß Berent Einauge mit seinem Waffenstillstandsangebot keinen Trick vorhat. Wenn er schwindeln wollte, würde er seinen eigenen Herold schicken, nicht die Boten.« Irgendwie war es seltsam, Held so viele Worte machen zu hören. Ryke kam zu der Überzeugung, daß es das heimliche Vergnügen über Onrans Reinfall gewesen sein mußte, was dem Südländer die Zunge dermaßen gelöst hatte.

Onran stieß mit der Schuhspitze gegen einen der Pflastersteine. »Ich bin noch immer überzeugt, daß es ein Trick sein könnte«, knurrte er.

Ryke sagte, mehr um Held aufzustacheln, als weil er gedacht hätte, daß es wahr sei: »Vielleicht ist er raffinierter, als ihr von ihm glauben wollt.« Held warf ihm einen giftigen Blick zu.

Onran griente. »Vielleicht besitzt er einen verborgenen Schatz.«

»Alle diese Bergfesten der Grenze sind arm«, knirschte Held. »Dafür sorgt schon dieser dreimal verfluchte Winter.«

Sie schauten alle drei zugleich zum Himmel auf. Es hatte aufgehört zu schneien. Wolken rasten über die Sternhaufen hin – ein scharfer Westwind trieb sie vor sich her. Ryke sagte: »Wenn du hierbleiben willst, Held, dann mußt du den Winter lieben lernen.«

»Den Teufel werde ich tun ...«, sagte Held.

Onran wechselte das Thema. »Col freut sich, daß er Gesellschaft hat.«

Helds Gesicht wurde friedlicher, wie stets, wenn jemand seinen Kriegsherrn erwähnte. »Ja. Wir werden heute abend ein Fest feiern. Ich habe gehört, wie er den Köchen Anordnungen gegeben hat.«

Sie gingen alle drei nun wieder im Gleichschritt. Die hölzernen Stiefelsohlen hallten auf dem Pflaster wider. Ryke war mit Widerwillen erfüllt, als er an das Abendmahl dachte. Er würde auch teilnehmen müssen. Col genoß es besonders, daß er dabeisaß, wenn Errel seine Narrenpossen vorführte – das war Cols Trick, die Kette um Rykes Hals straffer zu ziehen. Es bestand keine Möglichkeit für Ryke, zum Verräter zu werden, ja auch nur verräterische Gedanken zu hegen, solange Errel wie eine Marionette herumhampeln mußte, wie es Col gefiel.

Onran lachte in sich hinein. »Meine Männer erzählen mir, daß Ryke sich einen Küchenbolzen zugelegt hat.« Er stieß Ryke mit dem Ellbogen in die Seite.

»Ach«, sagte Held. »Ein Mann im Rang eines Wachoffiziers kann doch sicher was Besseres fürs Bett finden als eine Küchenschlampe.«

Die Bemerkung war darauf angelegt, ihn zu reizen. Doch Ryke dachte an Errel. Er schüttelte die Beleidigung mit einem Achselzucken ab. »Bis zum Abendessen«, sagte er zu Onran und ging mit schnellen Schritten von den zwei Männern weg, als habe er etwas vor. In der Großen Halle begannen die Diener die Fackeln zu entzünden.

3. KAPITEL

Dreihundert Menschen, die sich im Großen Saal zusammendrängten, bewirkten Hitze und ließen einen lärmerfüllten Abend erwarten.

Die Soldaten von drei Wacheinteilungen saßen unten an den Längsseiten der vier großen Tafeln. Über ihren Köpfen qualmten die Fackeln, und Asche fiel in Flocken vor ihnen zu Boden. Col, seine Leutnants und seine Gäste saßen am Kopfende der Tische. Die Diener flogen zwischen den Küchendurchreichen und den Tafeln hin und her. Die hölzernen Tischplatten bogen sich unter schweren Platten voller Schinken, Hammeln, Gänsen, unter Schüsseln voll frischgefangener Flußaale, voll Soßen, eingemachter Früchte ... die Köche hatten sich selber übertroffen. Hunde schlichen um die Sitzbänke in der Hoffnung, Bissen abzubekommen. Der Saal sah recht ähnlich aus wie zu der Zeit, da Athor ein Fest anberaumte: Nur trugen die Männer nun Dienstabzeichen in Rot und Schwarz, und ihre Gesichter waren nicht mehr die gleichen wie die der Männer, die Ryke von Kindheit an gekannt hatte, von denen er gelernt hatte, an deren Seite er gekämpft hatte.

Um seinen Gästen etwas Besonderes zu bieten, hatte Col die Frauen aus den Wohngemächern zum Mahl gebeten. Sie saßen zwischen den Soldaten auf den Bänken. Ryke hatte sie in den Saal kommen sehen. Er dachte nicht, daß Becke unter ihnen sein würde, aber er konnte dessen auch nicht sicher sein. Die Frauen hatten sich dem Anlaß entsprechend gekleidet. Sie trugen Kleider aus Samt und weicher Wollweberei und Roben aus blitzender, schimmernder Seide. Die festliche Kleidung bildete einen scharfen Kontrast zu den schlichten Uniformen aus Wolle, die die Soldaten trugen.

Ryke häufte sich den Teller voll mit Aal in Weinsud, ein Gericht, das er liebte. Doch nach den ersten paar Bissen mußte er die übervolle Schüssel wegschieben. Sein Magen verkrampfte sich. Vor der dunklen Wand, auf der sich sein innerer seelischer Blick spiegelte, sah er auf einmal das magere, halbverhungerte Gesicht von Errel. Besorgt neigte sich eines der Serviermädchen über seine Schulter. »Ist der Fisch nicht gut?« Ihr leuchtendes Gesicht erinnerte ihn an seine Schwester Kepi. Er lächelte ihr dankbar zu.

»Nein. Er schmeckt gut. Aber bring mir bitte eine Scheibe Schinken und einen frischen Teller.«

Rykes Leute waren für die Nachtwache eingeteilt. Von Mitternacht bis zum Morgengrauen. Er lauschte mit einem Ohr auf die Gespräche, die am Tisch auf der Stirnseite geführt wurden, und dachte dabei daran, wie er die Wachen einteilen sollte. Col war heute offensichtlich in guter Stimmung. Er warf den Hunden Schweinsknochen zu, er neckte die Frauen, er redete über strategische Probleme mit Onran (der vor Freude blutrot wurde, weil ihn sein Feldherr so bevorzugte; aber es gelang ihm, sich nicht gerade als vollkommener Trottel zu erweisen). Und Col sprach mit Gam über die Pferdezucht. Er behauptete, die Pferde der Asech-Stämme seien kräftiger als die Gebirgszucht aus dem Norden. Gam widersprach ihm. Col achtete darauf, daß die beiden Gäste stets reichlich zu essen bekamen. Während der ganzen Mahlzeit sprach Norres im Namen der beiden Botschafter.

Als der Wein knapp wurde, befahl Col, man solle ein Faß Süßwein aus den Kellern holen. »Und bringt auch das Silber mit«, fügte er hinzu. Der Kellermeister verneigte sich. Dann brachte er drei Schalen voll roten Süßweines. Col erhob seinen Kelch. Auf dem Trinkgefäß war im Basrelief eine Bergziege zu sehen, die vor einem Bogenschützen floh. »Eine gute Arbeit«, sagte Col und ließ einen Finger über die Gravur gleiten. »Ebenso gut, wie es ein Silberschmied in den Südlanden machen könnte.« Er berührte den weißsilbernen Becher mit einem streichelnden Finger, als berühre er etwas Lebendiges. Und Ryke erinnerte sich daran, daß Col der Sohn eines Schmiedes war.

Als das Mahl beendet war, schoben die Männer die Bänke vom Tisch zurück, um ihre Beine zu recken. Die Frauen rieben sich die Hände an Leinentüchern ab, die in der Küche dampfendfeucht vorbereitet worden waren. Ryke blickte sich um nach seiner Schwester Becke, aber er sah sie nirgendwo. Col wartete, bis die abgenagten Knochen der Tiere von den Tischen entfernt worden waren, dann verlangte er nochmals ein Fäßchen Süßwein und die Süßspeisen. Die Diener schleppten Platten voll Sahne, Honig und Eis herbei.

»Wo bleibt mein Narr?« fragte Col Istor.

Diesmal brachten sie das ganze Weinfaß. Sie rollten es auf einem Räderwagen herein. Errel ritt auf dem Fäßchen. »Du hast mich gestört«, sagte er herablassend zu Col. Er sprang von dem Faß, machte einen Handstand und wirbelte wieder auf die Füße.

»Wieso? Was hast du denn getan?«

»Ich war gerade dabei hineinzupinkeln.« Errel griente und duckte sich unter einer Brotkruste weg, die Col nach ihm warf. Errel wanderte an den Tischen herum und wedelte mit seiner Narrenpeitsche. Manchen Männern tippte er damit auf die Schulter. »Du, du, du, du und du …« Als er an Ryke vorbeikam, verzog er das Gesicht zu einer Grimasse. Unter den blauen und weißen Schminkstreifen war sein Gesicht verkrampft und gespannt. Er wirkte gespannt wie eine Feder. Die bloßen Füße verursachten auf den Steinfliesen kein Geräusch. Errel schlug ein Rad zwischen zwei Tischen, dann machte er Bewegungen, als verübte er einen Zauber. »Yah!«

Ryke bemerkte mit heimlichem Vergnügen, daß eine nicht geringe Menge der Leute abergläubisch dem schulterklopfenden Weidenstab des Narren auszuweichen versuchten. »Was soll das?« fragte Col. Er war nicht auf die Schulter getupft worden.

»Ihr sollt alle zu Schwanzlosen werden«, rief Errel in einem seltsamen Singsang.

Alle Köpfe wandten sich dem Tisch des Befehlshabers zu. Die zwei *ghyas* lächelten. Die satten Soldaten an den Tischen brüllten laut vor Lachen und Erleichterung. Die Männer, die der Narr auf die Schulter geklopft hatte, grienten höhnisch oder wurden rot im Gesicht.

»Mein Hofnarr«, erklärte Col den Boten. »Eine Sitte aus dem Süden.« Auch sein Gesicht war rot. Ryke fragte sich, was Col getan haben würde, wenn die Botschafter sich beleidigt gefühlt hätten. »Er meint es wirklich nicht böse. Komm her!« rief er Errel zu.

Errel sprang auf den Tisch. Mit katzengleichen Schritten bewegte er sich zwischen Trinkbechern und Tellern hindurch und schlug denen auf die Hände, die versuchten, ihn zu Fall zu bringen. Einer der Männer ergriff ihn am Fußgelenk. Errel packte eine Schüssel voller Eis und warf sie dem Mann in den Schoß. Dann war er am Haupttisch angelangt. Er verbeugte sich vor den Boten tief und sank vor Col in einer kauernden Froschhaltung mit baumelnden Händen zusammen.

Ryke mußte einen Augenblick lang die Augen abwenden. Er hörte neben sich Held böse lachen und wandte sich wieder um. Col saß da, beide Ellbogen auf den Tisch gestemmt. Für diesen Auftritt trug Errel eine Halskrause.

»Du kennst Berent den Einäugigen?« fragte Col.

»Natürlich«, sagte der Narr.

»Würde der von mir lernen und im Winter angreifen?«

»Niemals«, sagte Errel und schüttelte den Kopf, bis die Schellen ihm klingelnd um die Narrenkappe flogen. Ryke sah, daß die Männer in der Nähe des Kommandantentisches die Ohren spitzten, um zuzuhören.

»Wie kannst du das so sicher behaupten?« fragte Col.

Errel antwortete mit betontem Ernst: »Nur der Mann mit dem Herzen eines Wolfes führt im Winter Krieg.«

Col begriff die Beleidigung sofort. »Ich führe Krieg im Winter«, sagte er aufgebracht und packte den Hofnarren an seiner Krause.

Errel kümmerte sich anscheinend kaum um die große Faust an seiner Kehle. »Berent Einauge ist ein Mann des Friedens und der Ehre.« Er hielt inne. »Aber als General würde er einen recht guten Hundejungen abgeben.«

Col kicherte und schubste ihn fort. Errel schlug behende einen Rückwärtssalto und landete auf dem Boden. Dann war er verschwunden. Plötzlich schrie mitten an einem der Längstische ein Mann laut auf: »Verdammt, er hat mich in den Fuß gebissen!« Die Soldaten johlten vor Wonne. Errel tauchte unter einem anderen Tisch auf und schüttelte seine klingelnde Narrenkappe in einer Parodie verletzter Unschuld. Col grinste. Die Tricks, die Errel sich erlaubte, reichten vom nur Komischen bis an die Grenze der Unverschämtheit. Manchmal wollten die Männer ihn eigentlich gern zerquetschen wie eine Fliege, doch Col hatte den strikten Befehl ausgegeben, daß keiner außer ihm seinen Hofnarren zur Räson bringen dürfe.

Ryke blickte die Tafel hinunter und sah dort eine Frau sitzen, die wie festgefroren auf der Bank saß: mit fest zusammengepreßten Lippen, die Hände im Schoß verkrampft.

Er kannte sie. Ihr Name war Madi, und sie stammte aus seinem Dorf.

Ihr Zorn erwärmte ihm das Herz. Er blickte zu den Botschaftern hin, die da in ihren grünen Leibwämsern und den hohen Schaftstiefeln saßen, und er fragte sich, ob sie wußten, wer Errel war, und was sie (falls sie es wußten) von dieser demütigenden und gefährlichen Balancespielerei hielten, die er vollzog. Ryke fragte sich, wer die beiden wirklich sein mochten. Waren sie wirklich geschlechtslos? Vielleicht waren sie Kastraten. Er hatte gehört, daß derlei Dinge Männern im Krieg geschahen. Doch an den zwei Botschaftern war nichts Weiches, Schwammiges, wie man es an Eunuchen zu erwarten dachte. Sie wirkten glatt und geschmeidig – und hart wie Marmor.

Nachdem die Süßspeisen verzehrt waren, zogen sich die Weiber in ihre Gemächer zurück, und nun begann die Zecherei in vollen Zügen. Ryke hielt ein Auge auf seine Männer. Col hatte den Befehl erteilt, daß die nächste Wachmannschaft nicht trinken dürfe. Zwischen zwei Langtischen waren zwei Männer in einen Ringkampf verwickelt. Um sie herum bellten die Hunde. Col rutschte verärgert auf seinem Sessel herum. Einer der beiden Ringer, der betrunkenere von den zweien, stolperte und setzte sich auf den Hosenboden. Er fluchte, und die anderen Männer bewarfen ihn mit ihren Löffeln.

Ryke stand auf. Er ging ans Ende des Langtischs und schob die zwei Betrunkenen mit dem Stiefel aus dem Weg. »Macht mir eine Bank frei!« sagte er. Die Männer standen auf und schoben ihm eine Bank hin. Er setzte sich mit gekreuzten Beinen auf den Boden. »Wer tritt gegen mich an?« sagte er und rollte seinen rechten Ärmel auf.

Die Männer verstummten. Sie liebten Wettkämpfe. Einer von Onrans Soldaten stolperte vorwärts. Sein Bauch war gewaltig. Onran rief: »Ich setze einen Krugvoll auf Scavats Sieg!«

Sie ließen sich beiderseits der Bank nieder, stützten die Ellbogen nebeneinander auf und verschränkten die Finger. Die Muskeln schwollen an, während sie versuchten, sich gegenseitig den Arm niederzudrücken.

»Zwei Krüge auf Ryke!« rief Vargo. Ryke grinste. Er rang den Arm des Mannes nieder, daß Onran stöhnend auf den Rücken kippte.

»Der nächste?« Er nahm zwei, drei weitere Gegner an. Seine Grifftechnik und der klare Kopf gaben ihm einen Vorteil. Doch seine Fingerknöchel begannen zu schmerzen. Er war bereits dabei aufzugeben, als sich eine schwere Hand auf seine Schulter legte. Dann ging Col um die Bank herum und setzte sich ihm gegenüber auf den Boden. Ryke sagte: »Mein Arm ist müde.«

»Du hast noch gar nichts geleistet«, sagte Col. »Jeder, der nur leidlich nüchtern ist, hätte diese Saufköpfe umlegen können.« Er rollte den rechten Ärmel hoch. »Ein fairer Kampf, Ryke ...«

Stumm scharten sich die Männer um die beiden, um zuzuschauen. Ihre Augen blitzten. »Ein fairer Kampf«, wiederholte Ryke. Er reckte seine Finger ein paarmal, um die Verkrampfung zu lockern, dann setzte er den Ellbogen auf die Bank.

Ryke besaß noch immer die bessere Grifftechnik, aber Col hatte viel Kraft in der Schulter. Der Mann war breit wie ein Stier. Sie verschränkten die Finger. Held übernahm das Schiedsrichteramt für sie. »Los!«

Die Muskeln an Cols Arm schwollen an, als er Rykes Hand hinunterzuzwingen versuchte. Ryke biß die Zähne zusammen und hielt dem Druck stand, sein Arm neigte sich, aber er blieb fest und widerstand Cols Stärke. Er hatte nur eine Hoffnung, daß der Feldherr sich selber ermüden würde. Der Schweiß brach ihm im Nacken und auf der Stirn aus. Er rann ihm brennend in die Augen. Cols Hand war enorm groß. Seine dunklen Augen glitzerten. Die Lippen entblößten die Zähne, und er sah einen Augenblick lang aus wie ein Winterwolf. Rykes Nacken schmerzte. Col schob seinen Arm kaum merklich vor. Ryke stöhnte und zwang die beiden Hände wieder in die frühere Position zurück. Er hatte das Gefühl, als kämpften sie seit Stunden. Seine Finger fühlten sich ganz zerquetscht an. Und dann drückte Col nach. Langsam gab Rykes Arm nach.

Dann verließ ihn alle Kraft. Seine Fingerknöchel prallten auf die Bank, und er rollte auf den Fußboden. Dort blieb er keuchend liegen, bis er wieder klar denken konnte. Er konnte neben sich das Keuchen Cols hören.

»Ein fairer Kampf«, sagte er mit rauher Stimme.

Die Männer brachen in brüllenden Jubel aus. Col streckte seinen rechten Arm, dann rollte er den linken Ärmel auf. »Der nächste?« fragte er, ebenso wie Ryke gefragt hatte. Keiner rührte sich. Ryke stand auf. Seine Wachmannschaft machte ihm auf ihrer Bank Platz. »Ein Haufen Schwächlinge«, blökte Col herausfordernd. »Ein Stall alter Weiber.« Seine Soldaten röhrten und stimmten ihm zu. Sie knufften sich gegenseitig in die Seiten, aber keiner machte eine Bewegung.

Col ließ seine Blicke durch den Saal schweifen. »Wo ist mein *cheari*, mein Narr?« Glockengeklingel antwortete ihm. Er wies auf den Steinboden. »Errel! Bist du zu so was imstande?«

Errel glitt in den freien Raum zwischen den U-förmig angeordneten Tischen, rollte auf den Rücken und hob ein Bein.

»Setz dich auf!« befahl Col.

Der Hofnarr rollte sich herum und saß.

Col setzte den rechten Arm auf die Bank. »Mein müder Arm«, sagte er. »Komm und spiel mit, Narr!« Seine Stimme hatte einen grausamen, höhnischen Ton.

Ryke beugte sich zur Seite und nahm eine Weinkaraffe. Er goß sich einen Becher voll, ganz gegen die Regeln, und goß die Flüssigkeit in einem Zug hinunter. Der süße Wein brannte ihn in der Kehle. Sein Schweiß stank. Er wischte sich die Stirn ab. Hier gab es jedenfalls keinen Zweifel daran, daß es sich nicht um einen anständigen Kampf handeln würde.

Errel rollte seinen Ärmel hoch. Er war sicherlich nicht gerade ein Schwächling, doch neben Cols Arm wirkte der seine dünn. Sie verschränkten die Finger. Col grunzte und setzte seine Kraft ein. Doch Errel hielt ihm stand. Seine Muskeln schwollen in Strängen an. Unter den Männern regten sich Gemurmel und Überraschungslaute. »Er ist müde«, sagte Held über Col. Die Sekunden verstrichen. Keiner der verklammerten Arme bewegte sich. Ryke wußte, daß Errel nicht mehr lange durchhalten konnte. Cols Lippen kniffen sich zusammen, er zischte einen Fluch. Errel fiel schwer mit seiner Niederlage. Col schmetterte die Hand des Gegners heftig zu Boden. Ryke sah, wie das Gesicht des Prinzen unter dem Schmerz zusammenzuckte. Dann ließ Col ihn los. Er rollte rücklings weg und landete auf den Knien. Die rechte Hand hielt er wie in einer Wiege in seiner Linken.

Auch Col stand auf. »Wein!«

Ein Halbdutzend Hände reckten sich ihm entgegen. Er ergriff den nächsten Becher, trank und goß die Neige über Errel aus. »Gar nicht so übel, Prinzchen«, sagte er. »Wir machen das gelegentlich noch mal!« Dann wurde er das Spiel leid. »Es ist spät geworden. Macht hier reinen Tisch! Wachhabende, wir treffen uns im Wachtturm!« Er wendete sich den beiden *ghya*-Boten zu, die schweigend an der Stirnseite saßen. »Meine Gäste, ich vermute, daß ihr begierig sein werdet, euren Auftrag auszuführen. Erweist uns doch bitte die Ehre, noch eine Weile bei uns zu bleiben, während wir beraten. Ich werde innerhalb von drei Tagen eine Antwort für euch haben, die ihr Berent dem Einäugigen überbringen könnt.«

Selbst in den nur vier Monaten waren bestimmte Traditionen aus den Aschen der alten wie ein Phönix wiedererstanden. Die Männer zerstreuten sich unter den Augen ihrer Wachoffiziere; die Kommandanten der Wache warteten im Hof, während der Page mit seiner hüpfenden Laterne Col die Stiege zum Turmzimmer des Wachtturms hinaufleuchtete. Held tigerte ruhelos auf und ab. Sein Trupp hatte Wache. Ryke lehnte sich gegen die Mauer. Sein rechter Arm schmerzte, die Muskeln zuckten. Er hörte Gesprächsfetzen, als die Soldaten zu ihren Quartieren schlenderten. Diejenigen, die Glück hatten und für die zwei Tageswachen eingeteilt waren, machten sich zu den Kemenaten auf. Ein paar schlenderten Arm in Arm davon – sie waren einander selber genug. Die Südländer verhielten sich derartigen Zuneigungen gegenüber weit duldsamer, als dies bei den Nordländern der Fall war, überlegte sich Ryke. Kameradschaftliche Freundschaft, das war ja schön und gut, aber Kriege wurden eben von Männern ausgefochten, und es war die Pflicht eines Mannes, sich ein Weib zu nehmen, damit sie ihn mit Söhnen beschenkte. Im Großen Saal waren die Diener eifrig damit beschäftigt, die Tische sauberzuschrubben. In der Küche schnauzten die Köche die Küchenjungen an.

Ryke schloß die Augen. Es kostete ihn kaum Anstrengung, und er vermochte sich wieder als Dreizehnjährigen zu sehen, als sein Vater ihn in die Feste brachte. Er war im tiefsten Innern angesichts all dieser Riesen von Männern mit Scheu und Ehrfurcht erfüllt gewesen. Dann war er eine Zeitlang Küchenjunge. Er säuberte sein gut Teil an Töpfen mit Schmierseife, mit Sand und rieb sich dabei die Finger wund, und nach einigen Monaten, als man ihn bei der Tafel bedienen ließ, rangelte er mit den anderen Jungen herum, um das Privileg zu erhalten, dem Burgherrn servieren zu dürfen. Jetzt fragte sich Ryke, ob die Küchenjungen jetzt darum in den dunklen Ecken rauften, wer das Recht bekam, Col Istor zu bedienen.

Ryke machte die Augen auf. Wie ein Hohn auf seine Erinnerungen erklangen die Stimmen von Südländern über den Hof. Der Page schwenkte seine Laterne vom Fuß der Treppe. In einer Reihe – Held zuerst, der träge Gam als letzter – stapften die Wachkommandanten auf den Turm zu. Der Page hielt ihnen oben die Tür auf. Das Zimmer duftete nach Fichtenharz. Col stand vor dem Feuer. Über seiner Purpurtunika trug er einen braunen Wollüberwurf, nur ein schmaler Rand Rotviolett zeigte sich am Halsausschnitt. In der Hand hielt er eines der Kristallgläser. Er drehte es hin und her. Es funkelte im Schein des Feuers, als wäre es aus einem Diamanten geschnitten. Durch den achteckigen Raum zuckten winzige tanzende Lichtpunkte.

Fahle Spiegelungen glommen in den Fensterscheiben auf. Sie krümmten sich und sprangen, wo das Fensterglas selbst Einschlüsse und Verdickungen aufwies. Col setzte das Glas auf den Tisch. Und plötzlich war es nur noch ein Pokal aus gelblichem Glas, nichts weiter. Er wendete sich Gam zu. »Also, mein Alter, was ist deine Meinung? Was soll ich von diesem Waffenstillstandsangebot halten?«

Gam zupfte an seinem grauen Bart. Seine Männer

schworen, daß er den Bart stets kurz schnitt, als wäre er eine Pferdemähne. Der herausfordernde Ton machte ihm gar nichts aus. Er sagte: »Nimm es an! Berent weiß genau, daß du gar nicht daran denkst, dich an den Waffenstillstand zu halten.«

»Was hältst du davon?« fragte Col, zu Ryke gewandt.

Ryke starrte auf den Mann im Wandteppich. Er sah wirklich aus wie Athor. »Du würdest es gehört haben, wenn Berent neue Männer angeheuert hätte. Er hat es nicht. Er verfügt derzeit nur über eine kleine Armee.«

»Ich kann mit jedem Heer von diesem Kerl fertig werden«, sagte Col. »Aber kann ich mich auf sein Angebot eines Waffenstillstands verlassen?« Er lachte. »Oder genauer, ist er dumm genug, meinem Versprechen zu trauen? Nicht einmal Berent kann doch so dumm sein. Er hofft, er kann mich eine Weile zurückhalten, bis er genügend Männer sammelt. Aber was für eine Streitmacht kann er denn in zwei Monaten aufzustellen und auch noch auszubilden hoffen?«

»Wollen wir ihn dann angreifen?« fragte Onran eifrig.

Col zuckte die Achseln. »Vielleicht in drei Monaten.« Auf dem Tisch lag ein Laib Käse, gelb wie der Pokal. Er griff das Messer an seinem Gürtel und säbelte eine Scheibe davon ab. »Hier«, sagte er und reichte den Käse Ryke hin. Ryke biß ein Stück davon ab. Die Außenseite war hart, aber innen war der Käse weich. Rykes Magen zog sich zusammen und erinnerte ihn daran, daß er kaum etwas zur Nacht gegessen hatte. Es war Kuhmilchkäse, nicht der ihm vertraute Ziegenkäse, und er schmeckte gut. Col mußte ihn wohl aus dem Vorratslager gefordert haben. Col schnitt noch eine Scheibe ab.

Sie aßen von dem Käse. Schließlich sagte Ryke: »Berent ist kein Kämpfer. Unter allen vier Festungsherren war er am eifrigsten für den Waffenstillstand mit Anhard. Athor sagte immer ...« Er hielt inne.

»Weiter«, sagte Col.

»Athor sagte immer, Berent hat sein Auge verloren – und dabei seinen Mut.«

Col sagte: »Ich wette, wenn er genug Gold hat, um den Botschaftern noch einmal ihren Lohn zu bezahlen, dann schickt er sie in den Westen.«

»Zu Sironen?« fragte Onran.

»Er schließt mit mir einen Waffenstillstand und gleichzeitig schließt er ein Bündnis mit Pel Keep für den Zeitpunkt, an dem ich den Waffenstillstand breche. Und er weiß, daß ich ihn brechen werde. Er würde es ganz gern sehen, daß Sironen ihm den Kampf abnimmt.«

»Würde er denn auch Boten nordwärts senden?« fragte Held.

»Und Hilfe aus Anhard anfordern? Ich weiß es nicht«, sagte Col. »Würde er dies tun, Ryke?«

Dies war genau die Art Plan, den das trickreiche Hirn Helds sich ausdenken konnte, dachte Ryke. Er bemühte sich nicht, den Ekel aus seiner Stimme zu verbannen: »Berent ist ein Nordländer. Sein Stamm war seit Generationen im Besitz von Cloud Keep. Er würde sich niemals mit Anhard verbünden.«

Held blickte zweifelnd drein. Aber Col sagte: »Du bist ja auch einer von ihnen, also solltest du es wohl wissen.«

Col ergriff den Pokal wieder. »Irgendein Handelsmann hat dies den weiten Weg bis von Kendra-im-Delta heraufgebracht.« Er schaute auf die dunklen Fenster. »Kommt denn in diesem Land niemals der Frühling?«

Du bist ja nicht hierher gebeten worden, dachte Ryke und biß sich auf die Lippen, um die Worte nicht laut auszusprechen. Col griente, als habe er erraten, was Ryke gedacht hatte. »Er kommt«, antwortete Ryke. »Zwei Monate von jetzt an, vielleicht drei.«

Held murmelte eine obszöne Bemerkung über das Leben im Norden und wie miserabel es sei. Col fixierte ihn mit Blicken. »Ich finde derlei Bemerkungen anödend«, sagte er. Held verkrampfte sich, als hätte er von seinem Feldherrn eine Ohrfeige erhalten. Dann sagte Col: »Was haltet ihr von denen?« Er wies in Richtung auf die Gemächer, in denen die Botschafter untergebracht waren.

Ryke hob die Schultern. Gam sagte: »Mir hat gefallen, daß sie sich zuerst um ihre Pferde kümmerten.«

»Ja. Sie scheuen keine Mühe. Ein bewundernswerter Charakterzug.«

»Glaubst du, sie treiben es mit Jungen?« fragte Onran Held.

Held antwortete: »Es ist mir ganz egal, auch wenn sie es mit Schweinen treiben.« Onran lachte dreckig.

Col ergriff eine Kerze in einem Silberleuchter. Er neigte sich ans Feuer und entzündete den Docht an der Glut. Als er sich umwendete, lächelte er. »Vielleicht tun sie dies. Ich habe schon davon gehört.« Die Kerzenflamme spiegelte sich im Fensterglas wie ein Mond im ruhigen Wasser eines Sees. Col setzte die Kerze auf dem Tisch ab. »Unterschiede machen mich neugierig. Und dies ist genau der Unterschied zwischen euch und mir.« Er sprach nun zu ihnen allen, und er sprach leise in das Halbdunkel hinein. »Ihr solltet nichts für gleichgültig erachten. Ihr solltet euch wirklich Gedanken machen.«

Während der Nachtwache schlief die Festung.

Ryke machte methodisch seine Runden durch die Burg. In seinem Gürtelbeutel hatte er ein Stück reines Leinen aus dem Vorrat des Feldschers verstaut. Er ging die Äußeren

Wälle ab, die Inneren Wälle, inspizierte die Schmiede, die Mannschaftsquartiere, die Stallungen, die Halle. Er schaute in die Wachstuben der Tore. Seine Männer winkten ihm zu und murmelten Grüße. Am Westtor luden sie ihn zu einem Würfelspiel ein, aber er lehnte ab. Die Leute aus dem Süden spielten nach anderen Regeln, und er kannte sie nicht. Keiner der Posten schlief. Er hatte auch nicht damit gerechnet: In der Kälte fiel man weit weniger leicht in den Schlaf, wenn man Wache hatte.

Es war eine mondlose Nacht. Sie hatte etwas Seltsames, fast Unheimliches an sich, das ihn ergriff. Geister schienen durch seine Gedanken zu ziehen: der Geist Athors ... Der Geist seines Vaters. Die Erinnerungen an die nun Toten belasteten ihn. Er war froh, daß kein Vollmond war. Bei Vollmond, so hieß es in den alten Legenden, erhoben sich die Geister der ungut Gestorbenen und konnten herumwandern. Zum erstenmal seit Monaten sehnte sich Ryke nach einer Frau – keineswegs aus Lustgefühlen, sondern weil er sich nach Trost sehnte. Er fragte sich, was die Frauen in den Frauengemächern denken würden, wenn er nur zu ihnen käme, um sich trösten zu lassen. Vielleicht hielten sie ihn ja sowieso nur für einen Verräter. Angeblich hatten Männer ja mehr Auswahl als Frauen. Und dann dachte er an Becke, und dann an Madi. Und er fragte sich, ob sie, ob sie beide ihm zuhören würden, wenn er versuchen sollte, ihnen zu erklären, daß dies nicht immer der Fall sei.

Der Wind wehte. Col Istors Standarte flatterte wie ein gefangener Nachtvogel an der Fahnenstange. Ryke dachte: Wo ist wohl die Wolfshündin? Hoffentlich in irgendeiner warmen und windgeschützten Ecke und in Sicherheit. Ryke legte die Hände in seine Achselhöhlen, um sie zu wärmen. Dann ging er zur Küche, nickte dem Wachtposten zu, der davor stand. Dann ging er auf die Spülküche zu. Die Küchenjungen hatten sich im Schlaf vor den Öfen aneinandergeschmiegt wie Hunde. Ryke stakte vorsichtig über ihre Beine hinweg. Die eisernen Kochtöpfe an den Wänden vibrierten leise.

Die Spülküche roch nach Fett und Seife. Die Köche erlaubten es, so hatte Errel sie für seine Nächte in ein winziges primitives Schlafzimmer verwandeln können. Es gab eine Strohmatratze und eine Kiste als Tisch. Ryke blickte über die hölzerne Trennwand. Errel schlief nicht. Im Licht einer kümmerlich kurzen Kerze legte er sich die Karten auf der Kiste. Sie ergaben ein zusammenhängendes Bild, und Ryke erkannte ein paar der Karten. Er kannte ihre Bedeutung: »Tod«, »Das Rad des Zufalls«, »Der Tänzer«, »Der Sternenseher«.

Ryke stieg über die Barriere. Sein Schatten an der Wand tat es ihm nach, eine groteske, große Gestalt. Ryke setzte sich auf die Pritsche. Der Raum war kaum groß genug für zwei Menschen. »Laß mich deine Hand sehen!« sagte Ryke.

Errel hielt seine rechte Hand ausgestreckt nach vorn. Der Mittelfinger war schwarz und stark angeschwollen. Er stand in einem unnatürlichen Winkel von der Hand ab. »Er ist gebrochen«, sagte der Prinz ruhig.

»Kannst du ihn überhaupt bewegen?«

»Nein.«

»Er muß geschient werden!« Ryke schaute sich in der Spülküche um, die voller Zeug steckte, und suchte nach irgendeinem Stück Holz.

»Nein«, sagte Errel. »Wenn Col sieht, daß der Finger geschient ist, wird er sich fragen, wer das gemacht hat. Er sieht nämlich solche Dinge. Er hat schon die Köche geschimpft, daß sie mich viel zu gut füttern. Nimm einmal an, er fragt mich, wer mir meinen Finger geschient hat – wen soll ich dann verraten? Er würde doch nie glauben, daß ich dies selbst getan haben könnte.«

»Dann laß mich wenigstens einen Verband machen.« Ryke zog den sauberen Leinenstreifen aus seinem Hüftbeutel. »Dagegen kann er ja wohl nichts einwenden.« Er klemmte Errels Hand zwischen die Knie und umwickelte den Mittelfinger fest mit den beiden Fingern links und rechts daneben. Errel zog vor Schmerz zischend die Luft durch die Zähne.

»Du dürftest ... gar ... nicht hier sein«, sagte er.

»Meine Männer haben jetzt Wache. Ich mache nur die Runde.« Ryke knüpfte den letzten Knoten. »Ist das zu fest?«

»Nein.« Errel schwieg einen Augenblick lang. »So geht es besser«, sagte er. Mit seiner linken Hand griff er in eine schattendunkle Nische und zog von dort einen Ranken Brot hervor. Er brach ein Stück davon ab und reichte es Ryke. »Ein Rest von meinem Abendessen. Bitte bedien dich! Ich habe gestern wie ein Herr gespeist.«

Die Brutalität Cols hatte ihm nicht den ironischen Ton seiner Stimme nehmen können. Ryke biß in das Brot. Es war resch und noch warm. Er hörte eine Flüssigkeit gluckern. Errel reichte ihm einen Becher Wein.

Plötzlich fragte der Prinz: »Ryke? Warum sind diese Boten gekommen?«

»Sie überbrachten ein Waffenstillstandsangebot von Berent Einauge. Für den Frieden bietet er Col einen seiner jüngeren Söhne als Geisel.«

Errel wandte den Kopf und starrte auf die Kartenkombination auf dem Tisch. Ryke erkannte nicht, was er daraus las. »Ich denke, er meint, er hätte keine andere Wahl«, sagte Errel. »Aber ob mit oder ohne Waffenstillstand, Col wird im Frühling Col Keep einnehmen müssen, ehe seine Männer faul werden und sich zu langweilen beginnen.« Mit einer

Hand sammelte er die Karten zu einem Pack. »Hast du die Botschafter getroffen? Mit ihnen gesprochen?«

»Wir haben uns gesehen. Wir sprachen nicht miteinander. Aber ich kenne ihre Namen.«

»Ich kenne die Namen auch«, sagte Errel. »Norres und Sorren. Die Küchenjungen haben die ganze Nacht nichts anderes tun können, als von ihnen zu plappern. Was hältst du von ihnen?«

Ryke zuckte die Achseln, genau wie vorher, als Col ihn gefragt hatte. »Ich sprach ja kaum mit ihnen. Nur einer von den beiden redet. Mir kamen sie vor wie die meisten anderen Männer auch.«

Errel lachte. Ein leises Geräusch, das rasch verstummte. »Ist das so?« fragte er. Er stand von dem Strohlager auf. Im Kerzenlicht sah man noch Spuren der Schminke in seinem Gesicht. »Ryke! Steh auf!«

Ryke erhob sich. Errel kniete nieder und hob die Matratze hoch. Mit einer Schulter und einem Knie hielt er sie hoch und suchte nach etwas unter ihr. Der Strohstaub brachte Ryke beinahe zum Niesen. Er kniff sich heftig in die Nase, um den Drang zu unterdrücken. Errel hob einen Beutel vom Boden auf, er ließ die Matratze wieder herunterfallen. Dann mühte er sich, die Schnüre zu entknoten, die den Beutel umgaben. Er versuchte es mit seiner gesunden linken Hand und den Zähnen.

Ryke nahm ihm den Beutel ab. »Laß mich es tun, Prinz!« Er hielt den Beutel nahe an das Kerzenlicht. Durch das weiche Leder – Schweinsleder, glaubte er zu fühlen – spürte er deutlich die Form eines Ringes. Endlich hatte er die Knoten gelöst. Er griff in den Beutel. Der Ring glitt auf seinen Knöchel. Er zog den Finger heraus. Es war ein schwerer Goldreif mit einem rechteckigen flachen Rubinstein. Das Juwel trug die Gravur des achtzackigen Sterns, das Wappenzeichen Tornors. Zuletzt hatte Ryke den Ring an Athors Hand gesehen. Das ist bestimmt ein Gegenstück, dachte Ryke dümmlich und überrascht. Athor liegt in der Erde, und sein Ring wurde mit ihm begraben.

Dennoch wußte er, daß es nur einen derartigen Ring gab. Das Gold auf seiner Haut ließ ihn erschauern.

Errel sagte: »Ehe sie ihn eingruben, holten sie mich dazu, damit ich seine Leiche sähe. Ich habe ihm den Ring von der Hand gezogen. Er saß schon immer ein wenig lose, und der Mensch schrumpft nach dem Tod ...« Ryke hielt ihm den Ring hin. »Nein, nimm du ihn!« sagte der Prinz.

Ryke wollte das Kleinod nicht. »Was soll ich damit tun?«

»Bring ihn den Boten! Kannst du in ihre Gemächer gelangen, ohne gesehen zu werden?«

»Sicherlich.«

»Zeig ihnen den Ring! Sie werden ihn erkennen. Sag ihnen, wer du bist! Bitte sie, uns hier herauszuhelfen!«

»Warum sollten sie dies tun?«

»Ich habe sie einst gekannt. Sorren und Norres. Ich half ihnen. Es ist eine Möglichkeit, und sie haben Pferde. Frag sie! Geh zu ihnen!« Die Worte kamen flüsternd im Halbdunkel der Zelle. Es war, als wisperten sie direkt aus den Steinmauern. Ryke fühlte sich wie im Fieber. Er schloß die Hand um den Ring und steckte ihn in seine Brusttasche.

In der Küche wimmerte einer der Schläfer im Traum. Ryke dachte verwirrt, ob nicht vielleicht er und Errel und die ganze große Festung in einem Fiebertraum lägen, wie in jenen Märchen, die seine Mutter ihm erzählte, um ihn zu beruhigen, wenn er krank war ... Er sagte: »Ich gehe, mein Prinz.«

4. KAPITEL

Als Ryke aus der Spülküche in den Inneren Hof trat, überfiel ihn die Nachtkälte und krallte sich wie ein Eiseshauch aus einer Gruft an seine Brust. Er preßte die Hand an die Kehle und ging rasch über den Hof zu der Tür, die zu den Wohngemächern führte. Hier ließ das kalte Fieber von ihm ab. Er lehnte sich gegen das Türholz. Die feste Fläche verlieh ihm ein wenig Standfestigkeit. So stand er da im Schatten und versuchte herauszufinden, ob irgend jemand ihn gesehen hätte. Irgendwo jaulte ein Hund im Schlaf, aber es galt nicht ihm. Über den Hof fegte Staub und Wind. Er hörte das Geräusch eines Schlages – nein, etwas war zu Boden gefallen. Er stellte sich den Wachtposten auf der Mauer oben vor, wie er in der Finsternis herumtastete, wie seine Hände trotz der filzgefütterten Lederhandschuhe so steif gefroren waren, daß er die Hellebarde nicht fest im Griff halten konnte.

Ryke schaute nach oben. Der Himmel war wolkenlos. Hinter der Äußeren Mauer im Norden ragten drohend die Berge auf, ohne Licht auf ihnen, abweisend, schwarz. Genau über seinem Kopf flimmerten die beiden Sterne, die seine Männer als »die Augen« bezeichneten. Von ihnen ging strahlenförmig der »Schwanz« aus, eine gekrümmte Sternenspur. In den Geschichten wurde einem nie gesagt, welches Geschöpf im Himmel lebte: ein menschliches Wesen, ein Tier oder etwas Dämonisches. Ryke dachte, es müsse ein Fisch sein, mit silbern gepunkteten Schuppen und Zähnen wie ein Wolf. Er hatte davon reden hören, daß die Leute im Süden die Zukunft aus den Sternenmustern lesen könnten, so wie Errel sie in seinen Karten las. Ryke hätte gern gewußt, welche Namen sie dort den Sternbildern gaben. Er wandte den Blick vom Nachthimmel und tastete die Tür nach dem Griff ab. Er zog zischend die Luft zwischen den Zähnen ein, als er den Riegel berührte, dann schob er ihn zurück. Die Tür knarrte in den Angeln. Er schlüpfte hindurch und tastete nach dem Innenriegel. Er klemmte. Ryke drückte ihn gewaltsam ins Schloß. Er fürchtete, daß jemand bemerken könnte, daß die Tür unverschlossen hin und her schwang. Knirschend schob sich der Riegel in das rostige Schloß, wie ein Mann, der bei Zahnschmerzen auf die Zähne beißt. Wieder wartete er, um herauszufinden, ob jemand ihn gehört hatte. Niemand kam, um nachzusehen. Er war unsichtbar, er war ein Schatten, der durch eine Burg voller Geister streifte. Er lachte leise in sich hinein. Das Fieber packte ihn erneut, schoß durch seine Adern, war so stark wie ein geschlechtliches Verlangen.

Col Istor bewohnte die Gemächer, in denen bisher Athor gelebt hatte. Sie lagen der Halle am nächsten und waren traditionsgemäß dem Herrn der Feste vorbehalten. Die Frauenschlafräume lagen am Südende des Wohntraktes. Den Botschaftern hatte man Zimmer ungefähr in der Mitte des Korridors angewiesen, wo das Hin und Her der Soldaten, die zu den Frauenräumen gingen, sie nicht stören würde. Während er sich an der Wand des Gangs an den leeren Gemächern vorbeitastete, hörte Ryke hie und da gedämpftes Lachen oder auch ein Quietschen aus dem Frauentrakt. Türen hingen traurig offen. Die Bodendielen knarrten. Als Athor noch lebte, hatte er sogar die nichtbenutzten Räume mit Leben erfüllen können. Ryke schaute in eins der Zimmer und sah im Sternenlicht die Silhouette einer springenden Ratte. Er wünschte sich, er hätte eine Fackel gehabt. Die weißgekalkten Wände waren eiskalt. Und hier, fühlbarer als anderswo, klammerten sich die Geister an seine

Füße: Er ging seiner Erinnerung nach, geleitet vom Schimmer der Sterne.

Der Kerzenschein an der Wand warnte ihn, daß er beim Gemach der Besucher angekommen sei. Vor der Tür lag ein Page auf dem Boden, schlafend trotz der Kälte. Die Tür stand halb offen. Ryke lehnte sich vorsichtig dagegen. Die Tür ging mit einem leisen Seufzer weiter auf. Der Page wachte nicht auf. Ryke trat über den schlafenden Jungen hinweg. Bis auf die rote Glut in einem Kohlenbecken war das Schlafzimmer dunkel. Er holte Luft, um zu sprechen, doch aus der Nacht kam geräuschlos eine Hand und faßte in Rykes Haar. Sein Kopf wurde zurückgerissen, und er konnte nur mit Mühe das Gleichgewicht bewahren. Wenn er stürzte, würde der Page das Geräusch hören und aufwachen.

»Ein Freund!« flüsterte er.

Er spürte das kalte Streicheln eines Messers an der Kehle.

»Keine Bewegung«, raunte eine dunkle Stimme. Eine Kerze wurde angesteckt und blendete ihn. »Es ist der Wachkommandeur Ryke.«

Er blickte sich um. Der eben gesprochen hatte, stand vor ihm mit der Kerze: das war Norres. Und neben ihm, eine Hand in Rykes Haar, die andere mit dem Messer an seiner Kehle, das war also Sorren. Er bemühte sich, etwas hinter der Kerzenflamme zu erkennen. »Schaut in der Tasche über meinem Herzen nach.« Norres' Hand, unmerkbar wie die eines Taschendiebes, holte den Ring hervor. Die Finger in seinem Haar zerrten.

»Woher hast du das?« fragte Norres. Das Licht blitzte auf dem Ring.

In Rykes Augen standen unfreiwillige Tränen. Er mühte sich, auf den Beinen zu bleiben. »Errel hat mich geschickt«, sagte er. »Unser Prinz.«

Sorren gab ihn frei. Er stützte sich mit der flachen Hand gegen die Mauer. Er strich sich das Haar glatt. Die Boten warfen einander Blicke zu. Norres trat beiseite und steckte die Kerze in einen Leuchter. Der Kerzenschein beleuchtete flackernd ein Bett, eine Truhe mit Bronzeschlössern, die schlanke Spitze eines anhardischen Wurfspeers, der in Krampen an der Wand hing. »Wir dachten, du bist einer von Col Istors Leuten«, sagte Norres.

»Ich diene ihm – ich muß es. Aber ich habe meinen ersten Treueeid Athor geschworen, dem Herrn von Tornor. Als Preis für meine Dienste bot mir Col das Leben Errels.« Wieder wechselten die beiden Boten Blicke. Abgesehen von diesem dünnen hellen Haar, das aussah wie Nordgras, sahen die beiden für Ryke nun eigentlich gar nicht ähnlich aus.

»Woher sollen wir wissen, ob du nicht von Col Istor geschickt bist?« fragte Norres.

»Wozu sollte Col mich schicken wollen?«

»Es ist schon vorgekommen, daß ein Narr geglaubt hat, er kann einen Boten in eine Falle locken, damit er seine Neutralität verrät«, sagte der *ghya*.

Ryke antwortete: »Col Istor ist kein Narr. Und ich bin keine Falle. Mich schickt Errel!«

»Was wünscht der Prinz von uns?«

»Er läßt fragen, ob ihr ihm und mir – uns beiden – zur Flucht verhelfen wollt. Von hier weg, von Tornor fort.«

Nun gab es keinen Rückzug mehr, nachdem er dies ausgesprochen hatte. Er schlang die Finger ineinander. Sorren zog heftig die Luft ein. »Verdammt!« Das Wort klang ihm merkwürdig in den Ohren. Es klang melodisch und hoch – wie eine Frauenstimme, sagte ihm sein Gehirn. Er blinzelte. Unter der weichen wollenen Untertunika erkannte er die unverkennbaren Wölbungen von Hüften und Brüsten. Er starrte eine Frau an.

»Starr nicht so, Wachhabender!«

Sorren strich eine Haarsträhne aus ihrem Gesicht. Das stumpfe Blau der Tunika paßte zu dem helleren Blau ihrer Augen. Die Augen von Norres dagegen waren grau wie die Dämmerung. Sorren kreuzte die Arme über der Brust. »Laß gut sein, Norres!« sagte sie. Und zu Ryke gewandt: »Wir können euch mitnehmen, wenn wir fortreiten, sofern ihr aus den Mauern herauskommen könnt.«

Ryke war verwirrt. Er hatte nicht damit gerechnet, daß sie weitersprechen würde. Nun, da er wußte, daß sie eine Frau war, vermochte er nichts außer dieser Tatsache zu begreifen.

»Das wollt ihr tun?«

Norres sagte: »Wir nehmen euch mit, wenn wir abreisen. Doch wir können euch nicht weit mitnehmen. Unser Dienstvertrag schreibt vor, daß wir unmittelbar nach Cloud Keep zurückkehren. Wir bringen euch dorthin.«

Wieder strich Sorren sich das Haar zurück. Sie trug ihren Dolch wie ein Kurzschwert an der rechten Hüfte. Er hätte gern gewußt, ob sie die Narbe unter dem Auge in einem Kampf erhalten hatte. Er hatte noch nie Frauen getroffen, die kämpfen konnten. »Wer seid ihr?« fragte er.

Norres antwortete: »Wir sind Boten, Kommandeur.«

»Aber Errel hat gesagt, er kennt euch. Seid ihr vielleicht Nordländer?«

Norres runzelte die Stirn. Sorren antwortete: »Wir sind Nordländer.« Ihr Akzent schwankte zwischen dem südlichen und dem nordländischen Dialekt, und er konnte ihn nicht richtig einordnen. Der Gürtel um ihre Hüften dagegen war in dem Stil der Silberschmiede aus den Bergen gearbeitet. Er konnte die Dolchschneide nicht sehen.

»Aus Tornor?«

Norres sagte: »Wir sind früher schon hier gewesen.« Der

Ton der Stimme warnte Ryke, daß weitere Fragen unerwünscht sein würden. »Wir sind bereit zu tun, um was ihr uns bittet. Und jetzt verlasse uns! Seid am Morgen, wenn wir abreiten, im Schatten des Bergfrieds vor der Äußeren Mauer, und wenn wir auf der Weststraße von der Burg fortreiten, nehmen wir euch mit.«

»Bringt Nahrung mit, wenn ihr könnt«, sagte Sorren. »Auf dieser Strecke ist das Wild rar. Und Reisepelze. Auf dem Paß wird es kalt sein.« Norres reichte Ryke den Ring. Sorren neigte sich über die Kerze und blies sie aus, damit er im Dunkeln wegschleichen konnte. Das Kohlebecken glühte wie ein rotes Auge. Eine kräftige Hand – Ryke wußte nicht, wem sie gehörte – führte ihn an die Tür. Er stieg wieder über den schlafenden Pagen hinweg. Sein Kopf wirbelte vor lauter Plänen. Er mußte zu den Stallungen und den Reisepack holen, den er dort versteckt hatte. In der Finsternis taumelte er von einer Wand an die andere. Eine Ratte quiekte ihn an. Nein, er hatte eigentlich nicht damit gerechnet, daß sie zustimmen würden.

Er konnte erst nach seiner dritten Runde wieder zu Errel schleichen, um mit ihm zu sprechen.

Es war eine Stunde vor Morgengrauen. Im östlichen Himmel zeigte sich ein schmaler Lichtstreif, die Sterne sanken auf ihn zu, verblichen darin. Rykes Männer waren wach und auf Posten, murrten aber über die Kälte. Ryke ging zu den Stallungen. Er grub den Reisepack unter einem Brett hervor, wo er ihn versteckt hatte, und nahm ihn mit. Die Wachtposten schenkten ihm keine Aufmerksamkeit. Die Pferdejungen schnarchten oben auf dem Futterboden. Die Pferde bewegten sich leise in ihren Boxen. Ryke ging in die Küche. Aus dem Raum im Vorratslager schimmerte ein Licht. Der Küchenchef war munter und brüllte seinen Helfer an. Küchenjungen und Hunde lagen bewegungslos an den warmen Mäulern der großen Ziegelherde. Ryke schlich auf Zehenspitzen in die Spülküche. Errel richtete sich auf. »Ryke?«

»Ja, ich.«

Auf den Wangen des Prinzen blitzten goldene Bartstoppeln. Die Augen waren hohl; er sah aus, als habe er nicht geschlafen. »Was haben sie gesagt?« fragte er.

»Sie haben zugesagt«, antwortete Ryke. Er hielt ihm den Ring entgegen. »Es tut mir leid, daß es so lange gedauert hat, ehe ich zurückgekommen bin.« Er ließ den Reisepack auf den Boden fallen.

»Das ist nicht wichtig«, sagte Errel mit automatischer Höflichkeit. Er streckte die rechte Hand nach dem Ring aus, erinnerte sich und hielt die Linke vor. Er blickte mit ins Leere starrenden Augen über Rykes Schulter. Ryke fragte sich, was er wohl sehen mochte. Das hagere Gesicht wurde weicher und erhellte sich zu einem Lächeln. Die Augen begannen zu leuchten. »Ich hatte gedacht, daß sie sich nicht weigern würden«, sagte er und reckte beide Arme gelöst dem heranbrechenden Tag entgegen. »Ich danke dir, Ryke. Du hast es gut gemacht.« Ryke wußte nicht, was er sagen sollte. »Wie lange ist es, bis Col sie wieder zu Berent zurückschickt?«

»Ich nehme an, drei Tage oder gar noch weniger«, antwortete Ryke.

»Das ist gut«, sagte der Prinz. Er warf einen Blick durch den senkrechten Spalt in der Wand, der das einzige Fenster der Spülküche war, als könne sein unendliches Verlangen den Tagesanbruch beschleunigen.

Ryke fragte: »Wußtest du, daß einer von den beiden eine Frau ist?«

Errel warf ihm einen schrägen Halbblick von unten zu.

Er kniete nieder, um den Ring wieder unter dem Lager zu verbergen. »Ich habe sie als Kinder gekannt«, sagte er. Dann legte er den Strohsack wieder zurück. Der war so schmal wie ein Brett, ein Lager für einen Dienstboten, mit einem Stück rauher Sackleinwand bedeckt.

»Haben sie hier in der Feste gelebt?«

»Sorren ja. Aber nicht Norres.«

»Aber warum erinnere ich mich nicht an sie?«

»Sie sind fortgezogen. Es ist eine lange Geschichte.« Er setzte sich auf sein Lager, die verletzte Hand in die andere Handfläche gelegt. »Wo werden wir sie treffen? Ich sehe, du hast einen Reisepack gebracht.«

Ryke erklärte. »Im Schatten des Bergfrieds? Gut! Col wird ihnen ein Fest bereiten, ehe er sie zurücksendet. Ich werde mich in der Küche herumtreiben, während sie essen. Die Köche sind das gewohnt. Und ich werde schon einen Weg finden, mich zum Westtor zu schleichen, wenn die Pferde aus dem Stall geführt werden.«

»Ich werde dich dort treffen.«

»Ich wollte, ich hätte meinen Bogen.« Errel blickte wehmütig auf seine Hand. »Ich glaube, ich könnte ihn jetzt doch nicht halten.«

»Ich kann versuchen, ihn zu bekommen«, sagte Ryke. »Col hat ihn in seinem Turmzimmer.«

Errel lächelte düster. »Wenn ich ihn spannen könnte, dann könnte das nützlich sein, uns die Verfolger vom Leib zu halten, falls wir verfolgt werden. Beinahe wünschte ich es mir.«

»Sag so etwas nicht!« Ryke vollführte die Geste, mit der man Übel abwehrt.

Errel sagte mit einer Stimme, die fest war wie ein Stein: »Sobald wir die Wälle hinter uns gelassen haben, wird uns keiner mehr einfangen. Ich weiß es.«

Die Anspielung auf die Karten machte Ryke nervös. Er blickte sich hastig in dem winzigen Raum um, doch sie waren nirgendwo zu sehen. Wahrscheinlich hatte Errel die Karten versteckt, unter seinem Hemd oder unter dem Bett.

Von den Ecken der Äußeren Mauer krähten die Hähne. Hunde bellten. Bald würde Wachablösung sein. In der Küche begannen sich die Küchenjungen zu regen. Ryke wollte nicht, daß sie ihn sahen. »Prinz, ich gehe nun besser.«

»Ja«, sagte Errel. Er legte sich auf das Bett und wickelte sich in die dünne Zudecke. Seine Augenlider flatterten. Er sah sehr müde aus – und er war es – und sehr jung.

Später an diesem Tag gesellte Ryke sich zu seinen Männern im Burghof.

Als er noch Athors Wachkommandeur war, hatte er zwei Stunden lang trainiert, an drei Tagen in jeder Woche. Dies genügte, seine Lunge in gutem Zustand und seinen Bauch flach und stramm zu halten. Da er ein großer Mann war, hatten ihm seine Kraft und die Reichweite seiner Arme eine natürliche Überlegenheit verliehen, und er hatte gelernt, aus diesen Geschenken der Natur Vorteil zu ziehen. Es war ihm nie möglich gewesen, sich in jene mörderische Wut zu steigern, die bei anderen Männern an die Stelle von Kampftechnik in der Schlacht zu treten pflegt. Seit er in Cols Diensten stand, hatte er recht unregelmäßig trainiert. Als er nun den eingezäunten Kampfplatz betrat, fühlte er sich fett, kurzatmig und müde.

Überall hallten die Schläge der gegeneinander prallenden Holzschwerter wider. Ryke stöberte kurz in dem Haufen von Schwertern im Zeughaus, dann knöpfte er die verschmutzten ledernen Beinschienen und die lederne Brustplatte zu. Er machte sich nicht die Mühe, einen Helm zu finden, doch als er den Kampfplatz betrat, sah er, daß die meisten der übenden Männer Helme trugen. Ein Hieb von einem solchen Holzschwert gegen den Kopf konnte tödlich sein. Er sah Vargo am Zaun lehnen und trat zu ihm. Der sommersprossige Mann rieb sich den rechten Ellbogen. Zu seinen Füßen lag eines der Holzschwerter. Ryke hob es auf, weil er dachte, es sei beschädigt und dann wieder repariert worden, doch das Schwert war in Ordnung. Wie die meisten Trainingsschwerter hatte es Kerben und war am Griff von Schweiß glattpoliert. Es war weiße Eiche, wie auch sein eigenes. Er stellte die Waffe mit der Spitze nach unten an den Zaun. »Was ist geschehen?« fragte er. Vargo streckte und bog seinen Arm. Auch er hatte keinen Helm auf. »Ich war ungeschickt«, sagte der Zweite Wachleutnant mürrisch. »Es geht schon. Bloß mein Arm ist ganz taub.« Er tippte das Schwert mit der Stiefelspitze an. »Verdammt unhandliche Dinger. Ich ziehe meine Streitaxt vor.«

»Jeder Mann, der auch nur ein wenig Übung mit dem Schwert hat, könnte dir den Schädel spalten, bevor du überhaupt nahe genug herankommst, deine Axt zu benutzen«, sagte Ryke.

»Dann habe ich noch nie mit einem geübten Mann gekämpft«, sagte Vargo und grinste. Er bewegte sein Ellbogengelenk im Kreis und stieß einen Fluch aus.

»Ja. Vielleicht ist das so«, sagte Ryke.

Dann übte er eine Weile abseits von den anderen und trainierte Hiebe, Ausfälle und Schwünge, die Bewegungen, mit denen man Köpfe abhaut oder durch das Leder den Bauch aufschlitzt; und er strengte seine Muskeln so an, bis sie schmerzten und zu knirschen schienen. Unter dem hellen kalten Nachmittagslicht strömte ihm der Schweiß die Flanken hinab, bis seine Kleider ganz durchweicht waren. Der Boden zu seinen Füßen, halb Sand, halb Schnee, schien ihn festhalten zu wollen.

Als er lange genug allein geübt hatte, ging er wieder zum Zeughaus und zog sich einen Lederschild aus dem Haufen. Er schnürte ihn um den Arm und ging dann einen Kampfpartner suchen. Er strich am Rand des Waffenhofs entlang. Ephrem und Kinnard hackten im Schatten der Einzäunung aufeinander ein. Ephrem wirkte frisch, doch Kinnard wirkte deutlich abschlaffend. Ryke brüllte ihnen zu, sie sollten aufhören. Kinnards Atem ging stoßweise wie der eines Läufers. »Ruh dich aus!« sagte Ryke zu ihm. Er hob sein Schwert. Ephrem lächelte ihn arglos an. Er hatte keinen Schild.

»Ryke, willst du meinen Helm?« rief Kinnard.

»Nein«, schrie Ryke zurück. Er tanzte im Kreis, um Ephrem in eine Position zu bekommen, in der er die Sonne in den Augen hatte. Ephrem schwang sein Schwert mit beiden Händen. Ryke parierte den Hieb, Schwert prallte gegen Schwert. Er spürte den Aufprall seinen Arm hinaufschießen. Ephrem war stark, mit einem breiten Torso, genau wie Col. Das Gesicht unter dem Rundhelm wurde ernst. Er holte erneut aus. Ryke fing den Hieb mit seinem Schild ab und griff Ephrems ungeschützte Seite an. Der Südländer sprang zurück und ließ den Hieb harmlos an sich vorbeizischen, dann trat er wieder vor und holte zu einem zweiten beidhändigen Schwertstreich aus. Ryke fragte sich, wo der Mann das gelernt haben mochte. Wieder parierte er, dann noch einen, um den Rhythmus des Gegners abschätzen zu können. Rykes Hände brannten. Er ließ Ephrem herankommen. Wieder holte Ephrem aus, und Ryke duckte sich unter dem Hieb weg. Das Holzschwert pfiff über seinen Kopf hinweg. Dann sprang er auf Ephrem zu, das Schwert diesmal selbst in beiden Händen, und er hörte, wie der Südländer stöhnte, als die Spitze in seinen Brustpanzer eindrang. Er taumelte, würgte und setzte sich dann auf die Erde. Ryke stützte sich auf sein Schwert. Die Handgelenke schmerzten ihn, weil er es so ruhig hatte halten müssen. Ephrems Brustkorb hob und senkte sich stoßweise. »Bist du verletzt?« fragte Ryke.

»Ich kriege keine Luft.« Ephrem saß keuchend auf dem Boden. Schließlich gelang es ihm, auf die Füße zu kommen. Er zerrte den Brustpanzer fort und löste die Bänder seines Hemdes. Auf der braunen Brust waren blaurote Spuren zu sehen, wo Rykes Schwert den Lederschutz in die Haut getrieben hatte.

»Zieh dein Hemd wieder an, du bist im Schweiß«, sagte Ryke. »Und geh lieber zum Feldscher und laß ihn nachschauen, ob nicht vielleicht eine Rippe gebrochen ist.«

»Ach, es ist gar nichts«, sagte Ephrem. Er bewegte seinen Schwertarm und grinste.

»Geh trotzdem zum Feldscher!« sagte Ryke. Ephrem schleppte sich langsam davon.

Kinnard blickte besorgt drein. Er kaute am einen Ende seines Schnurrbarts. »Willst du noch einen Gang?« fragte er und hob tapfer sein Schwert.

»Nein«, antwortete Ryke. Seine Schwerthand schmerzte. Er brachte den Schild und das Holzschwert ins Zeughaus zurück. Irgendwie fühlte er eine leichte Zufriedenheit mit sich selbst.

Die Abendmahlzeit in der Halle verlief schlicht und gedämpft, wenn man sie mit dem festlichen Aufwand des vorherigen Abends verglich. Wie um Buße zu tun für den Aal in Weinsoße, hatte der Chefkoch diesmal alles mit Zwiebeln zubereitet. Ryke aß nur wenig, denn er wünschte nicht, die Nacht ständig rennend zwischen seinem Bett, den Wachen und den Latrinen zu verbringen. Die Boten hatten die Nachricht übermitteln lassen, daß sie es vorzögen, an diesem Abend allein zu speisen. Col Istor hatte den Dienern befohlen, den Gesandten in ihren Gemächern zu servieren. Er hatte Errel nicht rufen lassen. Es gab auch keine Streitigkeiten.

Als die Mahlzeit beendet war, wandte sich Col seinen Kommandeuren zu. »Kommt in mein Quartier, wenn ihr euch um eure Leute gekümmert habt!« Überrascht blickten die Wachkommandanten einander an. Held zog ein finsteres Gesicht und begab sich auf seine Runde. Gam stapfte zu den Stallungen. Onran verzog sich, um mit den Küchenmädchen zu schäkern und so vielleicht eine Scheibe junges Gänsefleisch abzustauben. Ryke blieb bei Tisch sitzen. Ringsum räumten die Diener die Tafeln ab. Er begriff nicht, warum die Boten nicht zum Abendmahl erschienen waren. Das beunruhigte ihn. Alles, was Cols Aufmerksamkeit erregen konnte, beunruhigte ihn. Die Küchenjungen löschten die Fackeln mit ihren langstieligen Lichtputzern. Der riesige Raum versank in Düsternis. Man hörte die Hunde an den Knochen des Essens beißen. Ryke spürte plötzlich an seinem Bein warmen Atem und dann eine kalte Nase. Es war die schwarze Wolfshündin. Er streichelte und kraulte sie und versuchte sich gegen das zu stählen, was er nicht tun wollte: nämlich Col Istor in dem Raum gegenübertreten, der Athors Gemach gewesen war.

Die Hündin trollte über den Hof hinter ihm her, doch sie wollte nicht in die Wohngemächer mitgehen. Von der Halle bis zur Nordtreppe war es nur ein Sprung. Vor der Tür wartete ein Page. Ryke zögerte. Er wollte den Raum nicht betreten. »Sind sie schon alle da?« fragte er. Der Page schüttelte den Kopf. Die schwere Tür stand einen Spaltbreit offen. Die Messingbeschläge schimmerten neben den eisernen Türangeln. Ryke rieb sacht über das glatte Metall. Generationen von Pagen (und er war einst einer davon gewesen) hatten ihr Wachstum an der schön gezeichneten

Bronze gemessen und sie mit ihrem Atem geglättet. Ryke löste die Bänder seines Hemdes und trat ein.

Col stand vor dem Feuer. Er wirkte ärgerlich. Onran saß auf einer Truhe vor einem Fenster mit blauen Samtvorhängen. Held lehnte an der Wand. Gam war noch nicht da.

Ryke setzte sich auf einen Hocker. Die Farben im Raum wirkten verändert. Col hatte den großen Schrank mit den geschnitzten Türen entfernt und dafür einen gewaltigen Tisch aus Ebenholz aufstellen lassen. Der Tisch war bedeckt mit Blättern und Papierrollen, dem Material protokollarischer Aufzeichnung. Athor hatte es vorgezogen, das Protokollarische seinem Majordomus zu überlassen: Jaret, der ebenfalls im Kampf gefallen war. Col aber hatte keinen Haushofmeister. Über dem Kaminsims hing etwas, was Ryke noch niemals gesehen hatte: ein rhombusförmiger Schild, groß genug, um einen Mann vom Hals bis zur Lende zu bedecken, in Gold-, Silber- und Bronzearbeit. Dargestellt war eine Schlange, die ihren eigenen Schwanz verschlang. Dies war ein Symbol, das er früher bereits auf anderen Gegenständen aus anhardischer Künstlerhand gesehen hatte, doch niemals in derartiger Vollkommenheit. Unter der Figur war der Schild selbst aus Eisen. Ryke stellte sich vor, wie ein Mann in der Schlacht diesen Schild einen Hügel hinaufschleppte oder beim Rückzug hinter sich herschleifte. Der Schild sah aus, als habe er niemals Schwerthiebe aushalten müssen, und Ryke überlegte sich, daß er vielleicht irgendwann einmal als ernstes Zeichen eines Waffenstillstandes (vor Urzeiten geschmiedet und seit langem nicht mehr gültig) von einem anhardischen Herrn, der auf Zeremoniell bedacht war, übergeben worden war.

Gam kam hereingeschlendert. Er roch nach Stall.

»Können wir jetzt anfangen?« fragte Col mürrisch. Er stopfte die Daumen in den Gürtel. »Ich wollte euch sagen, daß ich Berents Waffenstillstandsangebot annehme und daß die Waffen bis zum Frühjahr schweigen werden.«

Onran fragte: »Heißt das, daß wir keine Raubzüge mehr unternehmen können?«

»Genau das heißt es«, sagte Col. »Jedenfalls soweit es den Vertrag betrifft.«

»Aber wie sollen wir dann herausfinden, wie stark Berent ist?« fragte der jüngste Kommandeur.

Col lächelte. »Ich bin kein Hellseher. Aber ich habe so das Gefühl, daß sich in dem Gebiet um Cloud Keep bald eine Epidemie von Gesetzlosen breitmachen wird.«

»Fallensteller wären besser«, sagte Gam.

»Ja. Aber Gesetzlose sind bewaffnet«, antwortete Col.

Onran und Held begannen sich darüber in die Haare zu geraten, ob die »Gesetzlosen« ihre Raubzüge tagsüber oder nachts durchführen sollten. Ryke erlaubte seinen Gedanken abzuschweifen. Im Zimmer duftete es nach Bienenwachs und getrockneten Jasminblüten. Zu der Zeit, als Athor hier schlief, hatte es nach Hund gerochen. Die Tür zum Schlafgemach stand zwei Handspannen weit offen. An dem Spalt bewegte sich eine Kerze vorbei. Eine Frau schaute auf die Männer heraus. Das Haar fiel ihr wie ein dunkler Bernsteinvorhang über Schultern und Rücken. Es war Becke. Ihre und Rykes Augen streiften einander. Ohne Eile zog sie sich zurück.

Plötzlich sah Col gelangweilt aus. Er hieb die Faust auf den Tisch, um den Streit zu unterbrechen. »Das reicht! Gute Nacht, meine Kommandeure! Wir sehen uns morgen bei Tisch, um unseren Gästen die Ehre zu geben.« Ryke stand auf. »Nein, Ryke, du bleibst!« Überrascht versteifte sich Rykes Körper. Er sah, daß Held argwöhnisch und mit einem eifersüchtigen Blick in der Tür stand und daß Col ihn hinausscheuchte. Dann schloß der Page die Tür.

»Komm zu mir!« sagte Col. Ryke trat an den Tisch. Sein Herz hämmerte wild. Er konnte in Cols Gesicht nichts lesen. Die Boten haben uns verraten, dachte er. So langsam, wie er es zu tun wagte, ließ er die rechte Hand auf den Griff des Dolches in seinem Gürtel sinken.

»Kannst du lesen?« fragte Col.

Das waren Worte, wie er sie überhaupt nicht erwartet hatte, darum mußte er sie sich stumm wiederholen, wie wenn er geistesschwach geworden wäre. »Ich kann Runen lesen«, antwortete er. Es erfüllte ihn mit Erstaunen, daß seine Stimme so gleichmäßig klang. »Athor trug mir auf, dies zu lernen, als er mich zum Zweiten Wachleutnant machte. Aber ich kann die Schrift der Südländer nicht lesen.«

»Kannst du dies hier lesen?« Col schob eine Schriftrolle über den Tisch. Ryke rollte sie auf und hielt sie mit beiden Händen nieder. Die dunklen Zeilen liefen das Blatt hinunter. Manche von ihnen waren so verblichen, daß er sie nicht entziffern konnte. Die Schriftrolle war staubig. Ryke kniff die Augen zusammen. Der Anfangsbuchstabe in einigen der Zeilen war größer als der Rest der Schrift.

»In dem siebenten Jahr ... irgendwas wie: *Herrschaft*, glaube ich, *Kerwins, des Herrn von Tornor* – etwas über Anhard ...« Die Runenschrift für K, H und T war mit Goldtinte verziert.

»Wer war Kerwin?«

»Der Großvater Athors. Vielleicht sein Urgroßvater.«

Col zog sich mit dem Fuß einen Hocker heran und ließ sich darauf nieder. »Weißt du, wo ich das gefunden habe? Im Wachtturm. Voller Mäusedreck!«

»Ich hatte keine Ahnung, daß so etwas da war«, sagte Ryke. »Was ist es?«

»Geschichte! Geschichtliche Aufzeichnungen. Berühmte Familien heben so was auf. Die Med-Familie in Kendra-im-

Delta hat ein ganzes Zimmer davon – und eine Frau, die nur dazu da ist, das Zeug sauberzuhalten ...«

»Du hast in Kendra-im-Delta gelebt?«

»Ich habe der Med-Familie fünf Jahre lang gedient«, sagte Col. »Ich habe Truppen gegen die Asech geführt.« Ryke nickte. Er wußte, von wem die Rede war. Es waren fremdartige Leute, die südlich des Galbareth lebten, in Häusern, die aus Häuten gefertigt waren. »Ich bin mit Ewain Med und mit Raven Batto herumgeritten.«

»Ist das der, den man zum Gesetzlosen erklärte?« fragte Ryke. Er erinnerte sich nur undeutlich an die Sache.

»Ach, also hat sich die Geschichte sogar bis hierher verbreitet? Ja, er war es. Er tötete einen Vetter aus der Med-Familie, und das war natürlich dumm, denn die Med-Familie hat in Kendra-im-Delta die Herrschaft. Aber das ist auch schon zehn Jahre her.« Col trat ans Fenster und öffnete einen der Läden. »Verstehst du etwas von Musik?« fragte er unvermittelt.

Ryke war verblüfft. Er sagte: »Nein.«

»Das ist zu blöd. Wir im Süden singen ziemlich viel.« Und sanft, als spräche er zu der Nacht, begann er zu rezitieren: *»Die Hügel und die Sterne sind für mich Gefährten, und alles, was ich tue, tue ich allein.* – Kennst du das?« Ryke schüttelte den Kopf. Col ließ den Vorhang wieder über das Fenster fallen. »Das Wetter ist noch immer klar. Wird es so bleiben?« fragte er.

»Wahrscheinlich nicht. Im Wind weht eine Feuchtigkeit herbei.«

»Und das bedeutet noch mehr Schnee, nehme ich an. Ich wünschte, es wäre endlich Frühling. Der Winter ist keine Jahreszeit, in der man ein Land lieben lernen kann. *Denn ich bin ein Fremdling in einem fremden Land«*, zitierte er. »So heißt das Lied.« Col saß auf seinem Hocker und legte die

Hand auf die oberste der Schriftrollen. »Ich möchte, daß du sie mir vorliest«, sagte er.

Einen Augenblick lang fühlte sich Ryke beinahe gezwungen, gedankenlos zu sagen: »Aber ich gehe doch weg …« Er konnte sich gerade noch bremsen. Hitze stieg ihm ins Gesicht und in den Kopf. Er verfluchte sich insgeheim. »Ich denke, daß ich das kann«, sagte er und bemühte sich, seine Einwilligung so klingen zu lassen, als wäre sie widerwillig gegeben.

»Wenn du nicht willst, dann sag es mir. Ich kann jemand anderen dafür finden.«

»Ich werde es tun«, sagte Ryke. Die dunklen Augen Cols starrten ihm direkt ins Gesicht. Er wünschte, sein Befehlshaber würde den Blick abwenden. Ein glühendes Scheit brach im Kaminfeuer in sich zusammen. Ryke warf einen Blick auf die Rolle, die er mit einem Ellbogen festhielt.

Col fragte: »Überrascht es dich, Ryke, daß ich dieses Land gern lieben möchte?«

»Ja.«

»Wenn ich es nicht liebe, wird es mich vernichten.«

Ryke hatte darauf keine Antwort.

»Ich vermute, das wäre dir nur recht.«

Aus Verlegenheit zuckte Ryke nur die Achseln. Vor ihm auf dem Tisch lag Cols Hand mit der Handfläche nach unten. Er hatte unglaublich starke Sehnen; sie sprangen unter der Haut hervor wie Wurzeln in einem Gelände mit dünner Mutterkrume. Ryke hörte das Rascheln von Stoff und das Klirren von Metall aus dem Schlafgemach. Er wandte sich nicht um. Das Licht der Kerzen schwankte auf dem anhardischen Schild. Die Schlange schien sich zu bewegen, als ob sie zuckte. Ryke versuchte sich zu erinnern, was Athor früher über dem Kaminsims hängen hatte, doch er hatte es vergessen. Das waren nun Cols Gemächer. Nichts von

Athor war hier in diesen Räumen geblieben. Diese Erkenntnis ließ Zorn in ihm aufsteigen, aber auch eine seltsame hilflose Trauer.

»Ist dies alles, was du von mir wünschst?« fragte er.

Col blickte ihm direkt in die Augen. »Danke, ja. Das ist alles.« Ryke ließ die Schriftrolle los. Das kräftige Papier rollte sich von den Kanten her zusammen.

»Gute Nacht«, sagte er, und er wandte seinem Oberbefehlshaber den Rücken zu. Als er an der Tür zum Schlafgemach vorbeikam, warf er einen Blick durch die leicht geöffnete Tür. Doch er konnte nichts anderes sehen als die ruhige Flamme einer Kerze und das Schattendunkel der Vorhänge um ein Himmelbett.

5. KAPITEL

In dieser Nacht vermochte Ryke keine Ruhe zu finden. Gewissenhaft schritt er seine Runden ab. Das Wetter schien sich zu halten. Schlechtes Wetter würde ihrer Flucht teils geholfen haben, teils ihr hinderlich gewesen sein. Schönes Wetter würde die Verfolgung erleichtern. Er wußte nicht, sollte er es verfluchen oder segnen. Am Haupttor redeten die Wachen über die (angeblichen) sexuellen Gewohnheiten der *ghyas*. In den Soldatenunterkünften stank es höchst widerlich nach Zwiebeln. Ryke schritt die Wälle ab. Von den Erkertürmchen der Äußeren Mauer blickte er auf das Dorf hinab, auf die darum herum liegenden Höfe und Felder. Die Wolfshündin entdeckte ihn auf der Brustwehr und kam herauf, um mit ihm zu laufen. Ryke fragte sich, an wen sich die Hündin wenden würde, wenn sie Gesellschaft und Trost suchte, nachdem er fortgegangen war.

Bei einer Runde nahm er unter dem Vorwand, die Türen prüfen zu wollen, eine Laterne mit. Er ging durch die Abteilungen, schwenkte den dünnen gelben Lichtschein hin und her, bis er zur Mittelstiege gelangt war. Er entdeckte seine eigenen Fußstapfen in dem alten Staub. Er wischte sie aus. Am unteren Stiegenende riegelte er auf, ging durch die Tür und verriegelte dann sorgfältig von außen den verräterischen Zugang.

Als der Morgen kam, hatte er das Gefühl, seine Augen seien voller Sand. Nach der Wachablösung begab er sich in die Halle. Die Durchreiche von der Küche war geöffnet. Er lehnte sich an die Wand und trank drei Tassen kräftigen Minzenabsuds. Sein Mund wurde trocken, seine müden Sinne spannten sich.

Im Kopf ging er noch einmal durch, welche Vorbereitungen er getroffen hatte. Errel hatte einen Reisepack. Seinen eigenen hatte Ryke in einer Höhlung hinter zwei Kreuzbalken im Dach der Nebentür am westlichen Tor versteckt. Außerdem hatte er einen Knabenbogen dazugeschnürt, den er in einem der leeren Gemächer gefunden hatte. Er hatte keine dazu passenden Pfeile finden können. In seinem rechten Stiefel steckte wie immer das anhardische Waidmesser. Er wünschte sich, daß er irgendwie sein Schwert hätte mitnehmen können.

»Mehr?« fragte das bedienende Küchenmädchen. Sie beugte sich aus dem Küchenfenster und lächelte ihn an.

Er reichte ihr den Becher zurück. »Es war genug.« Die Türen zur Halle schwangen nach innen. Col, Held, Onran, Gam und die Boten traten ein. Das Mädchen verschwand in der Küche, um den Köchen Bescheid zu sagen. Die *ghyas* (es fiel ihm leichter, sie als das zu sehen, als daran zu denken, daß einer davon eine Frau war) trugen bereits ihre Reisepelze. Ryke ging zu ihnen hinüber. Die Botschafter schenkten ihm keinen Blick. Col setzte sich. Die Diener arrangierten die Platten vor ihm.

Held wirkte ruhelos. Zweimal erhob er sich und lauschte. »Was ist mit dir los?« fragte Col.

»Irgendwas ist merkwürdig.«

Ryke brach der Schweiß aus. Held war die Phantasielosigkeit in Person. Wenn er die Küche betreten sollte, dann würde er Errel sehen.

»Du bist nervös wie ein Weib«, grollte Gam. Er war verschnupft, weil Col darauf bestanden hatte, daß er mit in der Halle essen sollte, nicht im Stall. Er beugte sich über Ryke und spießte eine Scheibe Speck auf.

»Ich schau mich mal um«, bot Ryke an. Onran blickte überrascht vom Teller auf. Es war seine Wachrunde. Ryke verließ die Tafel hastig, ehe Col ihn zurückbeordern konnte. Er trat in die Küche. Errel war nicht zu sehen. Dann ging er zu den Mannschaftsunterkünften und zu den Stallungen. Die Pferde der *ghyas* – zwar nur knochendürre Steppentiere mit Schwänzen wie Besen – standen bereit. Es wehte ein leichter Ostwind. Ryke durchquerte den Inneren Hof und ging zum Haupttor. Die Männer auf Posten im Wachhaus sahen gelangweilt aus.

Ryke kehrte wieder in die Halle zurück. Ein Küchenmädchen servierte Eierstich. »Alles in Ordnung«, sagte Ryke und setzte sich auf seinen Platz, während ein Diener ihm den Teller füllte. Col runzelte die Stirn, als habe er Verdacht geschöpft. Ryke mußte schlucken. Er schmeckte das Essen kaum. Er fragte sich, ob Col den dünnen Schweißfilm bemerkt hatte, der seine Haut bedeckte, wie er spürte.

Held sagte leise etwas zu Onran. Der junge Offizier explodierte. Er hieb die Fäuste auf den Tisch. »In meiner Wache ist nichts faul, verdammt noch mal! Und drück dich gefälligst höflicher aus!«

»Und du gib mir keine Befehle, du Grünschnabel«, brüllte Held.

Onran war auf den Beinen. Er stotterte. »Du ver ...«

»Haltet den Mund!« befahl Col. Seine obsidianschwarzen Augen streiften rasch seine Offiziere. Held kniff die Lippen fest zusammen. Onrans Schultern hoben sich, dann entspannte er sie wieder. Die Botschafter aßen. »Onran, setz dich hin!« Onran warf Held einen bösen Blick zu und setzte sich dann wieder mit einem Bein auf die Bank. »Ryke!« Ryke fuhr auf. »Ist während deiner letzten Nachtwache irgend etwas vorgefallen?«

»Nichts außer einem Übermaß an Zwiebeln.«

Cols Lippen zuckten. »Ich werde wohl mit dem Koch

sprechen müssen.« Er stützte beide Ellbogen auf den Tisch. Die Boten schoben ihre Teller fort. Ryke konnte sie nicht ansehen.

»Ihr habt es zweifellos eilig, euren Auftrag zu erfüllen«, sagte Col.

Norres antwortete: »Es ist ein Dreitagesritt bis Cloud Keep.«

»Ich möchte nicht, daß Berent Einauge auf den Gedanken kommt, ich hätte seinen Vorschlag nicht bedacht. Meine Antwort an ihn lautet: Ich nehme sein Angebot eines Waffenstillstands über den Winter hin an, und ich werde seinen Sohn behandeln, als wäre er mein eigener. Ich werde den Knaben mit angemessener Begleitung nach dem zweiten Tauwetter zurücksenden. Dann soll der Waffenstillstand enden.« Er sprach, als hätte er seiner Lebtage lang Waffenstillstände geschlossen – und die Verträge gebrochen.

»Wir bezeugen es«, sagte Norres. Und das war alles. Ryke blickte zu den Wandteppichen an der gegenüberliegenden Wand. Die Maurer bei ihrer ewigen Arbeit sahen nicht beeindruckt aus.

Norres sagte: »Wir danken dir für deine Gastlichkeit.«

Col grinste über den Tisch weg. »Ich möchte nicht gern als weniger gastlich erscheinen als Berent.« Er winkte einem Küchenjungen zu. »Geh und sieh, ob die Pferde der Boten bereit sind!«

Jetzt! dachte Ryke. Er fühlte sich schwach in den Knien. Col hatte sich erhoben. Ebenso seine Offiziere und die Gäste. Norres und Sorren stülpten sich die Reithandschuhe über. »Laß das Haupttor öffnen!« befahl Col Onran. Als der Rangjüngste gegangen war, bemerkte Col zu Held: »Hack nicht immer auf ihm herum!« Man ging gemächlich vom Tisch weg. Die Küchenjungen rannten herbei, um die Teller zu erwischen, bevor die Hunde sich darüber hermachen konnten.

Am hohen Tor zur Halle sagte Ryke: »Entschuldige mich.« Col nickte. Ryke ging quer über den Hof. Er benötigte seinen ganzen Willen, um nicht zu laufen zu beginnen. Der Wind war stärker geworden: Cols Flagge knatterte. Ryke ging durch die Innere Mauer und dann zum Seitentor im Äußeren Wall. Die Wachtposten erzählten sich Geschichten in der Wachstube. Er griff hinter die Kreuzbalken und hob seinen Reisepack herunter. »Mach das Tor auf!« befahl er.

»Was ist das da?« fragte einer der Männer, während er die Schulter gegen den Sperrbalken stemmte. Das Tor öffnete sich nach innen. Ryke trat zurück.

»Für die Botschafter. Befehl von Col.« Seine feuchten Handflächen glitten an den Lederriemen ab. »Schließt ab!« befahl er den Posten. Dann trat er ins Licht. Gehorsam schlossen sie hinter ihm das Tor. Er konnte den Sperrbalken einrasten hören. Der Schatten des Burgfrieds floß zur Straße hin wie ein Finger, der in die Freiheit wies. Ryke trat in den Schatten und fiel dabei fast über Errel. Der Prinz kauerte gegen die Steine geschmiegt. Er trug Reisepelze und darüber seinen Reisepack. Auf seiner Wange war ein Kratzer. Der Verband auf seiner rechten Hand war schmuddelig.

Mit rasendem Herzklopfen zerrte Ryke seine eigenen Pelze aus dem Pack. »Wie bist du vor die Mauer gekommen?« flüsterte er.

»Ich bin geklettert«, sagte Errel und stand auf. »Hast du mir einen Bogen gebracht?«

Ryke drehte sich halb um und starrte auf die rauhe Steinmauer. »Ich habe nicht gewußt, daß du diese Fertigkeit besitzt.« Die Äußere Mauer war viermal mannshoch. Er schob die Arme durch die Schlitze im Pelzmantel.

»In der Not lernt man es«, sagte Errel trocken. »Ich kann es jetzt.«

Ryke zog den Bogen aus dem Pack. »Ich habe nur das gefunden.«

Errel wendete den Bogen in seinen nun behandschuhten Händen hin und her. »Das könnte der sein, mit dem ich gelernt habe«, sagte er. »Hast du Pfeile mitgebracht?«

»Ich habe keine finden können.« Ryke hörte das Stapfen von Hufen im Schnee. Ungeschickt vor Eile schnürte er sich den schlaffen Reisepack auf den Rücken. Er dachte: In einem Augenblick werden die Wachtposten das Tor öffnen, um zu sehen, wohin ich gegangen bin ... Er blickte zu Errel hinüber. Der Prinz hatte sich abgewandt, er hielt den Bogen in der linken Faust. Das Stapfen der Hufe kam näher. Die Boten kamen um die Ecke geritten, ruhig und ohne Hast folgten sie der Biegung der Straße.

Ryke kniff die Augen zusammen. Der Schnee war so hell, daß er beinahe wie poliert wirkte. Er hielt die Hand über die Augen. Der erste der Boten sah sie. Ryke vermochte nicht zu sagen, wer von den beiden es war. Er hielt ihn für Sorren. Sie hielt eine Hand hoch. »Holla!« rief sie. Es war Sorren. Errel lief im Schatten des Wachtturms hinunter und auf sie zu, als wäre er auf einer Straße. Ryke zitterte. Er befürchtete, jeden Augenblick den Alarmruf von der Mauer zu hören.

Doch niemand rief. Niemand beobachtete sie. Sorren ritt auf Errel zu. Er lief drei Schritte neben ihr her und sprang dann auf. Das Pferd schoß aus dem Schatten ins Licht. Norres drang in den Schatten ein. Ryke sah den Arm, der ihm hingestreckt wurde. Er packte ihn. Er wurde auf den Rükken des Pferdes gezogen. »Vorwärts!« flehte er.

»Halte dich an meinem Gürtel fest«, knurrte Norres.

Ryke klammerte die Finger unter das Leder. Norres lehnte sich nach vorn. Sie hämmerten über eine Brücke. Der Rurian lag in eisgefrorenen Wellen unter ihnen. Das Tier bewegte sich leicht, trotz der doppelten Last. Ryke riskierte einen Blick nach rückwärts. Hinter ihnen erhob sich schweigend die Zwingfeste. Die Straße war leer. Niemand verfolgte sie. Er wollte vor Befreiung aufschreien, doch dann fiel ihm ein, daß er die Burg vielleicht niemals wiedersehen würde.

Von einem windbewegten Ast tropfte ihm Schnee in den Hals. Die Straße verlief durch ein Gehölz von Koniferen. Ryke ließ mit einer Hand den Ledergurt los und zog sich die Kapuze über den Kopf. »Wie lange werden wir brauchen, bis wir in Cloud Keep sind?« fragte er.

»Drei Tage zu zweit. Vier Tage, da wir vier sind«, sagte Norres.

Sorren ließ ihr Pferd in Trab fallen. »Nicht langsamer werden!« mahnte Norres.

»Wir werden nicht verfolgt«, antwortete Sorren. Errel wandte sich um. Ryke grinste ihn breit über Norres' Schulter hinweg an.

»Dennoch. Wir halten, wenn wir in die Nebel kommen.«

Sorren nickte und trieb ihr Pferd wieder voran. Ryke lauschte immer noch. Unter den Soldaten Cols gab es Männer, die die Gegend viel besser kannten als er selbst. Doch hinter ihnen war nichts zu hören. Dann wurden die verkrümmten Bergfichten endlich dünner. Der Pfad wand sich steil nach oben und schien in einer dichten grauen Nebelbank zu enden. Sie stiegen ab. »Achtet darauf, wohin ihr die Füße setzt!« warnte Norres. Sie stapften langsam vorwärts. Hinter ihnen wogten die Nebelwolken ineinander.

Errel übernahm die Führung. Norres blieb zurück, um auf mögliche Verfolger zu lauschen. Die Wolken wirbelten in dichten Schwaden um sie herum. Nebelwasser tropfte von den Felsen. Errel führte sie sacht und sicher. Ryke erinnerte sich, daß der Prinz vor dem Krieg in dieser Gegend zu jagen pflegte. Er kannte sie zumindest ebenso gut wie die Raubtrupps, die Col zur Verfügung hatte. An einigen Stellen wurde der Pfad so steil, daß es mehr ein Klettern als ein Gehen war. Sorren wanderte zwischen Ryke und Errel. Es schien Stunden gedauert zu haben, ehe sie endlich anhielten. »Wir wollen essen«, sagte Errel. Sie warteten, bis Norres sie eingeholt hatte. Ryke taten die Beine weh. Er war anscheinend zu verweichlicht geworden. Der Rücken schmerzte ihn vor Müdigkeit und Verkrampfung.

Sie aßen in einer Senke neben dem Pfad. Col hatte die Boten mit Nahrung und Futter für die Pferde ausgerüstet. Ryke hatte in seinen und Errels Pack Streifen getrockneten Fleischs und Käse gesteckt. Dennoch gab es nicht genügend Nahrung, um vier Menschen während vier Tagen zu ernähren. Errel bemerkte: »Wir werden jagen müssen.« Der Knabenbogen lag über seinen Knien. Er legte ihn auf die Erde und wickelte den Verband um seine Hand ab. Die Quetschung war abgeschwollen. Er versuchte den Mittelfinger zu bewegen, verzog das Gesicht und wickelte den Verband wieder um die Hand. Den Ring der Herren von Tornor trug er an der linken Hand.

Sorren erhob sich. »Gehen wir also, wenn wir überhaupt gehen.« Sie zog die Kapuze übers Haar. Ryke biß die Zähne zusammen und stand auf. Seine Schenkel fühlten sich an wie Blei. Errel ging voran. Sorren hinter ihm. Auf dem grauen Pelz ihrer Kapuze hingen Wassertropfen und schimmerten wie auf dem Stein.

So zogen sie weiter. Es wurde noch kälter; der Wind schnitt ihnen ins Gesicht wie scharfe Messer. Rykes Hände glitten immer wieder von den Felsbrocken ab. Er fragte sich, ob Menschen diesen Pfad angelegt hatten, oder ob es eine natürliche Schneise war, die Wind und Wetter geschlagen hatten. Seine Brust schmerzte. Er überraschte sich dabei, daß er keuchte. Sie machten Rast im Windschatten einiger Krüppelfichten. Errel kauerte sich auf die Hacken nieder. Ryke beugte sich vor, um zu sehen, was er da tue. Er säbelte an den unteren Ästen der zähen kleinen Bäume mit dem Messer herum. »Für Pfeile«, sagte er.

»Womit willst du sie befiedern?« fragte Ryke.

»Ich werde irgendwas finden.« Er schnitzte an dem Stock herum. Seine linke Hand war ungeschickt.

Dann zogen sie weiter. Ryke dachte: Was ist nur mit der Sonne geschehen? Er hatte jegliches Raumgefühl verloren, er konnte nur noch aufwärts und abwärts unterscheiden. Ein Frösteln überfiel ihn. »Hier«, sagte Sorren und reichte ihm eine Flasche. Ryke nahm einen großen Schluck. Das Getränk brannte in der Kehle und wärmte seinen Magen. Er nahm noch einen Schluck. Das Zittern hörte auf. Dankbar drückte er den Verschluß auf die Flasche und händigte sie Sorren wieder aus. Wieder strömte Leben durch seinen Körper. Er stampfte mit den Füßen auf, um das Blut zum Fließen zu bringen. Sorrens Füße bewegten sich auf und ab, auf und ab. Wieder rasteten sie. Ryke lehnte sich gegen einen Felsen. Irgendwo hörte er Wasser rauschen, und er träumte vom Sommer, einer heißen Sonne, von einem blauen Himmel, von warmem Regen.

Sie hielten endgültig an, als das Grau sich in Schwärze verwandelte.

Ryke fragte: »Sollten wir nicht Wachen einteilen?«

»Wozu?« sagte Norres hinter ihm.

»Wenn wir verfolgt werden.«

Der *ghya* lachte. »Sie werden nicht in der Dunkelheit hinter uns her sein.«

Die Boten erläuterten, was man tun sollte, und so zogen Ryke und Errel die Stiefel aus, wuschen sich die Füße mit Schnee und rubbelten sie kräftig, bis sie trocken waren. »Wozu soll das gut sein?« fragte Ryke.

»Es verhindert Erfrierungen«, sagte Errel. »Noch besser wäre es, wenn wir ein Feuer haben könnten«, sagte er traurig. »Ich nehme nicht an, daß ihr bei euren Fahrten gelernt habt, wie man mit Schnee oder Fels ein Feuer macht?«

Sorren blickte von ihrer Arbeit auf. Sie schnitt gerade Pökelfleisch in Streifen. »Unseligerweise, nein«, sagte sie.

Sie schliefen in einer engen Höhle, die kaum mehr als ein Loch im Fels war. Es war knapp Raum genug für alle vier vorhanden. Norres und Sorren schliefen in einen gemeinsamen Pelz gehüllt, die Arme umeinander geschlungen. Draußen vor ihrem Zufluchtsort heulte klagend der Wind.

Mitten in der Nacht wurde Ryke geweckt. Errel zitterte vor Kälte. Ryke konnte die Zuckungen an seinem Rückgrat spüren. Er rollte auf die andere Seite, nahm den Prinzen in den Arm, drückte die Brust dicht an Errels Rücken und zog ihn fest an sich, um ihm von der eigenen Körperwärme abzugeben. Das Zittern hörte allmählich auf. Errels Atem wurde ruhiger. Ryke lag schlaflos da und lauschte auf den Wind. Dann betäubte ihn die Kälte, und er versank in unruhige Halbträume.

Am Morgen mußte er seinen linken Arm kräftig schütteln, damit wieder Gefühl in ihn eindrang.

Der zweite Tag unterschied sich nicht von dem ersten, außer daß sie mehr abwärts tasteten als aufwärts.

Rykes Brust schmerzte nicht mehr. Sie ritten während eines Teils der Stunden an diesem Tag. Aus dem Wolkennebel gelangten sie auf ein Steinplateau mit Gruppen verquälter kleiner Bäume und bedeckt von eisig verharschtem Schnee. Die Wolken hingen über ihnen wie die Hand eines Riesen. Die zottigen Pferde stapften gleichmütig über die Steppe. Das zweite Nachtlager bauten sie in einer Senke, die von Baumstümpfen voll war. Norres entzündete ein Feuer. Die Baumstümpfe zischten und rauschten. Die Pferde kauten an ihrem Futter. Mensch und Tier drängten sich zu der mageren Wärme der Feuerstelle. Wolken verhüllten die Sterne. Norres ließ die Flasche kreisen. Ryke nahm einen Mundvoll und wickelte sich in seinen Mantel, solange sein Bauch sich noch warm fühlte.

Errel saß aufrecht, den Bogen und die zwei Pfeile, die er geschnitzt hatte, quer über den Knien. Als Fiederung für die Pfeile hatte er eine Locke von Rykes Haar genommen und sie mit Kiefernharz gesteift. Das Harz diente auch als Klebemittel. Als Ryke den Klang der Bogensehne hörte, rollte er herum. »Hast du was geschossen?« fragte er. Sein Mund war vom Schlaf ganz verquollen.

»Daneben«, sagte Errel. In der absterbenden Glut des Feuers wirkte Errels Gesicht wie aus Stein geschnitten. Ryke schlief wieder ein.

Am Morgen brutzelten Fleischstücke über einem Feuer.

»Was war es?«

»Ein Jungfuchs«, sagte Errel.

»Es überrascht mich, daß er nahe genug herankam, um geschossen zu werden«, sagte Norres.

»Wahrscheinlich kennt er Fallen und Fallensteller, aber keine Jäger«, sagte Sorren. Das Haar fiel ihr über die Augen. Sie strich es aus der Stirn. Einen kurzen Augenblick lang erkannte Ryke in der Form ihres Gesichts die Frau, im Schwung der Wangenknochen, in der klaren, bartlosen Haut. Dann war der Eindruck verschwunden. Sie war wieder ein Neutrum, etwas Unbekanntes, ein *ghya*.

Auch am dritten Tag ritten sie über Steppe. Die Berge zogen sich rechts von ihnen dahin. Am Abend kam wieder Wind auf, die Wolkendecke brach auf. Die Sonne färbte den Himmel rot und purpurn. Errel und Sorren redeten gedämpft miteinander. Ryke konnte nicht verstehen, was sie sprachen. Als die Nacht hereinkam, vernahmen sie im Süden die heulenden Stimmen jagender Wölfe. Die Pferde bewegten sich nervös, wenn das Geheul ertönte, und drängten sich eng aneinander, wenn der Wind drehte und laut sang. Gegen Morgen setzte Regen ein. Ryke, Errel und die beiden *ghyas* rollten sich dicht aneinander unter dem scharf riechenden Schutz ihrer Mäntel. Sie schliefen nicht. Der Regen trommelte auf sie herab, triefte ihnen den Rükken hinab und durchfeuchtete sie vom Boden her. In der Morgendämmerung hörte es auf zu regnen, und sie erhoben sich durchnäßt und unter Flüchen. Der Himmel war so blau wie der Flügel eines Reihers. Die Wolken eilten in Richtung auf die dunklen Buckel der Westlichen Berge zu. Norres streckte die Hand aus. »Dort ist Cloud Keep.«

Eine Spielzeugburg, zwischen zwei Bergkuppen gesteckt. Während sie darauf zuritten, stellte sich Ryke vor, wie die Steppe wohl im Sommer sein mochte: eine weite offene Wiese, von hüfthohem Gras bedeckt, duftend und warm wie Milch. Das ebene Land beunruhigte ihn. Rauch von Herdfeuern in Häusern im Süden zeigte an, wo sich ein Dorf befand. Er schaute nach Vögeln aus, aber er sah keine. Die Pferde schleppten sich müde dahin. Bis dicht an die Tore von Cloud Keep waren die Schatten der Tiere die einzigen, die man sah.

Kurz vor der Burg hielten sie an, um den Pferden eine Rast zu gönnen. Ryke zog sein Messer aus dem Stiefel und untersuchte es auf Rostspuren. Die Klinge war rein und klar wie Wasser. Er wickelte den Dolch wieder ein und steckte ihn zurück in die Stiefelscheide. Errel ließ einen Finger über die Sehne seines Bogens gleiten. Er hatte sie trocken gehalten, indem er sie vom Bogen abgespannt und sich um die Hüfte gewunden hatte. »Ich habe nachgedacht«, sagte er.

»Ja?« sagte Ryke.

»Berent wird nicht unbedingt begeistert sein über unser Eintreffen. Es wäre sein gutes Recht, uns nicht aufzunehmen.«

»Aber wo sollen wir sonst hingehen?« fragte Ryke. Er ließ die Hand über die ringsum liegende Steppe kreisen. »Er muß uns beherbergen.«

»Wir werden abwarten, was er tut«, sagte Errel. Seine Stimme klang nicht besorgt oder zornig, nur nachdenklich und ein wenig neugierig.

Cloud Keep hatte keinen Burgfried wie Tornor. Die Steinquader waren glatt, grau und ungeädert. An dem Tor standen Wachtposten mit Hellebarden. Sie trugen die Zeichen von Berent Einauge – den Kopf einer Bergkatze in goldener Silhouette auf scharlachrotem Grund. Sie kreuzten die Piken, als die Pferde herankamen. Norres sagte: »Wir sind die Boten und kommen von Tornor Keep. Laßt uns passieren! Ihr kennt uns.«

Die Männer beäugten Errel und Ryke. »Wir kennen euch«, sagte einer, »aber wir kennen diese Männer nicht.«

Errel beugte sich aus dem Sitz hinter Sorren herab. Er reckte die Hand mit dem Ring hinunter. »Schau her!« sagte er. »Kennst du dieses Wappen?« Die Wachtposten berieten sich. Dann gaben sie den Posten im Innern ein Zeichen, und die Torflügel öffneten sich. Die Reisenden ritten in Cloud Keep ein. Sie stiegen vom Pferd. Es war ein wunderbares Gefühl, dem Wind entronnen zu sein. Sämtliche Hunde der Burg bellten laut. Die Reisenden blickten zum Inneren Tor. Die Sonne schien grell, aber ohne Wärme auf sie herab.

Vier Männer kamen durch das Innere Tor. Der erste von ihnen trug eine Musselinklappe über dem linken Auge und war in ein rotes Wollgewand gekleidet. Die anderen trugen Leinenkleidung, Kettenhemden und Leder. Ihre Stiefel wirbelten den Staub auf. Ryke fühlte sich unbehaglich. Berent war ein magerer, grau wirkender Mann, ein angestaubter, verbrauchter alter Mann. Das eine Auge richtete sich auf Errel.

»Mein Herr von Tornor«, sagte er. »Seid willkommen!«

6. KAPITEL

Dein Auge ist gut, Herr«, sagte Errel. Es klang amüsiert. Berent antwortete: »Du siehst aus wie Athor.«

»Tue ich das?« Sie umarmten einander flüchtig. Errels Stiefel knirschten. Berents Gewand war voller Fettflecken. Das Klicken des Zaumzeugs der Pferde war das lauteste Geräusch in der Burg. Die Stille tat Ryke in den Ohren weh. Errel trat einen Schritt von Berent zurück und winkte Ryke heran. »Fürst, dies ist Ryke. Um mir das Leben zu erhalten, ist er Col Istors Wachkommandeur geworden, aber er war in all den vier Monaten mir treu ergeben, in denen mich Col Istor gefangenhielt.«

Berent betrachtete Ryke. Er legte dabei den Kopf schief wie ein Vogel. Ryke verneigte sich. »Meine Kommandanten«, sagte der alte Mann und wies auf seine drei Begleiter. Sie verneigten sich vor Errel, während Berent sie namentlich vorstellte. Zwei davon sahen dem Alten ähnlich. Ryke vermutete, daß es Söhne von ihm waren. Vielleicht auch der dritte. Und dann war da doch noch ein vierter Sohn, der als Geisel zu Col geschickt werden sollte. Seltsam, daß solch eine vertrocknete Wurzel von Mann so viele Söhne haben sollte, während der lebensfrische und lebensfreudige Athor nur einen einzigen Sohn hatte.

Berent Einauge mußte einmal ein starker Mann gewesen sein. Er war es nicht mehr, dachte Ryke. Hinter Errel trat er durch das Wachtor in den Inneren Hof. Die Burg wirkte irgendwie unfertig oder verkommen. Einer der Wachhabenden sagte mit Zweifel in der Stimme: »Wir haben gehört, daß du tot bist, Herr.« Es versetzte Ryke einen Schlag, Errel so genannt zu hören.

Der Prinz sagte: »Wie du siehst, lebe ich.« Sie gingen über den Hof und an den Mannschaftsunterkünften vorbei. Auf dem Waffenhof trainierte niemand. Verspätet kam ein Page aus den Ställen gelaufen, um sich um ihre Pferde zu kümmern. Berent geleitete sie selbst zur Großen Halle (keine Aufgabe für den Herrn einer Feste, dachte Ryke). Er sah nur wenige Männer, die meisten darunter waren Diener, und sie waren alt. Sie traten in die Halle. Sie war kleiner als die in Tornor und viel rauchiger. Der Rauch stieg zur Decke auf und zog dort durch eine Luke ab. Auf der massiven viereckigen Feuerstelle brannte ein Feuer. Der Raum roch nach Torf. Wie in Tornor hingen auch hier Tücher an den Wänden, einige mit Bildwerken, die meisten ohne Zier. An einer unbedeckten Wandstelle hing in Eisenkrampen ein riesiger Morgenstern mit bösartig vorspringenden Dornen. Er sah aus, als könnte er aus Anhard stammen. Ryke versuchte sich den Mann vorzustellen, dessen Waffe dies gewesen sein mochte. Sie sah viel zu schwer aus, als daß ein einzelner sie hätte schwingen können.

Unter seinem Pelz begann er zu schwitzen. Ein Küchenmädchen schlurfte mit Wein in die Halle. Ryke nippte ein wenig davon. Es drehte ihm den Magen um. Er sehnte sich nach Brot und Fleisch.

Norres übermittelte Berent Einauge die Botschaft Col Istors. »Ein Winterwaffenstillstand«, sagte der alte Mann. »Das ist gut, aber weniger, als wir erhofft hatten.«

Der am ältesten aussehende der drei Wachkommandeure sagte: »Mehr haben wir ja von einem Südländer und einem Dieb nicht erwarten dürfen.« Die Erinnerung zwang Ryke ein Grinsen ab. Genau das hatte er einmal Col direkt ins Gesicht gesagt.

Berent zupfte an den Ärmeln seines Gewandes. »Dieser

Zwist kommt zu einer unseligen Zeit«, sagte er verdrossen. »Ach, wäre doch Athor von Tornor nicht gefallen!«

Errel sagte: »Auch ich wünschte dies. Sehr sogar!« Er drehte den hellen dünnen Bronzebecher in den Fingern. »Ich danke dir für dein Willkommen, mein Herr. Doch ich muß dich offen fragen, wie ernst es dir damit ist. Col Istor ist jetzt dein Verbündeter.«

»Sagen wir lieber«, antwortete Berent, »daß zwischen uns ein Waffenstillstand herrscht, den ich nicht zu brechen gedenke.«

»Wenn er meine Auslieferung fordert – und das könnte er sehr wohl tun –, dann wirst du mich ihm übergeben müssen – oder deinen Vertrag brechen müssen.«

»Seid ihr verfolgt worden?« fragte einer der wachhabenden Offiziere.

»Nein«, antwortete Ryke.

»Doch das könnte noch kommen«, sagte Errel. »Mein Herr, bitte sprich offen und ehrlich! Wirst du uns Schutz geben oder nicht?«

Die Wachkommandanten starrten auf ihre Hände. Berent sprach: »Das Lungenfieber wütet unter meinen Männern. Wir haben nur noch die halbe Gefechtsstärke, und die, die übrig sind, schwanken auf ihren Beinen. Athor war mein Freund und mein Verbündeter, aber da du die Frage stellst, muß ich dir antworten, daß ich dir nicht länger Obdach bieten kann als drei Tage. Vergib mir diese grausame Entscheidung meiner Vorsicht. Ich werde euch Pferde, Verpflegung und Waffen geben, soviel ihr wollt, aber ich kann nicht für einen Mann meine ganze Burg aufs Spiel setzen.«

»Ich mußte dich fragen, Herr«, sagte Errel. Ryke preßte die Handflächen flach auf die Tischplatte. Drei Tage Obdach, das war die Gastfreundschaft, die eine Burg jedem beliebigen Mann im Winter gewährte, selbst einem Gesetzlosen. Errel hatte versucht ihn zu warnen, ihn darauf vorzubereiten, daß dies geschehen könnte. Errel hatte es vermutet, oder gewußt, oder aus dem Muster seiner Karten gelesen ... Wir werden weiterziehen müssen, dachte Ryke. Sein ganzer Körper zuckte vor Schmerz beim Gedanken an noch mehr Stunden auf dem Rücken von Pferden. Wir werden weiterziehen müssen nach Pel Keep, dachte er.

Wenn Berent Athor gewesen wäre – aber Athor war tot. Zorn quoll in seinem Herzen auf, Zorn nicht seinetwegen – denn wer war er schon, ein Kriegsmann, ein Niemand –, sondern Zorn Errels wegen. Er räusperte sich.

Doch da sagte Berent: »Mein Herr, der Page wird euch in euer Zimmer geleiten.« Sie standen auf. Der rechte Augenblick war verpaßt. Sie gingen aus der Halle in den Hof, durch eine Tür und eine Treppe hinauf. Der Zorn wich von ihm. Er gähnte, bis seine Augen fast blind waren von Tränen. Es machte ihm nichts mehr aus, was Berent ihm antat, wenn er nur endlich aufhören zu gehen und schlafen durfte.

Das Essen belebte ihn ein wenig. Man führte sie zu einem Raum, der kleiner als die Gemächer in Tornor war. Es gab da eine Feuerstelle und ein Becken voller Torfstücke. Kannen voll warmem Wasser und Stapel leinener Tücher erwarteten sie. In dem luxuriösen Gefühl, in Sicherheit zu sein, zogen sie die Stiefel aus, die Tuniken, die Hemden, alles und saßen splitterfasernackt in der Wärme. Auf den Holzdielen lag eine frische Lage Binsenmatten, über das Bett breitete sich eine enorme Daunendecke. Errel wickelte sich in sie.

Er kämmte sich das Haar mit einem Holzkamm, den er in einer Truhe fand. Ryke schrubbte sich mit einer Bürste ab. Das Wasser bedeckte sich mit schmutzigem Schaum. Er kauerte sich neben den Ziegelherd und legte Torfziegel aufs Feuer, bis die Flammen hell knatterten. Errel summte vor sich hin. Berents Worte schienen ihn nicht zu beunruhigen. Ryke schaute ihn an, um die Ähnlichkeit mit Athor herauszufinden, von der Berent gesprochen hatte, konnte sie aber nicht entdecken. An der Tür das Kratzen eines Dieners. Er schleppte ein Tablett mit Essen herein. Errel aß sich langsam durch sämtliche Gänge durch. Ryke stopfte sich voll mit frischgebackenem Brot. Der starke Duft machte ihn schwindeln. Er legte sich aufs Bett und dachte, wo wohl die *ghyas* sein mochten. Norres und Sorren ... Er streckte die Hand gegen die Wand aus, um sich zurechtzuschieben. Hinter dem bemalten Wandbehang war die Wand kalt.

»Keine Wache abzunehmen, heute nacht«, sagte Errel.

»Keine Saltos heute nacht«, gab Ryke zurück.

Errel räkelte sich. *»Denn ich bin ein Femdling in einem fremden Land«,* sang er. Seine Stimme war rein und klangvoll.

»Sing das nicht«, bat Ryke. Er war so erschrocken, daß er protestierte. Dies war das Lied, das Col Istor liebte. Er richtete sich von dem weichen kissenübersäten Bett auf und wanderte im Zimmer auf und ab. Es gab nur einen Teppich in diesem Raum, den hinter dem Bett. Auf ihm war eine Jagdszene dargestellt, ein von Hunden gestellter Wolf. Das Gemach war dunkel. Die beiden Fenster waren mehr Schießscharten, die nach Norden wiesen, und beide waren verrammelt.

»Was beunruhigt dich?« fragte Errel ruhig.

»Das da ...« Ryke ließ die Hand kreisen. »Warum sind wir hierhergekommen?«

Errel antwortete ihm: »Wir sind hierhergekommen, weil Norres und Sorren hierherreiten mußten.« Er lächelte. »Es ist nicht vollkommen. Aber ich denke nicht im geringsten daran, nach Tornor zurückzukehren.«

»Nein, natürlich«, sagte Ryke. »Nicht ohne ein Heer.« Er wußte nun, was seinen Seelenfrieden störte. »Ich hatte gehofft, Berent würde uns hier irgendwie verwenden können. Mich, meine ich«, sagte er einschränkend. »Gegen Col. Ich will gegen ihn kämpfen.« Er trat an das Feuergitter. Die darübergehängten Kleider waren bereits trocken. Er zog sie herunter und sortierte sie auseinander.

»Warum?« fragte Errel.

Ryke hielt ihm die Kleider entgegen. Der Prinz rührte sich nicht, sie zu nehmen. Sein blauer Blick war plötzlich überwältigend. Ryke zuckte unter ihm zusammen. Er hatte die Frage für beiläufig gehalten.

»Warum?« wiederholte Errel.

»Er hat Athor getötet!«

Errel neigte den Kopf. »Ein guter Grund«, sagte er nach einer Weile. Mit seiner rechten Hand drehte er den Rubinring an seinem linken Mittelfinger unablässig im Kreis. Seine Rippen waren von einem Muster von Narben überzogen. Ryke fragte sich, ob einige davon auf Col zurückzuführen waren. Er dachte: Ich würde ihn sowieso töten, mein Prinz, für das, was er dir angetan hat. Aber das konnte er nicht aussprechen. Er erinnerte sich an Cols Worte: *Ich möchte dieses Land lieben lernen* ... Und es wird dich sowieso vernichten, Kommandant, dachte er. Es liebt dich nicht. Kampfeslust strömte durch seinen Körper, sein Schwertarm spannte sich, als hielte er ein Schwert. Er sah sich selbst gewappnet und in Rüstung in der vordersten Reihe von Sironens Heer reiten.

Er legte Errels Kleider aufs Bett. Dann zog er sich die Tunika über den Kopf. »Glaubst du, Sironen wird uns aufnehmen?« fragte er.

Errel antwortete: »Ich sehe nicht, warum er das nicht tun sollte.« Er nahm sein Hemd auf.

»Ich würde nicht gern Wachkommandeur bei Berent sein.«

»Du hältst ihn für einen Feigling?« fragte Errel.

»Er mag nicht kämpfen. Welche Hoffnung gibt es für eine Feste mit einem Burgherrn, der so denkt?«

Errels Kopf tauchte aus dem Hemdausschnitt auf. »Du hast es doch selbst gehört. Seine Leute sterben an der Lungenpest, und wahrscheinlich nicht nur hier, sondern auch auf den Höfen und im Dorf. Der Herr einer Burg hat sich auch um andere Dinge und Überlegungen zu kümmern als nur den Krieg und wie man ihn führt.«

Der barsche Ton stach tief. Ryke sagte: »Die Aufgabe einer Feste ist der Krieg.«

Errel antwortete ihm nicht sofort. Das Schweigen wurde bedrückend. Ryke suchte nach einem Wort, mit dem er es hätte brechen können. Er zog sich die Hosen über und dann die Stiefel. Das Leder fühlte sich von der Trockenhitze steif an, und er suchte in der Truhe nach Öl, um die Stiefel einzufetten. Schließlich sagte er: »Vergib mir, Prinz, ich habe mich im Wort vergriffen.«

Errel lächelte seltsam. »Nein. Das hast du nicht. Aber sag mir, Ryke, weißt du, warum man die Feste Tornor Keep errichtet hat?«

Ryke ließ den Deckel auf die Truhe fallen. Es war kein Öl in ihr. »Jeder Bauernjunge kennt die Antwort auf diese Frage, mein Prinz«, sagte er. »Diese Burgen sind Abwehrfestungen gegen Anhard.«

»Ja, natürlich«, sagte Errel und ließ sich nach rückwärts in die daunenweichen Kissen fallen. »Aber es waren Menschen, die diese Wehrburgen gebaut haben, und sie sind nicht gewachsen wie die Berge. Die Baumeister und Maurer und Zimmerleute, die die Festen erbauten, kamen aus dem Süden – ebenso wie das Gold und die Stoffe und das Korn, mit dem sie bezahlt wurden. Der erste Herr von Tornor war ein Südländer, ein Rebell aus einer Südländerstadt, den man vor die Wahl zwischen dem Tod und dem Exil in den Bergen gestellt hatte. Er wählte das Exil und die Kälte. Und er beschloß, seine Söhne in der Liebe zu den Bergen zu erziehen, so daß sie den Norden ihre Heimat nennen konnten und die grünen sanften Hügel des Südens verachteten. Der Vater deines Großvaters, Ryke, vor zweihundert Jahren, war Maurer in Kendra-im-Delta. Und mein Urgroßvater ...« – Errel lächelte – »war ein aufsässiger jüngerer Sohn.«

»Steht das so in den Schriftrollen?«

»Den Schriftrollen?«

»Ja. Den Aufzeichnungen im Turm. Col hat sie mir gezeigt.«

»Es waren Aufzeichnungen im Turm?« Errel brach ab. »Ich wollte, ich hätte dies gewußt«, sagte er traurig. »Jaret hätte sie sicher gern gesehen. Er kannte alle diese Geschichten. Er war ein wirklicher Gelehrter.«

Ryke schluckte den Speichel hinunter. Sein Mund fühlte sich so vertrocknet an wie seine Reitstiefel. Er stand auf und suchte nach etwas zu trinken. »Ein Maurer?«

Errel hob die Hand. »Das ist nur eine Vermutung. Ich weiß es nicht. Er hätte alles mögliche sein können – ein Zimmermann, ein Krieger.«

»Der Sohn eines Schmieds«, sagte Ryke. Er fand einen Wasserkrug. Er blickte auf seine Arme, auf das feine Muster goldener Haare auf ihnen. Südländer waren doch dunkel. Er war kein Südländer. Aber dann – es waren nicht alle Südländer dunkelhäutig und auch nicht alle Nordländer blond. Der rothaarige Vargo hatte eine ebenso helle Haut wie Ryke selbst. »Dann könnte ich ja ein Verwandter von Col Istor sein ...«

»Das könntest du.«

Ryke schüttelte den Kopf. Tornor war seine Heimat. Er wünschte sich, Errel hätte ihm nicht erzählt, wie die Burg entstanden war. Es ist nur eine Geschichte, beruhigte er sich selber. Er brauchte nicht weiter darüber nachzudenken. Er hob den Krug an die Lippen. »Vetter, ich werde dich töten«, murmelte er, als er den Rand des Kruges mit seinen Lippen sanft berührte. Das Wasser war kühl und schmeckte angenehm. Sein Versprechen besserte seine Laune. Er blinzelte zu Errel hinüber, doch der Prinz hatte seine Worte nicht gehört, so leise hatte er geflüstert. Der Prinz saß da, die Ellbogen auf die Knie gestützt, und starrte in das tanzende Feuer.

Man ließ sie bis zum Nachmittag ganz allein. Ryke döste vor sich hin. Er lag voll angezogen auf der wollenen Decke des breiten Bettes. Es war so angenehm, aufzuwachen und wieder einzuschlafen und wieder zu erwachen, ohne daß man dem Wind ausgesetzt war. Dann kam ein Page, um sie zu holen. Er hatte struppiges helles Haar und fahlblaue Augen, so hell wie Irrlichter über dem Sumpf, und ein mageres gescheites Gesicht. »Wie ist dein Name?« fragte Ryke.

»Ler, Kommandant.« Der Page brachte Errel seinen Mantel, dann Ryke den seinigen und stemmte sich mit seinem ganzen geringen Gewicht gegen die schwere Tür, um sie ihnen aufzuhalten. Er geleitete sie zu Berents Gemächern. Dort erwartete sie der Einäugige mit zweien seiner Wachkommandeure. Das Gemach war noch heißer als die Große Halle. Ryke legte seinen Mantel ab. Der Junge Ler nahm ihn ihm aus dem Arm und hängte ihn auf einen eisernen Haken. Er mußte sich auf die Zehenspitzen stellen, um hinaufzureichen.

»Bring uns Wein!« befahl Berent. Der Junge glitt aus dem Raum und kehrte mit Wein und Bechern zurück. Er bediente Berent, dann Errel, dann goß er den Kommandeuren ein. Berent folgte dem Kind mit den Blicken, während es sich von einem Platz zum anderen durch den Raum bewegte. Der Junge war flink und dabei graziös. Im Gesicht des alten Mannes breitete sich ein Lächeln der stolzen Zuneigung aus. Ler kam und stellte sich neben den Schenkel Berents. Ryke mußte sich den Schweiß vom Gesicht wischen. Die Gemächer waren voller Wandbehänge, und die Luft war schwer und drückend. Die Stühle und Hocker waren alle aus dunklem Holz. Man sagt, daß alte Knochen es gern warm haben, dachte Ryke. Er nippte von seinem Wein. Er war angewärmt.

Berent legte dem Jungen die Hand auf die Schulter. »Dies genügt. Geh du nun! Wenn ich dich brauche, werde ich rufen.«

Als der Page gegangen war, murmelte Errel: »Du hast aufmerksame Diener, mein Herr.«

»Ler ist mein Sohn«, sagte Berent. Ryke war überrascht. Der Junge wirkte kaum älter als zehn Jahre, und er wußte, daß Berents Gemahlin jung gestorben war. Irgendeins von den Weibern der Burg hatte ihm also diesen Sohn geboren. »Herr – und auch du, Kommandeur, ich weiß sehr wohl, daß dieser Waffenstillstand, den Cloud Keep mit Col Istor abschließt, nur so lange andauern wird, wie der Südländer ihn einhalten will. Könnt ihr uns irgend etwas sagen, was zu unserer Verteidigung beiträgt, wenn er hier anrückt?«

Errel gab Ryke ein Zeichen.

»Er hat dreihundert Mann in Tornor«, sagte Ryke, »und weitere hundertfünfzig in Zilia Keep. Seine Männer bilden ausgezeichnete Spähtrupps. Sie bewegen sich schnell. Die Mannschaften hassen die Kälte, aber sie kämpfen gut – auch in der Kälte. Es wird ihnen schwerfallen, den Nachschub über den Paß zu organisieren, besonders, wenn das Tauwetter einsetzt und die Wasserläufe anschwellen.«

Die Tür wurde hastig aufgestoßen. Der dritte Kommandant trat ein und murmelte eine Entschuldigung. Ler wieselte hinter ihm her und bediente ihn.

»Wie lange dauert es, bis er kommt?« fragte Berent.

»Zwei oder drei Monate«, antwortete Ryke.

Lers Augen glitten von einem Gesicht zum anderen. Dem Jungen entging kein Wort der Unterredung. Berent bemerkte dies und sagte scharf: »Begib dich nach draußen!« Der Junge ging.

»Er ist deine Geisel für Col«, sagte Errel sanft.

»So ist es.« Berent faltete die Hände im Schoß. Vor zehn Jahren, das mußte mitten im Krieg gegen Anhard gewesen sein, dachte Ryke. Und Berent würde noch beide seiner Augen besessen haben.

Tav, der älteste Sohn, sagte: »Wie denkt er?« Ryke runzelte die Stirn. Er konnte weit besser Auskunft über Nachschubprobleme geben.

Errel antwortete: »Er ist rücksichtslos und vorsichtig. Seine größte Schwäche ist, daß er dazu neigt, das Offensichtliche zu übersehen.« Errel lächelte mit einem Mundwinkel. »So hätte er zum Beispiel Ryke und mich niemals am Leben lassen dürfen.«

»Seien wir froh, daß er es tat«, sagte Tav. Errel verneigte sich leicht zum Dank.

»Was für Pferde hat er?« fragte der zweite Sohn.

Ryke gab die Antwort. »In guter Pflege und kräftig, aber keine Bergzucht. Auf den Hochebenen wird er Schwierigkeiten mit ihnen bekommen. Sie werden rasch ermüden.«

»Habt ihr Bogenschützen?« fragte Errel.

»Wir haben einige«, gab Tav zurück. »Nicht genügend.«

»Wenn ihr sie an der Kluft aufstellt, wenn er kommt, dann könnt ihr ihn für eine ganze Weile aufhalten.«

»Das werden wir vielleicht tun«, sagte der zweite Sohn, voller Zweifel.

Berent klopfte auf die Armlehne seines Sessels. Die Füße hatten geschnitzte Köpfe von fauchenden Berglöwen. »In zwei Monaten kommen die Wagen aus dem Süden. Dann haben wir Korn und Fleisch genug, um jede Belagerung auszuhalten.«

»Col liebt keine Belagerungen«, sagte Ryke. »Er stürmt.«

Berents zerstörtes Gesicht schoß vor wie das eines zornigen Vogels. »Die Mauern von Cloud Keep sind noch niemals erstürmt worden.«

Errel sagte: »Die von Tornor auch nicht, ehe Col es tat.«

Ryke ruckte verstohlen auf seinem harten hölzernen Sitz herum. Er war wund von dem Ritt der vier Tage, von der Kletterei; er sehnte sich nach einem Sitzkissen.

Berent rief: »Ler!« Der Knabe kam herein. »Bring dem Kommandanten ein Kissen.«

Ryke stieg die Röte ins Gesicht. Errel bat: »Bring auch mir eins, Junge!«

Dann schob er es sich ruhig in den Rücken.

Tav bemerkte: »Ich würde Sironen Nachricht senden.«

Berent gab zurück: »Ich fechte meine Kämpfe selbst aus.«

»Aber Sironen kann Truppen entbehren.«

»Vielleicht. Vielleicht aber auch nicht«, sagte sein Vater. »Ich habe jedenfalls nicht genügend Vorräte, um eine Extramannschaft durchzufüttern.«

»Im Frühling ...«

»Wer weiß, was dann geschieht? Col Istor kann ja vielleicht Pel Keep zuerst angreifen und Sironen bekämpfen, wenn er sich selbst am stärksten fühlt.« Ler hatte ein zweites Kissen geholt. Ryke nahm es. Er lächelte dem Jungen zu. Ler erinnerte ihn an jemanden, aber er konnte sich nicht erinnern, an wen.

Tav sagte: »Wenn aber Tornor – oh, vergebt mir!« Er zögerte und fuhr dann fort: »Wenn aber Col Istor geplant hat, Pel Keep vor Cloud Keep anzugreifen, dann würde er das doch sicher mit seinen Kommandeuren besprochen haben.« Er blickte Ryke ins Gesicht.

Ryke sagte behutsam: »Col macht immer ein Geheimnis aus seinen Plänen, sogar vor seinen Kommandanten.« Ler hockte im Schneidersitz neben einem Stuhl. Es war offensichtlich, daß er hoffte, sein Vater würde ihn nicht bemerken. Plötzlich wußte Ryke, an wen ihn der Junge erinnerte: an ihn selber, als er dreizehn war. Der Junge trug einen dicken Ledergurt, eine Imitation der Gürtel der Älteren. Der Gürtel hatte eine runde Metallschnalle und eine Scheide, aber kein Messer hing daran. Ryke dachte: Wenn der Junge alt genug ist, als Page dem Herrn der Burg zu dienen, dann sollte er auch ein Messer tragen.

Später, in der schweren Wärme der Daunensteppdecke, die Augen auf die tanzenden Flammen im Kamin gerichtet, sagte Ryke in die Dunkelheit: »Hast du das wirklich so gemeint, Prinz, was du über Berent gesagt hast?« Er rieb sich die Nase, um sie zu wärmen.

Errel, an seiner Seite, fragte schläfrig: »Und – was war das?«

»Daß er einen guten Hundejungen abgeben würde.«

»Nein«, sagte Errel. »Warum sollte ich Col Istor die Wahrheit über die Fähigkeiten eines Mannes sagen, gegen den er kämpfen wird?«

Ryke stopfte sich die Steppdecke höher um die Brust.

»Ich glaube, ich habe mich in ihm getäuscht«, sagte er. »Ich hielt ihn für ängstlich und schwach.«

»Und nun hältst du ihn nicht mehr für einen Feigling? Ich bin sicher, er würde sich über deine Sinnesänderung freuen.« Die Worte fielen kühl durch die Dunkelheit. Dann sagte Errel: »Vergib mir, Ryke, aber ich bin das Kriegsgerede müde.«

Kämpfen ist leichter, als über den Krieg zu sprechen, dachte Ryke. Er drehte sich auf die Seite und drückte die Wange ins Kissen, um seinem Gesicht etwas Wärme zu geben. »Berent wird unterliegen«, sagte er.

»Ja.«

»Warum gibt er dann seinen Sohn in Cols Hand?«

Errel sagte: »Weil er weiß, daß er unterliegen wird. Ich glaube nicht, daß er sich ergeben wird; dazu besitzt er zuviel Stolz. Und wenn es zum Kampf kommt, wo ist der Junge dann am sichersten aufgehoben? In Tornor.«

»Du sagtest, Col habe die Seele eines Wolfs«, sagte Errel. »Was ist, wenn er droht, den Jungen umzubringen, wenn Cloud Keep sich nicht ergibt? Ich möchte dann nicht in Berents Haut stecken!«

»Ich habe Col einen Wolf genannt, um seiner Eitelkeit zu schmeicheln«, sagte Errel. »Er ist ein Mann, genau wie du oder ich.« Er rollte sich im Bett herum. Seine Stimme klang weiter entfernt. »Außer wenn Berent den Waffenstillstand bricht, wird Col dem Jungen nichts antun.«

»Er ist unbarmherzig. Das hast du auch gesagt ...«

»Ja. Aber sogar Wölfe scheuen sich, die Welpen ihrer Rivalen zu töten.«

Am nächsten Tag ging Ryke zu den Ställen, um die Pferde auszuwählen. Da standen sie, hoch in der Brust, zottig in ihrem Winterfell. Sie schnaubten ihm zu. Er gab jedem eine

Faustvoll Heu, während er sie abtastete. Eine Katze sprang verächtlich aus dem Heustapel. Stallburschen trampelten ein und aus und versuchten beschäftigt auszusehen, damit er sie nicht heißen konnte, etwas zu tun. Aber er hatte für sie gar nichts zu tun. Er wählte einen kräftigen grauen Wallach für sich selbst und einen kastanienbraunen Hengst für Errel. Dieser hatte den Knabenbogen mit in den Waffenhof genommen und schoß sich dort ein. Ein paar von Berents Männern gesellten sich zu ihm. Ryke hörte seine klare Stimme Instruktionen geben.

Tav kam in den Stall. »Ich habe nach dir gesucht«, sagte er. Ryke richtete sich auf. »Aha, du hast dir den Großen ausgesucht!« sagte er und rieb dem Pferd die lange Kinnbacke entlang. Das Pferd steckte ihm die Nüstern unters Kinn.

»Ja.«

»Er wird dir gute Dienste leisten. Ich habe ihn selber zugeritten«, sagte Tav.

»Es tut mir leid ...«

»Nein. Du wirst ihn nötiger brauchen als ich. Ich bin froh, daß er fortgeht.« Er hatte eine angenehme Stimme. Er schob einen Arm unter den Rykes; unter dem Wollmantel schwollen die dicken Schultermuskeln. »Gestern abend hast du gesagt, Col Istor würde seine Leute als Gesetzlose verkleiden. Komm und erzähle mir mehr davon.« Ryke erinnerte sich an das Gespräch im Wachtturm. Er hatte sich nicht wirklich daran beteiligt.

Später, am Abend beim Mahl, war die Rede nicht von neuen Kämpfen, sondern von alten, von dem Krieg gegen Anhard-jenseits-der-Berge. Geschichten voller Namen von Männern, die jetzt tot waren. Tav und Ashe, Berents zweiter Sohn, stritten sich, welche Schlacht es gewesen war, in der Athor den König von Anhard getötet hatte. Ryke erinnerte sich, daß er auf das Signal gewartet hatte, das die Männer der Feste in die Schlacht sandte: den erhobenen Kampfstab. Er erinnerte sich an die Hitze ... Kurz bevor das Signal gegeben wurde, hatte er einer Biene zugeschaut, die im Blütenstand einer blauen Margerite nach Honig grub, ihre Beine waren dick mit Pollen bepudert. Er fragte sich, ob die Biene ihren Stock jemals wieder erreicht hatte. »Erinnerst du dich?« fragte Ashe Errel.

»Nicht sehr gut«, sagte Errel ruhig. »Ich war vierzehn und auf dem Wall bei den Bogenschützen. Ich erinnere mich, daß ich sehr durstig war.« Der alte Mann nickte, sagte jedoch nichts. Ler stand neben Berents Ellbogen, seine Augen blitzten vor Erregung über die Kriegserzählungen.

Errel aß mit seiner Linken; die rechte Hand hielt er im Schoß verborgen. »Hast du dir die Hand wieder verletzt?« fragte Ryke über den Tisch hinweg.

»Nein«, antwortete Errel. »Sie tut weh.«

»Es ist erst sechs Tage her, seit sie gebrochen wurde.«

»Ich weiß, wann sie gebrochen wurde«, sagte Errel. Er kämpfte mit dem Schenkel eines Kapauns. »Wenn ich sie nicht benutze, wird sie steif bleiben.«

»Ganz richtig«, sagte Ashe.

»Du könntest ihr ein bißchen mehr Zeit geben zu heilen«, sagte Ryke.

Errel streckte die Hand aus und krümmte die Finger. Der Mittelfinger wollte sich nicht bewegen lassen. »Es ist *meine* Hand«, sagte Errel mit außergewöhnlicher Schroffheit in der Stimme. »Ich kann mit ihr kaum diesen verdammten Kinderbogen spannen.«

»Das reicht, um einen jeden aus der Haut fahren zu lassen«, sagte Tav. Ryke knurrte. Norres und Sorren waren nicht zum Mahl erschienen; er fragte sich, warum wohl nicht. Vielleicht waren sie bereits abgeritten. Ihre Aufgabe war erfüllt.

»Sind die Boten fort?« fragte er.

»Sie baten, sie zu entschuldigen«, sagte Tav. »Sie essen in ihren Gemächern.«

Lieblos dachte Ryke: Sie waren klüger als wir, die wir hier hocken und zu Tode rösten. Doch er erinnerte sich, daß sie in Tornor das gleiche getan hatten. Einer der Wachvizes begann die Geschichte zu erzählen, über den Mann, den man an die Vordertür seines eigenen Hauses genagelt hatte. Ryke stellte fest, daß er nicht an die Geschichte glaubte, obgleich er das früher getan hatte. Möglicherweise hatten die *ghyas* den Mann nur ganz einfach getötet.

Der Mond trieb als schimmernde Sichel über den Kämmen der Westlichen Berge. Errel und Ryke überquerten den Inneren Hof zu den Gemächern. Die Sterne strahlten vor der winterlichen Schwärze. Ryke schauderte. Die Mauern und Anlagen der Feste hatten nichts Vertrautes für ihn. Selbst der Klang seiner Stiefel auf den Hofsteinen schien anders zu tönen als auf den Steinen von Tornor. Er fühlte sich einsam, obwohl er in Sicherheit, frei und unter Freunden war. »Was ist mit dir?« fragte Errel leise.

Er wußte nichts zu sagen. »Nichts, mein Prinz!«

Sie hatten gerade die Kerzen in den Leuchtern entzündet, als jemand an die Tür klopfte. Ryke öffnete. Norres und Sorren standen auf der Schwelle. »Wir möchten mit euch reden«, sagte Norres. Ryke trat beiseite und ließ sie eintreten. Er schickte den Pagen, Wein zu holen. Als der Wein kam, entließ Ryke den Jungen und schenkte selbst ein.

Errel hob seinen Becher im Salut den *ghyas* entgegen. »Weder Ryke noch ich hatten bisher Gelegenheit, euch gebührend zu danken«, sagte er.

Norres sagte: »Wir standen lange in deiner Schuld.«

»Ihr seid es nicht länger«, sagte Errel.

Sorren sagte: »Wir sind gekommen, um euch zu fragen,

was ihr vorhabt, nun, da ihr heimatlos seid.« Sie lehnte sich in ihrem Stuhl zurück, einen Arm quer über den Schoß gelegt, den anderen darauf gestützt, das Kinn auf dem Rücken der erhobenen Hand ruhend. Ryke neigte sich ein wenig vor, um sie besser sehen zu können. Das überraschte ihn. Ihre hellblauen Augen waren ohne Tiefe wie der Himmel. Die Männertunika und die Reithosen verbargen sie für ihn nicht mehr. Sie hatte einen großzügigen Mund, Er dachte, wie er wohl schmecken würde ... Norres blickte ihn an, ein grauer Blick wie die Berührung von einem Schwert. Wenn sie Liebende sind, dachte er, was tun sie dann? Er errötete. Er dachte solche Sachen, weil er seit langem nicht mehr mit einer Frau zusammengewesen war. Er tastete nach dem hölzernen Weinbecher, hob ihn an die Lippen und trank tief. Der Wein war warm und duftete nach Zimt. Er war sehr stark. Das Wort, das sie so ruhig ausgesprochen hatte, hallte in seinem Kopf nach: *heimatlos.*

Er stellte den Becher nieder. »Wir reiten nach Pel Keep«, sagte er, und es kümmerte ihn nicht mehr, daß es nicht an ihm war zu sprechen. Er wischte sich mit dem Handrücken die Lippen ab.

Sorren blickte Errel an. Der Prinz sagte: »Wohin geht ihr jetzt?«

»Nach Süden«, antwortete Norres.

»Wie fällt ihr eure Entscheidungen, wohin ihr zieht?« fragte Errel.

»Wir lauschen auf Gerüchte in den Dörfern und auf den Straßen«, sagte Sorren. »Wir folgen dem Krieg – wie die Krähen.«

»Eine angenehme Beschäftigung«, murrte Ryke.

»Was willst du damit sagen?« fragte Sorren.

»Es wird immer Kriege geben.«

»Vielleicht. Vielleicht auch nicht«, sagte sie. Ryke trank

noch mehr Wein. Es fiel ihm ein, daß er seit fünf Monaten nicht einmal leicht betrunken gewesen war.

»Immer«, sagte er. Er löste die Hemdbänder am Hals. »Immer!«

»Zu welchem Krieg reitet ihr nun?« fragte Errel.

»Kein Krieg«, sagte Norres. »Wir sind müde. Wir kehren nach Hause zurück.«

»Und wo ist – ›zu Hause‹?« fragte der Prinz.

Die Antwortsilben tropften wie Regen:

»Vanima.«

Ryke lachte. Die anderen schauten ihn an. »Solch einen Ort gibt es gar nicht«, sagte er. Seine Zunge war vom Wein schwer. »Das ist ein Ammenmärchen.« *Vanima* – das bedeutete »Vans Tal«. Ein Ort in den Westlichen Bergen, sagenumwoben und unzugänglich, ein Ort, an dem immer Sommer herrschte. Als Kind hatte er solche Märchen geliebt. »Es ist nicht wirklich.«

»Es ist wirklich«, sagte Norres. »Wir sind dort gewesen.«

»Wahrhaftig?« fragte Errel. »Gibt es einen solchen Ort? Und gibt es eine solche Person wie Van?«

»So wirklich und lebendig, wie du es bist«, sagte Norres.

»Und ihr könnt dorthin zurückkehren?« fragte der Prinz. In den Erzählungen, dachte Ryke, konnte man nie zurückkehren. Norres nickte. Ryke trank wieder. Er fragte sich, was wohl drüben in der Feste vorgehen mochte, was Col Istor vorhatte. Die Lehne seines Holzsessels tat seinem Kopf weh. Er raffte sich mit schwimmenden Sinnen auf und wankte zum Bett. »Wie lange braucht man bis dorthin?« fragte Errel.

»Von hier aus acht Tagesritte«, antwortete Norres.

»Aha«, sagte Errel. Ryke blickte auf. Sein Herz pochte ganz ohne Grund heftig.

»Kommt mit uns!« sagte Sorren.

Errel faltete beide Hände um ein Knie. »Ich habe einen Krieg zu führen.«

»Dieser Krieg wird erst in drei Monaten beginnen. Und was wollt ihr während dieser Zeit tun? Mit der Stirn bettelnd gegen die Mauern von Pel Keep schlagen? Kommt mit uns!« Ihre Stimme war Musik. Der eingekreiste Wolf auf dem Wandbehang bleckte die Fänge gegen die Jäger. Ryke ließ sich rücklings auf das Bett fallen.

»Acht Tagesritte?« fragte Errel erneut.

»Richtig.«

»Und Fremdlinge sind im Tal willkommen?«

Norres sagte: »Sie sind es, wenn sie mit Freunden kommen.«

Errel beugte sich über das Bett. »Ryke?«

»Hmmm?«

»Wollen wir Vanima einen Besuch abstatten?«

Ryke grinste. Es war ein hübscher und komischer Gedanke, plötzlich in ein Märchen einzutreten. »Ich gehe überallhin«, sagte er unbekümmert. »Nach Westen oder Süden, überallhin.« Das Kissen fühlte sich kühl an; er stopfte seinen sausenden Kopf darunter. Nichts von allem war wirklich. Hinter, über, rund um ihn murmelten Stimmen: *Sommer, das Land des Sommers, Vanima.*

7. KAPITEL

Sie verließen Cloud Keep am nächsten Tag zur Mitte des Morgens.

Berent und seine Kommandeure boten ihnen den Abschiedsgruß am Haupttor der Burg. Berent dankte den *ghyas* für ihre Hilfe bei der Aushandlung des Waffenstillstandes mit Col Istor. Und er dankte Ryke für all die Informationen, die dieser über die Pläne des Kriegsherrn preisgegeben hatte. Ryke verneigte sich. Tav trat zu ihm, schüttelte ihm die Hand und streichelte den Grauen. »Gut Glück auf deinen Reisen«, sagte er.

»Danke dir«, sagte Ryke. »Achte auf die Gesetzlosen!«

»Werden wir tun«, versprach Tav. Der Rothengst tanzte aufgeregt im Kreis herum, und Errel mußte ihn zügeln. Berent redete mit gedämpfter Stimme zu dem Prinzen. Der alte Mann hatte ihnen Proviant, Kleidung und Waffen gegeben. Ryke berührte den Griff des Dolchs in seinem Gürtel. Die Scheide trug Berents Wappen: die Bergkatze. Auch Errel hatte einen Dolch und den kleinen Bogen und einen Köcher voll mit Gänsefedern befiederter Pfeile. Er nahm an, daß Norres und Sorren die Waffen noch hatten, mit denen sie gekommen waren. Sie saßen nur schweigend auf ihren Pferden, rätselhaft und unnahbar, gehüllt in ihren Gleichmut. Dann tat sich das Äußere Tor auf. Errel brachte den Rotfuchs in Marschrichtung. Und sie ritten aus der Feste. Die Wachen auf den Zinnen hoben ihre bewimpelten Lanzen zum Salut.

Vor ihnen breitete sich die grimmige Steppe aus. Genau im Süden stieg der Rauch von den Feuern eines Dorfes auf. Sie ritten darauf zu. Ryke brachte sein Pferd neben das

Errels. Der Hengst biß den Grauen spielerisch in den Nakken.

»Berent hat nicht gefragt, wohin wir reiten.«

»Sicherer für ihn«, sagte Errel. »Wenn Col Istor Gelegenheit haben sollte, ihn zu fragen, ob er uns gesehen hat, kann er wahrheitsgemäß sagen, daß er uns zwei Nächte beherbergt hat, wie es der Brauch ist, daß wir dann fortritten und daß er nicht weiß, wohin.«

»Und dann kann er nur hoffen, daß Col ihm glaubt«, sagte Ryke.

Sie ritten durch ein Dorf. Es waren nur wenige Leute in den Gassen, die Fenster der Häuser waren mit Läden verschlossen. Drei Frauen lehnten am Brunnenrand und schwatzten. Ohne Neugier blickten sie auf die Reiter. Ein Schwein kam aus einem Gäßchen getrappelt, verfolgt von einer Horde Kinder. Das Tier quiekte die Pferde wütend an. Die Kinder kreischten und warfen sich auf das Tier. Errels Hengst kickte die Hinterhände ärgerlich in die Luft, und der Prinz hielt das Roß mit einer Hand fluchend im Zaum. »Warum hast du mir ausgerechnet den launischsten Gaul ausgesucht?« fragte er.

»Tut mir leid, mein Prinz«, sagte Ryke. Er wollte schon seinen Grauen gegen den Rotfuchs zum Tausch anbieten, ließ es dann aber doch lieber bleiben.

»Sorren hat gesagt, daß ich mich daran gewöhnen muß, einfach nur ›Errel‹ genannt zu werden. Es gibt keine Prinzen in diesem Tal. Glaubst du, du kannst dich bemühen, das zu tun?«

»Nein«, sagte Ryke.

Errel griente. »Du glaubst nicht an Vanima, nicht wahr?« sagte er.

»Nein, mein Prinz.«

Ein Huhn rannte über den Weg. Errels Pferd schnaubte.

Errel belegte den Hengst mit Schimpfwörtern. Der Hengst legte die Ohren zurück. »Du Sohn eines Eselsbastards!« Der Hengst warf den Kopf in die Luft. »Mein Vater würde dieses Tier geliebt haben«, sagte Errel. »Er liebte es, alle zu unterdrücken.«

»Er war ein guter Mann«, sagte Ryke.

»Er war ein guter Burgherr«, sagte Errel. »Als Mann war er nicht besser als irgendeiner von uns.« Ryke runzelte die Stirn. Errel hatte etwas ganz Ähnliches auch über Col Istor gesagt. Es störte ihn, daß er über Col Istor und Athor, den Herrn von Tornor, als von gleichrangigen Männern denken sollte. »Schau mich nicht so finster an! Ich liebte ihn, und ich bewunderte ihn. Aber er war kein sehr freundlicher Mensch.«

»Ich verstehe nicht, was du meinst«, sagte Ryke.

»Das macht nichts.«

Sie kamen an einem Sumpfloch vorbei. Die Häuser des Dorfes lagen sichelförmig darum herum. Frauen in Mänteln und Stiefeln hackten mit Spaten auf die dunkle Erde ein. Für Rykes Augen wirkte der Boden kalt und unnachgiebig wie Stein. Dann lag das Dorf hinter ihnen. Wieder lag vor ihnen die Steppe, geschmückt mit schmutzigweißen Häufchen von Schafen und gelegentlichen grünen Kieferndickichten. Hunde bellten Kreise um ihre Herden. Ryke erinnerte sich, wie er als Junge die Schafe gehütet hatte, ehe er alt genug war, nach Tornor zu gehen. Er hatte es unwillig ertragen, sich voll Ungeduld danach gesehnt, älter zu werden. Nein, er erinnerte sich nicht mit Freude an diese Zeit. Er blickte nach Westen. Am Horizont erstreckte sich eine Reihe orange-goldener Berge mit weißen Kuppen und verblaßte in der Ferne. Westlich verlief eine Route, die direkt von Cloud Keep nach Pel Keep führte, aber sie ritten nicht auf ihr. »Wie nahe werden wir an den Galbareth kommen?«

fragte er, weil er sich an die Reise mit seinem Vater in den Süden erinnerte.

»Ich weiß es nicht.«

»Nahe genug, um auch den See zu sehen?«

»Ich glaube es nicht«, sagte Errel sanft. »Nein.«

Sie kamen an einem weiteren Dorf vorbei. Die Steppe war so abgeweidet, daß sie sich nicht an die Straße zu halten brauchten. Die Rückseiten der Häuser sahen aus wie bucklige Männer, die in einer Reihe hocken.

Als er sich einmal umwendete, war Cloud Keep so klein geworden, daß es fast mit den dahinterliegenden Felswänden verschwamm. Der Himmel hatte sich zu einem leuchtenden wunderbaren Blau geklärt. Vögel strichen über ihnen dahin. Errels Hengst tollte wie ein Fohlen. Rykes Grauer stapfte groß dahin. Errel gab seinem Rotfuchs die Sporen und galoppierte ein Stück weit, dann brachte er ihn wieder zurück. »Er ist in Ordnung«, sagte er.

In den ersten zwei Nächten schliefen sie unter Bäumen auf Kiefernnadeln. Die Bäume trieften von Feuchtigkeit. Sie lagen ruhig da, wurden nicht von Wölfen belästigt, aber Ryke wachte immer wieder auf, schlummerte ein und erwachte dann erneut. Das Geräusch des Wassers beunruhigte ihn. Es klang ganz anders als das Tropfen des Nebelniederschlags auf Felsen.

Am folgenden Tag wandelte sich die Landschaft und zeigte ein vorsichtiges junges Grün. An den Bäumen sprossen rote Triebe. In Vertiefungen auf den Hügeln lagen noch Schneebänke, die letzten Überreste des Winters. Ryke merkte, daß er sich im Sattel beständig hierhin und dahin wendete, sich umschaute, um das alles in sich aufzunehmen. Sie ritten nun direkt in westlicher Richtung, doch die Kette der Berge (orangerot am Morgen und blau am Abend) wurde nicht höher. »Warte es ab«, sagte Sorren.

Die Straße, der sie folgten, war nur ein Karrenpfad. Am Tag, an dem sie die Schneewächten gesehen hatten, waren sie durch zwei Dörfer gekommen. Die Türen standen offen, und der Duft frischgebackenen Brotes dampfte aus den Häusern. Der köstliche Geruch ließ Rykes Magen knurren. Auf den Feldern rings um die Dörfer waren Männer und Frauen dabei zu pflanzen. Sie gingen gebückt über die gepflügten Felder, hatten die Schößlinge in den Händen und sangen. Sie winkten den Reisenden zu.

In dieser Nacht suchten sie Schutz in einem Unterstand von Holzfällern. Sorren ging einen Bach suchen. Sie brachte zwei Häute voll Wasser zurück und verschwand dann wieder. Ryke ging bachabwärts und stieß auf sie, wie sie irgend etwas in dem kalten Wasser auswusch. Da schienen noch weitere solche Gegenstände zu sein, ziemlich viele, alle von der gleichen Form. Sie blickte kurz zu ihm auf. »Bluttücher«, sagte sie, als sie bemerkte, wohin seine Augen strichen. »Wolltest du etwas von mir?«

»Nein.« Er wanderte weiter den Bach abwärts und entleerte seine Blase hinter einem Busch. Dann ging er wieder am Ufer aufwärts, doch sie hatte ihre Arbeit beendet und war schon vorausgegangen.

Vor dem Unterschlupf lag ein rauchgeschwärzter Steinring. Norres baute darin ein Feuer. Errel stieg die waldbewachsene Hügelflanke hinauf. Ryke lehnte sich gegen einen umgestürzten Baumstamm. Das Feuer fingerte über die Stümpfe der geschlagenen Bäume. Dann hörte er das Sirren des kleinen Bogens. Errel kam mit einem Hasen zurück. Ryke häutete ihn ab und nahm ihn aus, dann steckte er ihn auf einen Bratspieß. Das Fett, das aus dem Körper triefte, ließ das Feuer zischen und spucken. Während des dreitägigen Reitens hatte sich die Ebene in eine hügelige Landschaft verwandelt, die Hügel in Almen und Wälder – so unmerklich, daß er es gar nicht richtig wahrgenommen hatte. »Ich verstehe nicht, wo wir hier sind«, sagte er verdrießlich.

»Südwestlich von Tornor«, sagte Sorren. Sie saß neben Norres, und ihr Arm ruhte in seinem Schoß: eine sehr intime Geste.

»Wir reiten zwischen den Großen Bergen und dem Galbareth hindurch zum Tal«, sagte Norres.

»Können wir ihn von hier aus sehen?«

»Den Galbareth? Nein. Wir sind zu weit weg«, sagte Sorren. Sie beugte sich vor, durchbrach den Kreis der Arme von Norres, die sie umschlungen hatten, und glättete eine Stelle auf der Erde. Sie hob einen Zweig auf. »Hier liegt Tornor.« Sie zeichnete ein X in den Grund. »Hier fließt der Rurian aus den Bergen nach Süden. Und hier liegt Kendra-im-Delta.« Sie zeichnete eine Linie und ein X am anderen Ende. »Da liegt der Galbareth. Tezera-die-Stadt ist hier. Da ist der See Aruna und hier die Kette der Großen Berge. Wir befinden uns hier.« Wieder ein X. »Vanima liegt fünf Tagesreisen südlich von unserem jetzigen Standort.« Sie zog eine weitere Linie über den unteren Teil ihrer Zeichnung. »Und hier ist der Ozean.«

Errel knurrte: »Seid ihr dort schon gewesen?«

»Ja«, sagte Norres.

Ryke bemühte sich, das Bild zu sehen, wie es ein Vogel sehen würde, klein wie die Zeichnung, aber voll Leben, voller Tiere, die man jagen konnte und von denen man gejagt werden konnte.

»Wir reisten von Tornor aus den Rurian hinunter«, erklärte Sorren und wies auf die Karte. »Dann gingen wir in den Galbareth. Die Bauern waren freundliche Leute. Wir arbeiteten mit ihnen auf den Feldern. Nach der Ernte kehrten wir zur Flußstraße zurück und reisten dann bis Mahita.«

»War es beschwerlich?« fragte Errel.

»Manchmal.« Sorren lächelte Norres an. »Aber es hat uns nie leid getan.«

»Wo liegt das Asech-Land?« fragte Ryke.

Sorren wischte mit ihrem Daumen einen Abdruck in den Boden, zwischen dem Galbareth und Kendra-im-Delta. »Wir sind aber niemals hingegangen. Die Asech-Stämme sind Fremdlingen gegenüber nicht freundlich gesonnen.«

»Warum hast du das gefragt?« sagte Errel.

»Col hat das Kriegshandwerk im Asech-Land erlernt, als er die Stämme vertrieb.«

»Woher weißt du das?«

»Er hat es mir erzählt.«

»Aha.«

Norres beugte sich über Sorrens Schulter und wischte mit einer kräftigen Handbewegung die Zeichnung aus. »Wir wollen schlafen.« Sorren lächelte und stand auf. Sie standen nebeneinander, Schulter an Schulter, sie sahen aus wie Zwillinge, wie beim erstenmal, als Ryke sie im Wachtturm erblickt hatte ... Es war kein Unterschied in den Silhouetten ihrer Gestalt. Norres hatte sein pelzgefüttertes Oberhemd abgelegt.

»Aber ihr seid ja *beide* ...« Ryke biß sich die Worte im Mund ab. Mit verschränkten Händen wanderten die beiden Frauen in den Forst. Ryke schlüpfte in seinen Pelz. Er hatte das Gefühl, betrogen worden zu sein, und er wußte, daß dies dumm war. Das Geschlecht von Norres hätte er ja immer erkennen können. Er begriff nicht, was ihn daran gehindert hatte, schon früher zu verstehen ... Dann kehrten die Frauen zurück. Er hörte die Geräusche von Körpern, die sich berührten und bewegten. Er blickte auf, suchte den Himmel. Die Baumwipfel hingen wie schwarze Spitzengewebe über ihm und fingen die Mondsichel in ihrem Geflecht ein.

»Gute Nacht«, sagte Errel.

»Gute Nacht«, antwortete Ryke.

»Gute Nacht«, tönte eine Stimme von der anderen Seite, von jenseits des Feuers.

Dann herrschte Stille.

Als der Morgen dämmerte, legte Errel sich die Karten.

Krähen segelten über sie hinweg, während er die Muster auf seinem Mantel zusammenfügte. Die gemalten Farbbilder schimmerten. Die Krähen schossen näher heran in der Hoffnung, daß die Karten vielleicht etwas Eßbares sein könnten. »Das da sind die Karten des Vergangenen«, sagte Errel und berührte die Blätter nacheinander mit der linken Hand. Der gebrochene Mittelfinger der anderen Hand ragte steif über die anderen hinaus. »Der ›Dämon‹ ist das Wahrzeichen für Gewalt und Herrschaft.« In Weiß mit grünen Flammen um sein Haupt grinste der Dämon. »Die ›Sonne‹ in Umkehr. Der ›Herr‹ in Umkehr. Der ›Bote‹ ...« Er blickte zu Sorren. »Das bist du.«

Sorren nickte.

»Und hier sind die Karten des Gegenwärtigen. ›Das Rad des Glücks‹. Die Todeskarte. Das bedeutet Verwandlung, eine neue Denkweise. Der ›Wolf‹. Der ›Sternenseher‹ in Umkehr. Und dies sind die Karten des Zukünftigen. Der ›Gelehrte‹ in Umkehr. Unorthodoxe Ideen. Der ›Phönix‹. Einer von uns wird geprüft werden. Der ›Weber‹. Eine Person voll Stärke. Der ›Spiegel‹ in Umkehr. Einer unter uns ist ein Pessimist. Das ist Ryke.«

»Ich fühle mich gar nicht pessimistisch.«

»Aber du glaubst den Karten nicht«, sagte Errel. Immer noch mit der linken Hand schob er sie dann wieder zu einem Pack zusammen.

»Verwandlung, unorthodoxe Ideen, eine Prüfung«, wiederholte Sorren. »Bedeutet das etwas Gutes?«

Errel zuckte die Achseln.

»Ich könnte ja lernen«, sagte Ryke. »Und ich bin bereit zu lernen.« Er blickte flüchtig zu Norres hinüber. Doch sie stampfte mit dem Absatz die Glut aus und schaute ihn nicht an.

Zornig bestieg er seinen Grauen. Er sagte sich zwar, daß er keinen Grund habe, wütend zu sein, aber die Worte in seiner Brust formten sich immer mehr zu einem festen Kloß. Errel hätte ihm sagen können, wer und was die *ghyas* waren. Ryke fragte sich, warum er es nicht getan hatte. Sorren stieg auf ihr Pferd und hielt Norres' Braunen am Zügel. »Und wann werden wir dieses Zaubertal, von dem ihr schwärmt, erreichen?« fragte er.

»In fünf Tagen«, antwortete sie.

»Ist dort wirklich Sommer?«

»Du wirst es sehen.«

Errel sagte: »Nach einem Winter in Tornor kommt mir das hier schon fast wie Sommer vor.« Er reckte sich genüßlich. »Der Frühling kommt im Süden früh.«

Sorren sagte: »Die Südländer behaupten, er kommt spät im Norden.« Norres nahm ihr die Zügel aus der Hand. »Wir werden morgen in einem Dorf Rast machen. Eine unserer Freundinnen lebt dort.« Sie beugte sich über den Hals ihres Pferdes, um die tiefstreifenden Äste zu vermeiden. Sie ritten im Zickzack zwischen den Bäumen hindurch. Ringsum stieg der Duft früher Blumen auf. Über Rykes Kopf taumelte ein Schmetterling. Die Flügel waren gelb mit schwarzer Zeichnung. Sie ritten einen Hang hinab und dann wieder aufwärts, ließen dann die Bäume hinter sich und gelangten auf eine grasbedeckte Hügelflanke. Ihre Schatten liefen vor ihnen her, wiesen auf die weißbemützten Berge zu.

Den ganzen Morgen lang ritten sie nach Westen. Sie hielten sich auf dem Kamm der Hügel. Auf den Hängen weideten Schafe. Kinder und aufgeregte Hunde bewachten sie. Unten in den Tälern lagen die jungen Schößlinge im reichen Mutterboden und saugten das neue Licht der Sonne auf. Amseln schwirrten über die Felder. Die Sonne blitzte auf ihren irisierenden Schwingen. Grellfarbige Tuchfetzen wehten wie Flaggen von Stangen, die in Abständen auf den Feldern standen. »Wozu sind die gut?« fragte Errel.

»Sie halten die Vögel ab«, sagte Sorren.

»Eine gute Erfindung«, sagte Errel.

Für ihr Mittagsmahl hielten sie an einem Bach an. Norres schnitt einen Weidenzweig und verwendete ein Stück Faden aus ihrem Hemd, um am einen Ende einen Dorn zu befestigen. Dann grub sie im weichen Lehm am Ufer, bis sie einen Wurm gefunden hatte. Sie ließ den Köder am Faden im Bach treiben. Augenblicklich wirbelte das Wasser auf, und die Rute zuckte nach unten. Sie zog an der Schnur und griff ins Wasser. Sie holte einen Fisch am Schwanz heraus. Sie tat dies viermal, während Sorren ein Feuer baute. Die Fische waren nicht viel länger als Rykes Hand, und sie schimmerten gelbhäutig im Licht wie die Flügel der Amseln.

Sie aßen alles von den Fischen, außer den Gräten und Augen und Flossen. »Wie nennt man diese Fische?« fragte Errel.

»Gelblinge«, sagte Norres.

»Ach, mir gefällt dieses Land«, sagte der Prinz.

Ryke blickte in den Westen. Es erstaunte ihn zu sehen, wie mächtig die Berge geworden waren. Er schaute nach Süden. Grüne Hügel breiteten sich zu seinen Füßen unter den fächerförmigen Wolken aus. Er richtete die Augen nach Norden und suchte einen Blick auf die Berge um Tornor zu erhaschen, doch sah er nur die Hügellandschaft, durch die sie bisher geritten waren. Die Reisepelze hatte er schon lange abgelegt. »Wie weit ist dieses Dorf entfernt, zu dem wir reiten?«

»Hat es einen Namen?« fragte Errel.

»Es heißt ›Gerdes Busch‹«, sagte Norres. »Einen Tagesritt weit.«

Gerdes Busch war ein Häufchen von Holzhäusern in einem Tal. Die Hänge darüber waren dicht mit Wald bestanden. Der Boden im Tal war gerodet und unter den Pflug genommen worden, und die Dorfbewohner waren mit dem Pflanzen beschäftigt. Eine Herde langhaariger Ziegen äste auf einer Wiese, bewacht von dem unvermeidlichen schmutziggesichtigen Kind mit seiner Gerte. Als sie auf die Hütten zuritten, kam das Mädchen über die Weide herangehüpft, die Ziegen hinterdrein. Errels Tier scheute. Er zog die Zügel an. Das Mädchen trug das Haar in zwei langen Zöpfen geflochten. Sie stellte ihnen eine Frage – so rasch und mit solch schwerem Akzent, daß Ryke sie nicht begriff. Sorren antwortete: »Wir sind gekommen, Chaya zu besuchen. Wir sind ihre Freunde.« Das Mädchen grinste und entblößte weiße Zähne in einem braunen Gesicht. Dann kletterte sie wieder den Hang inmitten all ihrer Ziegen hinauf. Das Kind war nicht älter als Rykes jüngste Schwester. Es trug Kniehosen und einen zerschlissenen Rock, und es kletterte genauso geschickt wie seine kinnbärtigen Schutzbefohlenen. Ryke dachte daran, wie es wohl seiner Familie gehen mochte.

Es war ein kleines Dorf. Drei Straßen in einer Richtung, vier in die andere. Neben dem Brunnen auf dem Dorfplatz schlief ein alter Mann, den Sonnenschutz aus Stroh über das Gesicht gestülpt. Die Häuser waren aus Holz errichtet, nicht aus Stein. Die Wände waren mit einer Art roter Farbe gestrichen, wohl um den Feuchtigkeitspilz abzuhalten. Sie waren niedriger als die hohen Häuser im Norden und hatten schräge Dachtraufen.

Sie hielten vor einem Haus, das etwas von den anderen abgesondert lag. Der Geruch von Färberwaid wehte streng um das Haus. Der beißende Dunst brannte Ryke in der Kehle. Er hustete. Die Hüttentür öffnete sich, ein Kind trat heraus. Es war hellhäutig, anmutig, nur sein rechtes Bein war verkümmert. Der Junge stützte sich auf einen Stecken. Er griff nach den Zügeln der Pferde. Ryke zögerte, ihm seinen Grauen zu überlassen. »Ich kann ihn schon halten«, sagte der Junge. Und Errels Rotfuchs folgte dem Kind ohne einen Hauch von üblen Absichten. Also ließ auch Ryke seine Zügel sinken.

»Willkommen«, sagte eine Frauenstimme. Ryke wandte sich um und sah sie mit großen Schritten um die Ecke des Hauses biegen. »Ich habe euch den Hang herunterreiten sehen.«

Die Stimme war tief und rasch. »Ai, Sorren, ai Norres!« Sie breitete die Arme aus. Die drei Frauen umarmten sich im Kreis. Die unbekannte Frau trug einen Strohhut, ihre Kleider wiesen verschiedene Farbspuren auf: Rottöne und Blau und Purpur und Safrangelb. Es war eine sehr großgewachsene Frau, beinahe so groß wie Ryke selbst.

Sorren stellte vor: »Dies ist Chayatha. Für ihre Freunde heißt sie ›Chaya‹.« Sie deutete auf Errel und Ryke und nannte ihre Namen. Die Frau nickte ihnen zu. Sie war so dunkelhäutig wie Col Istor. Einen Augenblick lang lüftete sie ihren Hut. Das Haar war zu Zöpfen geflochten und im Kreis um den Kopf gelegt.

»Was bringt euch auf diese Straße?« fragte sie Sorren.

Sorren grinste sie an. »Wir ziehen ins Tal.«

»Oh? Und was ist mit denen da?« Chayatha reckte ihr Kinn auf die zwei Männer zu.

»Sie gehen mit uns«, sagte Sorren. »Sie sind Ausgestoßene. Van wird sie aufnehmen.«

Ryke fragte sich, welches Recht diese Frau besaß, zu wissen, wohin sie zogen und wer sie waren.

»Vielleicht ja. Geht ins Haus!« Sie stieß Sorrens Arm an. »Emmlith wird euch zu essen geben. Ich habe Stoffe in den Kesseln und kann sie nicht allein lassen.« Wieder stapfte sie eilig um die Hausecke davon. Ryke kniff die Brauen zusammen. Er empfand dies nicht als ein freundliches Willkommen.

Im Innern war das Haus niedrig und von Rauch erfüllt. Es stank nach Schafsfell, nach Wolle und Färberwaid. Die Ausmaße waren trügerisch: Das Haus war größer, als es von außen her gewirkt hatte. Es gab da einen Ziegelherd mit einem Bratspieß. Durch ein offenes Fenster blickte Ryke auf den Hinterhof. Er sah das Steildach eines Hühnerstalls und einen Bottich, so groß wie ein Badezuber, auf Stelzen, unter dem ein Feuer brannte. Es war ein Tontopf, dachte Ryke, oder Keramik oder etwas anderes, das nicht verbrannte.

Emmlith trug ihnen Ziegenkäse und Dünnbier auf. Er bewegte sich mit Leichtigkeit durch den Raum, schwang seinen Stock, als wäre er ein zusätzliches Glied, das sein verkrüppeltes Bein ersetzte. Errel fragte: »Was ist mit deinem Bein geschehen?«

»Ich bin so geboren«, sagte der Junge beiläufig. »Woher kommt ihr?«

»Aus dem Norden«, sagte Errel, »aus den Bergen.«

Chayatha betrat den Raum. »Emmlith, geh und paß auf die Feuer auf!« Der Junge humpelte hinaus. Chayatha goß sich einen Humpen Dünnbier ein. Das Gefäß war bemalt – eine Tänzerin, schwarz auf rotem Grund. »Es ist lange her«, sagte sie. »Viel zu lange. Drei Jahre. Als wir uns zuletzt sahen, wart ihr auf dem Weg nach Süden. Ich hörte, daß ihr euch dem Grünen Clan angeschlossen habt.«

Sorren streichelte die grüne Tresse an ihrer Hemdbrust. »Es ist wahr, wie du sehen kannst. Seit zwei Jahren sind wir Botschafter.«

»Wie ist es euch gelungen, in den Grünen Clan aufgenommen zu werden?«

Sorren verzog das Gesicht zu einem Lächeln. »Sie halten uns für *ghyas.* Van hatte diese Idee für uns. Und sie hat funktioniert.«

»Und war es das, was ihr euch ersehnt habt?« fragte die Färberin. Mit scharfen Augen blickte sie von Norres zu Sorren. »Nein. Ich glaube es nicht. Ai, meine armen Freundinnen! Jede liebt das, was die andere nicht braucht und will. Und die Straße bildet einen schwachen Kompromiß dabei. Wie kommt es, daß ihr mitten im Winter aus dem Norden reist und noch dazu mit zwei Nordländern reitet?«

»Wir waren im Süden. Aber der Grüne Clan zieht hinter dem Krieg her«, erklärte Norres. »Im Norden herrscht Krieg.«

Chayatha schnitt eine Grimasse. »Wann herrscht im Norden einmal kein Krieg?«

Ryke platzte heraus, ehe er sich bremsen konnte: »Dieser Krieg wurde von Südländern angezettelt!«

»Ryke«, sagte Errel, »wir sind Gäste!« Aber die Färberin lachte.

»So spricht ein Ausgestoßener, der jemand für sein Elend verantwortlich machen muß. Ich weiß Bescheid. Ich war selbst einmal ausgestoßen. Nimm noch Bier!« Und sie füllte Rykes Humpen. »Ihr erwischt mich zu einer sehr arbeitsreichen Zeit. Die Schafschur war vor zehn Tagen, und dann mußte die Wolle gepreßt und gekrempelt werden. Und seither habe ich nicht aufgehört, mich um die Feuer zu kümmern.« Sie reckte sich und gähnte. Es war ein überwältigender Anblick.

»Dann werden wir uns nicht lange aufhalten«, sagte Sorren. Ryke stimmte ihr innerlich zu. Er mochte diese Hütte nicht. Und Chayatha verwirrte ihn und gab ihm Rätsel auf. Sie sprach rasch, viel zu rasch für eine langsam denkende Bauersfrau. Vielleicht stammte sie ja aus Mahita, wo Sorren und Norres ihr begegnet sein mochten. Aber wenn sie aus Mahita kam, was hatte sie dann hier zu suchen? Sie war noch weiter von ihrer Heimat entfernt, als er es jetzt war.

Norres fragte: »Was hört man Neues aus dem Süden?«

»Nichts«, sagte Chayatha. Sie zog den Käse zu sich heran und schnitt sich ein Stück davon ab. Sie hielt das Messer nach außen und drückte mit dem Daumen auf die Schneide wie ein Mann. »Es ist noch zu früh für die Händler. Sie werden etwa in einem Monat hier eintreffen. Sie kommen über den Galbareth und zermahlen mit ihren Wagen das Korn, als wären sie mitten auf der Großen Südstraße.« Sie legte das Käsemesser auf den Tisch.

Norres sagte: »Mich wundert es, daß das Land dies zuläßt. Man liebt Fremde im Galbareth nicht sehr.«

»Was bekommt ihr von ihnen?« fragte Errel.

»Seide«, antwortete Chayatha. »Gewürze, Öl, Bronze und Kupfer.« Sie berührte den kupfernen Griff des Messers. »Sie kaufen unsere Wolle auf, unsere Webereien und Garne. Im Augenblick lieben sie besonders blaues Tuch.«

Sorren kicherte. »Ich kann dir sagen, warum. Die Händler binden Streifen von blauem Tuch an ihre Wagen und nennen sich den ›Blauen Clan‹. Es ist wahr!« sagte sie, als sie Chayathas ungläubigen Blick sah. »In Tezera versammeln sie sich in einer großen Halle und nennen sich eine ›Gilde‹ und erlegen einander Gesetze auf. Wenn einer die

Gesetze bricht, wird er mit einer Geldstrafe belegt. Sie tragen blaue Umhänge mit blauen Kapuzen.«

»Was für ein Unsinn!« sagte die Färberin. »Ich weiß vom Grünen Clan, vom Schwarzen Clan, aber was soll denn dies?« Sie verkniff die Brauen. Ryke erinnerte sich an Jaret, der ihn die Runen lesen gelehrt hatte und der manchmal eine schwarze Kapuzenkutte getragen hatte. Errel hatte gesagt, daß Jaret ein Gelehrter sei.

»Die Zeiten ändern sich«, sagte Errel.

»Und nicht immer zum Besseren«, sagte die Färberin düster. Doch dann blickte sie kurz Errel und dann Ryke an, und ihr Gesicht erhellte sich. »Aha, ein Geheimnis. Zwei Reisende mit hellen Haaren, mit Kleidern aus dem Nordland, und einer von ihnen trägt einen Rubinring am Finger. Und sie sind in der Gesellschaft von Boten. Wer seid ihr, Fremdlinge?«

Errel ließ die linke Hand in den Schoß fallen. »Ich heiße Errel.«

»Chaya ...«, setzte Sorren an.

»O nein, laß ihn antworten. Er hat doch selbst eine Zunge. Errel? Das ist ein guter nordischer Name. Warum so scheu? Ich bin zwar nur eine Frau, und du bist ein Krieger. Fürchtest du, ich könnte dir weh tun? Ich werde Geheimnisse mit dir tauschen. Also, ich komme aus Kendra-im-Delta. Ich habe in Vanima gelebt, und ich bin Vans Schwester. Und nun zeige mir deinen Ring.«

»Mein Prinz«, sagte Ryke und hielt inne. Er schämte sich über sich selbst und war wütend, weil er Errels Rang preisgegeben hatte. Er starrte Chayatha aus verkniffenen Augen mißtrauisch an und war dann vollkommen verblüfft, als Errel die beringte Hand über den Tisch reichte. Chayatha berührte das Zeichen Tornors vorsichtig mit einem Finger. Ihre Handrücken waren voller Farbspuren und Flecken.

»Ah!« sagte sie. Die Stimme schien in der Luft zu hängen. Ihre dunklen großen Augen schienen plötzlich alle Leuchtkraft zu verlieren. Rykes Rückenmark durchlief ein Schauder. Norres' Finger klammerten sich um seinen Arm. Als er sie anschaute, legte sie einen Finger auf die Lippen.

»Ich sehe einen Ort«, wisperte Chayatha tonlos. »Ich sehe eine Burg auf einem Hügel.« Ihr Gesicht zuckte. »Da ist Schnee rings um die Burg. Die Mauern sind aus schwarzem Stein errichtet. Ich sehe einen Mann in einem Turm. Er geht vor einem Feuer auf und ab. Ich kann sein Gesicht nicht erkennen. Ich sehe einen jüngeren Mann, der auf der Treppe Wache hält. Ich sehe eine Frau in einem roten Kleid an den Mann, der Wache hält, herantreten. Sie hat helles Haar, aber alle anderen, die ich sehe, sind dunkelhaarig. Ich sehe – aber der Turm wird verschwommen. Ich sehe das von der Tür einer Hütte aus. In der Tür steht eine alte Frau, die sich auf die Schulter eines kleinen Mädchens stützt ... In der Hütte sind Kräuter und Gewürze, die Medizinen eines Heilkundigen. Die Hütte verschwindet. Ich sehe ein Schloß; einen großen alten Mann mit Narben im Gesicht. Er spricht zu einem Jungen, der ihm ähnlich sieht. Das ... das ist alles.« Sie holte langsam und tief Atem.

Errel sagte: »Sironen hat Narben im Gesicht.« Ryke dachte: Der Mann im Wachtturm, das ist Col. Die Frau in dem roten Kleid ist Becke. Er stellte sich vor, wie sie die Treppe hinauflief und mit Col Istor ins Bett ging.

»Die Hütte der Heilfrau«, sagte Norres. »Ich habe jahrelang nicht mehr daran gedacht. Ich möchte wissen, ob die alte Otha noch am Leben ist.« Sie legte der Färberin den Arm um die Schulter und goß ihr mehr Dünnbier in den Krug. »Trink!«

Chaya tastete nach dem Krug. Ihre Augen sahen merkwürdig aus. Ryke fragte sich, ob sie wohl wußte, was Col tat, was er plante. Er verstand nicht, was sie da getan hatte. »Was bedeutet dein Gesicht?«

Sie zuckte die Achseln. »Ich weiß es nicht. Ich sehe nur. *Ihr wißt.* Ich sehe das, was ihr wollt, daß ich es sehe.«

»Bedeutet das, es ist nicht wirklich? Ist es ein Traum?«

»Oh, es ist schon wirklich. Aber stell mir keine Fragen. Ich weiß die Antworten nicht.« Ryke hätte sie am liebsten geschüttelt. Vielleicht hatte Col ja Sironen bereits angegriffen. Und warum hatte Chayatha nichts über Cloud Keep oder Berent gesehen? Er wagte sie nicht zu fragen. Der Gestank in der Hütte ließ seine Nase jucken. Er stand auf.

»Ich gehe hinaus«, sagte er.

Düster ragten am Westhorizont die Bergketten auf und riegelten den Blick ab. Er fühlte sich noch immer beengt. Er schritt die schmale Gasse hinunter. Ein Pferd wieherte verängstigt. Er trat hinter das Haus und ging zu dem Schuppen, glitt zwischen die Tiere und begann sie zu streicheln. Erinnerungen an Tornor zuckten in seinem Hirn auf: Tornor und die Kälte im Winter; der Burgkomplex scharf abgegrenzt vor dem sternenübersäten Himmel; grauer Fels inmitten des Frühlingsgrüns; die Stärke des Bauwerks gegen die plötzlich einfallende Hitze des Sommers; die Sicherheit gegen die Herbststürme. Die Weichheit dieses südlicheren Landes verwirrte ihn. Er erinnerte sich, wie ihn bei der Reise in die Kornfelder (vor langer, langer Zeit) das Rauschen des Windes in den Halmen geweckt hatte. In der Nacht war dies erschreckend gewesen, wie hundert tote Männer, die dahinmarschierten, und er war zu seinem Vater gekrochen und hatte sich in den Armen des schlafenden Mannes geborgen. Jetzt legte er die Wange an die weiche, sanfte Flanke des grauen Wallachs. Und er verachtete sich selbst wegen dieser winzigen Kinderstimme in seinem Innern, die flüsterte: *Ich will nach Hause!*

Er verließ den Pferdeschuppen. Errel hockte an der Seitenwand des Hauses unter den tiefgezogenen Regenrinnen. Ryke setzte sich neben ihn. Der Prinz drehte und wendete den Ring an seinem Mittelfinger.

»Was hat diese Frau getan?« fragte Ryke.

»Sie ... sie hat Tornor gesehen.« Errel seufzte. Wir sehen aus wie zwei Bettler im Staub, dachte Ryke. »Ich habe von solchen Menschen schon gehört.«

»Ist es so etwas wie deine Karten?«

»Nein, die Karten sind nur ein Instrument. Wie die Sternmuster oder die Steine oder die Stäbchen, die andere Menschen benutzen, um die Harmonien und das Gleichgewicht der Welt sichtbar zu machen. Die Information liegt darin begründet, und wir lesen sie heraus, wie in der Wetterkunde. Sogar ein Narr erkennt die Anzeichen für Regen oder Frost – die Karten kann jedermann benutzen lernen.«

»Ich nicht«, sagte Ryke.

»Du willst vielleicht nicht, aber du könntest es lernen. Dazu ist nur nötig, daß man es will und die Kenntnis die Gestalt des Werkzeugs hat; es ist gar nicht anders, als ob man lernt, ein Schwert zu führen. Aber die Gesichte Chayas sind eine Gabe, mit der man geboren wird – wie ein scharfes Auge oder lange Arme ... oder ein verkrüppeltes Bein.«

»Südländerzeug also.«

»Du vergißt, daß wir ursprünglich alle Südländer waren«, sagte Errel sanft.

Ich war niemals ein Südländer, dachte Ryke. Ich stamme aus dem Norden, und ich will wieder dorthin zurück. »Warum hat sie Sironen gesehen?«

»Ich weiß es nicht«, sagte Errel.

Ein Hund kam zwischen zwei Häusern hervorgetrottet, roch die beiden dahockenden Fremden und begann zu bellen. Errel tastete linkshändig nach einem Stein. Er warf. Der Hund jaulte, als er getroffen wurde, und verschwand in einer Gasse. Aus dem Haus kamen Sorren und Norres. Sorren trug ein Bündel, Norres einen Weinschlauch. »Chaya ist erschöpft von ihrem Sehen«, sagte Sorren. »Sie bittet uns zu gehen. Sie hat uns Käse und Bier mitgegeben. Der Lehrling holt die Pferde.«

Errel sagte: »Ich fürchte, unsere Anwesenheit hat sie beunruhigt.«

»Nein, ihr wart es nicht«, sagte Norres. »Chaya sieht, was die Menschen an sie herantragen. In ihren Köpfen und in den Herzen.« Sie blickte Sorren direkt und betont an. »Ob sie sich dessen bewußt sind oder nicht.«

Sorren schob das Kinn vor. »Das ist nicht wahr«, sagte sie. »Ich weiß, was in meinem Herzen ist. Ich habe es stets gewußt.« Ryke blickte zu Errel, in der Hoffnung, bei ihm Aufklärung zu finden. Doch der Prinz zuckte nur die Achseln.

Emmlith führte die Pferde vom Schuppen herbei. Der Rotfuchs wirkte zufrieden, all seine Wildheit schien verschwunden zu sein. Dann ritten sie los. Am Ausgang des Dorfes blickte Ryke zurück.

Schweigend von ihrem Hügel aus beobachtete sie die kleine Ziegenhirtin.

8. KAPITEL

Die Verstimmung zwischen Norres und Sorren hielt bis zum Abend an. Ihre Entfremdung bewirkte, daß Ryke sich unbehaglich fühlte. Doch am nächsten Morgen öffnete er die Augen und sah, daß sie schliefen wie immer: die Arme umeinander geschlungen, von einem einzigen Mantel bedeckt. Er war an der Reihe, sich um die Pferde zu kümmern. Er ließ sich Zeit und nahm Errels Braunen zuletzt dran. Der Hengst tanzte im Kreis herum und versuchte dem Zaumzeug zu entkommen, indem er ständig den Kopf wegdrehte. Norres kam ihm zu Hilfe. »Sei ruhig«, sagte sie zu dem Pferd. Und wie durch einen Zauber wurde der Hengst unter ihren Händen lammfromm und stand wie wehrlos da, während Ryke ihn sattelte und ihm das Gebiß anlegte. Ryke führte die Tiere auf die Lichtung. Errel kam mit den Wassersäcken auf der Schulter vom Bach. Ryke wollte Norres danken, er drehte sich zu ihr um, doch sie hatte ihm den Rücken zugewandt, schien beschäftigt und unerreichbar.

»Noch vier Tagesritte«, sagte Errel.

»Wir wenden uns nun gen Süden«, bemerkte Sorren. Sie stampfte das Feuer aus.

Wieder verwandelte sich die Landschaft. Die Umrisse der Hügel wurden schärfer. Sie ritten an aufgetürmten Granitfelsen vorbei, an Klüften, durch die sich vielfarbige Gesteinsbänder zogen. Die Westlichen Berge ragten bedrohlich zu ihrer Rechten auf. Die Gipfel waren noch schneebedeckt.

»Es gibt Gipfel, von denen der Schnee niemals schmilzt«, sagte Sorren, als sie ihre braune Stute neben Rykes Tier führte. Sie trug ein goldbesetztes Hemd, das die helle Farbe ihres Haares noch lichter erscheinen ließ und zu ihrer sanftgoldenen Haut paßte. Sie reichte ihm den Weinschlauch. Er trank das inzwischen saure Dünnbier. Die Luft war dünn, trocken und warm. Ryke wünschte sich, daß er eine Landkarte im Kopf hätte so wie sie. Er wollte wissen, wo sie sich befanden, in welcher Richtung Tornor lag und wo sich das »Tal« eigentlich befand. Er gab ihr den Schlauch zurück.

Sorren fragte: »Was hältst du von unserer bisherigen Reise?«

Ryke zuckte die Achseln. »Ich hätte sie lieber gar nicht angetreten.« Aber dies erschien sogar ihm selbst als zu bäurisch. »Nun ja, gar nicht schlecht.«

Sorren sagte leise: »Ich erinnere mich an meinen Abschied von Tornor.«

»Aber ihr wolltet doch fortreiten.«

»Ja. Aber ich wollte auch gern bleiben. Ich haßte und ich liebte den Platz. Und ich hatte Angst. Ich war damals erst fünfzehn und war nie weiter fortgekommen als bis ins Dorf.«

Sie saß im Sattel, als wäre sie auf einem Pferd geboren. Ryke fragte sich, ob es ihr wirklich gefiel, dieses Nomadenleben zu führen, heimatlos zu sein wie irgendein Straßenbettler in einer Südländerstadt. Hinter dem Krieg herzuziehen. Für einen Mann war das ein sehr einsames Leben, und Ryke dachte, daß es für eine Frau eine ganz unnatürliche Art war zu leben. »Wann bist du fortgegangen?« fragte er.

»Vor acht Jahren.«

»Aber wie kommt es, daß ich mich dann nicht an dich erinnere?«

»Warum solltest du dich an ein Mädchen unter so vielen erinnern können? Aber ich erinnere mich an dich! Du warst in der Wachmannschaft von Stane. Einen ganzen Sommer lang hast du vor den Ställen Tageswache gestanden. Norres und ich pflegten uns dort zu treffen. Damals war dein Haar heller.«

Stane – er erinnerte sich an ihn: ein mächtiger Kerl mit lichtem Haar und einem frischen Gesicht. Ja, er war vier Jahre lang im Wachtrupp Stanes gewesen. Die Wache im Sommer bedeutete sozusagen, daß man einen Misthaufen bewachen mußte. »Und warum bist du fortgegangen?«

»Ich mußte gehen«, sagte Sorren. »Niemand in Tornor wollte mich tun lassen, was ich wollte. Sie wollten mich zu einer von den Burgweibern machen, wie meine Mutter es gewesen war. Ich sollte mich von jedem besteigen lassen und möglichst viele Kinder in die Welt setzen. Aber ich wollte nur mit Norres zusammensein, ich wollte auf Pferden reiten und kämpfen. Ich wäre in Tornor geblieben, wenn sie mich das hätten tun lassen. Ich liebe die Berge. Ich werde unruhig, wenn ich fern von ihnen bin.« Sie schauten beide nach Westen zu den gewaltigen Gipfeln hin.

»Frauen kämpfen nicht!«

»Ja, das hat man mir auch gesagt«, antwortete Sorren. »Darum bin ich fortgelaufen. Dann haben sie mich zurückgebracht, und ich heulte, und meine Mutter kreischte mich an. Sie sagte, ich sei eine Verrückte, daß ich mich sogar anständig verheiraten könnte, wenn ich nur täte, was sie von mir verlangten, weil mein Vater immerhin der Herr der Burg war.«

»Dann bist du ja eine Tochter Athors?« Rykes Wallach stolperte. Automatisch half er dem Tier mit dem Zügel auf. Sorren nickte.

Ryke fragte: »Weiß Errel das?«

»O ja. Er wußte es, ehe ich es wußte. Er hat es mir als erster gesagt. Wir spielten immer zusammen, er und ich. Er prahlte mit den Sachen, die er im Waffenhof gelernt hatte, und er war furchtbar wütend, wenn ich all das auch tun konnte, was er fertigbrachte.« Sie gab ein glucksendes kehliges Lachen von sich. »Aber damals waren wir natürlich sehr viel jünger. Als ich eine Frau wurde, war er der einzige Mensch, mit dem ich in der Feste reden konnte. Ich erzählte ihm von Norres.«

Ryke biß sich auf die Lippen. Er fürchtete, er könnte etwas sagen und ihre Erzählung damit unterbrechen. Aus einem Strauch rief ein Vogel.

»Sie ist auch in der Feste geboren. Aber sie war das Kind von irgendeinem Soldaten, und so schickten sie sie ins Dorf zur Erziehung. Sie bestimmten, daß sie Lehrling bei einer Heilerin werden sollte. Aber sie haßte den Beruf. Sie haßte es, eingesperrt zu sein und sich um die Kräutertöpfe kümmern zu müssen. Also lief sie weg und versteckte sich in den Ställen der Burg. Sie liebte die Tiere und wollte bei ihnen sein. Und ich, ich habe Norres immer geliebt. Ich plante alle möglichen Fluchtwege, so daß wir nicht gefunden werden könnten. Aber sie schlugen alle fehl.« Sie seufzte. »Vielleicht lag es daran, daß ich eigentlich nicht fortwollte. Norres war unendlich geduldig. Sie weinte niemals, nicht einmal als Otha sie schlug, um herauszufinden, wo sie sich versteckt hielt. Natürlich hätte sie fortlaufen können, aber sie wollte es nicht, wenn wir nicht zusammen weggehen konnten. Errel hat einen Weg gefunden.« Sie strich sich das Haar aus der Stirn. »Er brachte uns Knabenkleider und nahm uns auf Pferden mit zur Jagd, direkt unter den Augen der Wächter.« Die Erinnerung an dieses Ereignis machte sie lächeln. Das Ostlicht leuchtete auf ihren Wangenknochen. Er fragte sich, wer wohl dem jungen Prinzen gesagt haben konnte, daß Athor eine Tochter hatte, und warum er, Ryke, niemals etwas davon gehört hatte. Sorrens Hände lagen fest und sicher um die Zügel. Athor hätte sie vielleicht mit einem der Söhne Berents verheiratet.

»Wäre es so schlimm gewesen, wenn du geheiratet und Kinder gehabt hättest?« Ein Bild drängte sich in sein Gehirn. Zuerst dachte er, es sei die »Herrin« aus dem Satz der Wahrsagekarten, doch dann verwandelte es sich in das Bild seiner Schwester Becke, wie sie in ihrem roten Kleid die Stufen des Wachtturms hinaufstieg.

Sie gab ihm nicht gleich eine Antwort. Sie ließ den Zügel fallen, streckte ihr Rückgrat und strich sich mit beiden Händen das Haar aus dem Gesicht. Als sie dann sprach, war ihre Stimme ausdrucksloser. »Lebt deine Mutter?«

»Ja«, antwortete er.

»Meine ist tot. Sie war sechzehn, als sie mich geboren hat. Sie starb im Kindbett, als ich elf war.«

Selbst im Norden kannte man Kräuterabsude, die Frauen tranken, um die Entstehung eines Kindes im Leib zu verhindern. Er vermutete, daß es hier zu spät gewesen war. Er war ein Mann, und er verstand von solchen Dingen nichts. Er sagte: »Sie hätte die Schwangerschaft vermeiden können.«

»Was hat das mit mir zu tun?« Sorren stieß die Worte heftig hervor. Sie trieb ihrem Braunen die Hacken in die Flanken, preschte davon und ließ Ryke allein, verärgert und verwirrt darüber zurück, warum sie überhaupt mit ihm gesprochen hatte. Sein Wallach stolperte wieder. Ryke hielt das Tier an. Das Pferd hatte sich einen Stein in die linke Vorderhand geklemmt. Er grub den Stein mit dem Messer aus. Als er wieder aufsaß, sah er Norres und Sorren weit voraus, während Errel zurückgefallen war und offensichtlich auf ihn wartete. Er trieb den Grauen zum Kanter an. Er hatte nicht die Absicht gehabt, Sorren zu verärgern. Er hatte nur die Wahrheit gesagt, So, wie er sie verstand.

Bei der nächsten Rast bot er ihr Käse aus seinem Pack an.

»Ich danke dir«, sagte sie. »Magst du Bier?« Sie reichte ihm den Schlauch. Er trank und reichte den Schlauch Errel weiter. Die Sonne war stark. In den grünen rauhen Grashügeln zeigten sich bereits braune Tönungen. Ein Jagdfalke ließ sich über ihren Häuptern vom Wind tragen. Das Land schien überall auf die Berge zuzuschwanken. Die hohen Gipfel wirkten von ihrem derzeitigen Rastplatz aus, als zögen sie nach Osten, so daß sie, falls sie weiter nach Süden ritten, direkt am Fuß der Berge anlangen müßten. Und wenn sie weiter nach Süden ritten, würden sie in die Sandwüsten des Asechgebiets gelangen ...

»Ryke?«

»Hm?« Ryke richtete sich auf. Er konnte sich nicht erinnern, daß er sich niedergelegt hatte. Errel grinste zu ihm herab. Er hielt ihm die Zügel des Grauen entgegen.

»Steh auf! Du willst doch hier nicht einschlafen!«

»Ich habe nicht geschlafen!«

»Was hast du denn dann getan?«

»Geträumt!« sagte Ryke. Er rieb sich die Augen klar und ergriff die Zügel. Die Antwort schien ihm als vollkommen klar, und er brauchte eine ganze Weile, bis er begriff, warum sie Errel zum Lachen gebracht hatte.

Bei Sonnenuntergang, am achten Tag, trafen sie in Vanima ein. Zum letztenmal ritten sie nun wieder westwärts. Sie strebten direkt auf die Berge zu, und die riesenhaften braunen Felsen schienen sich vor ihnen aufzutun – genau wie die hölzernen Puzzles, mit denen Ryke als Kind gespielt hatte, wie er sich erinnerte ... Man schob die Teile des Puzzles hin und her und versuchte ins Herz des Spielzeugs vorzudringen, und wenn man das Zentrum gefunden hatte, war es immer leer.

Die Sonne schimmerte auf dem braunen Felsgestein. Ryke ritt als letzter, Errel war vor ihm. Norres und Sorren waren um eine Biegung verschwunden oder in irgendeiner Senke. Errel wandte sich um und winkte. Ryke kniff die Augen zusammen. Der Hengst senkte den Kopf, sein Hinterteil spannte die Sprungmuskeln. Ryke gab dem Grauen die Knie. Er erreichte das Ende des Pfades und blickte hinunter. Der Pfad wurde hier breiter. Ryke schaute in ein langes grünes Tal. Er sah dunkelbraune Äcker und die kantigen Strukturen von Gebäuden. Er ließ die Zügel locker und erlaubte dem Grauen, sich selbst seinen Weg den Hang hinab zu suchen.

Rykes Augen waren von dem Hitzeglast geblendet, doch er erkannte, daß die Schneeberge sich nicht bewegt hatten. Vanima lag in einem tiefen Einschnitt ihrer Vorberge. Die höheren Gipfel schwammen vor dem Westhimmel, sie waren weder näher gerückt noch weiter entfernt.

Er spähte nach Wächtern aus, aber er sah keine. Die Berge sind hier die Wächter, dachte er. Das war ein Traum. Er spähte nach Männern in Waffen, und er sah Männer mit Hacken. Er hatte noch nie an einem Ort gelebt, wo es keine Soldaten gab.

Errel, Norres und Sorren hatten angehalten, um auf ihn zu warten. Er beeilte sich, sie einzuholen. Die Männer, die mit nacktem Oberkörper auf den Feldern arbeiteten, winkten ihnen zu. Sie ritten zu den Ställen. Die Pferde drängten sich begierig an den Wassertrog. Aus dem Hintertor kam ein Mädchen und nahm die Zügel. Dabei sprach sie mit Autorität auf die durstigen Tiere ein. Sie trug Männerkleidung: ein Hemd und Baumwollhosen. »Wir können unsere Packs hierlassen«, sagte Sorren. Und zu dem Mädchen: »Wo ist Van?«

Das Mädchen deutete mit dem Daumen. »Im Waffenhof.«

Sie wandten dem Stall den Rücken zu. Errel sog tief die Luft ein. »Sogar die Farben der Berge sind hier anders«, sagte er.

Ryke fragte: »Können alle hierherkommen?«

Norres gab ihm die Antwort: »Du mußt wissen, wo es ist, um es zu finden.«

Ryke zählte mehr als zwanzig Häuser, die fächerförmig um den Dorfmittelpunkt, den Brunnen, verstreut lagen. Sie waren aus irgendeinem rötlichen Holz gebaut. Der Waffenhof war groß, viel zu groß für solch ein kleines Dorf, und er war nicht eingezäunt, es gab nur eine hölzerne Barriere, über die jedes Kind hätte steigen können. Der Boden war sehr staubig. Selbst zu dieser späten Tageszeit wirkte der Ort verlassen, heiß und völlig schattenlos. Nur ein paar Männer und Frauen standen im Halbkreis herum und schauten zu, wie ein Mann einen anderen kopfüber zu Boden warf. Im letzten Augenblick verwandelte sich der Körper des Geworfenen in ein Rad, er rollte ab und stand wieder auf den Füßen. Eine Frau aus dem Halbkreis packte zu, um ihm wieder zum Gleichgewicht zu verhelfen. Der Werfer sagte etwas zu den Leuten und kam dann auf die Neuangekommenen zugeschritten.

»Na schön«, sagte er zu Norres und Sorren. »Ihr seid also zurückgekommen.«

Er war so groß wie Ryke und dunkel wie Col Istor, ein echter Südländer, und er bewegte sich wie eine Katze, ganz Spannung und Entspannung und laufende Muskeln unter der Haut. Er hatte sehr weit auseinanderliegende schwarze Augen. Wie das Stallmädchen trug er Kniehosen aus Baumwolle, doch die braune Brust war nackt. Staub klebte ihm an Armen und Schultern. Er trug keinen Bart. Sein Haar hatte drei verschiedene Färbungen: schwarz und rot und blond, und er hielt es mit einer roten Stirnbinde zurück. Die Hände in die Hüften gestemmt, blickte er Errel und Ryke an. »Was habt ihr mir da mitgebracht?«

»Das ist Errel«, sagte Sorren. »Dies ist Ryke. Und dies ist Van.«

»Was könnt ihr?« fragte Van Errel.

»Ich kann Bogenschießen. Ich kann singen. Ich kann Akrobatik – ein bißchen. Ich kann die Zukunft aus den Karten lesen. Ich kann klettern.«

Van nickte. »Und du?« fragte er Ryke.

»Ich verliere Kriege«, antwortete Ryke. »Ich kann das Armedrücken. Ich bin ein guter Lügner.« Er sah Norres die Stirn runzeln, doch es machte ihm nichts aus.

»Seid willkommen im Tal«, sagte Van. »Könnt ihr auf dem Acker arbeiten?«

Errel antwortete: »Wir können es lernen.«

»Gut. Bringt sie zu Maranth«, sagte er zu Sorren. »Sie wird Schlafplätze für sie finden und Arbeit für euch alle. Es ist hier wärmer als dort, von wo ihr herkommt, wenn mich euer Anblick nicht trügt. Wir stecken mitten in einer Hitzewelle. Ihr werdet andere Kleidung brauchen. Dann kommt in den Hof, wenn ihr bereit seid zu kämpfen.« Und er wandte sich wieder dem Halbkreis der Wartenden zu.

Norres wandte sich an Ryke: »Ist es deine Gewohnheit, deinen Gastgeber zu beleidigen?« Ryke schob die Frage mit einem Achselzucken beiseite. Er wartete, daß Errel etwas sagen wollte, aber der Prinz blickte ihn nicht einmal an. Er beobachtete Van. Der Ausdruck auf seinem Gesicht war beunruhigend.

»Ich bin dir keine Rechenschaft schuldig«, sagte Ryke. »Ich habe nur die Wahrheit gesagt.«

Norres schnaubte durch die Nase. »Was du tust, fällt auf uns zurück«, sagte sie.

Van legte einen weiteren Mann auf den Boden. Auch

dieser verwandelte seinen Körper zu einem Rad und landete wieder auf den Füßen. Ryke begriff nicht, was das alles mit Kampf zu tun haben sollte. Er drehte dem Schauspiel den Rücken zu. »Er erinnert mich an Col Istor«, sagte er.

Vom Dorf aus verliefen die Felder fächerförmig nach außen. Vogelscheuchen auf Stangen wedelten ihre losen Stoffarme im leichten Wind, um die Vögel aus den Furchen zu verscheuchen. Auf dem nächsten Acker war die Erde dunkel von der Pflugschar und wartete auf die Saat. Auf einem Brachfeld grasten Pferde. Zumindest eines davon war eine trächtige Stute. »Was ist das?« fragte der Prinz und deutete auf ein unbearbeitet wirkendes Feld. Ryke legte die Hand über die Augen. Die Stoppeln sahen nicht aus, als wären sie Unkraut. Sie standen in regelmäßigen Reihen und waren etwa schenkelhoch.

Sorren sagte: »Die Wintersaat.«

»Es sieht aus wie Weizen«, sagte Errel.

»Es ist Weizen. Der Boden ist hier nicht so hart, und der Winter ist nicht so streng. Im Herbst gesäter Weizen kann im nächsten Sommer geerntet werden«, sagte Sorren. »Und Hafer, der im Frühjahr ausgesät wird, kann vor den Herbstregen eingebracht werden, genau wie in Tornor.«

»Zwei Aussaaten, zwei Ernten«, murmelte Errel.

»So betreibt man den Ackerbau auch im Galbareth«, sagte Norres.

Sie gingen eine Straße hinunter – die einzige Straße. In der Mitte lag der Brunnen. Das Dorf wirkte verlassen. Nirgendwo trieben sich Kinder zwischen den Häusern herum. Es gab keine Frauen, die am Spinnrad in der sinkenden Sonne saßen und einander Klatschgeschichten erzählten – wie dies ein so vertrauter Anblick in Tornor-Dorf gewesen war. Aus einem Hühnerhof drang Gackern. Ryke sah einen Pferch und roch die Schweine. Auf einem Dach lag träge eine Katze und leckte sich eine Pfote, hielt ab und zu inne und starrte mit Sternenaugen auf die Straße. Sie betraten eine Hütte. Am Tisch saß eine Frau. In ihrem Rücken war ein viereckiges Fenster. Es roch nach Staub und Tinte und Gelehrsamkeit.

Auf dem Tisch lagen Schiefertafeln und Pergamentrollen. Die Frau blickte auf und stand plötzlich auf den Füßen. Sie trug eine blau- und scharlachrote Tunika, die mit Gold verbrämt war. Ihr Haar war teerschwarz und wehte ihr um den Kopf wie ein Strauch im Wind. Sie warf beide Arme zuerst um Norres, dann um Sorren. »So seid ihr zurückgekommen!« rief sie. Ihre Stimme klang rauh, sie erinnerte Ryke an die von Chayatha. An den Handgelenken trug sie silberne Armreife, die mit blauen Steinen besetzt waren.

Sorren lachte. »Aber natürlich!«

»Wer sind eure Freunde?«

»Ryke und Errel. Das ist Maranth.« Die Frau lächelte ihnen zu. Errel lächelte zurück. Ryke bemerkte, daß er seinen Ring abgezogen hatte. Ryke versuchte ein Lächeln. Plötzlich fühlte er sich ausgelaugt. Er sehnte sich nach Essen, nach einem Bett, nach Stille, er wollte nicht noch mehr Fremden begegnen, er wollte die Gegenwart eines einzigen Gesichts, nicht vieler. Die Katze schob sich zum Fenster herein, ihr schwarzes Fell schimmerte wie Steinkohle. Maranth streichelte das Tier, und die Katze rieb sich gegen ihre Hand, die Augen verzogen sich vor Wollust zu Schlitzen.

»Wo seid ihr gewesen?« fragte die Frau.

»Im Süden. Im Norden.«

»Im Osten und im Westen. Ich weiß schon. Wer herrscht jetzt in der Stadt?«

»Die Med-Familie«, sagte Norres.

Maranth nickte dazu nur, als wäre weder die Frage noch die Antwort von Wichtigkeit. Doch sprach sie nicht sogleich weiter. Ryke fragte sich, was für eine Bedeutung es in Vanima haben konnte, wer in Kendra-im-Delta herrschte. »Ai! Wartet nur, bis ihr Amaranth seht! Sie ist gewachsen. Sie ist jetzt schon größer als ich. Ich glaube, sie wird es bald mit Chayatha aufnehmen.« Ihre Stimme klang rasch, wie Regen auf harter Erde.

»Geht es ihr gut? Geht es dir gut?« fragte Sorren.

»Es geht uns allen gut. Ihr kommt zu einer guten Zeit. Vor vier Tagen hat es geregnet, und in vier Tagen haben wir Vollmond.« Sie ging um den Tisch herum und hob eine Tafel auf. Ryke sah, daß das, was er für einen Rock gehalten hatte, in Wirklichkeit Hosen waren, geschlitzte, bauschige Hosen. »Ich werde euch ein leeres Haus suchen. Das mit den blauen Läden ist unbewohnt. Wollt ihr es nehmen?«

»Sicher«, sagte Sorren. Maranth schrieb etwas auf die Schiefertafel. Ihre Buchstaben liefen in Kurven und Schlingen; für Ryke sahen sie alle gleich aus.

»Jetzt, so nahe vor der Saat, gibt es eine Menge Arbeit. Die Felder bringen schneller Steine hervor als Gerste. Macht es euch etwas aus, Steine zu sammeln? Dann brauche ich noch jemanden, der bei einem Wassereinbruch hilft.« Sie blickte Ryke an. Er nickte, aber er wußte nicht, ob man ihn fragte oder ihm befahl.

Norres sagte: »Du kannst mich für die Ziegen einteilen!«

»Das hatte ich sowieso vor«, sagte Maranth. »Sobald die gemerkt haben, daß du wieder im Tal bist, würden sie vor allen anderen davonrennen, weil sie dich wollen. Sorren, magst du pflügen?« Sorren nickte. Die Katze stakte über die Schiefertafel. Sie beschnupperte Norres. Maranth packte das Tier in der Leibesmitte und hievte es auf das Fensterbrett. »Raus, Bestie!« sagte sie. »Wie hast du dir die Hand verletzt?« fragte sie Errel.

Er lächelte. »Beim Ringen.«

»Ein einhändiger Mann kann nicht jagen oder kochen oder pflügen ...« Sie kämmte die Finger durch ihren Haarbusch. Sie sah mindestens so alt aus, wie Ryke es war, doch sie bewegte sich mit der fließenden Grazie einer Frau, die allenfalls halb so alt sein konnte. Ihre Armreife klirrten. Hinter dem Tisch mit den Schiefertafeln erhaschte er einen Blick auf ein Bett mit einer Daunendecke. An einem Haken in der Wand hing eine Männertunika. Er hätte gern gewußt, wem sie gehörte. Es machte ihn bitter, von einer Frau Befehle entgegenzunehmen.

Errel schien es nichts auszumachen. »Ich kann ja Unkraut jäten«, schlug er vor.

Maranth grinste. »Eine gute Idee. Wir brauchen Unkrautjäter. Ich hoffe nur, du kannst Unkraut von einem Weizenhalm unterscheiden.«

Wind wehte die Pergamente durcheinander, und die schmale Frau hielt sie mit beiden Händen fest. »Und die Gebühr – wenn ihr sie habt«, sagte sie.

Sorren zog einen Beutel aus der Tasche. Sie schnürte die Bänder auf und zählte dann Münzen in ihre Hand. Einige trugen das Fischzeichen von Tezera, andere das Grannensymbol Shanans, andere trugen Symbole, die Ryke noch niemals gesehen hatte. Es waren vorwiegend Silbermünzen, auch einige Kupferlinge. Sie reichte das Häufchen Münzen Maranth. Diese nahm sie und verstaute sie in einer hölzernen Truhe mit Metallbändern, die auf einem Hocker hinter dem Tisch stand. Dann nahm sie ein unbeschriebenes Pergament auf. Mit geübten Bewegungen goß sie Wasser aus einem Bronzekrug auf den Tintenstein in einer Schale. Sie rieb den Pinsel über den Stein, bis sich die Haare vollgesogen hatten, dann schrieb sie mit der schwarzen Tinte auf das Pergament. Über ihrem Kopf hing in einem Holzrahmen ein Pergament mit Schriftzeilen darauf. Ryke fragte sich, was sie bedeuteten und ob sie sie selbst geschrieben hatte.

»So, das ist es. Später beim Abendessen müßt ihr mir alles von euren Fahrten erzählen.«

»Und du wirst uns den ganzen Tratsch aus dem Tal erzählen«, sagte Sorren.

»Ich tratsche nie«, sagte Maranth mit gespielter Würde. »So, nun geht schon und laßt mich arbeiten!«

Sie traten wieder auf die Straße. Der Himmel war dunkel geworden. Die Stirnen der Berge waren schwarzbraun. »Die Nacht fällt rasch im Tal«, sagte Errel. Aus einem Koben hinter einer Hütte hörte Ryke das schläfrige Grunzen von Schweinen.

»Prinz, werden wir jetzt Bauern?« fragte Ryke.

»Ich heiße Errel«, sagte der Prinz. »Ja, wir werden hier Bauern sein und Ziegenhirten und was immer nötig sein wird.« Ryke senkte den Kopf in Demut. Es gefiel ihm nicht. Er war ein Kämpfer. In diesem Dorf voller Fremder kam er sich vor wie in einem Pferch. Der ganze Ort sah aus, als wäre er höchstens ein Viertel so groß wie sein Geburtsdorf unterhalb der Burg Tornor. »Wer ist Maranth?« fragte Errel.

Sorren hob einen Strohhalm vom Boden auf. Während sie weitergingen, flocht sie das Stroh zu einem Muster. »Sie ist Vans Gespielin. Aber wenn sie hört, daß du sie so nennst, dann bekommst du Flüche ins Gesicht geschleudert. Sie sagt: *Ich gehöre nur mir selbst, sonst keinem.* Sie ist Dorfschreiber und Verwalter in Vanima. Sie führt die Buchhaltung. Wenn die Händler in Gerdes Busch eintreffen, reist sie hin und feilscht mit ihnen um die Sachen, die wir brauchen. Van nennt sie ›die Peitsche‹. Er schwört darauf, daß wir verhungern würden ohne sie.«

»Ist dafür die Gebühr?« fragte Errel. »Um die Händler

zu bezahlen?« Sorren nickte. »Du hast für uns alle vier bezahlt, nicht wahr? Wenn ich kann, werde ich es dir zurückgeben.«

Alles war nun rings um sie in rotes Licht getaucht. Die Berge waren rot, die Erde war rot, das Holz der Häuser war rot. Selbst der Schiefer auf den Hausdächern war rot. Sie kamen zu dem Haus mit den blauen Läden. Es erinnerte Ryke an das Haus seiner Mutter. Im Erdgeschoß waren zwei Räume, die durch einen hölzernen Paravent an Drehangeln getrennt waren. Von da aus führten Stufen auf den Boden. Sorren und Norres gingen hinauf. Die Wände waren kahl. Die Maserung der Hölzer bildete Muster wie die Strömung in einem Fluß. Das Haus duftete nach Zedernholz. Das Bett im Schlafraum war weich, und die Federn kitzelten. Errel zog sich die Stiefel aus und ließ sich mit einem Seufzer des Wohlbehagens darauf niederfallen.

Ryke entdeckte zwei Talglichter auf dem Kaminsims, einen Nachttopf neben dem Bett, eine mit Kork verschlossene Wasserflasche. Im vorderen Zimmer stand eine Truhe. Er öffnete den Deckel. Darin lagen Wolldecken, eine Stoffrolle, Fäden, Nadeln, eine leere Zunderschachtel, ein Gürtel mit eiserner Schnalle in der Form einer Hand, eine Dolchscheide ohne das dazugehörige Messer. Jemand hämmerte gegen die Tür. Ryke öffnete. Das Mädchen aus dem Stall stand draußen, beladen mit all ihren Packs. Er holte die Sachen herein. Sorren kam die Stufen heruntergeeilt. Sie hatte die Kleidung gewechselt. Sie trug nun eine leichte hellblaue Tunika und lichtbraune Kniehosen.

»Gut«, sagte sie, als sie Reisepacks sah.

Errel fragte: »Wo können wir solche Kleider finden?« Sie wies auf die Truhe. Ryke wendete sich wieder der Truhe zu. Er fand mehrere Paar Kniehosen und drei Hemden in die Decken gefaltet. Er zog seine Ledersachen und die Wollkleidung aus und schlüpfte in die baumwollenen Kleidungsstücke. Der Stoff fühlte sich fast gewichtslos auf der Haut an – wie die Berührung einer Frauenhand.

Er mußte seinen Gurt ablegen. Die Baumwollhosen wurden mit einer einfachen Schnur gegürtet. Das Hemd trug Stickereien: ein Sinnbild der Sonne. Er fuhr die Strahlen mit dem Finger nach. Auch Norres kam herunter. Ryke sah, daß beide Frauen Stiefel aus weichem Leder trugen, die nur bis zum Knöchel reichten. Wieder grub er in der Truhe und fand drei Paar weiche lederne Kurzstiefel und einen einsamen Schuh ohne Gegenstück. Eines der Paare paßte ihm, aber keines war lang genug für Errels Füße. Der Prinz zog sich die Reitstiefel wieder an. »Du kannst dir welche machen lassen«, sagte Sorren.

Im Vorderzimmer stand nur ein Sessel. Ryke ließ sich nieder. Dies also war das Ende der Fahrt ... Seine Muskeln zuckten vor Übermüdung. Nie zuvor war er soweit von dem Land seiner Geburt entfernt gewesen. Er kam sich entwurzelt vor.

Errel legte ihm eine Hand auf die Schulter. »Komm!«

Ryke zwang sich aufzustehen. »Wohin gehen wir?«

»Ins Speisehaus«, sagte Sorren. »Bist du nicht hungrig?«

Rykes Magen begann zu tanzen, als er an Nahrung dachte. Sie traten aus dem Haus. Die leichten Schuhe gaben ihm das Gefühl, als schreite er über dem Erdboden in der Luft dahin.

Tagelang hatten sie kaum etwas anderes zu essen gehabt als Käse und Trockenfleisch. Der Wind, der die Dorfstraße herunterwehte, trug ihnen den Duft von frischgekochtem Fleisch und frischgebackenem Brot in die Nüstern. Sie kamen am Brunnen vorbei. Aus den Fenstern eines Gebäudes schimmerte Licht; ein weiches Licht, nicht das harte, grell zuckende von Fackeln. Vor Rykes Augen blitzte ein Funke auf. Er versuchte ihn wegzuwischen. Wieder blitzte der Funke. »Was, zum Teufel?« fragte er. Er kniff die Augen gegen die blaue Dunkelheit zusammen. Wieder blitzte der Funke direkt vor ihm, und er griff danach. Er wurde zu Asche und wehte davon.

Sorren lachte. »Ein Glühwürmchen«, sagte sie.

»Was ist denn das?«

»Etwas, das fliegt und dabei mit seinem Hinterleib ein Licht ausstrahlt und es wie eine Laterne mit sich herumträgt.«

Errel sagte amüsiert: »Versuch lieber nicht, es zu fangen!«

»Aber ich will es sehen.«

»Warte«, sagte Norres. Sie blieb stehen. Sie alle standen ganz still da. Das Glühwürmchen kreiste um ihre Köpfe und flimmerte. Norres streckte eine Hand aus. Ryke hielt den Atem an, als das Insekt in der Luft zögerte und sich dann auf Norres' Knöchel niederließ. Das schimmernde Licht pulste und erstarb, pulste und erstarb. »Ihr Feuer ist kalt«, sagte Norres. Sie schüttelte leicht die Finger. Das Feuerinsekt breitete die Flügel aus und schwirrte davon.

»Du kannst wirklich alles zahm machen«, sagte Sorren mit sanfter Stimme.

Das Dach des Speisehauses fiel steil vom Dachfirst ab. Im Innern webten Schatten um die Balken. Es war das gleiche Rotholz, aus dem auch die Wohnhäuser gebaut waren. An den Wänden gab es weder Waffen noch Teppiche. Auf einem Ziegelherd brannte ein Torffeuer. Das warme Licht kam von flachen Öllampen, die auf den Tischen standen. Auf dem Boden lagen schön arrangierte Binsenmatten. Die Tische waren lang und von lehnenlosen Bänken flankiert, genau wie in Tornor. An einer Wand öffnete sich eine Durchreiche zur Küche. Alle trugen Baumwolle und diese weichen Kurzstiefel. Einige hatten Wollmäntel über die Arme gelegt. »Wo werden wir sitzen?« fragte Errel.

»Ach, irgendwo«, antwortete Sorren. Sie wies auf eine der Bänke. »Setzt euch da hin! Da ist Platz für vier. Norres und ich werden das Essen holen.« Ryke suchte den Haupttisch. Aber es gab keinen Haupttisch. Die Tafel, die Sorren ihnen angewiesen hatte, war halb leer. Sie setzten sich. Ein Mann, der neben ihnen saß, blickte auf und lächelte ihnen zu. Sorren und Norres kamen mit Tellern an den Tisch. Darauf war Fleisch (Schwein und Kaninchen) und Käse, dazu eine Terrine mit einer bläßlichen Suppe mit Kräutern. Ryke probierte die Suppe. Sie schmeckte überraschend gut. Auf dem Tisch standen Becher und volle Weinhumpen. Er goß sich einen Becher voll und trank. Aber es war kein Wein, sondern Wasser. Er trank es dennoch.

Errel hatte Sorren eine Frage gestellt. Ryke lauschte auf die Antwort. »Wir essen alle hier. Alles, was wir anbauen, essen wir selbst oder verfüttern es an die Pferde, die Hühner und Schweine. Und alle leisten im Turnus Küchendienst, arbeiten dort irgendwas, sie kochen oder machen sauber, backen oder schlachten Vieh. Wir jagen und fischen. In Vanima gibt es keine Sklaven und Diener. Alle arbeiten, und alle lernen dasselbe.«

»Und was lernt ihr?« fragte Errel.

Sorren sagte: »Wie man kämpft ...«

Etwas weiter unten auf der Bank, hinter dem Mann, der ihnen zugelächelt hatte, sah Ryke eine Frau, die ihrem Kind die Brust gab. Sie trug das Haar in zwei langen Zöpfen. Er blickte sich um. Er sah das Mädchen vom Stall. Er glaubte einen der Männer aus dem Waffenhof zu erkennen. Dieser Ort verwirrte ihn. Die Leute redeten mit gedämpften Stimmen und aßen. Es schien keine Kommandeure zu geben, keine Rangunterschiede. Einer von den Leuten am Küchenfenster kam herüber und setzte sich an den Tisch und aß mit den anderen. Keiner trug eine Waffe. Es war alles so falsch, und doch erregte es in ihm ein Gefühl von Vertrautheit – wie ein neuer Schuh, der genau nach der Form eines alten angefertigt war. Es fühlte sich an wie in einem Keep, einem Bergfried.

Er trank noch mehr Wasser und wünschte sich, es wäre Wein. Errel und Sorren waren ins Gespräch vertieft. Dann kamen drei Leute durch die Tür: ein Mann und zwei Frauen. Die kleinere der Frauen war Maranth, er erkannte sie an ihrem Haar. Jemand winkte ihr zu, und sie ging dorthin. Die andere Frau und der Mann traten an das Durchreichfenster. Mit ihren Tellern kamen sie an den halbleeren Tisch. Der Mann war Van. Er setzte sich ohne weiteres Zeremoniell hin. Die Frau nahm den Platz neben Van, und Ryke merkte, daß sie ein ganz junges Mädchen war. Sie hatte ebenfalls einen wilden Haarbusch wie Maranth, der im Nacken von einer ledernen Spange zusammengehalten wurde, und sie hatte ein schmales leidenschaftliches Gesicht, das im Licht der Öllampe voller Leben war. Ihr Haar war wie das Vans dreifarben. Van blickte von einem Gesicht zum anderen. »Ryke«, sagte er und wies auf ihn. »Errel. Meine Tochter Amaranth.«

Es lag auch Brot auf dem Tisch. Van brach ein Stück davon ab und tauchte es in die Fleischsoße. Seine Bewegungen waren rasch und sauber, ohne überflüssige Schnörkel. »Wo schlaft ihr?« fragte er.

»Im Häuschen mit den blauen Fensterläden«, sagte Sorren.

»Aha.« Er trank. Die anderen schwiegen und warteten wohl darauf, daß er eine Bewegung machen oder sprechen würde. Seine Anwesenheit zwang Schweigen auf. Der Prinz saß ruhig da, den rechten Arm im Schoß geborgen, und beobachtete Van. Rykes Nerven zuckten.

In einer ungehobelten Geste stemmte er beide Ellbogen auf den Tisch und durchbrach das Schweigen. Alle schauten zu ihm hin. Er sprach Van an: »Was ist dies hier eigentlich für ein Ort?«

Van hörte auf, sein Brot in die Soße zu tunken. Seine Augen waren ein leuchtendes Schwarz, wie Jett oder wie jener ungeäderte schwarze Marmor, den die Steinhauer manchmal aus den Bergen herbrachten, oder wie die Tiefen der Nacht zwischen den Sternen ... Ryke mußte den Blick abwenden. In seinem Nacken sammelte sich Kälte. »Vanima«, sagte Van, »das ist das Land des Sommers.«

»Wo kommst du her?« fragte das Mädchen von gegenüber. Auch ihre Augen waren schwarz, aber sie besaßen nicht diese erschreckende, den Menschen anspringende Macht. Ryke blickte zu Errel neben ihm. Der Prinz lächelte das Mädchen an.

»Aus dem Norden«, sagte er.

»Und was ist dort geschehen?« drängte das Mädchen.

»Es gab Krieg.«

»Hast du ihn verloren?«

Errel nickte.

»Wer hat ihn gewonnen?«

»Ein Dieb aus dem Süden«, sagte Ryke. Er wollte verhindern, daß sein Prinz mehr sagte als das, was er bereits preisgegeben hatte. Er wollte nicht, daß Errel über Col Istor sprach.

»Nicht alles, was aus dem Süden kommt, ist krank und übel«, sagte Van. Er lehnte sich ein wenig zurück, und sein Gesicht verschwand aus dem Schein der Öllichter und lag nun im Schatten. Man konnte ihn so leichter ansehen. »Ihr kennt das Südländerwort *chea?*«

»Nein«, sagte Ryke.

»Ja«, sagte Errel. »Es bedeutet – ›Ausgewogenheit‹.«

»Ausgewogenheit. *Chea.* Ja, das ist es. Und daraus leitet sich das Wort *cheari* ab. Kennt ihr dieses Wort?« Errel lächelte. »Es ist ein verderbtes Wort. Und es bedeutet heute Gaukler und Narr. Einst besagte es etwas sehr viel Mächtigeres.«

»Tänzer«, sagte Errel.

Van hob die Augenbrauen. »Du bist ein Nordländer«, sagte er. »Woher weißt du dies?«

»Aus den Wahrsagekarten«, antwortete Errel. »Die erste Karte, die, die keine Zahl hat, ist der ›Tänzer‹. Manchmal nennt man sie auch den ›Narren‹ oder den ›Joker‹, den Spaßvogel. Er befindet sich im Mittelpunkt von allem.«

»Das wußte ich nicht«, sagte Van. »Ich habe von dem Spiel mit den Karten des Schicksals gehört, aber ich habe sie noch nie selbst gesehen. Die Gelehrten im Süden sagen, daß der Tanz heilig ist, weil der Tänzer das *chea* darstellt, die Ausgewogenheit der Welt.« Van legte die Fingerspitzen aneinander, so daß sie einen Kreis bildeten. »Das Symbol dafür, für dieses Gleichgewicht, ist der Kreis, die Kugel, das Ganze.« Er sprach nun direkt zu Errel und neigte sich dabei dichter dem Prinzen zu. Das Mädchen an seiner Seite sah gelangweilt aus. »Alle Dinge suchen die Ausgewogenheit und sind ausgewogen: Nacht und Tag, die Jahreszeiten, die Muster der Gestirne. Alles bewegt sich in den zugeordneten Kreisen, genau wie wir, wenn wir von der Geburt zum Tode gehen, ob wir es wollen oder nicht. Doch genau wie das Wort *cheari* verderbt wurde, so daß es nun ›Betrüger‹ und ›Gauner‹ bedeutet, so verderben menschliche Wesen das *chea,* zerstören sie den Kreis und die Ausgewogenheit.«

»Wie?« fragte Errel.

»Indem sie töten. Indem sie Kriege führen. Ihr habt mich

gefragt, was dies hier für ein Ort sei. Nun, dieser Ort stellt das Gleichgewicht wieder her.« Er lächelte ein wenig bemüht. »Zumindest ist dies meine Hoffnung. Ich lehre eine Kampfart ohne Waffen, die das Gleichgewicht nicht stört, weil sie nicht auf das Töten abzielt.«

Errel nickte, als wäre ihm der Sinn der Rede vollkommen klar. Ryke fragte: »Ein Waffenhof ohne Waffen? Wozu ist denn Kämpfen gut, wenn man nicht gewinnen kann?«

»Wer hat gesagt, daß du nicht gewinnen kannst?« fragte Van. »Die Technik liegt darin, daß du gewinnst, ohne töten zu müssen. Und die Waffe ist dein Körper.« Seine Augen leuchteten. »Es gehört nicht viel dazu, Tod zu verursachen.«

In dem großen schattendurchwebten Raum war es still geworden. Männer und Frauen an anderen Tischen nickten zustimmend. In Ryke stieg Ärger auf. Es gab einfach keine andere Art, einen Krieg zu führen, als zu töten. Was Van da über Ausgewogenheit sagte, vom Körper als Waffe, war nur Geschwätz, waren leere Worte. Er stellte sich vor, daß er vor Col Istor hintreten könnte und ihm sagte: *Geh nach Hause, du hast das »chea« durchbrochen!* Der Ausdruck auf Errels Gesicht beunruhigte ihn aber stark. Der Prinz sah aus, als sei er verführt worden und als genieße er es.

»Ich war eine kurze Zeit lang ein *cheari«,* sagte der Prinz leise. »Ich würde gern sehen, was deine *chearis* machen.«

Van nickte. »Wir werden es dir zeigen«, sagte er und stand von der Bank auf.

Er ging zur Tür, das Mädchen folgte ihm. Unterwegs blieb er mehrmals stehen, beugte sich hinab und sprach mit dem einen oder anderen. Ryke kämpfte gegen den Widerwillen an, den er diesem Mann gegenüber empfand. Sorren und Norres standen ebenfalls auf und brachten die leeren Teller ans Küchenfenster zurück, als wären sie Küchenjungen. Ryke drängte sich dichter an Errel heran. »Hast du wirklich die Absicht hierzubleiben?« fragte er.

»Eine Weile doch«, antwortete der Prinz. »Und du magst nicht?«

»Ich glaube, ich bin zu alt, um neue Tricks zu lernen«, antwortete Ryke. »Mir hat man beigebracht: Wenn du kämpfst, dann kämpfst du mit der Waffe in der Hand und um zu töten.«

Errel sagte: »Ich würde es nicht wünschen, daß du etwas tust, was gegen deine Natur ist. Wenn du nicht bleiben magst, dann geh!«

Die sanft ausgesprochene Erlaubnis war wie ein Schlag ins Gesicht. »Ich habe einen Eid geschworen«, sagte Ryke gepreßt.

»Und ich bin neugierig«, sagte Errel. Er legte das Kinn auf die verschränkten Hände. Der verbundene Finger stach hervor. »Bist du nicht neugierig?« Irgend etwas brannte im Sichtfeld von Rykes Augen. Er vermochte nicht zu erkennen, ob es eine Sternschnuppe oder ein Glühwürmchen im Rahmen des Fensters war. Er packte den Tisch mit beiden Fäusten.

»Nein!«

9. KAPITEL

Das Mahl war beendet. Norres und Sorren kamen von dem Küchenfenster zurück. Errel erhob sich. Sie traten aus der Tür. Durch die Schlucht der Dorfstraße blies ein kalter Wind und schnitt durch die dünne Baumwollkleidung, die Ryke trug. Er rieb sich die Arme warm und wünschte, er hätte einen Umhang mitgenommen. Eine kleine Gestalt huschte an ihnen vorbei: das Mädchen Amaranth, wildäugig und leichtfüßig wie ein Füllen. Sie gingen zu dem Haus mit den blauen Fensterläden. Errel entzündete die Kerzen. Ryke fand Holz und machte im Kamin ein Feuer an. Der Duft des Pinienholzes füllte den Raum. Die beiden Frauen gingen auf den Dachboden hinauf. Sorren rief herunter: »Gute Nacht!«

Ryke und Errel legten sich zu Bett. Errel schlief sofort ein. Doch Ryke konnte keinen Schlaf finden. Seine Muskeln zuckten. Die Scheite auf dem Herdrost nahmen die Gestalt von Gebäuden an, Zweige bildeten einen Turm. Ryke fragte sich, ob dieses Bild ein Omen für Tornor sein mochte. Beschwichtigt von der Wärme und dem ruhigen Atem Errels schaute er zu, wie die Scheite im Feuer zusammensanken.

Schließlich schlief er dann doch. Mitten in der Nacht erwachte er, es war kalt geworden im Zimmer. Das Feuer war erloschen. Er schlief wieder ein, und er träumte: Er befand sich in einem Raum. Und wie dies so häufig in Träumen geschieht, kannte er diesen Raum, ohne daß er hätte sagen können, wo er sich befand. Er glaubte, es sei vielleicht einer der Räume in Tornor. Es war heiß. Er trat ans Fenster, um die Läden zu öffnen. Sie klemmten. Er mußte den Riegel mit Gewalt öffnen. Schließlich ging einer der Läden auf. Im

Fenster starrte ihn ein Wolfskopf an, mit gebleckten Fängen und glitzernden Augen. Er begann durch das Fenster zu klettern. Ryke trat vom Fenster zurück, seine Beine bewegten sich mit erschreckender Langsamkeit. Er suchte nach einem Messer, einer Axt, nach seinem Schwert ... Er konnte keine Waffe finden. Der Wolf wurde immer größer. In seinem Traum schrie er um Hilfe. Er erwachte keuchend. Die Decke lag über seinem Gesicht. Es war kein Wunder, daß er einen Alptraum gehabt hatte. Er zupfte sich die Wolle aus Mund und Nasenlöchern. Es war Morgen. Das Licht der Frühlingssonne warf Streifen auf das Rotholz der Wände. Er lag da und wurde allmählich ruhiger, während der Schweiß auf seiner Brust und seinen Hüften trocknete. Errel an seiner Seite schlief noch. Der warme rote Raum war wie das Herz des Sommers.

Das Haus knarrte. Norres und Sorren waren wach. Er konnte ihre Schritte über sich hören. Jemand kam die Stufen heruntergelaufen. Er hörte, wie eine Tür geöffnet wurde, dann das Geräusch von Wasser. Sein Mund war ausgetrocknet. Er rollte sich vorsichtig vom Bett, um den Prinzen nicht aufzuwecken. Sein Hemd und seine Hosen lagen auf dem Boden. Er zog sich an. Auf dem Tisch neben dem Bett standen ein Krug und ein Waschbecken. Er goß Wasser in das Becken und wusch sich das Gesicht. Die Zeichnung auf dem Steinkrug war die gleiche wie auf seinem Hemd: eine Strahlensonne. Er spülte sich den Mund, spuckte. Errel rollte sich herum. »Waaas?«

»Guten Morgen«, sagte Ryke. Errel setzte sich auf. Das Haar stand ihm in kleinen Spießen vom Kopf ab. Ryke trug das Becken mit dem schmutzigen Wasser zur Tür. Lauwarme Luft sickerte herein, als er sie öffnete. Er goß das Wasser auf die Straße. Es blitzte in der Luft wie die Augen seines Traumwolfes. Ryke trug das Becken ans Bett zurück und füllte frisches Wasser ein. Er fragte sich, ob der Traum wohl etwas zu bedeuten haben könnte.

Errel sagte: »Ryke, du mußt mich hier nicht bedienen. Vergiß nicht, ich bin hier kein Prinz mehr, und du bist auf jeden Fall nicht mehr mein Diener.«

»Ich tue es gern«, sagte Ryke. Wenn der Traum überhaupt eine Bedeutung hatte, dann sollte Errel besser darüber unterrichtet werden ... Wenn das ein Raum in Tornor gewesen war, dann war dieser Wolf Col Istor. Ryke entschloß sich aber, Errel nicht mit dieser Vermutung zu belästigen.

»Hast du gut geschlafen?« fragte Errel und tauchte das Gesicht in das Waschbecken.

»Ja«, sagte Ryke. Es fiel ihm ein, daß es hier keine Dienstboten gab, also schüttelte er die Decken aus und hängte sie zum Auslüften ans Fenster. Sorren winkte ihm von einem Erdhaufen hinter dem Haus her zu. Sie leerte gerade den Nachttopf aus.

Der Himmel war wie ein Juwel: hart, klar und rein. Errel knüpfte die Haspeln seines Hemdes zu. Im hellen Tageslicht wirkten seine Reitstiefel fehl am Platze. Norres kam die Stiege herab. Sie lächelte ihnen zu. Das Hemd stand ihr am Hals offen. Das weiche Gewebe schmiegte sich um sie. Sie wirkte glücklich, jünger und sorgenfrei. Angesichts ihrer Freude verspürte Ryke einen neidischen Stich im Herzen. Sie hob eine Hand zum Gruß und ging hinaus. »Bist du fertig?« fragte Errel. »Dann gehen wir.«

Die roten Plattendächer der Häuser schimmerten im Morgenlicht. Auf einigen Feldern arbeiteten bereits Leute. Ryke sah auf einem Hügel, der mit verstreuten Kiefern und Zedern besetzt war, hier und dort die schlanken Leiber der scheckigen Geißen: Sie trieben sich zwischen den Bäumen herum und hangelten nach den niederen Ästen. »Ich gehe dort hinauf«, sagte Norres, die seinem Blick gefolgt war. Sie küßte Sorren flüchtig auf die Lippen. »Bis später, Liebes.« Sorren führte die beiden Männer aufs Feld. Eine Frau rief ihrem Pferd etwas zu. Die eingesäten Felder waren von Ringelblumen gesäumt, um die Insekten abzuhalten.

»Wie alt ist dieser Ort?« fragte Errel.

Sorrens Brauen bildeten einen Augenblick lang eine gerade Linie. »Zehn Jahre«, sagte sie schließlich. »Ich erinnere mich, daß Maranth einmal gesagt hatte, daß sie und Van ins Tal gekommen sind, als Amaranth vier war.«

»Es muß für ein Kind ziemlich einsam gewesen sein«, sagte Errel.

»Nicht einsamer als in einer Burg«, gab Sorren zurück. »Aber sie blieb ja nicht lange allein. Und nun gibt es hier mehr Kinder.«

Es beunruhigte Ryke, daß keine Wachen aufgestellt waren, um die Bergpfade zu schützen. Jeder konnte hier einfach hereinkommen. Dann erinnerte er sich an das, was Norres gesagt hatte: daß man den Weg kennen müsse. Am westlichen Horizont strich ein Adler einen Steilhang entlang und segelte mit dem Fallwind abwärts. Erneut hatte Ryke das Gefühl, die Berge selber seien Schutz und Wächter des Tales.

Ein Ton störte ihn aus seinen Gedanken auf. *Schwapp. Schwapp* ... Er blickte sich um nach der Quelle des Geräusches. »Hört ihr ...?« Er klatschte sich mit der Hand auf den Schenkel, um das Geräusch nachzuahmen.

»Ja ...«, sagte Errel und schaute Sorren an. Sie grinste und wies zu einem roten Hügel hinüber. Ryke kniff die Augen gegen die Sonne zusammen. Er konnte nicht erkennen, auf was sie gedeutet hatte. Dann sah er es: ein Gebäude wie ein Turm und an der Spitze ein Rad. Das Rad drehte sich. An den Speichen waren Flügel. Und während das Rad kreiste, machten die Segelflügel *schwapp.*

»Es ist eine Windmühle«, sagte Sorren. »Wir haben wenige Bäche in Vanima, also lassen wir unsere Mühlen mit Windkraft mahlen. Wenn du in den Galbareth reitest, kannst du sie am Horizont in ganzen Reihen sehen, wie Riesen, die übereinander wachen. Wir brauchen eine Mühle, um unser Getreide zu mahlen.«

»Aber zerbricht sie nicht, wenn der Wind zu heftig wird?« fragte Errel.

»Doch. Ich weiß zwar nicht, wie es gemacht wird, aber es gibt ein Mittel, das Rad anzuhalten.«

»Gefriert sie im Regen?«

»Nein.«

»Hm.« Errel blickte zu den sich drehenden Mühlenflügeln auf. Er beschirmte die Augen mit der Hand. »Das würde ich mir gern anschauen.«

Dann kamen sie an ihren Acker. Die Erde dampfte. Errel bewegte seine Finger. Den Verband an seiner Rechten hatte er abgenommen. Der gebrochene Finger wirkte verkrümmt. »Also, Unkraut für mich«, sagte er fröhlich und stapfte auf das Weizenfeld. Die fahlgrünen Schößlinge streiften seine Stiefel. Er sieht wie irgendein Feldarbeiter aus, dachte Ryke.

Sorren streckte die Hand den Hang hinauf aus. »Ich sehe Simmela dort mit einer Mistgabel«, sagte sie. Ryke kniff erneut die Augen gegen die Sonne zu und sah zwei Leute, die im Boden gruben. Etwa fünf Reihen hinter ihnen lenkte ein Mann ein Pferdegespann, das einen Räderpflug zog.

Der Mann an dem Pflug hieß Dorian. Er begrüßte Sorren, als wären sie sehr alte Freunde. Ryke folgte ihm zu der Stelle, wo die Leute gruben. Simmela mit der Gabel war eine Frau. Der Mann, Lamath, arbeitete mit einem herzförmigen Spaten.

Während die Sonne den Himmel hinaufstieg, zogen sie vor dem Pflüger her, gruben Steine und Blöcke aus und stapelten sie zu ihrer Linken zu sauberen Haufen zwischen den Furchen. Lamath erklärte, die Steine würden auf den Feldern belassen, um das abfließende Wasser aufzufangen, wenn es regnete. Insekten huschten ihnen über die Füße. Das Licht der Sonne verdichtete sich, bis Ryke das Gefühl hatte, als wateten sie durch die dunstige Hitze. Lamath und Simmela schleuderten die Steine mit gekonnten Bewegungen aus dem Erdreich. Dorian fing sie auf und legte sie für Ryke zum Stapeln bereit. Etwas unterhalb redete Sorren zu den Pferden. Rykes Rückenmuskeln begannen zu brennen von der beständigen Bewegung des Bückens, Umdrehens, Hebens. Blasen bildeten sich in seinen Handflächen. Allmählich fiel er hinter die anderen zurück. Aber er zwang sich, ihren Rhythmus mitzuhalten.

Endlich gab Lamath das Zeichen zu einer Ruhepause. Simmela wanderte zu dem Pflug und kehrte mit einem vollen Wasserschlauch zurück. Sie bot ihn Ryke an. »Du siehst aus, als könntest du es brauchen.« Das Wasser schmeckte schwach nach Leder. Und es schmeckte köstlich. Während der Schlauch weitergereicht wurde, versuchte Ryke, die Stelle zu finden, an der sie begonnen hatten. Er war überrascht, wie weit sie gekommen waren – fast ein Viertel des Ackers war geklärt.

»Deine Nase ist rot«, sagte Lamath. Ryke rieb sich über das Gesicht. Die Haut fühlte sich trocken, heiß und gespannt an. »Reibe ein wenig Erde drauf«, riet ihm der Südländer.

Bei der nächsten Rastpause losten sie, wer zum Speisehaus gehen und das Mittagsmahl holen sollte. Dorian zog den kürzesten Halm. Er hüpfte ins Dorf hinunter. »Eigentlich müßte man ja sagen, daß er gewonnen hat«, bemerkte

Simmela. »Er kann sich das Gesicht waschen und soviel trinken, wie er mag.«

Dorian kehrte mit einem Korb zurück. Er holte daraus einen vollen Wasserschlauch hervor, honigtriefendes Brot, Käse, Fleischgerichte, getrocknete Früchte und einen Beutel voll kleiner, harter, süßer Blaubeeren. Die Männer und Frauen saßen mit gekreuzten Beinen im Kreis um den Korb auf der heißen Erde und aßen. Simmela goß sich Wasser über den Kopf, ihr Haar lag glatt um ihr Gesicht wie bei einem Otter. »Aah!« Um die Augen bildeten sich vergnügte Fältchen. Die Augen waren von einem dunklen Blau, genau wie die Beeren.

Um die Mittagszeit, als die Hitze sie schwindlig zu machen begann, hörten sie alle auf zu arbeiten. Sorren spannte die Pferde aus und brachte sie in den Schatten. An den Flanken der Tiere schimmerte dunkel der Schweiß. Lamat schulterte seinen Spaten. Sie verließen das gefurchte Feld. Auf dem Brachfeld standen die Pferde wie Steinstatuen, nur die Schwänze bewegten sich. Im heißen Himmel segelte ein Falke. Die Flügel der Windmühle bewegten sich in einem trägen Rhythmus. *Schwaaapp. Schwaaapp.* Ryke hatte das Gefühl, sein Rücken sei aus Holz. Seine Hände brannten. Gesicht und Arme waren wie im Feuer. Sein Schädel fühlte sich zu heiß an, als daß er ihn berühren mochte.

Sorren holte ihn ein und ging neben ihm her. Sie war ebenso gerötet wie er. »Reiten ist ein schlechtes Training für die Feldarbeit«, sagte sie grimmig. »Man braucht dabei nicht die gleichen Muskeln.«

»Gibt es hinterher noch mehr Arbeit?« fragte Ryke. Es gelang ihm nicht ganz, die Erschöpfung aus seiner Stimme zu verbannen. Simmela hatte ihn gehört.

Sie gluckste. »Nein. Wenn wir noch länger arbeiten würden, dann wären wir zu müde für den Hof. Wir haben heute sehr viel getan. Noch drei Tage, und das Feld ist für die Aussaat bereit. Genau zur rechten Zeit.«

»Zur rechten Zeit wofür?«

Sie drehte sich um und schaute ihn an. »Rechtzeitig für den Vollmond.« Ihre Stimme klang ganz beiläufig. »Wir säen unsere Felder unter seinem Licht ein.« Ryke erinnerte sich an Geschichten, die er vernommen hatte, in denen tote Männer aus der Erde aufstanden und herumwandelten. Einmal hatte Jaret ihm eine solche Geschichte berichtet. Er erklärte, das seien nur *Fabeln,* wie er sie nannte. *Fabeln und Märchen, um die Kinder in Furcht zu versetzen,* sagte der alte Majordomus. Vielleicht waren sie dies. »Das Licht des Mondes kräftigt die Saat und beschleunigt das Wachstum«, sagte Simmela. »Im ganzen Galbareth ist das eine uralte Sitte. Macht ihr das im Norden nicht?«

»Nein«, sagte Ryke.

»Wie seltsam«, gab sie zurück.

Sorren sagte: »Du kennst den Norden nicht. Das ist kein Land, das sich für den Ackerbau eignet.«

Sie hielten am Brunnen inne, tranken und tauchten ihre heißen Gesichter in den Eimer. Das kühle Naß tat Rykes Haut wohl. Er schluckte das Wasser in sich hinein, bis sein Magen anschwoll. Er fragte sich, ob Errel wohl noch im Weizenfeld arbeitete. Dorian sagte: »Im Galbareth flechten die Frauen Hüte aus Stroh, die die Feldarbeiter auf den Äckern tragen. Die Sonne ist ja vielleicht hier nicht so stark wie dort, aber vielleicht gibt es hier noch eine Frau, deren Finger sich an die Fertigkeit erinnern und die bereit wäre, einen oder zwei Hüte für euch zu flechten. Ein Tag unter der Sonne bedeutet für mich nichts ...« – er streckte seinen dunklen, aderdurchzogenen Arm aus – »aber eine helle Haut verbrennt viel leichter als eine dunkle.« Er blickte von Sorren zu Ryke.

»Ach, ich komme schon zurecht«, sagte Ryke.

Sorren seufzte. »Es ist aber eine gute Idee. Vor sieben Jahren habe ich auch solch einen Hut getragen, als ich bei meiner ersten Ernte im Galbareth geholfen habe.« Sie legte sich sacht die Handfläche auf den Kopf. »Bis zur Herbsternte wird mein armes Haar beinahe weiß gebleicht sein.«

Ryke hängte den Schöpfbecher wieder an den Haken. »Gibt es hier im Tal eigentlich nur Wasser zu trinken?« fragte er.

Lamath grinste. »Man gewöhnt sich schwer daran, wie? Van sagt, daß gegorene Flüssigkeiten die Reflexe einschläfern – und nach acht Jahren ohne das vermisse ich es gar nicht mehr.«

Sorren sagte: »Ich wußte gar nicht, daß du schon acht Jahre hier bist.« Sie blickte zu Ryke hinüber. »Das ist die Zeit, seitdem Norres und ich vom Norden fort sind.«

Lamath nickte stolz. »Wenn man es ausspricht, erscheint es wie eine lange Zeit«, sagte er. »Das war es aber nicht – doch in den Anfangsjahren, also da gab es Tage, an denen ich dachte, ich könnte einen umbringen, nur um einen Schluck Wein zu bekommen.«

Vom Brunnen gingen sie zu dem Haus mit den blauen Fensterläden. Lamath und Simmela wanderten vor ihnen her, Arm in Arm, die Köpfe einander zugeneigt. Die Luft im Haus war erstickend, kein Hauch war zu spüren. Errel setzte sich auf den Stuhl. Er hatte Wasser in das Waschbecken gegossen und kühlte nun seine Füße in dem Steingefäß. Sein Gesicht war gerötet, in seinen langen Haaren steckten Weizenhalme. Er merkte, daß Ryke ihn ansah, und lachte leise. »Die Sonne des Südens ist anders als die, an die wir gewöhnt sind, nicht wahr? Sorren, ich glaube, du hättest uns warnen sollen!«

»Wie meinst du das, euch warnen?« fragte sie. »Es ist drei

Jahre her, seit ich auf einem Feld gearbeitet habe. Und ganz ehrlich gesagt, ich hatte vergessen, was das heißt.«

»Im Galbareth leben sie unter der Sonne«, sagte Errel. Er bewegte die Füße in dem Becken und zuckte zusammen. »Und wir halten die Bauern für Weichlinge.«

Sorren legte sich flach auf den Boden. »Ich glaube, ich bleibe hier bis zum Abendessen«, sagte sie. »Droben wird es heiß wie in einem Feuerofen sein.«

Ryke nahm ein Kissen vom Bett und brachte es ihr. »Danke.« Sie schob es sich unter den Kopf. Da er so nahe bei ihr stand, konnte er die feine sanfte Körnung ihrer Haut sehen, eine zarte Haut, trotz der Rötung, die sich darüber ausbreitete, trotz der hauchdünnen Fältchen im Augenwinkel, die jetzt staubverklebt waren. Sie lächelte zu ihm auf. »Es ist nicht Tornor, aber es ist doch gar nicht so schlecht, oder?« sagte sie.

Er zuckte die Achseln. Das tat seinen Schultern weh.

Als Norres hereinkam, blieb sie in der Tür stehen und stemmte die Hände in die Hüften. Ryke lag auf dem Bett. Errel saß in dem einzigen Sessel. Sorren lag rücklings auf dem Boden. »Was ist los mit euch?« fragte sie. Sie trug einen breitkrempigen schwarzen Filzhut.

Sorren hob den Kopf. »Du stinkst nach Geißen«, sagte sie.

»Na sicher tu ich das! Das Zimmer hier sieht aus wie ein Schlachtfeld. Seid ihr alle krank?«

Errel sagte: »Nur ein bißchen wund.«

Norres betrachtete sie. Ihre Lippen zuckten. »Ihr seht ziemlich rot aus«, sagte sie. »Wartet mal.« Sie trat wieder aus der Tür.

Sorren sagte: »Ich denke gar nicht daran, mich zu bewegen.«

Norres kehrte mit einem Tontopf zurück. Sie kniete sich

neben Sorren nieder, tauchte die Finger in den Topf und strich eine weiße Salbe über Sorrens Gesicht und Hände. »Was ist das?« fragte Sorren und richtete sich auf. Die Salbe machte aus ihrem Gesicht eine Maske.

»Klettenextrakt und Bienenwachs«, sagte Norres. Sie trug den Topf zu Ryke hinüber. An ihren Kleidern und Händen hing der strenge Geruch der Ziegen. Er nahm sich ein Häufchen Salbe auf die Finger. Die Salbe war kühl und duftete aromatisch.

»Das ist gut für Verbrennungen und Blasen«, sagte sie.

Dann bemalte Errel sein Gesicht mit dem Weiß. »Woher hast du das?«

»Van hat ein ganzes Regal voll solcher Sachen. Ich habe es mir einfach geholt.« Sie runzelte die Stirn, als sie Errels bloße Füße sah. »Morgen, bevor du aufs Feld gehst, tu etwas Schierlingspuder in deine Stiefel.«

»Dann gehe ich schon lieber barfuß auf den Acker«, sagte Errel.

»Gut. Dann mach das. Aber pudere deine Füße heute nacht mit dem Schierling. Van hat was davon.« Sie nahm ihm den Topf fort. »Ich werde jetzt baden«, sagte sie und ging hinaus.

Langsam wirkte die Salbe und zog die Hitze aus Rykes Gesicht. Die Sonne sank auf die Berge zu, die Schatten wurden länger im Zimmer. Errel sagte: »Also kennt sich Van mit dem Heilen ebenso aus wie mit dem Kämpfen. Er spricht die alten Zungen, er kennt ihre Geschichte ... Wie hieß er, ehe sein Name Van wurde?«

Sorren schaute auf ihre Hände. »Ich weiß es nicht«, sagte sie.

Ryke dachte bei sich: Das ist nicht wahr! Sie weiß es.

»Verläßt er jemals das Tal?« Sorren schüttelte den Kopf. »Chayatha sagte mir einmal, daß er aus Kendra-im-Delta kommt und daß sie seine Schwester ist. Er könnte einer von den Gelehrten aus dieser Stadt sein.«

»Aber spielt das eine Rolle?« fügte Sorren hinzu.

»Nein«, sagte Errel. »Ich wollte es nur gern wissen.«

Beim Abendessen nahm Maranth Norres und Sorren beiseite. »Und jetzt sollt ihr mir von euren Fahrten berichten«, sagte sie. Simmela und Lamath blieben bei ihnen stehen und grüßten Ryke. Als hinterher die Leute aus der Küche kamen, um die Tische zu säubern, erschien plötzlich das Mädchen Amaranth neben Errel. Sie trug einen roten Umhang, der geschlitzt war, um die Arme freizugeben.

»Komm in den Hof!« sagte das Mädchen.

»Warum?« fragte Ryke.

Sie wandte ihm ihren dunklen durchdringenden Blick zu. »Mein Vater möchte, daß ihr einen *chearas* seht.« Damit verschwand sie in den Schatten.

»Was ist ein – wie hat sie das genannt?«

»Ich bin mir nicht sicher«, antwortete Errel. »Nur muß es etwas mit den *chearis* zu tun haben. Gehen wir also.« Er erhob sich. Ryke griff sich eine letzte Handvoll Beeren vom Tisch und folgte ihm auf die Straße. Der Wind war ebenso scharf wie in der vorherigen Nacht, und er war ganz froh, daß er daran gedacht hatte, seinen Reisemantel mitzunehmen. Der schwangere Halbmond stand groß im Himmel, leuchtend wie eine Silberschale. Vor der schwarzen Silhouette der Berge erschien das Dorf zwergenhaft. Ryke hätte gern gewußt, wie viele Menschen hier lebten. Er fragte Errel, aber erwartete eigentlich keine Antwort. »Etwa hundert«, sagte der Prinz. »Aber die Leute kommen und gehen.«

Das hat ihm Sorren erzählt, dachte Ryke. Sie langten am Waffenhof an. Er war von einem Kreis von Fackeln auf hohen Stecken beleuchtet. Der Wind bewirkte, daß die Flammen spuckten und Funken sprühten. Im Staub stand wieder ein Halbkreis von Leuten. Das Fackellicht ließ sie alle gleich aussehen. Eine Frau in roter Seide winkte ihnen zu. Es war Maranth. Sie gingen zu ihr hinüber. Die Seide raschelte, wenn sie sich bewegte. Das Geräusch erinnerte Ryke an den Wind im Getreidefeld.

»Setzt euch hierher!« sagte sie und führte sie nach vorn in den Halbkreis von Leuten. In dem gemusterten Fackelschein, der einen Kreis bildete, standen fünf Personen. Eine von ihnen war Van. Auch er trug Rot. Also sind wir Zuschauer, dachte Ryke. Wozu? Er setzte sich. Maranth trat zu den fünf Menschen im Ring als sechste Person.

Van stampfte auf den Boden. Der Ton bewirkte Stille. Wieder stampfte er rhythmisch auf. Im Publikum begannen einige leise zu klatschen, folgten seinem Rhythmus. Die sechs Leute bildeten einen Kreis, die Hände aneinandergekettet, den Blick nach innen gewandt. Der Kreis bewegte sich, alle mit ein und demselben Schritt. Ryke sah Maranths lächelndes Gesicht kurz vorüberwischen. Er sah das angespannte Gesicht Vans, sah zwei Männer, zwei Frauen. Sie kreisten, langsam, schnell, dann noch schneller – und die verschlungenen Hände öffneten sich. Sie wirbelten von einer Person zur anderen, bildeten zwei Ketten, webten sich umeinander, durchbrachen die Reihe und vereinigten sich wieder. Sie gesellten sich zu Paaren, kreisten umeinander, und die Füße stampften ein bestimmtes Muster in den Boden. Sie kreisten und drehten sich und sprangen. Das Haar wehte wild im Licht der Fackeln. Schweiß leuchtete auf den Stirnen. Die Stiefel zeichneten Muster, und ihre Hände zeichneten Muster, und dann schlugen die Hände zusammen und formten sich wieder zu einem Kreis, der wieder auseinanderbrach, bis die Tänzer schließlich Funken zu sprühen schienen wie die Fackeln. Wieder verbanden sich die Hände, und die Tänzer wirbelten herum, schneller und schneller – und hielten dann inne und stampften den Boden: eins – zwei! Ryke hatte es nicht für möglich gehalten, daß man inmitten einer solch heftigen Bewegung plötzlich so vollkommen stillstehen könnte. Eine der Frauen neigte den Kopf. Ihre Arme zitterten. Ryke wurde bewußt, daß er in seinem Pelz schwitzte und ihm heiß war, als wenn er selbst mit den Tänzern getanzt hätte. Der Kreis löste sich auf. Alle jubelten.

Van ragte dunkel vor ihnen auf. Aus seinen Haaren troff der Schweiß. »Das ist ein Teil von dem, was wir tun«, sagte er. Dann ging er weiter. Maranth ergriff seinen Arm. Die übrigen Tänzer waren von Leuten umringt, die lachten und sie lobten und über den Tanz sprachen.

Neben Errel tauchten Sorren und Norres auf. »Was haltet ihr davon?« fragte Sorren. Sie schien freudig erregt.

»Es war unglaublich schön«, sagte Errel.

Das war es, gab Ryke insgeheim mürrisch zu. Die Augen schmerzten ihn. Er rieb sich den Schweiß aus dem Gesicht. Er begriff nicht, was dies mit Kämpfen zu tun haben sollte. Ja, es war schön, aber es war leer, so leer wie die Worte, die Van beim Abendmahl am Tag zuvor gesprochen hatte. Das Gleichgewicht in Tornor war zerstört worden, ja, und der einzige Weg, es wieder herzustellen, bestand darin, Col Istor zu töten und Errel zum König der Burg zu machen.

»Ryke blickt so verdrossen drein«, sagte Norres. »Es hat ihm nicht gefallen.«

»Nein. Das ist es nicht«, sagte Sorren. Sie schob ihren Arm unter den von Norres. »Ryke begreift nicht, was es bedeutet. Was soll er von einem Waffenhof halten, in dem es keine Waffenübungen gibt, sondern getanzt wird?«

Schatten huschten von einer Stange zur anderen und löschten die Fackeln. Menschen gingen herum, immer noch redend, wanderten aus dem nur noch im Sternenlicht liegenden Geviert des Hofes fort. Sie redeten vom Tanzen und vom Pflügen. Alle hatten sie die gleichen Kleider an. Unter einer Fackel erhaschte Ryke einen Blick auf das Mädchen Amaranth. Sorren hatte recht, dachte er. Er begriff diesen Ort nicht.

Der nächste Tag war genauso heiß.

Norres verschwand vor der Schlafenszeit und brachte Schierlingsblätter mit und einen Metallmörser, in dem man sie aufweichen konnte. Sie bereitete eine dicke Brühe und ließ in ihr ein Paar linnener Strumpfhosen ruhen. Dann schnitt sie das Beinkleid etwa in halber Wadenhöhe ab und ließ Errel es sich über die Beine streifen. Am nächsten Morgen waren nur noch ein paar empfindliche Stellen an Errels Fußsohlen. Er bedankte sich ernst bei Norres. Und dann zogen sie wieder hinaus in die Sonne. Um Mittag brachen sie – wie am Tag zuvor – die Arbeit ab und versammelten sich um den Brunnen. Selbst Simmela klagte über die Hitze. Aus dem Norden trieben ein paar Wolken herunter. Sie hob die Hand über die Augen und betrachtete sie lange. »Gut«, sagte sie.

»Was hat das zu bedeuten?« fragte Ryke.

»Sie bedeuten, daß diese Hitze brechen wird. Es wird kühler werden. Zuviel Sonne – und die Saat kocht im Boden. Aber nun können wir hoffen, daß es nicht soweit abkühlt, daß Regen kommt. Der Regen läßt die Saat verrotten.«

»Es ist schade, daß es in Vanima keinen Wettermacher gibt«, sagte Ryke.

Sie nickte. »Ja, es ist schlimm.« Er hatte nicht gedacht, daß sie seine Bemerkung ernst nehmen würde. In seinem Dorf hatten die Leute immer Scherze gemacht – *Ach, du bist bestimmt ein Wettermacher* –, aber er hatte niemals von jemandem gehört, der tatsächlich das Wetter willentlich beeinflussen konnte. Wetter, das war etwas Wankelmütiges. Es schien, daß es sich dabei um ein riskantes Talent handelte. Ryke war bedeutend weniger müde als am Vortag. Er nahm sich zum drittenmal eine Schöpfkelle voll Wasser und trank die Hälfte davon, den Rest goß er sich über das Gesicht.

Sorren stupste ihn am Ellbogen. »Gehen wir zum Hof!« Ryke fiel kein Grund ein, warum er nicht gehen sollte. Sie kamen an drei Gestalten vorüber, zwei Männern und einer Frau, die auf einem Dach inmitten der roten Dachplatten saßen und Blaubeeren aßen. Sie winkten. Sorren winkte zurück.

»Gibt es viele Frauen hier im Tal?« fragte Ryke.

»Warum?« fragte Sorren.

»Ich meine nur.« Die schwarze Katze räkelte sich auf Maranths Türschwelle. Träge wandte sie den Kopf und beobachtete sie, während sie vorbeigingen.

»Nein«, sagte Sorren. »Wenn sich nicht alles stark verändert hat, und was ich bisher gesehen habe, weist nicht darauf hin. Es gibt nur wenige Frauen hier. Frauen hören meist nichts vom Tal, und wenn, dann ist es für sie sehr schwer, hierherzugelangen. Und die meisten wollen es gar nicht.« Ryke schob die Lippen vor. Das erschien ihm durchaus begreiflich. Er sah keinen Grund, warum eine Frau kämpfen lernen sollte, wenn sie nicht dazu gezwungen war. Allerdings würde er dies Sorren nicht sagen.

Im Waffenhof waren etwa dreißig Menschen versammelt. Über dem heißen öden Platz hingen Staubwolken. Einige der Kämpfer hielten Holzschwerter in den Händen. Keiner trug einen Schutz. In Paaren umkreisten sie einander, legten Finten aus, parierten, stießen zu. Soweit Ryke es sehen konnte, waren sie schnell und gut. Die Mehrzahl kämpfte mit kurzen Stöcken, die geschnitzt und ausbalanciert waren wie Messer. In einem Reflex zog Ryke den Bauch ein. Er haßte Messerkämpfe, obwohl ihn seine langen Arme eigentlich unverwundbar machten. Van ging von einem Kämpferpaar zum anderen. In einer abgelegenen Ecke des Kampfplatzes, fern von den anderen, tanzte eine Sechsergruppe, zwei Frauen und vier Männer. Die Schritte wirkten im Tageslicht weniger geheimnisvoll, aber sie waren genauso kompliziert und anstrengend. Die einander umkreisenden Kämpfer trugen Halbstiefel. Die Tänzer waren barfuß. Sorrens Körper zuckte. »Ich halte es nicht aus«, sagte sie. Sie stieg über die Einzäunung, drängte sich durch das Gewebe der Körper zu Van hinüber. Er grinste und nickte.

Ryke schaute ihr zu. Sie fand ein Holzmesser und einen Stoffetzen, mit dem sie sich das Haar zurückband. Einer der Partner in einem der kreisenden Paare war bereit auszusetzen. Sorren glitt in die Kampfbewegung, geschmeidig wie eine Schlange, leichtfüßig und schwerelos wie ein Wolfsmilchsamen. Sie kämpfte mit einem Mann, der größer und schwerer war als sie. Aber sie war schneller. Sie traf ihn, wenn er am wenigsten damit rechnete. Und wenn er ausfiel, war sie gar nicht mehr da. Ein-, zweimal erschienen ihre Bewegungen verlangsamt und unsicher, doch das kam daher, daß sie außer Übung war. Plötzlich fühlte sich Ryke sehr froh darüber, daß er niemals den Drang verspürt hatte, die *ghyas* herauszufordern. Allein würde er vielleicht gewinnen können, doch wenn Norres so gut wie Sorren kämpfte, dann würden sie ihn getötet haben. Ohne Messer würde es natürlich anders sein. Ganz anders. Ohne eine Waffe, die im Nahkampf gefährlich werden konnte, würde sicher der stärkere und wuchtigere, der frischere Mann gewinnen.

Als hätte sie seine Gedanken gelesen, sagte Sorren etwas zu ihrem Kampfpartner. Sie ließ ihn einen Augenblick lang stehen. Als sie zurückkehrte, hatte sie das hölzerne Messer nicht mehr. Ryke reckte den Hals, um genauer zu sehen, doch es standen zu viele Leute dazwischen. Die zwei Kämpfer umkreisten einander. Die Messerhand des Mannes bewegte sich in kleinen Stößen und Finten. Sorren reagierte geschmeidig seinen Bewegungen entsprechend, sie bot ihm bald die eine, bald die andere Seite zum Angriff, sie parodierte die rollenden Hüftbewegungen der Tanzenden, um ihm weniger Angriffsfläche zu bieten. Plötzlich stieß er von unten aufwärts auf ihren Bauch zu ... aber sie war gar nicht mehr da. Sie hatte sich umgedreht. Einen Augenblick lang sah es so aus, als drehe sie ihm den Rücken zu. Ryke sah nicht, was als nächstes geschah, aber plötzlich hielt sie das Holzmesser in der Hand, und ihr Gegner lag mit dem Gesicht nach unten im Staub. Lachend stupste sie ihn sanft mit der Fußspitze an. Er stand auf. Die linke Gesichtshälfte war voll Staub.

Das war ein Trick, dachte Ryke. Er rieb sich die Nase. Dann merkte er, daß Errel neben ihm stand. »Hast du das gesehen?« fragte er.

»Sorren? Ja.«

»Wie hat sie das nur gemacht?«

»Ich weiß es nicht«, antwortete Errel.

»Das war ein Trick. In einem echten Kampf wäre sie aufgespießt worden.«

»Nein«, sagte Van. Der mächtige Mann war plötzlich an Rykes linker Seite aufgetaucht. Seine Brust war nackt, ein schmaler Streifen pelziger roter Haare lief seinen Bauch entlang nach unten. Er roch verschwitzt, und sein Hemd war steif von Schmutz und Schweiß. »Es war kein Trick«, sagte er. Sein Körper und seine Redeweise erinnerten Ryke noch immer an Col Istor. Doch in seinem Verhalten zeigte sich deutlich etwas von Athor.

Er sagte: »Das glaube ich nicht.«

»Willst du es versuchen?« Van streckte seinen langen Arm aus und wies auf eines der kreisenden Kämpferpaare. Sie brachen sofort ab. Er nahm ein Holzschwert und reichte es Ryke, den Griff Ryke zugekehrt. »Hier.« Ryke blickte zu Errel hin, doch das Gesicht des Prinzen verriet ihm nichts. Er stieg über die Einzäunung. Sein Herz begann heftig zu pulsieren. Er würde dies sehr schnell erledigen müssen. Er duckte sich ein wenig nieder. Vans dunkle Augen glühten. Sie umkreisten einander. Ryke stieß gegen den Bauch und die Brust des Südländers vor und zwang ihn herum, so daß er die Sonne im Gesicht hatte. Ich kenne ja auch ein paar Tricks, dachte Ryke. Plötzlich lachte er ablenkend und stieß mittendrin mit der Spitze des Holzschwerts nach oben zum endgültigen Stoß.

Aber Van war nicht mehr da. Hände packten Rykes Schultern, und er wurde rücklings zu Boden geworfen. Er landete schmerzhaft auf dem Rücken. Der Kopf summte. Das Schwert wirbelte ihm aus der Hand und flog zwischen die Beine der Zuschauer. Jemand hob es auf. Ryke stand auf, er war verwirrt und zornig. Er griff zu, um seinen Gegner zu packen, aber Van wich seinen Armen aus und schlug ihn leicht ins Gesicht. Das war ein Schlag, der die Wut in Ryke hochtrieb. Er stieß zu und spürte, daß seine Faust gegen einen brettharten Muskel stieß. Van grunzte und legte Ryke einen Arm um den Nacken. Wieder ging Ryke rücklings zu Boden. Er stand auf und wurde wieder geworfen, stand auf, wurde geworfen. Er stemmte die Ellbogen in den Staub. Sie schienen dort festzukleben. Seine Sicht verschwamm. Er konnte kaum atmen. Rings um ihn sammelten sich Leute und flüsterten.

Gegen das Licht der Sonne wirkten sie sehr dunkel und sehr groß.

Errel trat neben ihn. »Komm!« Er ergriff Rykes Hand und zog ihn auf die Füße. Ryke stand aufrecht, schwankend, und stützte sich auf den Prinzen. Sein linker Fußknöchel tat ihm weh, aber nicht so sehr, als wäre er gebrochen. In seinem Kopf schwirrte es. Er ließ sich von Errel aus dem Waffenhof führen.

Er erkannte die Farbe und den Geruch des Hauses mit den blauen Läden wieder. Er saß im Sessel. Kühle Finger betasteten ihn. »Bewege deinen linken Fuß«, sagte Sorrens Stimme. Er hatte sie nicht gesehen. Er ließ den linken Fuß kreisen. Sorren griff seine Rippen ab. »Tut es hier irgendwo weh?«

»Nein.«

»Gut. Dann ist nichts gebrochen.« In seinem Mund spürte Ryke einen metallischen Geschmack. Sie tastete seinen Kopf ab. Er sog zischend die Luft ein. Sein Nacken brannte. Es folgte eine Unterredung im Flüsterton. »Möchtest du etwas Wasser trinken?«

»Ja.«

Errel brachte es ihm. Er schlürfte es ungeschickt, weil er den Kopf nicht heben wollte. Eine Tür ging auf und wurde wieder geschlossen. Errel nahm den Krug fort. Ryke stöhnte lautlos, als andere Finger nun seinem Kopf Schmerzen zufügten. »Verdammt ...«

»Sei still!« sagte eine dunkle Stimme. Die Finger bohrten suchend in seinem Nacken. »Laß deinen Kopf locker!« Ryke versuchte, die Nackenmuskeln zu entspannen. Die Hände rollten seinen Kopf sehr sanft über den Halswirbel hin und her, erst in die eine Richtung, dann in die andere. Plötzlich packten die Hände zu und rissen blitzschnell seinen Kopf ganz nach links. Er schrie auf. Die Augen standen ihm vor

Schmerz voller Tränen. Er hörte ein Krachen. Der Schmerz schwoll ab. Die Hände ließen ihn los. Van trat vor ihn und betrachtete ihn. »Möchtest du lernen, wie man fällt?« fragte er.

»Ach, leck mich doch ...«, sagte Ryke.

»Also gut.« Van verschwand lautlos aus seinem Blickfeld.

Ryke holte Luft und rief ihm nach: »Warte!« Van kam zurück. Auf seinen Armen waren rote Haare. Seine Handgelenke waren zu breit für seine Hände, sie waren muskelbepackt und so dick wie Zaunpfähle. »Ich möchte lernen, wie man richtig fällt«, sagte Ryke.

Van lächelte. »Das ist gut. Geh morgen nicht aufs Feld. Du kannst mit dem Training im Hof beginnen.« Er sagte es fast wie ein Kommandant, der eine Aufgabe zuteilt. »Wenn du aufwachst, wirst du dir vorkommen, als wäre ein Pferd über dich hinweggetrampelt. Aber komm trotzdem! Iß zuerst etwas Leichtes. Wenn du bis Mittag nicht da bist, komme ich und hole dich.«

»Ach, leck mich doch ...«, sagte Ryke noch einmal.

Vans Stimme klang freundlich: »Das sagst du nicht außerhalb dieses Raumes zu mir.« Dann ging er. Ryke schloß die Augen. Er hörte das Geräusch von Feuersteinen, die geschlagen wurden, und öffnete sie wieder. Sorren kniete am Kamin, neben ihr lag ein Haufen Lappen.

»Was machst du da?« fragte er.

Sie antwortete, ohne sich umzuwenden: »Ich mache ein Feuer, um Wasser heiß zu machen für deine Nackenwickel.«

Ryke bewegte vorsichtig den Kopf im Kreis. Es tat noch immer weh, aber nicht mehr so schlimm wie vorher. Sorren trat vom Feuer weg. Die Flammen waren nahezu unsichtbar. Sie leckten an einem Topf empor. Sorren stand in einem Flecken Sonnenlicht. Daran bist nur du schuld, wollte er ihr sagen. Statt dessen sagte er zornig: »Wo ich herkomme, fällt man nur um, wenn man tot ist.«

Ihre Mundwinkel zuckten. »Ich komme aus der gleichen Gegend wie du, weißt du nicht mehr?«

»Soldaten kämpfen nicht so.«

»Und wozu sind Soldaten gut?« fragte sie.

Die Frage ergab für ihn keinen Sinn. Er schüttelte den Kopf und schrie vor Schmerz auf. »Ich begreife das nicht«, sagte er und meinte sie und meinte Van. Sie beugte sich über den Kessel. Eine Weile später brachte sie ein Tuch und wickelte es ihm um den Nacken. Wasser träufelte ihm ins Hemd. Die Hitze wirkte lindernd. »Ich danke dir«, sagte er.

»Gern geschehen.«

Sein Rücken schmerzte, wo er aufgeprallt war. Er konnte noch immer Vans Griff in seinem Nacken fühlen. Er fragte sich, was wohl geschehen wäre, hätte er ein richtiges Schwert gehabt. Er nahm an, der Ausgang wäre der gleiche gewesen. Sorren nahm das Tuch fort und ging damit zum Feuer. Ryke beobachtete ihre Bewegungen. Sie war graziös wie das Mädchen Amaranth. »Ich bin zu alt, um neue Tricks zu lernen«, murrte er.

Sie fand das lustig und lachte ihn an. »Wie alt bist du?«

»Siebenundzwanzig.«

Sie sagte trocken: »Du wirst sie lernen müssen.« Sie tauchte den Lappen in das heiße Wasser und drückte ihn aus.

»Warum tust du das für mich?« fragte er.

»Warum nicht?« Sie trat hinter ihn und legte ihm mit sanften Bewegungen das heiße Tuch über den Nacken.

10. KAPITEL

Am nächsten Morgen fühlte sich Ryke tatsächlich so, als hätte ein Pferd *ihn* geritten.

Unter den Dachtraufen gurrten Tauben. Es war ein so angenehmes Gefühl, einfach nur so im Bett zu liegen. Errel lag noch schlafend neben ihm. Sein Kopf war von Ryke abgewandt. Sein nackter Rücken war zwischen den Rinnen der Narben hell und glatt wie die Rinde einer Silberbuche. Rykes Ellbogen berührte das Rückgrat des Prinzen. Errel gab einen verschlafenen Laut von sich, erwachte aber nicht.

Über ihm erklangen Schritte. Sorren und Norres kamen die Treppe herunter. Errel rollte auf den Rücken und reckte sich. Er setzte sich auf und schüttelte die Haare aus dem Gesicht. »Wie fühlst du dich?« fragte er Ryke.

»Ach, es geht mir gut«, antwortete Ryke. Errel stand auf, um den Nachttopf zu benutzen. Ryke warf die Zudecke beiseite. Seine Muskeln schienen zu krachen. Der linke Fußknöchel schmerzte. Er zwang sich, fest aufzutreten. Sorren blickte um den Holzschirm am Bett, grinste und verzog sich wieder.

»Sagt mir Bescheid, wenn ihr angezogen seid«, rief sie. Ryke tastete nach seinen eigenen Kleidern. Das Hemd und die Kniehosen, die er tags zuvor getragen hatte, waren ganz steif vor Schmutz.

»Warte«, sagte Errel. Nur mit den Kniehosen bekleidet, verschwand er um den Wandschirm. Ryke hörte, wie er die Schließen der Truhe und den Deckel öffnete. Er griff hastig nach der Bettdecke, als Sorren den Wandschirm beiseite schob.

»Was machst du denn?« Sie packte sein Hemd mit der gestickten Sonne auf dem Rücken und hob seine verdreckten Hosen auf. »He, das sind meine Sachen!«

Sie stemmte eine Hand in die Hüfte. »Irgend jemand muß das doch waschen. Ich gehe zum Trog, während du im Waffenhof bist.« Und sie glitt aus dem Raum. Errel legte ein sauberes Hemd und ein frisches Paar Hosen aufs Bett.

Ryke blickte finster hinter Sorren drein. »Du siehst aus wie ein Waschweib von der Feste!« rief er hinter ihr her. Er konnte sie nicht mehr sehen, aber er hörte ihr Kichern. Er ließ die Bettdecke fallen. Man brauchte ihn wirklich nicht daran zu erinnern, daß er sich im Hof einstellen sollte. Er kleidete sich an. Errel hatte sich irgendwo ein Paar weiche Schuhe ausgeborgt. Er saß im Sessel und zwängte seine Füße in das Schuhwerk. Ryke schüttelte den Staub aus den Decken und hängte sie zum Fenster hinaus. Die Haut im Gesicht und auf den Armen des Prinzen hatte sich gebräunt. Abgesehen von seinem Haar, dachte Ryke, sieht er aus wie ein Südländer.

Sorren trollte sich durch die Haustür. Ihre Arme waren mit Schmutzwäsche beladen. Über die Schulter rief sie einen Gruß. Ryke schaute aus dem Fenster auf die braungrüne Landschaft. Die Luft war trocken, die Farben leuchteten kräftig und klar, als wären sie den Hügeln aufgemalt worden. Nichts erinnerte ihn an den Norden. Er schloß die Augen. Er zwang sich durch eine Willensanstrengung, die Berge verschwinden zu lassen. Doch als er die Augen wieder öffnete, waren die Berge noch immer da, von Sonne überflutet. Ihn verlangte schmerzlich nach dem zarten Schimmer grüner Blätter vor dem Graustein, der das Zeichen des Frühlings in Tornor gewesen war.

Er wandte dem Fenster den Rücken zu und ermahnte sich, nicht den Idioten zu spielen. Errel knüpfte gerade die

Senkel seiner Halbstiefel zu. Er stapfte auf und stand. »Das ist besser.« Er zog sich das Haar aus dem Hemdkragen und winkte mit der anderen Hand Ryke ein Adieu zu. Ryke blickte hinter ihm drein und dachte plötzlich wieder an seinen Wolfstraum. Vielleicht sollte ich ihm doch davon erzählen, dachte er. Er fegte die zwei unteren Zimmer mit dem Strohbesen aus, der neben dem Kamin lehnte. Dann dachte er an Vans Anordnung und aß nur ein bescheidenes Frühstück. Die Sonne zeichnete rote Muster auf den grobgekörnten Boden.

Er ging zum Waffenhof. Während er sich nach Van umschaute, trat Maranth zu ihm. Ihr Haar war streng in einen dicken Zopf geflochten. Sie hatte die Armreife abgelegt. Den Kopf mußte sie in den Nacken zurücklegen, während sie zu ihm sprach: »Ich werde dir zeigen, wie man richtig fällt«, sagte sie. »Paß auf!«

Sie ließ sich rücklings fallen, machte aus ihrem Körper einen Bogen, ein Rad, und stand in einer einzigen fließenden Bewegung wieder auf den Füßen.

»Hast du es gesehen?« fragte sie.

»Nein.«

Sie führte es ihm nochmals vor. »Du mußt ein Bein unterschlagen und sitzen«, sagte sie. Er balancierte auf einem Bein. »Benutz deine Arme! Lehn dich auf diese Schulter!« Er saß da und vermochte nicht die Beine über den Kopf zu heben. »Versuch es härter!« Er tat es und rollte plötzlich kopfüber und landete auf seinen gekreuzten Beinen im Staub. »Das war schon besser«, sagte Maranth. Er versuchte es erneut. »Es ist nicht schwieriger, als gehen zu lernen, und das kann jedes kleine Kind.« Wieder versuchte er es. Sie zeigte ihm, wie er den Kopf zur Seite drehen mußte, um ihn nicht anzuschlagen. Schließlich konnte er die Übung, unbeholfen zwar, aber fehlerlos. Maranth klatschte in die Hände.

»Gut. Jetzt war es richtig.« Dann unterrichtete sie ihn geduldig. Als er begriffen hatte, wie man rückwärts fällt und aus der Knieposition oder aus dem Stand abrollen und wieder auf die Beine springen kann, zeigte sie ihm, wie man vorwärts fällt, ohne sich zu verletzen, und aufsteht. Der Staub buk in seinem Bart zusammen. Die Gesichtshaut juckte; er begriff nun, warum die meisten Männer in Vanima bartlos gingen. »Noch einmal«, sagte sie. In Gedanken kehrte er in seine Knabenzeit zurück. Damals hatte er gelernt – genau in der gleichen Weise wie jetzt hier –, vorzustoßen, auszuweichen, zu parieren, wieder auszufallen, und dies mit einem alten Holzschwert, immer und immer wieder, bis seine Lunge brannte und der Kopf ihm weh tat, weil er für Fehler Hiebe einstecken mußte. Dies hier war nicht so sehr viel anders.

Van kam herbei und schaute ihm zu. Ryke biß die Zähne zusammen, während er durch den Staub rollte. Er wartete darauf, daß der Mann etwas sagte. Ein Wort, eine verächtliche Bemerkung, dachte Ryke, und ich schwöre, ich treibe ihm seine Augen in den Schädel. Irgendwie.

»Hier«, sagte Van. Er streckte den Arm aus, der gekrümmt war wie das Holz eines Bogens, halbmondförmig, der Ellbogen kreiste nach außen, der Daumen zeigte zu Boden. »Versuche deinen Arm so zu stellen. Du merkst vielleicht, daß es die Stabilität fördert.« Er blieb nicht, um zu sehen, ob Ryke ihm gehorchte, sondern begab sich in eine andere Ecke des Gevierts, wo zwei Männer mit Holzmessern kämpften. Ryke versuchte seinen Arm so zu biegen. Es nutzte wirklich. Maranth kam mit einem Holzmesser in der Faust heran.

»Und jetzt werden wir uns einen Spaß machen«, sagte sie.

Sie reichte ihm das Messer. Der Griff fühlte sich warm an

und war glatt vom Gebrauch und vom Schweiß. Sie stellte sich ihm gegenüber auf und befahl ihm, sie anzugreifen. Er tat es und stieß vorsichtig gegen ihre Brust vor. »Nein! Nicht so, ein *richtiger* Angriff!« sagte sie ärgerlich. Er zuckte die Achseln, spielte ein paar Finten durch und griff an. Ihre Hand packte sein Handgelenk, und er spürte, wie ihr Fuß seine Beine unter ihm wegzog, während sie ihn nach vorn riß. Er stolperte und fiel auf das Gesicht. Betrübt stand er wieder auf. Immerhin, er hatte das Messer noch fest im Griff. »Warum hast du dich nicht nach vorn abrollen lassen?« fragte Maranth. »Versuche es noch einmal!« Wieder griff er sie an und war diesmal bereit zu fallen, aber ihre Hand traf ihn mitten ins Gesicht. Er jaulte auf, fiel auf den Rücken und kam wenig graziös, aber stilgerecht wieder auf die Beine. In seinem Kopf pulste es, seine Nase stach schmerzhaft. »Das war schon besser«, sagte sie streng. Ihre Art erinnerte ihn an Jaret. »Nun versuch es noch einmal!«

Wieder griff er an. Und sie legte ihn wieder zu Boden. Sie arbeitete mit ihm, bis er nur noch taumelte. Er vergaß, daß sie eine Frau war, schwächer als er, kleiner als er: Sie war nur noch eine Stimme, eine blitzartige Faust in der Sonne. Als die Sonne im Zenit stand und der Waffenhof fast schattenlos geworden war, befahl sie ihm, jetzt zu gehen. Am anderen Ende des Hofes wirbelten sechs Tänzer in einem geschlossenen Kreis. Als er im Haus mit den blauen Läden angekommen war, riß er sich alle Kleider vom Leib und fiel quer über das Bett. Einmal erwachte er kurz und fühlte die warme Wolle an seinem Rücken. Irgend jemand hatte eine Decke über ihn gebreitet.

Er wachte erneut auf, als der Prinz ihn sanft schüttelte. »Hm?« Das Haar Errels war feucht; er hatte gebadet. Das

Licht der untergehenden Sonne griff schmal und dünn und rot über den Fußboden.

»Magst du nichts zum Abendessen?«

Ryke kämpfte sich in eine sitzende Position hoch. Seine Muskeln waren steif. Am Fuß des Bettes lagen die Kleidungsstücke mit dem Sonnenzeichen, sie waren sauber und rochen nach Seife. Er zog sie an.

Im Speisehaus kam er an der Frau mit den Zöpfen vorbei. Sie trug ihren Säugling in einer Stoffschlinge auf dem Rücken. Das Kind war so voll im Fleisch wie ein Kapaun, und seine Arme und Beine wackelten herum. »Grüß dich«, sagte die Frau. Ryke holte sich ein Tablett mit Essen von der Küchendurchreiche. Errel und er hatten ihr Mahl fast beendet, als Van vom Tisch aufstand, an dem er mit Maranth gesessen hatte, und zu ihnen herüberkam. Er trug Schwarz und Scharlachrot, das Haar war zurückgekämmt und wurde von einer Silberspange in der Gestalt eines galoppierenden Pferdes zusammengehalten.

Rykes Schultern wurden steif. Der Südländer legte eine Hand flach auf den Tisch. »Muskelkater?« fragte er. Das Licht der Öllampe vergoldete sein Gesicht, als wäre es eine Maske. Er lächelte Ryke an.

»Ein bißchen.«

»Magst du morgen wieder auf den Hof kommen?«

Ryke warf Errel einen Seitenblick zu. Doch der Prinz hörte nur zu. Seine Hände waren auf dem Tisch verschränkt. Der Mittelfinger seiner rechten Hand stand steif von den übrigen Fingern ab. »Warum sollte ich?« fragte Ryke.

Van sagte: »Maranth hat dir beigebracht, wie man fällt. Ich kann dir zeigen, wie man kämpft.«

Seine Worte enthielten eine Herausforderung. Ryke zog die Brauen zusammen. Er starrte Van an. Es war schwer, diesem Blick der leuchtenden machtvollen Augen auszuweichen. »Ich werde kommen«, sagte er.

»Gut.« Van richtete den Blick auf Errel. »Du wolltest sehen, was *chearis* tun«, sagte er.

»Ja«, antwortete Errel.

»Und nun hast du es gesehen?«

»Ja«, wiederholte Errel. »Das habe ich.« Wenn es ihm schwerfiel, Van in die Augen zu blicken, so war dies nicht sichtbar. »Meine Neugier ist befriedigt.«

»Komm zu mir, wenn du mehr lernen willst«, sagte Van, stand auf und kehrte an seinen Platz zurück. Seine Bewegungen hatten wieder diese katzenhafte graziöse Geschmeidigkeit.

Ryke überlegte, was Van gemeint haben mochte. Was erwartete er, daß Errel lernen sollte. »Was soll das?« fragte er.

Errel antwortete: »Es bedeutet, daß Van hofft, auch ich werde das tun, was die meisten Leute tun, die hierher ins Tal kommen – das alte Leben aufgeben und lernen, wie man ein *cheari* wird!«

»Glaubt der etwa, daß ich so was tun werde?« fragte Ryke herausfordernd.

Errel lachte. »Ich bezweifle es.« Errel war zutiefst erheitert. »Er ist ja schließlich nicht blind.«

Ryke nickte. Er muß den blonden Nordländer in mir sehen, dachte er. Er muß wissen, daß wir Nordländer nicht aufgeben. Wieder fragte er sich, wieviel Van wohl über ihn und den Prinzen wissen mochte. Vielleicht hatte Sorren oder Norres ihm gesagt, wer sie seien und daß sie im Exil weilten.

Auf der anderen Seite des Raumes begann jemand mit heller Stimme zu singen: *»Denn ich bin ein Fremdling in einem fremden Land, ich bin verstoßen, wohin ich immer geh; die Hügel und die Sterne sind mir Gefährten. Und was* *ich tu', ich tu's allein.«* Musik füllte die schattendurchwobene Halle. Das Lied und die Worte zerrten an Rykes Herz. Er wandte sich Errel zu.

»Mein Prinz ...«, begann er. Und er zögerte. Errel schaute ihn nicht an. Er hockte auf der Bank, den Kopf gesenkt, als wäre er plötzlich in einen Stein verwandelt worden.

Die Sänger beendeten ihr Lied und begannen ein neues. Ryke sagte: »Mein Prinz, laß uns gehen ...«

Sie kehrten in ihr Häuschen zurück. Der Mond war über die Berge heraufgestiegen; er war um Haaresbreite vom Vollmond entfernt. Errel riß sich die Kleider vom Leib. Sein Gesicht war gespannt und gedankenschwer. Ryke fragte sich, ob er wohl an Tornor dachte.

Dann sagte Errel: »Ryke, hast du irgend jemandem gegenüber erwähnt, wer wir sind und woher wir kommen? Hast du etwas über meinen Namen, meinen Rang gesagt?«

»Nein«, antwortete Ryke. Keiner hatte ihn gefragt, außer dem Mädchen Amaranth beim Abendessen, an ihrem ersten Tag hier.

»Das ist gut«, sagte Errel. Er fuhr sich mit beiden Händen durchs Haar. Irgendwo schlug ein Fensterladen.

Ryke trat ans Fenster, um den Riegel festzumachen. »Jeder sieht doch, daß wir Nordländer sind«, sagte er.

»Ach das – ja!« Errel stieg ins Bett. »Das spielt hier doch keine Rolle. Ist dir das nicht aufgefallen? Die Leute, die hier leben, haben solche Unterscheidungen fallengelassen.« Die Kerze neben dem Bett knisterte und flackerte heftig, und er schützte die Flamme mit der Hand. Die Hand schimmerte rötlich. »Genau wie sie wahrscheinlich ihre Familie aufgegeben haben, ihre Freunde, ihre Heimat – für einen Traum, eine Vision, etwas, das sie nicht selbst erfunden haben ...« Er brach ab. »Willst du die ganze Nacht da am Fenster stehen?«

Ryke lag unruhig in dieser Nacht. Er wünschte, Errel hätte nicht über einen Traum gesprochen. Er fürchtete, er könnte wieder von dem Wolf träumen. Er schlummerte halbwach vor sich hin, war plötzlich hellwach, nur um zu sehen, daß der Mond sein Licht über den Boden ergoß wie eine suchende Zunge. Dann schlief er doch noch ein, eingelullt von Errels Wärme an seiner Seite.

Er wachte bei heller Sonne auf und merkte, daß er allein war. Errel mußte aufgestanden sein, sich angezogen haben und so leise durch den roten Raum geschlichen sein, daß Ryke es nicht einmal bemerkt hatte, als er ihn allein ließ.

Er trödelte vor sich hin. Er trug den Krug zum Brunnen, trug ihn gefüllt wieder ins Haus zurück und überlegte, ob der Prinz zu ihm zurückkehren würde. Dann ging er zum Speisehaus. Errel war nicht dort. Natürlich nicht. Wahrscheinlich war er irgendwo in einem Weizenfeld. Amaranth schaukelte auf einem Gatterpfahl. Eigentlich wollte er sie fragen, ob sie den Prinzen gesehen hätte – sie flog über die Hänge wie der Wind, sie sah jeden und alle, und er hatte den Verdacht, daß sie stets wußte, wo alle sich aufhielten –, doch plötzlich verschwand sie durch eine Tür. Er hörte sie rufen: *»Diktaaa!«*

Er ging zum Hof hinüber. Er sah Maranth nirgendwo auf dem weiten staubigen Platz. Ryke entdeckte einen Winkel, wo er für sich allein sein konnte. Er übte die Abrollbewegungen, die Maranth ihn gelehrt hatte. Dabei beobachtete er die anderen beim Training, um sicherzugehen, daß er seinen Arm richtig hielt. Er kam sich allmählich weniger unbeholfen vor. In seiner Nähe purzelten zwei kleine Jungen – wortlos wie Hundewelpen – durch den Staub, weil sie die Großen nachzuäffen versuchten. Ryke übte Vorwärts- und Rückwärtsrollen, bis ihm der Kopf wirbelte. Als er aus einer Vorwärtsrolle auf die Beine kam, stand Van vor ihm. Der gewaltige Mann hielt ihm ein Holzmesser hin.

Er wirbelte es herum, in die Luft, fing es auf und richtete die Spitze auf Ryke. *»Yai!«*

Der Klang war wie ein Schlag. Waffenlos verwandelte Ryke sich in ein kauerndes Bündel, schwankte von einer Seite zur anderen, wurde zu einem ganz kleinen beweglichen Ziel. Aber er war unterlegen, und er wußte es. Plötzlich war er wieder fünfzehn Jahre alt und im Waffenhof von Tornor, und er hörte die älteren Männer sagen: *Du kannst es immer sehen, wohin eine Hand geht – an den Füßen. Achte auf die Füße! Und du kannst immer sehen, was jemand denkt – in seinen Augen. Also achte auf die Augen!* Er versuchte sich daran zu erinnern, was Van mit ihm gemacht hatte, als er das Messer gehalten hatte. Er hatte keine Ahnung, was das gewesen war. Van machte einen Ausfall, langsam, und er parierte, indem er zur Seite auswich und mit einem Unterarm abwärts schlug. Van glitt blitzschnell hinter ihn. Er drehte sich um. Das Messer glitt von einer Hand in die andere und stieß auf seine Kehle zu. Er sprang zurück, seine Hände hoben sich über Kreuz, um das Messer abzufangen. Es war eine Finte. Zu spät sah er die Hand fallen. Die Messerspitze ritzte ihm wie ein scharfer Zahn die Flanke auf. Er war tot. Wenn das Messer aus Stahl gewesen wäre, dann wäre er jetzt gestorben.

Van rief: »Hadril, komm her!« Der so angesprochene Mann war gerade über die Barriere gestiegen und stand nun im Hof. Er kam sofort. Van reichte ihm das Holzmesser. »Greife mich an!« befahl er. Der Junge – er sah kaum älter aus als siebzehn – gehorchte. Er tänzelte mit leichten schnellen Schritten herum. Er legte eine Finte aus und stieß dann zu. Van bewegte sich auf die Seite, auf der die Messerhand war, legte seine rechte Hand auf den zustoßenden

Arm, die linke Hand auf Hadrils Genick und warf mit einem Schritt nach rückwärts seinen Gegner zu Boden. Hadril rollte sich ab und kam wieder auf die Beine. Das Messer hatte er noch immer fest im Griff. »Hast du gesehen?«

»Nein. Nicht genau«, gestand Ryke.

»Also langsamer«, sagte Van. Hadril und er wiederholten den Wurf langsam, als wären sie Schlafwandler. Van zählte mit, als er sich bewegte, um Ryke die verschiedenen Bewegungsstufen zu verdeutlichen. Dann winkte er Hadril zu, er solle Ryke angreifen. Hadril grinste. Am Ende des Angriffs ließ Van Hadril vollkommen stillstehen, als wäre er zu Stein verwandelt, und sagte Ryke, er solle sich um Hadril herumbewegen. Dabei zählte er: *Eins,* gleite zur Seite; *zwei,* bring die Messerhand im Schwung nach unten; *drei,* packe den Kragen oder die Haare; *vier,* nimm beide Hände nach unten und wende dich um! Als Ryke die Bewegungen auswendig kannte, befahl Van Hadril, er solle langsam angreifen. Er bewegte sich. Hadril fiel zu Boden, das Messer flog ihm aus der Hand. Er fing den Sturz auf und kam auf die Beine, aber er rieb sich den Nacken. Einer der herumspielenden Knaben wieselte hinter dem Messer her. »Nicht so scharf«, sagte Van. Und zu Ryke: »Wenn er nicht wüßte, wie man richtig fällt, dann hätte er sich jetzt das Genick gebrochen.«

»Es tut mir leid«, sagte Ryke.

»Du mußt das so lange tun, bis du nicht mehr darüber nachdenken mußt«, sagte Van. Hadril nahm lächelnd das Messer aus der Hand des Jungen entgegen. Van ging in eine andere Ecke des Hofes.

Sie wiederholten die Schritte wieder und immer wieder, bis die Sonne ihnen im Kopf hämmerte und sie abbrechen mußten. Wenn Ryke einmal die Schrittbewegungen vergaß, zählte Hadril sie ihm vor. Die Stimme wurde dabei dunkler, eine unbewußte Nachahmung der Stimme Vans. Dann kehrte Van zurück. Er nahm Hadrils Messer und griff Ryke an. Langsam. Und er ließ Ryke ihn zu Boden legen. »Gut«, sagte er und reichte Hadril das Messer zurück. »Geht und ruht euch aus!« Ryke ging zum Brunnen, um sich zu waschen. Sorren stand dort.

Sie lächelte ihn an. »Also hast du trainiert.« Über einem Arm trug sie einen braunen Sack. Er roch Gerstensaat.

»Hast du deine Wäsche fertig?« fragte er.

Sie stieß sacht gegen seinen Arm. »Ja. Glaubst du, ich bin solch ein Faultier, daß ich dazu zwei ganze Tage brauche? Ich gehe Pilze suchen.« Sie schüttelte den leeren Sack. »Oben auf dem Kamm. Magst du mitkommen?«

Er zögerte. Er wollte eigentlich nach Errel suchen. Das aber war sinnlos, es war dumm. Wenn der Prinz nach ihm verlangte, dann würde man ihm das sagen. Nein, er würde nicht hinter Errel herlaufen wie ein kleiner Junge, der Selbstbestätigung brauchte. »Na schön«, sagte er.

»Wir holen uns noch einen Sack.« Sie gingen zum Lagerschuppen. In den großen weißgestrichenen Räumen stapelten sich Vorräte: Holz, Häute, Pelze und Stoffe. In einem Raum fanden sie die Reste der Winterreserven: Mehl, Bohnenkerne, knochentrockene Kartoffeln. Ryke fragte sich, wie der Winter wohl hier im Tal sein mochte. Er hob den Deckel eines Kastens auf. Er war leer, stank aber nach Trockenfisch. Er stellte Fragen. »Es ist leichter als in Tornor«, sagte Sorren. »Es schneit weniger hier. Und die Wälder sind immer voll von Wild.«

Dann kletterten sie zwischen den Feldern hindurch den steilen Hang zum Wald hinauf. Der Baumbestand setzte sich vorwiegend aus ganzjährigen Immergrünpflanzen zusammen, darunter verstreut ein paar Erlen und Weißbirken. Sie wuchsen in Reihen, als wären sie gepflanzt worden wie der Weizen. Die Koniferen trugen winzige grüne Zapfen, die aussahen wie kleine Holzäpfel. Der Boden war von einem dichten Teppich von abgefallenen Nadeln bedeckt, die schon jahrelang hier lagen. Sorren wies auf einen Hexenring von Pilzen, die mit rosaweißen Kappen rings um den dunklen Stamm eines Baumes wuchsen. »Die hier sind genießbar«, sagte sie. »Nimm aber keine, die grün oder reinweiß sind. Die sind giftig.« Ryke drehte die sanften weichen Stiele von der Rinde los. Er war ein wenig nervös. Die Bäume standen gerade da wie Schwerter. Aus einer großen Fichte beobachtete ihn eine Batterie Eichhörnchen mit buschigen Schwänzen. Sorren wanderte zu einer zweiten Pilzkolonie weiter. Sie war rascher als er.

Er merkte plötzlich, daß er sie verstohlen beobachtete. Ein Sonnenstrahl berührte in einem so schrägen Winkel ihre Wange, daß er unter dem Pinienstaub die goldenen Härchen schimmern sehen konnte. Die Narbe unter dem rechten Auge war blasser als die gebräunte Haut ringsum. Sie schaute fast wie Errel aus. Das war ihm bisher nicht aufgefallen, doch nun sah er es. Sie wandte den Kopf in seine Richtung, und er tastete hastig nach einem Pilz. In einer Astgabelung schnatterte ein Eichhörnchen höhnisch mit den Zähnen.

Es war, als stecke ein Mann in Sorren. Vielleicht war das ja auch so; vielleicht war es dies, was sie so vollkommen anders machte als alle Frauen, die er bisher gekannt hatte. Er fragte sich, ob in allen Frauen ein Mann verborgen steckte. Er dachte an Norres, an Maranth, an Becke. Er dachte an seine Mutter. Und wenn in allen Frauen ein Mann steckte, war es dann nicht denkbar, daß auch eine Frau in allen Männern verborgen war?

»Ryke!« Er wandte sich um. Sorren grinste ihn an. Sie hielt ihren Sack hoch, er war bereits zu einem Viertel voll. »Faulpelz!« Wieder keckerte das Eichhörnchen. Ihr Lächeln war leicht und unpersönlich wie fließendes Wasser. Er griff nach einem Pilz.

Während der Abendmahlzeit wirkte Errel in Gedanken versunken und finster. Ryke versuchte ihn zu beobachten, ohne daß er es merkte. Doch immer wieder, wenn er aufblickte, sah er den Blick des Prinzen auf sich ruhen: ein merkwürdiger Blick, ohne Wärme und ohne Zorn, wie wenn Ryke ein Tisch oder ein Baum wäre. Der Blick ließ seine Haut schlimmer prickeln, als das Mondlicht es getan hatte. Dann senkten sich die Lider über die kalten Augen. Und einen Hauch später öffneten sie sich erneut und schauten diesmal Sorren an.

»Mein Prinz, ist etwas nicht in Ordnung?« fragte Ryke.

»Nein«, sagte Errel, »ich muß nachdenken.«

Später gingen sie zu ihrem Haus zurück. Das Tal träumte in der blauen Dämmerung, die rotgedeckten Häuser und die bestellten Felder wirkten sauber und streng wie auf einem Teppich. Als sie im Zimmer waren, verriegelte Errel die Läden. Ryke kniete nieder, die Zunderbüchse in der Hand, um ein Feuer anzumachen. »Sie sind zurück!« sagte Sorren nach oben. Dann kam sie herein. »Wir haben euch kommen sehen. Warum seid ihr aus dem Speisehaus weggegangen?«

Errel fragte: »Warum hätten wir bleiben sollen?«

Sorren stieß einen Fensterladen auf. Licht strömte herein, fing sich auf der Bronze der Feuerzangen am Kamin und verwandelte sie in Silber. »Der Mond steht hoch. Es ist Zeit für die Saat.«

Ryke zwang seine Finger, den Feuerstein ruhig zu halten. Er wollte nicht fortgehen. In seinem Kopf tanzten die Geschichten von Geistern. Er blickte zu Errel hinüber. Das Gesicht des Prinzen war fest, als wüßte er bereits, wessen Geist auf ihn wartete.

»Zieh das aus!« befahl Norres. Ryke sprang auf. Sie stand plötzlich hinter Sorren. Er hatte sie nicht über die Schwelle kommen hören.

»Was?«

»Zieh deine Stiefel aus!«

Errel sagte: »Das ist ein Brauch aus dem Süden. Ist es notwendig, daß wir dabei sind?«

»Ja«, sagte Sorren. »Jeder in Vanima kommt zum Säen.«

Ryke sah, wie der Prinz sich zu seinen Schuhen bückte. Er legte den Zunder beiseite und fummelte an seinen Schnürsenkeln herum. Seine Hände waren steif und ungeschickt. Schließlich konnte er die Schuhe abstreifen.

Barfüßig folgte er Sorren auf die Straße. Errel kam hinter ihnen her. Der Staub fühlte sich kalt an. Der Vollmond glastete über den gezähnten Bergen. Das Tal war von lebendigem Licht erfüllt, und es wirkte unruhig wie eine schwangere Frau. Um das große Haus waren die Dörfler versammelt; es war das Haus, das an das Speisehaus angrenzte: die Vorratskammer des Dorfes. Als Ryke bei der Menschengruppe angekommen war, schob ihm jemand einen Sack in die Hände. Er war mit Gerstensaat gefüllt. Er schlang sich den Sack über die linke Schulter. Simmela winkte Van im Schein seiner Fackel zu. Keiner sprach ein Wort, nur einmal weinte ein Kind schrill auf, wurde aber rasch beruhigt.

Ryke wollte fragen, was er zu tun habe, doch das dichte Schweigen legte sich ihm auf die Lippen und verschloß sie. Jemand ergriff seine linke Hand; eine andere Hand faßte seine rechte: Er war gefangen. Als Glied in der Kette stieg er mit den anderen zu dem wartenden Feld hinauf. Die Erde drängte sich durch seine Zehen ihm entgegen. Nachtvögel riefen. Als die Dorfbewohner das Feld erreicht hatten, ließen sie ihre Hände los. Ihre Schatten fielen nach Norden, als sie sich auf den Furchen verteilten. Sie gravierten die

Erde mit lebendigen Mustern. Die Gipfel der Westlichen Berge leuchteten wie weißes Gebein: der Mond auf dem Schnee. Van ging voran, er trug die Fackel.

Als sie alle Saat in das Erdreich gedrückt hatten, verbanden sie ihre Hände erneut. Simmela rief etwas. Der schrille wortlose Schrei hallte wie der eines Falken von den näheren Felsen wider. Die Haare auf Rykes Armen sträubten sich. Seine Haut prickelte. Der Wind machte *swisch* im Weizen. Er zitterte. Er sagte sich selber, er solle kein Narr sein, es war der Wind, nur der Wind, und ihn fror ... Van hob die Fackel mit beiden Händen, ließ sie kreisen und drückte sie auf der Erde aus. Nun war da nur noch das Licht des Mondes und der Sterne.

Ryke nahm sich zusammen und zwang sich, sein Zittern unter Kontrolle zu bekommen. – Die Menschenschlange wand sich wieder zum Talgrund hinunter. Einmal blickte Ryke zurück. Es verschlug ihm fast den Atem. Dunkle, mißgestaltete Figuren ragten in den Feldern auf, in Lumpen gekleidete, skeletthafte Wächter ... Dann erinnerte er sich an die Vogelscheuchen aus Stroh und Lumpen. Gelächter stieg ihm in die Kehle, aber er scheute sich, laut herauszulachen. Er hustete. Die anderen hatten das Haus bereits vor ihm erreicht. Errel saß im Sessel, das Wasserbecken zu seinen Füßen. Sorren entzündete am Herdfeuer eine Kerze.

Errel sagte, ohne den Kopf zu heben: »Ryke, würdest du die Tür verriegeln? *Eine* Heimsuchung ist genug für eine Nacht.«

Ryke steckte den Eisenpflock durch den Türriegel. Sorren nahm die Kerze und ging zur Treppe. Während sie hinaufstieg, spuckte der Docht heftig. Das Licht glitt von Errels Wange ab. Der Prinz hob den Kopf, seine Stirn war leicht gerunzelt. Ryke fröstelte. Nie zuvor hatte Errel seinem Vater Athor so ähnlich gesehen.

11. KAPITEL

Während der nächsten paar Tage hing etwas Fremdes und Geheimnisvolles über dem Haus wie die Gegenwart eines Wechselbalges.

Am Tag nach der Aussaat trat Ryke ins Zimmer und sah Errel im Schneidersitz auf dem Boden hocken und die Glückskarten auslegen. Er blickte sich kurz um. »Geh weg!« sagte er. Ryke zog sich zurück. Er hatte einen Blick auf zwei der Karten erhascht: Es waren der »Zauberer« und der »Dämon«. Er wollte nicht mehr sehen.

Am Morgen des dritten Tages schaute er bereits auf, wenn ein Schatten seinen Weg kreuzte. Er konnte nicht glauben, daß er als einziger die Veränderung bemerkt hatte. Errel schwieg die ganze Zeit. Sein Gesicht wirkte verschlossen und abweisend. Ryke hängte die Decken zum Fenster hinaus und fegte den Boden – seine morgendlichen Rituale. Sein Bart war voll Sand von den Übungen im Waffenhof. Die Haut fühlte sich wund an und juckte. Er beschloß, den Bart abzurasieren. Er suchte in der Truhe, bis er ein Rasiermesser mit Beingriff und einen silberplattierten Spiegel fand. Der Rahmen des Spiegels wurde von einem Frauenkopf gebildet: Der Griff war das Gesicht, die flutenden Haare rahmten den Spiegel ein. Er schärfte die Schneide an einem Lederriemen und schlug in einer Schale Seifenschaum. Er schielte in den Spiegel und nahm sein Gesicht in Angriff.

Er konnte Errel und Sorren draußen reden hören. Die Decke knarrte. Also war Norres oben. Er packte das Messer und begann zu schaben. Die kühle Schneide kratzte auf der Haut. Er zog das Messer durch das Wasser im Waschbecken.

Errel und Sorren kamen herein. Sorren kicherte leise. »Nun schau dir den Ryke an. Er verwandelt sich in einen Südländer!« Sie grinste, während sie mit dem Nachttopf in der Hand die Stufen hinaufstieg.

Ryke hatte Seife auf die Zunge bekommen, es schmeckte scheußlich. Er spuckte. »Ach, sei doch still!« Wo vorher sein Bart gewesen war, war seine Haut kalkbleich. Er kam sich auffällig vor damit. Er wischte sich das Gesicht ab und goß das seifige Wasser aus dem Fenster.

»Gehst du heute morgen in den Hof?« fragte Errel.

Ryke wandte sich um. »Ja«, sagte er.

Die Verkniffenheit in Errels Gesicht hatte sich ein wenig gelöst, seine Stimme klang sanft: »Ich würde gern mit dir gehen.«

Sorren und Norres kamen herunter. Sorren streifte im Vorbeigehen Rykes Arm. »Wie kommst du mit Van zurecht?« fragte sie.

»Sehr gut«, sagte Ryke.

»Der wird dich hetzen, bis dir die Füße abfallen. Wenn du eine Abwechslung brauchst, dann komm und kämpfe heute mit mir.« Sie lächelte ihn breit an. Das Haar hatte sie mit einem roten Band zurückgebunden. In der Kuhle ihres sonnengebräunten Halses sah man ihren Puls pochen. Ihr Hemd war mit der braunen Stickerei eines laufenden Pferdes verziert.

»Das würde ich sehr gern«, sagte er ehrlich.

Sie gingen zum Waffenhof. Sorren holte sich ein Messer aus dem Stapel. Ryke beobachtete, daß Van sich über die Einzäunung beugte, um mit Errel zu sprechen. Er wartete, daß der *cheari* Maranth herbeirufen würde. Doch Van lauschte auf das, was Errel ihm zu sagen hatte, dann winkte er ihn über den Zaun und wies ihn in die Ecke des Kampfplatzes, die den Tänzern vorbehalten war.

Eine Hand packte sein Handgelenk, und seine Füße wurden unter ihm weggezogen. Er keuchte, als er auf der Flanke im Staub landete.

Sorren ragte vor ihm auf, die Arme in die Hüften gestemmt, das Holzmesser in der Faust. Sie stieß ihn leicht ans Bein. »Du mußt aufpassen!«

Während der nächsten drei Tage trainierte Ryke mit Sorren. Errel arbeitete unter den Tänzern und lernte ihre Schritte. »Er läßt sich gut dabei an«, sagte Sorren einmal. Ryke war überrascht. Er hatte nicht bemerkt, daß sie den Prinzen im Auge behalten hatte. Ohne die Stimme zu verändern, fügte sie hinzu: »Ich nehme an, es kommt daher, daß er bereits Erfahrungen als Akrobat hat.«

An den Nachmittagen gingen Ryke, Sorren und Errel in die Weizenfelder. Die Arbeit strengte Ryke nicht mehr so an, daß er hinterher vollkommen erschlagen gewesen wäre. Errels Haar war von der Sonne weiß gebleicht. Die drei bildeten eine rhythmische Einheit in den Furchen.

Am Tag des Viertelmondes regnete es. Sie blieben im Haus, saßen im vorderen Zimmer, und der Regen triefte wie ein Bleivorhang von den Dachtraufen. Norres ging einmal knurrend hinaus, um ihre Geißen zu melken. Sorren stopfte Hemden. Ryke reparierte Schuhe mit ungegerbten Lederschnüren und einer Schusterahle. Seine Stiefel waren an beiden großen Zehen durchgewetzt.

Errel stöberte in der Truhe herum. Er brachte den Köcher und die Pfeile mit, die Berent Einauge ihm gegeben hatte.

Sorren fragte: »Was wirst du damit machen?«

Errel sagte: »Schau zu und lerne!« Er legte die Pfeile mit der Spitze auf sich gerichtet in einem Kreis aus. Dann zog er die lederne Scheide von seiner Axt. Die Klinge schimmerte blau im Licht. Mit scharfen, genau bemessenen Hieben köpfte er die Pfeile und trennte die dicken Spitzen exakt von den Schäften. Die Schneide der Axt hinterließ klare saubere Schnitte in den roten Fußbodenplanken.

»Da werden Splitter im Boden bleiben«, sagte Sorren.

»Ich werde das Holz mit Bienenwachs abreiben«, sagte Errel.

Rykes Schultern taten ihm weh vom Sitzen. Er lockerte die Muskeln. Errel legte die Pfeilspitzen eine nach der anderen beiseite. Die kastrierten Pfeilschäfte sahen ohne ihre Spitzen verkrüppelt aus. Der Anblick erregte Ryke ein Übelkeitsgefühl im Magen.

Errel stülpte die Scheide wieder über die Axtschneide. Er bat Ryke: »Ist es dir recht, wenn ich das Rasiermesser benutze?« Er brachte es ihm vom Kaminsims. Errel nahm die Pfeilschäfte nacheinander in den Schoß und rasierte die Fiederung weg.

Sorren sagte: »Ich nehme an, du wirst dich irgendwann dazu entschließen, uns zu sagen, was du da machst.«

Errel sagte: »Ich habe gehört, daß Maranth sich darüber beklagte, daß sie so wenige Pinselstiele hat. Ich dachte, ich könnte ihr die hier geben.«

Die Schusterahle entglitt Rykes Fingern. Er hielt die Hand ganz still. »Glaubst du nicht, daß du die Pfeile brauchen wirst?« fragte er.

Errels Lippen wurden schmal. Er blickte finster über das Rasiermesser hinweg. Dann zog er das Messer in einer einzigen geschmeidigen Bewegung den Schaft entlang. Vorsichtig löste er die Federn von dem winzigen Kiel. »Wenn ich welche brauche, werde ich mir welche machen.« Er wendete den Schaft in den Fingern hin und her. »Es gibt sehr viele Birken in den Bergen.«

Der Regen trieb die fransigen Gerstenschößlinge fast über Nacht aus dem durchweichten Grund. Er wusch den

Weizen zu Gold – und er kräftigte die Wurzeln des Unkrauts. Die Leute im Tal fluchten.

»Das ist einfach nicht anständig«, sagte Simmela und schwang ihre Hacke, als wäre es eine Sichel. »Es gibt immer mehr Unkraut als Menschen!«

Am zweiten Tag nach dem Regen kam Ryke spät auf die Felder. Er arbeitete am höchsten Punkt des Weizenfeldes, hieb mit seiner Jäthacke auf das Unkraut ein, als er plötzlich das Klirren von Zaumzeug und Reitern auf dem Pfad vernahm. Er richtete sich auf, um sie zu grüßen, sie anzurufen.

Sie kamen langsam den Hang heruntergeritten. Es waren sechs in einer Reihe. Die Sonne im Westen goß ihr Licht wässerig über die Flanken des Berggipfels; der Himmel im Osten war ein dunkles sanftes Blau. Die Pferde sahen erschöpft aus. Der erste Reiter fragte: »Ist dies Vans Tal?« Es war eine seltsame Frage. Ja, die Frage war wirklich mehr als seltsam. Ryke stieg die Böschung zu ihnen hinauf. Seine Hand packte den Griff der Hacke fester.

Der erste Reiter war eine Frau. Ryke ergriff den Zügel, sie schwang ein Bein über die Kuppe und stand. Die Zähne in ihrem dunklen Gesicht schimmerten wie Perlmutt. Die Haut war so braun, daß man sie fast als schwarz hätte bezeichnen können. Die Wangen waren schmal, und die Frau war schmal und hochgewachsen. Sie trug Reitleder und einen breitkrempigen grauen Hut. Das Haar unter der Krempe ringelte sich wie Pflanzenranken. »Mein Name ist Domio«, sagte sie. »Hier ist Vanima, nicht wahr?«

Hinter ihr sagte einer der anderen Reiter, noch im Sattel: »Es muß hier sein. Osin hat gesagt, daß es hier ist.«

»Schweig still!« sagte sie. »Steigt ab! Wir sehen hier auf dem Hang aus wie die Vorhut eines Heeres.« Sie gehorchten ihr sofort. Ryke wunderte sich über die Autorität, die sie ausstrahlte. Etwas an ihrer Haltung erinnerte ihn an Sorren. Ihr Pferd schnappte nach dem Weizen. Ungerührt hielt sie das Tier zurück. »Osin schickt uns«, sagte sie. »Er ist der Meister im Waffenhof von Mahita. Er hat uns ausgebildet und uns befohlen, hierherzugehen. Wir bringen Grüße und Botschaften von ihm an ...« – sie schloß die Augen kurz, öffnete sie wieder – »an Maranth, an Simmela, Chaya und Van ...« Sie beschattete das Gesicht mit der Hand. »Dürfen wir kommen?« Die Pferde stampften ruhelos.

Ryke konnte sie nicht so da stehen lassen, auf dem Hügelkamm und in den Sonnenuntergang starrend. »Wer seid ihr?« fragte er.

»Wir sind ein *chearas.*«

Er zeigte ihr, wo sie den Kamm entlang gehen mußten, um den Pfad ins Dorf hinunter zu finden. »Ich danke dir«, sagte sie, während sie in den Sattel sprang. Er wartete nicht ab, ob sie seine Anweisungen genau befolgte. Mit der Hacke in der Hand hastete er den Hang hinab.

Er erwischte Van in dem Augenblick, als der Tänzer den Hof verlassen wollte. »Es kommen Fremde«, sagte er und deutete hinauf. »Sie sagen, jemand, der Osin heißt, hat sie aus Mahita geschickt, und sie sind noch nie hier gewesen. Ihr Führer ist eine Frau mit dem Namen Domio. Und sie sagen, sie sind ein *chearas.*«

Alle hatten sich im Hof um ihn versammelt und hörten zu. »Osin!« sagte jemand. »Ich kannte ihn in Mahita, ehe ich dort fortging.«

»Wenn sie noch nie hier gewesen sind, wie haben sie dann den Weg gefunden?«

»Wie viele sind es, hast du gesagt?« fragte Sorren.

»Sechs«, sagte Ryke.

Van gebot Schweigen. »Genug. Gehen wir ihnen entgegen!« Er streifte sich den Sand von den Unterarmen. »Hadril, hol mir ein Hemd und bitte Maranth zu kommen, wenn sie in ihrem Haus ist.« Hadril rannte los. Inmitten seiner Tänzer ging Van langsam zum Brunnen. »Ryke, du kannst deine Hacke weglegen.« Er klang weder besorgt noch überrascht. Ryke grinste. Er lehnte die Hacke gegen die Vorderseite eines Hauses. Er hatte sie umklammert gehalten, als wäre es ein Kampfspieß.

Die Reiter bogen in die Dorfstraße ein. Die Pferde drängten auf den Geruch des Wassers zu, sie ließen sich kaum zurückhalten von den Tränken. Zögernd bändigten die Reiter die Tiere mit den Zügeln. »Laßt sie trinken!« sagte Van. Maranth kam aus dem Speisehaus. Die Reitmäntel der Fahrenden waren staubig. Unter ihnen war noch eine Frau, die anderen waren Männer. Sie trugen Hüte aus steifem Filz und rote Binden um die Arme, als wären es Hoheitszeichen. Die Pferde waren aus der Südlandzucht, schlanker und größer als die Steppenpferde. Sie senkten die Nasen in die Tröge, ihre Schweife zuckten. Die Reiter nahmen sie zurück, bevor sie sich übertrinken konnten.

Domio sagte: »Osin schickt uns aus Mahita. Wir sind ein *chearas.*« Die schwarzen Augen blitzten von einem Gesicht zum anderen.

Van sagte: »Willkommen in Vanima!«

Sie holte hörbar Luft. »Dann bist du Van?« Der gewaltige Mann nickte. Sie brachte die Handflächen in einer fließenden Bewegung vor der Brust aneinander und verbeugte sich mit nach außen gerichteten Fingerspitzen. Ryke hatte diese Geste noch nie gesehen. *»Skayin«*, sagte sie. Ihre Augen glühten. »Osin schickt dir Grüße und hofft, daß du uns als ein Geschenk und als Zeichen seiner Ehrerbietung annehmen wirst. Er ist jetzt Meister des Hofes in Mahita.«

Die begierig zuhörenden Menschen murmelten. Sorren sagte leise in Rykes Ohr: »Als wir in Mahita waren, gab es dort keinen Meister des Hofes.« Maranth bückte sich unter Rykes Arm durch und stellte sich neben Van. Die Silberarmbänder glitzerten. Van nannte ihren Namen, und Domio übermittelte die Grüße von Osin. Maranth lächelte strahlend. Ryke erhaschte einen Blick auf Errel, der allein, abgesondert von den übrigen, auf der anderen Seite des Brunnens stand.

»Von Osin kommt ihr? Dann willkommen! Ihr müßt hungrig sein. Kommt und eßt! Dikta, Amaranth, nehmt die Pferde! Geht es Osin gut? Ihr müßt uns alles berichten. Und warum steht ihr anderen hier auf der Straße herum wie die Kühe?« Es kostete sie keine Mühe, sie alle in die Speisehalle zu treiben.

Die Neuankömmlinge verteilten sich an den Tischen. Der Mann an Rykes Tisch hieß Lyrith: er wirkte grobschlächtig, war ziemlich jung und wohl ein wenig verwirrt, weil er plötzlich im Mittelpunkt solcher Aufmerksamkeit stand. Er drehte sich von einer Seite zur anderen, um Fragen zu beantworten, während er das Essen in sich hineinschaufelte. Er hatte den Appetit eines Jungstieres. »Wir sind flußaufwärts bis Tezera geritten, dann quer durch den Galbareth. Wir haben Mahita kurz nach dem Vollmond verlassen«, erzählte er.

»Haben euch die Asech belästigt?«

»Sie haben uns vor den Stadttoren beschnüffelt, aber als sie merkten, daß wir keine Wagen mithatten, ließen sie uns in Ruhe.«

»Wer herrscht jetzt in der Stadt?« fragte Simmela.

»Die Med-Familie.« Er steckte gierig die Finger in den Eintopf. Sein Handrücken war voller Sommersprossen.

»Wie habt ihr geschlafen?« fragte Orilys.

Der Junge grinste. »Wir haben in Scheunen geschlafen. Aber meistens haben wir am Straßenrand geschlafen.«

Sorren fragte leise: »Als ihr in Tezera wart, habt ihr da irgendwelche Nachrichten über den Norden gehört, über die Grenzfesten?«

Ryke neigte sich vor, um die Antwort nicht zu verpassen.

Lyrith griff nach dem Wasserkrug. »Nicht daß ich wüßte.« Auf Rykes Schulter fiel eine Hand nieder. Er blickte auf und sah Errel. Er schubste Sorren an, damit der Prinz sich auf die Bank an der Tafel setzen konnte. Während sie sich zusammendrängten, erklärte Lyrith, wie es dazu gekommen war, daß Osin zum Meister des Waffenhofes in Mahita ernannt worden war. »Er hat alle in der Stadt herausgefordert, ihn zu besiegen, und keiner konnte es. Als er den Obersten der Stadtwache geschlagen hat, haben sie ihm die Stellung angeboten, aber er wollte sie nicht annehmen. Aber irgendwas mußten sie schließlich machen, also haben sie ihn zum Meister des Hofes erklärt.«

»Wann war das?« fragte Sorren.

Lyrith steckte einen Finger in den Mund und stocherte nach einer Knorpelfaser. »Vor zwei Jahren.«

Ebbe und Flut der Gespräche stiegen und fielen auch an den anderen Tischen, wo die gleichen Fragen gestellt und beantwortet wurden. Ganz in ihrer Nähe saß Van neben Domio. Sie hatte den grauen Hut abgelegt. Ryke sah, wie sich Vans Lippen bewegten. Die dunkle Frau lächelte und berührte mit der Hand die rote Binde um ihren Arm. Ryke hätte gern gewußt, was sie ihm erzählte.

Errels Stimme flüsterte an seinem Ohr: »Wozu ist das gut?« Er hatte sich über den Tisch gebeugt und berührte die Binde an Lyriths Arm. Verschämt sagte Lyrith: »Osin sagte, da wir *chearis* sind, sollten wir auch ein Emblem tragen wie die Händler und die Gelehrten und die Boten. Er hat Rot für uns gewählt, weil, wie er sagte, Van einen roten Schal trägt.«

Es trat Stille ein. Die Schatten glitten über plötzlich nachdenklich gewordene Gesichter. Norres, die Sorren gegenübersaß, sagte: »Werden wir damit zum ›Roten Clan‹?«

Lyrith sagte: »Ich weiß es nicht.«

Nach dem Essen gingen sie in den Hof. Der Himmel war klar wie Gebirgswasser. Über den Berggipfeln wölbten sich die Sterne wie eine große Brücke. Wenn sie fest wäre, dachte Ryke, dann könnte ein Mann von einem Ende der Erde bis zum anderen gehen. Die Leute von Vanima steckten Fackeln um den Kampfplatz auf. Die Luft war geschwängert vom Duft der Kleeblüten. Domio versammelte ihren *chearas* in der Mitte des Platzes. Dann tanzten sie. Der Tanz endete in einem wirbelnden Kreis mit stampfenden Füßen und einem Schrei aus voller Kehle, der die Hälfte der Zuschauer auf die Beine springen ließ.

Der Schrei erinnerte Ryke an Kampfgeschrei.

»Der Rote Clan«, sagte Sorren an seiner Seite. »Das gefällt mir.« Zustimmendes Gemurmel lief durch die dunkle Straße. Die Mondsichel saß auf den Berggipfeln wie ein schiefer Hut. Wir sind kaum einen Monat aus Tornor fort, dachte Ryke. Wir sind in der Nacht des neuen Mondes fortgeritten.

»Mir gefällt es nicht«, sagte Van irgendwo hinter ihnen.

»Mir schon«, gab Maranth zurück. »Ist es nicht genau das, was du aus den *chearis* machen willst – einen Clan? Und genau das bedeuten diese roten Stoffbinden. Wir alle sollten welche tragen.«

»Jeder im Tal?« fragte Hadril.

»Nein«, sagte Maranth. »Nicht alle hier sind *chearis*.«

Ryke merkte zu seiner eigenen Überraschung, daß er laut sagte: »Maranth hat recht.« Er wußte, er selber würde niemals ein *cheari* sein können. Der Tanz war ihm verschlossen und undurchschaubar. Sein Körper würde nie lernen können, sich mit den Körpern der anderen zu verbinden und zu verschmelzen. Aber immerhin kann ich jetzt richtig fallen, dachte er, und ich habe gelernt, einem Hieb zu begegnen, ohne ihn blindlings anzunehmen.

Am nächsten Tag zog Maranth die roten Stoffballen aus dem Vorratshaus. In der Sonne vor dem Speisehaus saßen sie, Orilys und Sorren in der Sonne und schnitten und säumten rote Armbinden für jeden *cheari* im Tal zurecht. Maranth versuchte Amaranth zu überreden, ihnen zu helfen, doch das Mädchen dachte gar nicht daran. Sie stakste zu den Ställen und rief laut nach ihrer Freundin.

Ryke kam um Mittag vom Kampfplatz und hörte die Frauen reden. »Du darfst sie nicht ausschimpfen«, sagte Sorren.

»Warum nicht?« fragte Maranth. »Sie hat keine Lust zu nähen, sie hat keine Lust zu schreiben. Sie ist keine größere Hilfe für mich als irgendeine von den Geißen.«

»Schimpfen macht sie nur halsstarrig«, bedeutete Sorren ihr. »Warte ab. Sie kommt schon in Ordnung.«

Maranth schnaubte durch die Nase. »Und was wird sie dazu bringen?«

»Irgend etwas. Oder irgend jemand. Bei mir war das so.« Sorren lächelte. »Sie erinnert mich stark an mich selber, als ich in ihrem Alter war. Ich war ebenfalls ein wildes Kind. Und dann vergiß nicht, wer sie ist!«

Maranth sagte: »Sie ist meine widerborstige Tochter.«

»Sie ist die Tochter von zwei Rebellen«, sagte Sorren.

In Rykes Erinnerung klang eine Saite an. Er drückte sich am Brunnen herum, um weiter zuzuhören. Die Stimmen der Frauen drangen klar die Straße herunter. Er stützte sich mit beiden Ellbogen auf die nasse Steinbrüstung.

»Ich war kein Rebell«, sagte Maranth.

»Aber du bist Van in die Verbannung gefolgt. Hätte dich denn deine Familie etwa nicht wieder aufgenommen?«

Maranth lachte und drehte ein Stück Stoff um. »Ich habe sie nicht danach gefragt.«

Die Stimmen wurden gedämpfter, als Lyrith aus der Tür des Speisehauses trat. Ryke schlenderte langsam zu dem Haus mit den blauen Läden. Im hohen Gras der Weide zirpten Insekten. Aus einem Brombeerbusch rief ein Vogel, ein paar ganz bestimmte, knappe und sehr genaue Töne einer Melodie. Errel saß in dem Sessel.

In der linken Handfläche hielt er den Rubinring von Tornor.

Als er Ryke erblickte, schloß er die Finger leicht um den Ring. »Geht alles gut bei dir, mein Freund?« fragte er.

Rykes Nacken prickelte. Er wollte sagen ... er wollte fragen ... »Ja, es ging ganz gut«, sagte er statt dessen.

»Und?«

Ryke wiederholte, was er gehört hatte.

Errel lehnte sich vor, die Ellbogen auf die Knie gestützt, die Finger beider Hände mit den Spitzen zu einem Kreis aneinandergelegt. Es war Vans Geste. »Was, glaubst du, hat das zu bedeuten?« fragte er.

Ryke zog die Brauen zusammen. »Es paßt irgendwie zu etwas, was ich einmal gehört habe. Aber ich kann mich nicht mehr erinnern, was es war.« Er stierte durch den Raum, als könnte irgend etwas ihm hier sagen, was es gewesen war.

Errel sagte: »Hast du jemals die Geschichte gehört, wie Raven Batto zum Gesetzlosen gemacht wurde?«

»Doch«, sagte Ryke. »Ich redete mal darüber – mit Col ...« Er brach ab. »Du glaubst, daß Van ›Raven Batto‹ ist?«

»Es könnte immerhin sein«, sagte Errel.

»Col kannte ihn. So hat er mir jedenfalls gesagt.« Das erschien ihm plötzlich wichtig – er wußte nicht, warum. Wieder rief der Vogel. Errel lehnte sich in seinem Sessel zurück. Ryke überkam ein Schauder. Ich hätte Col nicht erwähnen dürfen, dachte er. Die Augen des Prinzen waren trübe wie blauer Schiefer.

Ryke ging allein aufs Feld. Er fragte sich: Was wirst du tun, wenn er sich entschließt, hierzubleiben und nicht wegzugehen? Das könnte doch geschehen. Er hatte es nicht sehen wollen, es sich nicht eingestehen wollen. Er, Ryke, könnte ja in den Stall gehen, sich ein Pferd nehmen und aus dem Tal fortreiten – allein ... Keiner würde ihn aufhalten. Aber was dann? Der Wind strich ihm übers Gesicht wie eine Hand. Er war an Errel gebunden, wie ein Fluß an sein Felsenbett gebunden ist. Er hatte die Morgenrasur ausgelassen. Er griff sich ans Kinn und spürte die Stoppeln.

Die *chearis,* die zum Abendmahl vom Waffenhof oder vom Feld kamen, trugen alle rote Bänder um die Stirn, um die Arme oder den Hals. Dies machte die Speisehalle an diesem Abend irgendwie festlich. Vielleicht lag dies auch an den Neuankömmlingen. Es herrschte großer Lärm. Zwei Jungen – es waren die Söhne von Lamath und Simmela – spielten Fangen in den Gängen zwischen den Tischen. Hadril sang. Amaranth – um ihrer Mutter auf die Nerven zu gehen – kletterte auf einen Balken und hockte sich dort mit baumelnden Beinen hin. Maranth schimpfte sie nicht aus.

Nach dem Abendessen fiel das Tal in ein träges, sternenübersätes Schweigen. Ryke und Errel zogen hinter Sorren und Norres her zu ihrem Häuschen. Die beiden Frauen gingen eng aneinandergeschmiegt, die Arme um die Schultern der anderen gelegt. Die Luft war mild und warm wie Wolle. Ryke suchte den Mond, doch er war noch nicht heraufgestiegen. Norres summte etwas. Ryke kannte das Lied. Er war froh, daß sie die Worte nicht aussang. Er wollte sie nicht hören. Errel ging leichtfüßig neben ihm. Der Prinz lächelte. Ryke hätte ihn gern gefragt, wie lange sie sich noch im Tal Vanima aufhalten würden. Seine Finger juckten ihn nach einem richtigen hölzernen Schwert. Zweimal räusperte er sich und wollte sprechen. Doch er hatte Angst zu fragen. Er hatte Furcht davor, was Errel ihm antworten mochte.

Norres blieb in der Tür stehen. »Wartet hier!« sagte sie. Sie ging hinein. Ein paar Augenblicke später kam sie mit einem gefalteten Deckenbündel über dem Arm zurück. In den Feldern schrillten die Grillen. Sorren und Norres breiteten die Decke vor dem Haus auf der Straße aus. Ein Glühwürmchen kam in schwankenden Spiralen herbei und untersuchte die Sitzenden.

Zwei Schatten wehten durch die Straße, stumm wie Rauch. Es waren Van und Domio. Die dunkle Frau hatte die Kleidung Vanimas angezogen: ein Baumwollhemd und geschnürte Kniehosen. Die Hosen waren für sie zu kurz, der Saum der Beine reichte knapp über die Knie. Sie sagte: »Ich glaube, es wird mir hier gefallen.«

»He, stolpert nicht über uns!« warnte Sorren.

»Das werden wir nicht«, sagte Van. Seine Stimme klang in der Dunkelheit tiefer als gewöhnlich. Ryke kniff die Augen zusammen und versuchte sein Gesicht zu erkennen. Er überlegte, was Van sagen und tun würde, wenn er fragte: Bist du *Raven Batto?* Er entschloß sich, die Frage für unnötig zu halten.

»Was macht ihr hier draußen?«

»Wir genießen den Frühling«, antwortete Sorren.

»Ach, diese Nordländer«, sagte der Tänzer. Van setzte sich auf eine Ecke der Decke.

Sorren knuffte ihn gegen die Schulter. »Du warst doch nie im Norden, Van. Was also kannst du schon wissen? Wenn du etwas über den Norden hören willst, dann frage mich oder Ryke oder Norres oder Errel. Nein, frage lieber Norres und Errel nicht. Sie mögen das nicht. Frag lieber Ryke oder mich.«

»Gefiel es dir dort nicht?« fragte Van Norres.

Sie antwortete: »Es war mir widerlich. Es war kalt und häßlich, und alle Leute sagten stets *nein.*«

»Das ist keine gerechte Schilderung ...«, sagte Errel.

Norres lachte. »Zu dir hat ja auch niemand nein gesagt.«

Es trat ein kurzes Schweigen ein. Sorren streckte die Hand aus und streichelte Norres' Schulter. »Das ist vorbei«, sagte sie.

Domio reckte ihre langen Beine in den Staub. Sie stützte sich nach hinten mit den Armen ab. Die Zähne blitzten weiß in dem dunklen Gesicht. »Wir haben in Tezera gehört, daß es im Norden Krieg gibt«, sagte sie.

Errels Kopf zuckte nach oben. Sorren drehte sich zu ihr. »Aber Lyrith hat gesagt, daß es keinerlei Nachrichten aus dem Norden gibt.«

Domio bemerkte verächtlich: »Lyrith würde einen Krieg nicht bemerken, selbst wenn sie vor seiner Nase kämpften.«

»Wer kämpft?« fragte Errel.

Die große Frau runzelte die Stirn. Ihre breiten Brauen zogen sich zu einem tiefgefurchten V zusammen. »Die Grenzfesten kämpfen. Ich erinnere mich nicht an die Namen. Gibt es dort eine Burg, deren Herr ein Einäugiger ist, ein alter Mann?«

»Ja«, sagte Errel. »Der Herr von Cloud Keep ist Berent der Einäugige.«

»Nun. Er ist tot«, sagte die Tänzerin. »Der andere, der, mit dem er kämpfte, hat ihn getötet.«

Ryke schluckte den Speichel hinunter. Errel senkte den Kopf. Kühner geworden, ließ sich das Glühwürmchen auf

Errels weißem langem Haar nieder. Leise sagte der Prinz: »Ich habe es befürchtet.«

Ryke war erstaunt, daß er keinen Kummer verspürte. Er dachte an Tav, dessen Reittier er genommen hatte, er dachte an den anderen Bruder, an dessen Namen er sich nicht mehr erinnern konnte. Er erinnerte sich an den Knaben Ler, der seinen Vater so geschickt bedient hatte und der einen Gürtel ohne Messer trug. Er fragte sich, ob Col das Kind hatte töten lassen, zum Ausgleich dafür, daß er Errel am Leben gelassen hatte. Ryke war kein Weib, und er weinte nie laut, aber seine Augen blieben knochentrocken.

»Col muß Cloud Keep angegriffen haben, kaum daß wir von dort fortgeritten waren. Wahrscheinlich hat er als Vorwand benutzt, daß Berent uns Obdach geboten hat.« Errels Stimme klang rauh. Ja, dachte Ryke, während er nach seinen Stiefeln tastete, das ist genau das, was Col tun würde.

Eine Hand kam aus der Dunkelheit und schloß sich um die seine. Es war eine lange, eine kühle Hand, und sie sagte ihm: *Sei still!* Er saß bewegungslos da, einen Schuh in der Hand. Das Glühwürmchen erhob sich von Errels Haar. Die tiefe Stimme Vans sagte: »Ihr könntet mir sagen, worüber ihr sprecht.«

Errel stand auf. Der Griff über Rykes Hand wurde fester. »Wartet hier!« sagte der Prinz. »Ich werde es euch zeigen.« Er trat ins Haus. Ryke hörte, wie der Deckel der Truhe gegen die Wand schlug. Etwas fiel zu Boden. Errel kam auf die Decke zurück. Er reichte Van etwas hin. »Schau es dir an – weißt du, was das ist?«

Es war der Ring. Van nahm ihn. Er schimmerte, als er ihn in dem schwachen Mondlicht drehte, um ihn zu betrachten. »Ja«, sagte er. »Das ist das Wappen von Tornor. Wie kommt das in deine Hände?«

»Er gehört mir«, sagte Errel.

Auf Rykes Armen richteten sich die Härchen auf. Van fragte: »Dann bist du der Herr von Tornor? Soweit ich weiß, ist der Herr von Tornor ein Mann mit dem Namen Athor, und er muß älter sein als du.«

»Athor ist tot«, sagte Errel. »Ich bin sein Sohn.«

Domio bat: »Entschuldigt mich, bitte.« Sie zog sich taktvoll zurück. Der lang vertraute schmerzhafte Knoten verkrampfte sich erneut in Rykes Brust. Er versuchte sich Athor vorzustellen, in Erinnerungsfetzen, die ihm am besten im Gedächtnis geblieben waren: riesenhaft, golden, voll dröhnenden Gelächters, mitten in einem Wirbel von Männern und Hunden. Aber die Bilder waren blaß geworden, und sie waren ohne Leben. Ryke fürchtete sich. Er hatte den alten Herrn geliebt wie einen Vater. Hatte ihn mehr geliebt als seinen leiblichen Vater ... Warum vermochte er sich nicht mehr genau an ihn zu erinnern?

Errel schaute zu den dunklen Hängen hinauf, als könnte er durch sie hindurchschauen. »Meine Heimat ist in der Hand eines Mannes namens Col Istor. Er kam gleich nach dem Einbruch des Winters mit einem Heer aus dem Süden. Er tötete meinen Vater. Mich ließ er am Leben und machte mich zu seinem Hofnarren. Ich mußte mich schminken und ihn zum Lachen bringen. Ryke hier wurde einer seiner Offiziere. Wir flüchteten nach Cloud Keep, als Sorren und Norres nach Tornor kamen. Cloud Keep war Berent Einauges Burg. Die beiden kamen als Gesandte von Berent, um einen Waffenstillstand mit Col auszuhandeln.«

»Und du glaubst, Col hat eure Flucht als Vorwand benutzt, um zu behaupten, daß Berent den Waffenstillstand gebrochen hätte. Ich habe es vorhin gehört.« Van wischte eine Stechmücke vom Gesicht. Im Norden flackerte ein

Wetterleuchten. Eine helle Lichtlinie zeichnete die Konturen der Berge nach. Er gab den Ring auf der offenen Hand zurück. »Nun, Errel von Tornor, was beabsichtigst du zu tun?«

Errel antwortete: »Es gibt noch eine Burg, Pel Keep, über die Sironen herrscht. Er ist ein zäher alter Mann. Und er hatte eine gute Truppe. Col wird gegen ihn kämpfen müssen. Vielleicht liegen sie bereits jetzt im Kampf. Ich sollte zu ihm gehen.«

»Im Stall stehen Pferde«, sagte Van.

Errel nahm den Ring noch immer nicht zurück. Ryke dachte: Wozu sitzen wir hier herum? Er wollte aufstehen. Die Hand auf seiner Hand faßte fester zu. Ein plötzlicher Windstoß trieb ihm Staub ins Gesicht. Er hustete.

Errel sagte: »Ich will es nicht.«

An seinem Haaransatz zeigten sich Schweißperlen. Die Nacht saugte die Farbe aus seinen Augen. Er sah aus wie ein Gespenst. Ruhig sagte er: »Tornor war niemals mein. Es gehörte meinem Vater – und danach gehörte es Col.«

Ryke machte den Mund auf und wollte etwas sagen, er wollte bitten, er wollte wüten – aber der funkelnde Blick Vans brannte sich in ihn hinein und ließ ihn verstummen. Die Worte wollten sich von ganz selbst nicht bilden. Der Tänzer warf den Ring in die Luft und fing ihn wieder auf. »Du willst das also nicht?«

»Nein!« sagte Errel.

»Dann nimm!« Van hielt ihm den Ring entgegen. »Hier nimm ihn! Nimm!« Errel nahm den Ring mit vorsichtigen Fingerspitzen entgegen, als wäre er eine glühende Kohle. »Und nun wirf ihn fort! Schleudere ihn auf die Straße oder dort in den Busch.« Er richtete den Zeigefinger auf die Beerensträucher, die neben dem Haus standen. Ryke pochte das Herz bis zum Hals. An seinen Flanken strömte der

Schweiß herab. Er fühlte sich wie im Fieber und zugleich sterbenskalt.

Errel hob den Arm. Der Muskel spannte sich. Dann atmete er mit einem schweren, tiefen Seufzer aus. »Ich kann es nicht«, sagte er.

»Willst du, daß Col Istor ihn bekommt?«

Errel schüttelte stumm den Kopf.

»Dann gehört er dir«, sagte Van.

Sorren zog ihre Hand von Rykes Handgelenk zurück. Ihm taten die Armknochen weh. Ob sie mir wohl blaue Flecken hinterlassen hat, fragte er sich. Sein Hemd war klatschnaß. Er konnte den eigenen Schweiß riechen. Wieder zuckte das Wetterleuchten auf, diesmal näher. Wind flatterte über die Weide. Das hohe Gras raschelte. Norres sagte ruhig: »Wir sollten ins Haus gehen. Es wird ein Gewitter geben.«

Keiner bewegte sich. Van sagte: »Ich kannte einmal einen Mann namens Col Istor, vor zehn Jahren – in einem anderen Leben. Er war ein Krieger, der Sohn eines Schmiedes aus einem Dorf in der Nähe von Tezera. Ein gescheiter Mann. Gewaltige Schultern, große Hände, schwarze Haare und schwarze Augen.«

»Das ist er«, sagte Ryke.

»Ich würde ihm nicht gern im Krieg gegenüberstehen«, sagte der Tänzer. »Nicht, wenn ich nicht über ein paar Tricks verfügte.«

Errel sagte: »Ich verstehe dich nicht.«

Van klopfte mit den Fingerspitzen seiner Hände gegeneinander. »Ich werde mit Maranth sprechen müssen«, sagte er. Er wollte noch etwas hinzufügen, doch da begann der Donner zu grollen. Er wartete, bis sich das Dröhnen gelegt hatte. »Ich habe da so einen Gedanken gehabt – wäre es dir unangenehm, falls du von hier fortgehst, wenn ein paar von uns mit dir kommen würden?«

Errel sagte: »Es wäre mir angenehm.«

Rykes linkes Bein war taub. Er massierte sich die Wade mit dem Daumen. Wieder grollte Donner. Eine Hand legte sich ihm auf die Schulter. Er blickte auf. »Ryke«, sagte Errel. »Es tut mir leid. Ich hätte es dir sagen müssen.«

Er sah noch immer gespenstisch aus. Doch die Hand auf Rykes Schulter war warm, fest und ganz wirklich.

»Mein Prinz«, sagte er. »Du mußt dich doch bei mir nicht entschuldigen!« Alles war in Ordnung. Nein, er würde nicht allein in den Norden reiten müssen.

Errel hatte seinen Eid nicht verworfen.

12. KAPITEL

Amaranth erschien am nächsten Morgen an der Türschwelle, als Errel gerade den Nachttopf ausleerte. »Wollt ihr in unser Haus kommen, bitte?« Sie stieß die Worte in einem Atemzug hervor und schoß davon.

Ryke warf Errel einen Blick zu. Der Prinz trug den Topf herein und stellte ihn neben dem Bett auf den Boden. Er setzte sich und zog sich die Stiefel an. »Ich nehme an, wir müssen gehen.«

Während eines Großteils der Nacht hatte der Regen ausgesetzt, war aber dann kurz vor dem ersten Hahnenschrei wiedergekommen und mit großem Getöse und Rauschen niedergefallen, hatte die Erde getränkt und Wassertropfen auf allen Blättern, Stengeln und Spinnweben hinterlassen. Das Tal schien von einem zarten Netz schimmernden Lichts erfüllt.

Sie gingen zu Vans Haus. Van saß auf einem Hocker. Maranth stand in der Mitte des Zimmers, die Arme in die Hüften gestemmt. Ihre Armbänder klirrten. Das Haar stand ihr vom Kopf ab wie der buschige Schweif eines Eichhörnchens. Als Ryke und Errel über die Schwelle traten, drehte sie sich um und starrte sie zornig an. »Zehn Jahre lang sind wir nicht weiter von Vanima fortgewesen als bis zu Gerdes Busch, und jetzt sollen wir weggehen und in irgend jemandes Krieg im Norden kämpfen helfen.«

Errel sagte: »Ich habe nicht um Gefährten ersucht, meine Dame.« Er blickte zu Van, und seine Augenbrauen hoben sich.

Maranth sprach, ehe Van etwas sagen konnte: »Ich komme mit dir.«

Ryke lehnte sich an die Wand. Er hatte zwar geschlafen, doch er fühlte sich nicht frisch; er hatte von etwas geträumt, aber er erinnerte sich nicht mehr daran. Der Geschmack in seinem Mund war ekelhaft. Errel schaute zu Van, als wolle er Einwände machen. Van breitete die Hände aus. »Ich habe mir gedacht, du hörst es dir lieber selbst an.«

»Und du bist einverstanden?«

Maranth schnaubte durch die Nase.

Van sagte: »Was ich denke, ist keinen Fliegenschiß wert. Du kannst ja mit ihr streiten, aber ich bezweifle, daß du viel dabei erreichen wirst.«

Maranth sagte: »Nichts wird er erreichen.« Ihre Seidenhosen wogten wie Röcke um ihre Schenkel. Auf den Schreibplatten saß die schwarze Katze und leckte sich eine Pfote. »Außerdem werdet ihr mich brauchen. Weißt du, was er überhaupt vorhat?« fragte sie Errel.

»Nein«, antwortete der Prinz, »nur, daß es irgendein Trick ist.«

»Genau das ist es«, sagte Maranth. »Er soll dir die Einzelheiten selber sagen. Aber es ist nötig, daß ein *chearas* nach Tornor geht und dort vor diesem Mann Col tanzt.«

»Ein *chearas?«* fragte Errel.

Van legte die Fingerspitzen aneinander. »Aus dem, was du mir über Col Istor gesagt hast, wird er eine Truppe von Tänzern willkommen heißen. Wir brauchen einen echten *chearas,* drei Männer und drei Frauen, und du wirst einer von ihnen sein müssen. Der Erfolg des Tricks hängt von deiner Kenntnis Tornors ab.«

Errel warf ein: »Col wird mich erkennen.«

Die Südländer schauten einander an. Maranth sagte: »Wir können dich so verkleiden, daß er dich nicht erkennt.«

»Col hat sehr scharfe Augen«, sagte Errel trocken.

»Ich kenne Tornor auch«, sagte Ryke.

»Ja«, sagte Van. »Aber du bist kein *cheari.*« Ryke überlegte, was der Plan sein mochte. Selbst in Verkleidung und als Mitglied eines *chearas* würde Errel in Lebensgefahr sein, sobald er Tornor betrat. Maranth umkreiste den Prinzen mit abschätzendem Blick, als wäre er ein Schwein, das sie schlachten wollte.

»Was kann eine Handvoll Leute gegen eine ganze Armee ausrichten?« fragte Ryke.

»Wir werden nicht allein sein«, sagte Van. Er schien mit sich selbst sehr zufrieden. »Ihr habt gesagt, daß in Pel Keep Truppen stehen, richtig? Wir nehmen sie mit.«

Sein Selbstvertrauen versetzte Ryke einen scharfen Schmerz im Rücken. Er krümmte den Rücken, um den sich ausbreitenden Schmerz zu dämpfen. Er wollte etwas dagegen sagen, doch er wußte nicht, wie er das tun sollte. Er dachte: Was ist, wenn Sironen euch seine Männer nicht gibt? Doch er hatte Angst, es laut auszusprechen, denn wenn er es laut sagte, könnte es vielleicht eintreten. Dann dachte er: Ich bin eifersüchtig auf Van, weil er Errel helfen kann, und ich nicht. Er fühlte sich beschämt und gehässig. Auf dem gerahmten Pergament an der Wand spiegelte sich die Sonne.

Maranth fragte: »Wer wird die Übungen im Hof leiten, wenn du fort bist?«

»Reohan«, antwortete Van. Reohan war einer der besten und unermüdlichsten Männer der *chearis.* »Die Händler werden bald eintreffen. Wer wird mit ihnen verhandeln?«

Maranth gluckste. »Simmela kann gehen, und sie kann Amaranth mitnehmen. Es ist an der Zeit, daß die Kleine mir ein paar Dinge abnimmt und ihrer alten und schwächlichen Mutter das Leben leichter macht.« Sie sackte zusammen, tat, als wäre sie altersschwach, dann reckte sie sich wieder auf und war geschmeidig und graziös wie ein junger Baum.

»Ich hole die Reitleder aus der Truhe, *chelito.*« Und sie ging sogleich in den hinteren Teil des Hauses.

Errel fuhr sich mit beiden Händen durchs Haar. »Skayin«, sagte er, »bist du sicher, daß du dies alles tun willst?«

Van antwortete: »Ich habe meine Gründe dafür.« Die Worte kamen messerscharf, wie ein Befehl. Einen Augenblick lang glaubte Ryke in Van den ehemaligen Raven Batto zu erkennen, den Kapitän der Wachen in Kendra-im-Delta. Der Tänzer stand auf und ging zu einem Hinterzimmer. Er kam mit einer langen Pergamentrolle zurück. Er kniete nieder und breitete sie auf dem Boden aus. Es war eine Landkarte. Ryke setzte eine Zehe auf die eine Kante. Staub wirbelte von dem Papier auf; er kitzelte ihn in der Nase. Errel holte vom Tisch ein Tintenfaß und setzte es auf die dritte Ecke. Mit der linken Hand hielt er die vierte Ecke flach.

Van tippte auf die Rolle. »Norden. Süden. Osten. Westen.« Er legte einen Finger auf Höcker, die Berge sein sollten. »Wir befinden uns hier, soweit ich das bisher habe feststellen können.« Er ließ den Finger nach Norden, auf Ryke zu, gleiten. »Hier ist Pel Keep. Vier Tagesritte, wie der Adler fliegt, aber wir werden wahrscheinlich fünf brauchen. Es ist hügeliges Land, bis wir in die Steppe kommen.« Er sprach mit sicherer Autorität. Ryke fragte sich, ob er wohl schon dort gewesen sei. Andererseits hatte Sorren gesagt, Van kenne den Norden nicht. Jaret hatte mit der gleichen Autorität über geschichtliche Ereignisse gesprochen, die vor seiner Geburt stattgefunden hatten. Er dachte: Vielleicht gehört diese Stimme zu der Ausbildung als Gelehrter.

Er beugte sich über die Karte. Hier war keine Goldtinte zu sehen. Die Linien waren an manchen Stellen verblichen und grau. An den Rändern standen Reihen von Wörtern in der Südländerschrift.

Errel fragte: »Will Maranth wirklich mit uns kommen?«

»Sie sagt nie, was sie nicht meint«, antwortete Van.

»Und wer soll sonst noch mitkommen?«

»Wir brauchen sechs Leute«, sagte Van.

Ryke sagte: »Sorren sollte mitgehen.« Van und Errel schauten ihn beide erstaunt an. Ihm stieg die Röte ins Gesicht. Er hatte gar nicht sprechen wollen – ihr Name war ihm einfach über die Lippen gekommen.

»Hat sie das gesagt?« fragte der Prinz.

»Nein.«

»Sprich mit ihr!« sagte Van.

»Das werde ich«, antwortete Errel. Er bewegte seine rechte Hand. »Das ist eine gute Idee. Sie kennt Tornor.« Er stand auf. Der Papyrus rollte sich zusammen, wo er die Hand weggenommen hatte. Der Prinz trat ans Fenster und lehnte sich auf die Brüstung. An der Linken, am Mittelfinger, trug er den Ring von Tornor. »Wieviel Zeit haben wir, ehe wir reiten?« fragte er Van.

Der Tänzer runzelte die Stirn. »Wir werden eine Weile brauchen, um als *chearis* zu trainieren«, sagte er. »Sagen wir, drei oder vier Tage.«

Die schwarze Katze hatte beschlossen, daß sie hinauswollte. Sie sprang auf das Fensterbrett. Ihr Schwanz schlug gegen Errels Kinn. Er versuchte sie zu fassen, doch sie glitt aus seinen Händen. »Hat irgend jemand in Vanima einen Jagdbogen?« fragte Errel.

Ryke wurde steif.

Van sagte: »Nein. Wir versuchen Waffen aus dem Tal fernzuhalten.«

Ryke leckte sich über die Lippen. Er sagte: »Im Vorratshaus sind alte Holzstämme, Prinz.«

Errel warf ihm einen Blick zu. Seine Lippen bogen sich zu einem Lächeln nach oben. »Ach, wirklich?«

Sie gingen zum Kampfplatz: Van, Maranth, Ryke und Errel. Es herrschte ein wildes Stimmengewirr. Van rief laut: »Hört zu!« Seine tiefe Stimme legte sich über die der anderen. »Seid still und hört zu!« Das Gemurmel erstarb. Die Tänzer und die Paarkämpfer drängten sich um ihn. Er legte die Hände auf die Hüften und musterte sie alle.

Er sagte: »Habt etwas Geduld mit mir! Was ich sagen muß, ist nicht leicht.« Das Schweigen wurde bedrückend. Ryke wünschte sich eine Mauer, gegen die er sich hätte lehnen können. Van fuhr fort: »Ich gehe aus Vanima weg.« Er hielt beide Hände vorgestreckt, mit den Handflächen nach außen, wie um einen Aufschrei zurückzudrängen. Keiner gab einen Laut von sich. Der Duft der Kleeblüte schwebte durch den Waffenhof, zerbrechlich und fein wie die erste Schneeflocke des Winters.

»Ich ziehe in den Norden. Maranth wird mit mir gehen, und ein paar andere. Wir werden nicht lange fortbleiben. Höchstens zwei Monate.« Er wandte den Kopf von einer Seite zur anderen und tastete die Gesichter ab. »Das Tal gedeiht gut. Wir haben Frühling. Keine schlechte Zeit, um über die Straßen zu ziehen. Wenn wir bald reiten, werden wir vor der Ernte wieder zu Hause sein.« Die Stimme war kräftiger geworden. Die Leute, die oben in den Feldern waren, hatten zu arbeiten aufgehört, hatten sich umgewandt und schauten nun in den Hof herunter. Ryke hatte plötzlich die Vision, daß Vanima im Mittelpunkt der Berge liege und daß sich die Welt ringsum flach erstrecke, wie eine weitgedehnte, flachgezogene Schale.

Jemand fragte: »Wer wird Meister im Hof sein, während du fort bist?«

»Reohan«, sagte Van. Reohan hob eine Hand abwehrend hoch. Van schaute ihn mit seinem glimmenden Blick an, und der Mann schluckte und schwieg.

»Wo geht ihr hin?« fragte Hadril.

»Nach Norden. Ihr braucht nichts weiter zu wissen.«

»Und wenn ihr nicht zurückkehrt?« fragte Lamath. Man hörte alle tief einatmen. Van stemmte die Hände in die Hüften und warf den Kopf zurück.

»Glaubt ihr wirklich, ich würde nicht zurückkommen?« forderte er sie heraus. Keiner wagte eine Antwort. Vans Stimme wurde sanfter: »Es ist möglich. Aber ich bin nach Vanima gekommen, um zu lehren, und falls ich nicht wiederkehre, dann wißt ihr doch genug, um einander zu lehren. Die Kunst, die ich aufgebaut habe, wird lebendig bleiben. Sie kann sich jetzt verbreiten, auch ohne mich.« Er ließ die Hände von den Hüften sinken. »Also, das genügt. Gehen wir an die Arbeit! Hadril, hol mir ein Messer!« Hadril gehorchte. Ein Kreis von Tänzern bildete sich. Orilys Stimme zählte unstet die Schritte ab. Ryke schwang sich über den Zaun, hastig, ehe irgend jemand ihn einladen konnte. Er war kein *cheari* – er gehörte nicht in diesen Traum. Er wollte es auch nicht. Sein Traum war, daß Errel der Herr von Tornor war – und daß Col Istor tot war. Er ging zum Werkzeugschuppen und holte sich eine Haue.

Er blieb den ganzen Tag auf den Feldern. Er merkte, daß er es genoß, die Hacke in die Erde zu treiben, er freute sich über den Gesang der Insekten im Weizen; der Duft der Erde, die Hitze, der salzige beißende Schweiß auf seinen Lippen, der Staub, alles behagte ihm sehr. Abends beim Essen leerte er seinen Teller, ehe ihm überhaupt bewußt wurde, daß Errel nicht mit ihm gekommen war, ja, daß er nirgendwo im Speisesaal zu sehen war. Er rannte fast aus dem Raum. Eine Eule auf Beuteflug zischte an seinem Ohr vorbei. Durch die Risse der blauen Fensterläden schimmerte Licht. Ryke stieß die Tür auf, und der schwache Duft eines Torfziegelfeuers drang ihm in die Nase. Errel saß mit gekreuzten Beinen am

Kamin. Auf dem Kaminsims brannten zwei Kerzen. In einer Schale auf einem Hocker schwamm ein Öllicht und verbreitete eine Pfütze gelben Scheins auf dem Boden. Die Bodenbretter waren von Holzspänen übersät. Errel hielt seine Axt in der Hand und drehte und wendete ein Stück Holz und schnitzte es immer dünner. Um sein Haar aus dem Gesicht zu halten, hatte der Prinz es mit einem ungegerbten Lederstreifen zurückgebunden. Die Axt hielt er in seiner Rechten. Der verkrümmte Finger schien ihm nicht hinderlich zu sein. Ryke sah zu Errels Füßen die Schlange einer gewachsten Bogensehne aus Leinen liegen.

Errel hielt einen Augenblick lang den Schaft ruhig und fühlte mit dem Daumenballen mögliche Unebenheiten ab. Ryke sah die Trennlinie zwischen dem Grünholz und dem Hartholz: das Grünholz war weiß, das Hartholz braun. Er sagte: »Ich habe nicht gewußt, daß es hier in den Wäldern Eiben gibt.«

Errel sagte: »Es muß ja welche geben. Ich habe im Lager zwei Stämme gefunden. Der erste war vom Wind verbogen – der da ist gerade. Vielleicht taugt er ja gar nichts. Wenn er spleißt ...« – er deutete auf eine Ecke des Betts; dort standen vier weitere Stämmchen –, »dann versuche ich es damit. Es ist Schierlingstanne.« Er hob die Axt. Die Klinge sang, als sie durch das Holz schnitt, so sicher, als bewegte sie sich von ganz allein.

Es dauerte noch einen Tag, bevor der Bogen vollendet war. Errel spannte ihn bis zum äußersten – er splitterte nicht. Er fertigte einen Griff aus Wildleder an, setzte ihn mit weißem Velin ab und malte auf beide Seiten des Griffes den roten achtzackigen Stern auf weißem Feld, das Zeichen von Tornor. Mit gekochtem Leinöl eingerieben, schimmerte der Bogen und fühlte sich an wie Seide in der Hand. Er stand neben dem Bett und glitzerte wie eine Schlange.

(Nachts, wenn er zufällig erwachte, bildete Ryke sich ein, daß er sehen könne, wie der Bogen sich bewegte. Doch wenn er dann die Augen klarblinzelte, merkte er, daß es nur ein Stück eingeölten Holzes war.)

Am Tag darauf brachte Errel einen Klotz Weißbirke aus dem Vorratslager und schnitzte sich daraus zehn Pfeile. Er befiederte sie mit Truthahnfedern. Mit einer steifen Teerbürste, die er sich von Maranth ausgeliehen hatte, und einem Tinten-Reibstock saß Errel in der Mittagssonne und kennzeichnete die Leitfeder an jedem der Pfeile.

Bei Sonnenuntergang fragte er: »Willst du mit mir zum Stall kommen? Ich möchte eine Zielscheibe aufstellen.«

Dikta spannte ein Pferd vor einen Wagen. Ryke und Errel beluden das Gefährt mit vier zusammengeschnürten Heubündeln. Ryke stieg auf den Kutschbock. »Wohin möchtest du gehen?«

»Hinauf zum Hügel, zur Mühle!« befahl Errel. Ryke schnalzte dem Pferd zu. Auf dem Pfad sah man die Spuren anderer Wagen, er war voller Furchen. Die Bündel hüpften jedesmal hoch, wenn die Räder sich in einer ausgefahrenen Spur verfingen. Ehe sie noch bei der Windmühle angelangt waren, deutete Errel auf zwei hohe Buchen. Ihre kupferfarbenen Blätter hingen in der Hitze schlaff von den Zweigen. Ryke fuhr rückwärts an die Stämme heran und rollte die Heubündel auf die Erde. Dann stellte er sie vor den Bäumen, gegen den Stamm gelehnt, auf.

Errel schritt eine Schußentfernung ab. Er spannte den Bogen, legte den Pfeil in die Kerbe, zog und schoß. Der Pfeil flirrte durch die Luft und bohrte sich tief in ein Heubündel. Errel schoß alle zehn Pfeile ab. Ryke wartete, bis der Bogen abgespannt war, dann ging er ans Ziel. Alle Pfeile waren fast in den Mittelpunkt gesetzt. Allerdings war keiner der anderen so genau wie der erste im Zentrum. Ryke zog sie heraus. Früher hatte Errel – Ryke hatte es gesehen – sechs Pfeile so dicht nebeneinandergesetzt, daß man nicht eine Handbreit dazwischenlegen konnte.

Chayatha kam zu ihnen. Ryke und Sorren lagen in einer kleeübersäten Senke. Die Färberin kam den schmalen Pfad auf einer knochigen gescheckten Stute heruntergeritten. Das Pferd sah mit seinen schwarzen, roten und weißen Flecken aus, als wäre es ebenfalls in die Färberkessel gefallen. »Die Händler müssen eingetroffen sein«, sagte Sorren. Sie steckte den Finger in den Mund und saugte daran. »Verdammnis über alle Dornen!« Sie hatten Beeren gesammelt, und Sorren hatte sich an einem Dorn gestochen. Und aus Rache hatte sie ein Viertel der gesammelten Beeren aufgegessen, ehe sie den Sack in der Küche ablieferte. Ihre Fingerspitzen und Lippen waren blau.

»Blutet es noch?«

»Nein, es hat aufgehört.« Sie legte sich ins Gras zurück. »Ich habe so viel gegessen, daß ich keine Lust habe, mich zu bewegen.«

»Na, und wer ist jetzt der Faulpelz«, sagte Ryke. Sie grinste ihn von der Seite her an. »Im Norden wirst du sicher keine Beeren finden.«

»Ich weiß«, sagte sie. (Am gleichen Morgen hatte sie ihm hinter dem Haus gesagt: »Errel hat es mir erzählt. Wir gehen mit euch.«)

Jemand kam auf sie zu. Ryke stützte sich mit dem Ellbogen auf. Es war Norres. Sorren setzte sich auf. Sie klopfte auf die Erde neben sich. »Komm und setz dich!« lud sie ein.

Norres schüttelte den Kopf. »Ich dachte, vielleicht möchtest du mit mir kommen und Chayatha begrüßen.« Sie blickte Ryke an. »Nicht du«, sagten ihre Augen. Ihr graues Starren verursachte ihm Unbehagen. Er blickte weg.

Sorren stöhnte: »Ich platze fast!« Wortlos wandte Norres sich um. Sorren sprang auf die Beine. »He!« Sie holte die andere Frau ein. »Das war kein Nein, Liebes!« Sie legte Norres den Arm um die Schulter, und gemeinsam gingen sie den Hang hinunter. Ryke legte sich wieder zurück. Den ganzen Morgen hatte er an Tornor gedacht, hatte versucht, es sich deutlich vorzustellen, hatte es aber nicht vermocht. Er befahl sich, davon nicht beunruhigt zu sein. Tornor war da. Doch seine Unfähigkeit, es zu sehen, jagte ihm Furcht ein. Es war, als wären der Keep und der Norden plötzlich zu einem Mythos geworden.

Ein Birkhuhn flog aus einem Dickicht auf, es kreischte vor Wut. Wieder kam jemand den Hang heraufgestiegen. Es war Hadril. Er winkte. Van hatte keine Gründe angegeben, jedenfalls nicht in Rykes Hörweite, aber er hatte den Jungen als sechstes Mitglied für den *chearas* ausgewählt. Er war barfüßig, ohne Hemd und tropfnaß.

Ryke mußte lächeln. »Was ist los?«

»Wir haben getanzt und getanzt ... Wir sind gerade fertig geworden. Ich habe mir den halben Brunnen über den Kopf geschüttet.« Er rollte auf den Rücken. Seine Brust und seine Arme waren mit Gänsehaut überzogen. »Ah, die Sonne tut gut.« Er wölbte die Hüften nach oben, arglos in seinem Vergnügen wie ein Tier.

Ryke spürte die Spannung in seinen Lenden wachsen. Er wandte gewaltsam den Blick von dem Jungen. Die klare Stimme sagte: »Ich kann es gar nicht richtig glauben, daß ich wirklich mit in den Norden gehen darf. Ryke?« Ryke wandte ihm wieder den Kopf zu. Hadril hatte sich aufgesetzt, seine Knie berührten die Brust. »Ich könnte das keinem hier sagen«, redete Hadril scheu weiter, »aber dir kann ich es sagen. Ich weiß, es bricht den *chea,* und ich weiß, es ist falsch, aber ich möchte so gern einen Krieg sehen.«

»Das wirst du«, sagte Ryke.

»Chayatha ist gekommen.«

»Ja. Ich habe sie gesehen.«

»Sie macht dem Errel die Haare rot.«

»Was?«

»Sie hat gesagt, das hilft, ihn zu verkleiden.«

Ryke hieb die Faust auf den Boden. »Hirnlose Südländer!« Nichts würde in Tornor mehr auffallen als ein Rothaariger! »Mist!« Er rollte auf die Beine. Das Birkhuhn schoß wieder vom Nest und beschimpfte ihn.

Er trabte zum Haus von Van und Maranth. Dort saß Errel auf einem Stuhl. Er hatte ein grellrotes Hemd an. Das Haar hatte man ihm kurz geschnitten, und es stand in fettigen Strähnen vom Kopf ab. Das Hennapulver sah wie grüner Schlamm aus und stank wie Luzerne. Van, der sich für alles interessierte, stand dabei und beobachtete die stinkende Prozedur. Ryke hatte vergessen, wie groß Chayatha war. Das machte es schwierig, gegen sie anzugehen. »Alle werden sie ihn anstarren«, sagte er.

»Ja«, sagte die Färberin. »Aber sie werden seine Haare sehen und seine Kleider, aber nicht sein *Gesicht!* Verstehst du?«

Widerwillig mußte Ryke zugeben, daß an der Sache etwas war. »Was ist, wenn Col dich erkennt?« fragte er Van. »Oder dich?« Er wandte sich an Sorren.

»Das wird er nicht«, antwortete Sorren. »Mein Haar ist länger. Außerdem werde ich eine Frau sein, kein *ghya*. Norres wird nicht viel sprechen, also wird er sie auch nicht an der Stimme erkennen. Ich werde das Reden übernehmen.«

»Das tust du ja sowieso schon«, sagte Chayatha.

Amaranth kam herein. Sie kräuselte die Nase. »Hier drin stinkt es. Was macht ihr da?« Chayatha erklärte es ihr. Sie kicherte. »Als was wollt ihr ihn verkleiden, als ein Feuer?«

In dieser Nacht tanzten Van, Maranth, Sorren, Norres, Hadril und Errel im Hof ihren Abschied vom Tal. Die Fakkeln bluteten Funken zum mondlosen Himmel hinauf. Das kupferne Haar verwandelte Errel in ein groteskes exotisches Wesen. Ryke ärgerte sich. Er war zu ruhelos, um mit den anderen zu sitzen, also tigerte er auf und ab. Die Zuschauer waren so still und feierlich, als wäre jemand gestorben.

»Lies doch die Karten!« sagte Ryke zu Errel, als sie in ihr Haus traten.

Er wartete darauf, daß der Prinz Einwände machen, ihn auslachen, ihm sagen würde: *Du glaubst doch nicht an die Karten* ... Doch Errel öffnete schweigend die Truhe. Er holte den Reisepack hervor, den er von Tornor mitgebracht hatte, und nahm die Karten heraus. Sie waren in einen Streifen roter Seide gewickelt. Der Prinz mischte. Die Rückseiten de Blätter waren vom vielen Handhaben abgewetzt. Alle Karten trugen das gleiche Bild auf der Rückseite. Einen roten Stern auf weißem Feld. Auf einigen Karten war das Weiß angegraut. Ryke hätte sehr gern gewußt, wie alt sie schon waren.

Errel legte die Blätter auf dem Boden vor dem Kamin aus. Das Feuer zuckte und tanzte auf dem Rost. Ryke starrte auf die Bilder. Nie zuvor war ihm aufgefallen, wie schön sie waren. Das Pferd auf der Karte »Der Bote« schien sich zu bewegen. Er hatte keine Vorstellung davon, was er sich von dieser Karte erhoffte. Zu Füßen des »Herrn« auf der Karte lag ein schwarzer Wolfshund, genau wie die Wolfshündin Athors. Sie war sorgfältig, ja äußerst genau gezeichnet. *Sie kosten Mühe, und sie geben sich Mühe.* Col hatte so etwas gesagt – über Sorren und Norres. Er würde auf Cols Gesicht in den Karten achten.

»Die Karten des Vergangenen«, sagte Errel. »Der ›Herr‹ in

Umkehr. Das bedeutet Knechtschaft oder ein verlorenes Erbe, oder beides. Das ›Rad‹ bedeutet Chance, Glück oder Geschick. Der ›Bote‹ bedeutet neues Verständnis oder neue Informationen oder Hilfe von außen. Die ›Dame‹ in Umkehr bedeutet Armut, Untätigkeit und Krieg.«

Grimmig dachte Ryke: »Col ist in all diesen Karten versteckt.« Knurrend sagte er: »Mach weiter!«

Errel berührte die nächste Kartenreihe. »Der ›Sternenseher‹. Das heißt Pläne – oder Wahrheit. Der ›Gaukler‹ oder ›Zauberer‹ bedeutet Mißverständnis, Einbildung und Selbsttäuschung. Die ›Sonne‹ sagt die Erfüllung des Verlangens vorher. Ein Teil unseres Plans beruht auf phantastischen Vorstellungen, doch nicht stark genug, als daß der Plan dadurch scheitern könnte. Der ›Bogenschütze‹ bedeutet eine angenommene Herausforderung, einen getroffenen Entschluß.« Errel tippte auf die letzte Kartenreihe. Unter seiner Hand schielte der Wolf hervor. Da, dachte Ryke, da, das ist Col! »Der ›Wolf‹ ... Die ›Liebenden‹. Lust oder Leidenschaft könnten einen von uns zu einer unerwarteten Wahl führen. Der ›Adler‹. Einer von uns wird ein Opfer bringen. Der ›Turm‹. Der Umsturz der herrschenden Ordnung.«

Das Bild auf der »Turm«-Karte zeigte einen hohen Bergfried, in den der Blitz geschlagen hatte und der in Trümmern in sich zusammensank ... Ryke stellte sich vor, daß es der Wachtturm von Tornor wäre, der zusammenbrach und Col in das sichere Grab mitriß. Er dachte: Nein, ich will nicht, daß er so stirbt. Ich will ihn selber töten ...

»Heißt das, wir werden den Kampf gewinnen?« fragte er.

Errel schob die Karten wieder zum Pack zusammen und wickelte sie in die Seide. Das Feuer glühte auf seinem Rubinring. »Das sagt es nicht«, antwortete er. Er warf einen kurzen Blick zu dem Bogen, der in der Ecke lehnte. Seine Stimme war von Ironie gefärbt: »Die Karten sind selten so –

offensichtlich. Aber es sagt auch nicht, daß wir verlieren werden.« Ein Funke sprang über den Kaminschirm und fiel neben seiner Hand zu Boden. Errel beleckte einen Finger und löschte den Funken.

Im Morgengrauen ritten sie aus dem Tal fort.

Van hatte sie geweckt, indem er zweimal an die Tür klopfte. Errel rollte sich sofort aus dem Bett. Ryke fragte sich, ob der Prinz wohl wach gelegen und auf das Signal gewartet hatte. Errel ging nackt die Stufen zum Boden hinauf und rief Sorren und Norres leise an. Eine undeutliche Stimme antwortete: »Wir sind gleich unten.« Von den Dachtraufen gurrten die Tauben selbstzufrieden vor sich hin. Ryke rubbelte sich das Gesicht mit den Handflächen, um wach zu werden.

Er zog die Reisepacks und die Reitkleidung aus der Truhe. Sie legten die Wollsachen und das Reitleder an. Die Wolle duftete nach Zedernholz. Die Kleidung war steif, sie kratzte und war zu heiß. Ryke saß am Bettrand und kämpfte mit seinen Reitstiefeln. Als er aufstand, ließen ihn die hohen Hacken fast vornüberfallen und die Balance verlieren. Errel trug das rote Hemd, das Maranth ihm geschenkt hatte. Es war ihm ein klein wenig zu groß. Das bis auf Schulterlänge gekürzte Haar ließ ihn wie einen Fremden erscheinen. Ryke fragte sich, ob er auch Col als solcher erscheinen würde.

Er spritzte sich Wasser ins Gesicht. Er fühlte sich noch verschlafen. Die Nacht über hatte er wach gelegen, hatte den Plan in seinem Kopf herumgewälzt und seine Irrationalität, seine schwachen Punkte herauszufinden versucht. Der Gedanke war ihm unerträglich, daß etwas fehlschlagen könnte. Er stieß die Fensterläden zurück. Der Himmel im Westen war schwarz. Im Osten streifte Tageslicht die Gipfel der Berge mit Gold. Im Norden strahlte ein heller Stern wie ein Leuchtfeuer.

Norres und Sorren kamen herunter. Sorren lächelte. Norres wirkte schweigsam, abweisender, als er sie jemals erlebt hatte. Die Augen blickten stahlhart und finster. Ryke erinnerte sich an jene Nacht in der Burg Berent Einauges, als sie erstmals von Vanima gesprochen hatte. Sie hatte das Tal als *Heimat* bezeichnet. Ryke zog die Decken vom Bett. Er wußte, daß er dies zum letztenmal tun würde. Errel half ihm, sie über das Fensterbrett zu breiten. Norres stand neben dem Kamin, die Hände in den Taschen vergraben. Sorren runzelte ungeduldig die Stirn, während sie den Männern zusah. »Ihr braucht das nicht zu tun«, sagte sie.

Sie wanderten zum Speisehaus. Vögel sangen unter den Dachtraufen und aus den Dornsträuchern. In den Türen standen die Talbewohner und riefen ihnen leise »Auf Wiedersehen!« durch den gedämpften Morgen zu. »Glück auf eurer Fahrt! Kommt zurück!« Keiner weinte sichtbar, doch Ryke konnte in manchen Stimmen die unterdrückten Tränen hören. Dorian winkte mit seinen langen Armen aus einem Fenster in einem Dachboden. Die hölzernen Sohlen ihrer Stiefel bissen in den Staub der Straße und ließen kleine halbmondförmige Spuren hinter ihnen zurück. Maranths Katze schlich irgendeine Beute an, die Augen nach vorn gerichtet, achtete sie nicht auf die weichen Stimmen, die durch die Morgendämmerung wehten. Sie belauerte eine Eidechse.

Norres nahm die Katze auf. Sie wand sich ein wenig, dann legte sie sich in den Händen der Frau zurecht und begann zu schnurren. Norres rieb das Gesicht in den Pelz. Die Katze leckte ihr das Kinn. Sie ließ das Tier gehen. Am Brunnen stand Chayatha. Sie umarmte Norres und danach Sorren und murmelte ihnen etwas zu, das Ryke nicht hören konnte. Dann wandte sie sich Errel zu. Sie flüsterte etwas. Der Prinz nickte. Schließlich drehte sie sich zu Ryke um. Ihre Tunika war voller Farbflecken und roch schwach nach Färberwaid.

Sie blickte ihn aus zusammengekniffenen Augen an. Sie trug diesmal ihren Hut nicht. Wie Vans Haar war auch das ihre dreifarbig – schwarz und rot und blond. Sie klopfte ihm mit dem Finger gegen die Brust. Der Finger war knochig und hart. »Am Ende des Weges wirst du finden, was dein Herz begehrt«, sagte sie. »Achte sorgfältig darauf, was in deinem Herzen ist!« Seine Handrücken begannen zu prickeln. Plötzlich erinnerte ihn diese Frau an die alte Heilhexe Otha, wenn sie in ihre Tränketöpfe murmelte.

»Kommt!« sagte Sorren. Sie drehten dem Brunnen den Rücken zu und folgten ihr zum Speisehaus. Ryke wandte sich in der Tür um. Chayatha stand noch immer am Brunnen und blickte ihnen nach. Er war froh, daß es zu dunkel war, als daß man ihre Augen hätte sehen können.

Die Leute, die Küchendienste machten, hatten Proviant für sie vorbereitet: Käse, Rauchfleisch, getrocknete und frische Früchte, volle Wasserschläuche. In einer Ecke redete Maranth mit heftigen Handbewegungen auf Simmela ein. Auch Amaranth war da – ernst und stumm. Ryke dachte sich, daß sie vielleicht Angst hatte, allein zurückgelassen zu werden. Er hörte Pferdehufe und warf einen Blick auf die Straße. Dikta führte sieben Pferde in einer Reihe heran, alle gesattelt und mit Zaumzeug, bereit. Ryke erkannte Errels Rotbraunen, der, als letzter in der Reihe, nervös tänzelte. Amaranth stürzte sich ihrem Vater in die Arme. Er hielt sie an sich gedrückt, sprach leise auf sie ein, streichelte ihr übers Haar. Ryke nahm seinen Wassersack und trat zu den Pferden, Die Reitkleidung gab ihm ein Gefühl, als stecke er in einer Muschelschale. Er nahm Dikta die Zügel des grauen Wallachs aus der Hand. Dann kam Hadril aus dem Speisehaus. Sein Gesicht glühte vor Erregung. Ryke stieg in den Sattel. Errels Braunfuchs tanzte im Kreis. Errel gab ihm einen freundschaftlichen Knuff, und das Tier schnaubte überrascht auf.

»Du Sohn eines Eselbastards«, sagte er zärtlich.

Auch Van und Maranth traten auf die Straße. Ihr Reitleder war fleckig und geflickt und sah aus, als sei es seit langem nicht mehr benutzt worden. Sie stiegen auf. »Also gehen wir«, sagte Van. Und er wendete sein Pferd – einen schwarzbraunen Hengst – auf den Hangpfad zu. Ryke blickte nur einmal auf die dunklen träumenden Felder zurück. Ein Falke, der vom Himmel stürzte, um seine Beute zu töten, war das einzige Lebendige im Tal.

13. KAPITEL

Van ritt an der Spitze. Das Tal sank rasch hinter ihnen zurück. Auf den Höhen war es kalt. Am Abend driftete Nebel über die Gipfel. Ryke war froh über das angenehme, warme Gefühl der Wolle auf der Haut.

Am Tag danach ritten sie durch ein ermüdendes Labyrinth von Felsblöcken. Sie machten in einem sandigen Einschnitt Rast, der aussah, als sei er von einem uralten, seit langem vertrockneten Fluß gegraben worden. Errel fand einen abgestorbenen Baumstumpf. Er zog ihn aus seiner Spalte. Ryke entdeckte ein natürliches Feuerloch und baute ein Feuer auf. Sie drängten sich eng um die Flammen. Das vertrocknete Holz verbrannte zu schnell. Der Nebel sank herab wie eine feuchte Hand.

Maranth zitterte trotz ihres schweren Wollmantels. Sie fragte: »Bleibt das immer so bis in den No-o-orden?«

»Nicht überall«, antwortete Errel. »Es wird wärmer, wenn wir von den Höhen herunterkommen.«

»Dann ist's ja gut«, sagte Maranth.

Ryke hatte Muskelkater. Er überlegte, ob wohl irgendwas zwischen diesen Felsen lebte. Sie sahen aus, als hätte jemand sie in Schichten aufeinandergetürmt, von unten nach oben. Es waren lauter verschiedene Farben. Er versuchte sich in den Schlaf zu versetzen, indem er die verschiedenen Gesteinsbänder zählte. Zweimal verzählte er sich und mußte wieder von vorn beginnen. Sorren stocherte mit einem Ast im Feuer herum. Sie sagte: »Im Norden gibt es einen Spruch: Es ist kälter in den Bergen, weil sie tiefer in die Nacht reichen.«

Maranth zog ihren Umhang enger um die Schultern.

Norres stand auf und verschwand in der ungefähren Richtung, wo sie die Pferde gelassen hatten. Als sie zurückkehrte, waren ihre Arme beladen. Sie hatte die Pelzmäntel aus dem Sattelpack geholt. »Schlaft damit!« sagte sie. »Das wird euch warm halten.«

»Legt einen Pelz auf die Erde und deckt euch mit dem anderen zu!« empfahl Sorren.

Maranth rieb ihr Gesicht in den langhaarigen dunklen Pelz. »Ah!« sagte sie. Sie begann die Mäntel auszubreiten, hielt dann inne und fragte: »Werdet ihr sie nicht brauchen?«

Sorren schüttelte den Kopf. »Mir ist nicht kalt. Ich bin im Norden zur Welt gekommen.«

Ryke massierte sich die Arme. Ihn fror es. Er sah, wie Sorren und Norres sich gemeinsam in einen Wollmantel hüllten. Irgendwo in den Felsen schrie eine Bergkatze. Hadril zitterte. »Schon gut«, sagte Ryke, um den Jungen zu beruhigen. »Sie kommen nie in die Nähe von Feuer.« Aber wie um ihn zu verhöhnen, schrie die Bergkatze noch einmal. Die Pferde gaben unruhige Kehllaute von sich. Ryke blickte zu Errel hinüber. »Es war ein langer Winter«, sagte er. Der Prinz nickte. Sein Bogen lag ungespannt neben ihm, aber griffbereit.

»Laßt uns schlafen!« sagte er. »Wenn die Katze näher kommt, werden die Pferde uns warnen.« Er wickelte sich locker in seinen Umhang. »Nun schlaf!« sagte er zu Hadril. Der Junge zog sich die Kapuze über den Kopf und reckte die Beine zum Feuer hin. Die Hitze trieb die Nebel um sie herum fort, und sie lagen sozusagen in einer Lichtung, doch die Berggipfel über ihnen waren verborgen. Plötzlich sah Ryke vor sich das Bild eines Berglöwen, den die Wärme und der Geruch von lebendigem Fleisch anzogen, wie er lautlos auf sie zuschlich.

Er zog den Mantel enger um sich und schwor, sich nicht wie ein Narr aufzuführen. Nein, er würde nicht wach liegen und sich Katastrophen ausmalen wie ein törichtes Kind. Wieder starrte er auf die Gesteinsschichten. Diese hier war rot, und die andere da war rosa wie das Fleisch von Fischen, die man gerade aus dem Fluß geangelt hat, und jene dort war hellgelb wie der Bauch einer Kröte ...

Er erwachte von einem großen Geschrei. Ein Pferd klagte laut. Eine Frau schrie, ein Ruf, der Befehl oder Warnung war, eine Katze fauchte. Ryke sprang auf und machte sich von seinem Wollmantel frei, der sich ihm irgendwie um die Knöchel gewickelt hatte. Im grauen Schein vor der Dämmerung sah er den kastanienroten Hengst sich bäumen und gegen den Strick ankämpfen, mit dem er an einen Stamm gebunden war. Und er sah einen lohfarbenen Blitz, der eigentlich nur der Berglöwe sein konnte. Also hatte er sie doch gefunden. »Keine Bewegung!« dröhnte Van Norres nach, die zu den Pferden hinstolpern wollte. Die Bogensehne schwirrte. Der rotbraune Hengst hatte seine Halterung zerrissen und galoppierte den Hang hinunter – doch das Katzentier sackte schwer zu Boden. Ein Pfeil steckte in der Brust. Die Katze zuckte und lag dann still. Ryke stand am nächsten. Er trat vorsichtig einen Schritt näher. Das Tier rührte sich nicht. Die Ohren (sie waren ausgefranst und voller Narben) bewegten sich nicht. Er schritt um den Kadaver herum. Aus der Brustwunde und aus dem Maul des Tieres sickerte Blut. Das Tier war knochendürr vom Winterhunger, und es stank.

Hadril sagte leise: »Also *hatte* es Hunger. Es sieht ja ganz verhungert aus!«

Errel kam von hinten zu ihnen. »Und das ist gut so, denn sonst hätte mein Pfeil es vielleicht nicht töten können.« Er stemmte einen Fuß gegen die tote Katze, um Widerstand zu haben, und riß den Pfeil mit einem Ruck heraus. Er hielt ihn hoch. Die stumpfe Pfeilspitze und der halbe Schaft waren von Haaren und Blut bedeckt. »Meine Pfeile haben alle keine scharfen Spitzen. Ich hatte keine Zeit mehr, sie zuzuspitzen. Ich habe nicht damit gerechnet, daß ich etwas Größeres als ein Murmeltier, das zu früh aus dem Winterschlaf aufgewacht ist, oder ein Kaninchen schießen würde.« Gelassen schaute er sich um und fand ein Grasbüschel, an dem er seinen Pfeil abstreifte.

Ryke ging zu seiner Schlafstelle zurück. Er hob den Mantel auf, den er weggestoßen hatte. Seine Hände zitterten. Das Ganze hatte sich so rasch abgespielt, daß er keine Zeit gehabt hatte zu reagieren. Norres beruhigte die aufgeregten Pferde. Hadril, der hinter dem ausgerissenen Hengst hergezogen war, kam den Saumpfad heraufgestapft. »Er will nicht mitgehen«, sagte er.

»Laß ihn!« sagte Norres. »Er wird hinter uns herziehen, und wenn er hungrig ist, kommt er freiwillig. Es gibt hier zu wenig Gras für ihn. Du wirst mit jemandem reiten müssen«, sagte sie zu Errel.

»Aber natürlich.«

»Du kannst mit mir reiten«, sagte Maranth. »Ich bin am leichtesten.«

»Nein«, sagte Norres. »Jemand sollte mit Ryke reiten. Sein Grauer geht ruhig, er kann auch das doppelte Gewicht tragen.«

Sorren hockte auf der Erde und rollte einen Pelzumhang zusammen. Sie grinste zu Errel hinauf. »Ich werde mit Ryke reiten, Bruder. Du kannst mein Pferd haben.«

Ryke sah, daß Van die Augenbrauen hob. Doch er sagte nichts. Doch als sie die Pferde losbanden, murmelte er: »Bruder? Das sagt eine ganze Menge!«

Sorren lächelte ihn arglos an. »Wirklich?«

Hadril stakte um die tote Bergkatze herum. »Sollten wir nicht Fleisch mitnehmen?« fragte er und stupste den Kadaver mit der Stiefelspitze an.

Norres sagte trocken: »Ich bezweifle, daß wir eines der Pferde dazu bringen könnten, es zu tragen.«

Errel ergriff den Zügel der braunen Stute von Sorren. Ryke beugte sich aus dem Sattel, um ihr aufzuhelfen. Sie saß hinter ihm. Sie lächelte und faßte ihn am Ellbogen. Der Graue schien das zusätzliche Gewicht kaum zu spüren. »Also, schieß los!« sagte sie. Er hob den Hals des Grauen eine Handbreit an. Sorren drückte sich gegen ihn. Ihr Haar kitzelte ihn im Nacken. »Gut, also los!«

Errel sagte: »Das Tier ist wahrscheinlich krank und zu zäh, als daß man es essen könnte.« Er stieg auf die Stute. »Laßt es liegen! Irgend jemand wird es schon essen.«

Maranth sagte: »Das kommt mir wie Verschwendung vor.«

Die Nebelwolken rings um sie wurden lichter. Van ritt bereits den Pfad entlang. Sie zuckte die Achseln und schnalzte ihrem Tier zu. Hinter ihr ritt Norres, dann Errel und dann Hadril. Ryke und Sorren ritten als Nachhut, damit sie die anderen nicht aufhielten, falls der Wallach langsamer werden würde. Weit hinter ihnen wieherte der Hengst Errels leise. Ryke hörte, wie die Hufschläge klickend von den Felswänden widerhallten.

Gegen Mittag ließen sie die Vorberge hinter sich. Wolken waren aufgestiegen, und der Himmel war – nicht blau, sondern eine Zwischenfarbe – irgendwie ein dünnes, wässeriges Lavendelblau, genau wie die Blüten dieser Pflanze. Van holte eine Landkarte hervor, ähnlich der, die er auf dem Boden seines Hauses ausgebreitet hatte, nur war sie gröber gezeichnet und kleiner. Er erklärte ihnen, wo sie sich befanden. Rykes Schenkel schmerzten noch immer, doch sonst spürte er keine körperlichen Beschwerden mehr. Er fragte Van, wo auf dieser Karte Chayathas Dorf zu suchen sei. »Ich habe es nicht aufgezeichnet«, antwortete Van. »Aber ich nehme an, es muß etwa hier liegen.« Er legte den Daumen auf eine Stelle der Karte. »Wir sind ungefähr zwei Tagesritte westlich davon.« Dann schob er die Karte wieder in seinen Sattelpack. Sie saßen auf einer kleinen Anhöhe. Westlich und südlich von ihnen erhoben sich die Roten Hügel. Im Norden war alles grau. Im Osten erstreckte sich ein flacher dunkler Schatten. Ryke dachte: vielleicht ein Wald ...

Tupfer von Grün zeigten sich überall in der Steppe: die Zwergföhren. Irgendwo ringelte sich Rauch in die Luft, bräunlich vor der merkwürdigen Färbung des Himmels. »Dort muß ein Dorf liegen«, sagte Errel. »Reiten wir hinüber!«

Sorren wies mit dem Daumen auf den rotbraunen Hengst. »Glaubst du, du kannst diese Bestie jetzt einfangen?« Der Rotfuchs beäugte sie und scharrte auf dem Boden.

»Ich hole ihn«, sagte Norres. Sie stand auf und ging, leise vor sich hin sprechend, auf den Hengst zu. Sein Schweif hob sich wie eine Flagge. Er wich steifbeinig zwei Schritte vor ihr zurück, bereit zur Flucht, mit Augen so hell wie die eines Füllens, aber sie sprach weiter auf ihn ein, und nach einer Weile senkte sich sein Schwanz, und er ließ zu, daß sie ihn sanft am Halfter packte.

Errel brachte den Sattel und das Zaumzeug heran. »Ich danke dir!« sagte er und fing den Strick auf. »Ach, hallo, du miserabler Mistbock! Bleib ruhig!« Er strich ihm über die Nüstern und legte ihm dann leicht das Gebiß zwischen die Zähne.

Die Rauchspur entpuppte sich nicht als ein Dorf, sondern

als einzelnes Gehöft. Wohnhaus und Scheune waren miteinander verbunden. Die Gebäude waren aus Stein und grau vor Alter. Die frischgepflügten Felder glitzerten, als wären sie voller kleiner Kohlebrocken. Der steinige Boden, den der Pflug aufgerissen hatte, hatte eine regenbogenfarben schimmernde Kante. Als sie näher an den Hof ritten, kam um die Ecke der Scheune mit hängender Zunge ein laut bellender Hund geschossen. Doch blieb er in respektvoller Entfernung von den Hufen der Pferde stehen.

Um das Haus kam eine Frau gegangen.

Sie war bleich, wirkte gebeugt und schweigsam. »Komm her, Greifer!« befahl sie. Der Hund rannte zu ihr. Ihr Kleid und die Kapuze waren aus brauner Wolle, wie es sich für ein gutes Eheweib aus dem Norden gehörte. Die Haare hatte sie zu einem langen Zopf geflochten. »Seid gegrüßt«, sagte sie mit der flachen Stimme der Nordländer. Sie schob die Kapuze zurück. Sie sah jung aus, und Ryke dachte: Also ist sie fast noch ein Kind. »Geht ihr vielleicht in die Stadt?«

Sorren antwortete. »Sicher!« sagte sie mit dem harten Nordländerwort, das so ganz anders klang als das melodiöse südländische *Ai*. »Dürfen wir uns an deinem Brunnen die Wasserschläuche auffüllen?« Sorren deutete zum Haus hinüber, wo sich über einem Brunnen ein Spitzdach neben einem Hühnergehege erhob. Die Frau kniff die Lippen zusammen und nickte dann. Ryke und Hadril stiegen vom Pferd.

Der Hund knurrte dunkel, und sein Nackenhaar war gesträubt.

»Sei still«, sagte die Frau. Vier ihrer sieben Wasserschläuche waren leer. Hadril starrte auf die verlassenen Gebäude. Als sie an den Brunnen kamen, knarrte irgendwo ein Fensterladen. Aus dem Bauernhaus lugte ein altes Gesicht hervor. Ryke vermochte nicht zu sagen, ob es ein

Mann oder eine Frau war. Man hörte das beunruhigte Blöken von Schafen.

»Ich höre Schafe, ich rieche Schafe, aber ich sehe keine Schafe«, sagte der Junge. Er trank von dem Wasser. »Es schmeckt gut.«

»Die Schafe müssen in der Scheune sein.«

Die gefüllten Schläuche waren schwer, sie zerrten an Rykes Armen. Als sie zu der Reitergruppe auf der Straße zurückkehrten, hörte Ryke, wie sich hinter ihm der Fensterladen wieder schloß. Als er an der Frau und Sorren vorbeiging, hörte er die Frau sagen: »Tot? Könnt ihr sicher sein?«

»Ich habe es selbst gesehen«, sagte Sorren.

Die Frau schlug die Hände zusammen und rannte wie eine Hirschkuh auf die Scheune zu.

»Was hast du ihr erzählt?« fragte Maranth.

Sorren sagte: »Der Berglöwe hat von ihren Schafen gelebt. Er hat drei von ihren Hunden getötet. Sie haben ihn vor zwei Nächten schreien hören und deshalb die Schafe eingeschlossen. Ihr Mann ist ausgezogen, um die Wildkatze zu töten. Sie wartet seitdem, daß er heimkommt. Ich habe ihr gesagt, daß wir den Berglöwen getötet haben und daß er ganz verhungert aussah. Also hat er sicher nicht etwas gefressen, das so groß ist wie ein Mensch.«

Ryke schnürte den Wassersack an den Sattel seines Grauen. »Schaut!« rief Hadril. Sie drehten sich um und sahen die befreiten Schafe wie einen weißen Strom auf die Steppe fließen. Der Hund jagte bellend hinter ihnen her.

Später kamen sie an weiteren Gehöften vorbei. Es hatte geregnet; hier und da sahen die frischgepflügten Äcker aus wie Rechtecke aufgewirbelten schwarzen Schlamms. Die vier aus dem Norden und Van ritten mit freiem Kopf dahin, doch Maranth und Hadril klagten über die Kälte und behielten die Kapuzen über dem Kopf. Das unbebaute Land war grün. Nicht das reiche schwere Grün des Sommers, sondern ein leichtes, fast unmerkliches Grün, wie es das Frühjahr mit sich bringt. Ryke saß zufrieden im Sattel seines Grauen. Ja, so sollte ein Frühling sein. Am späten Nachmittag erreichten sie ein Dorf. Dort gab es eine Hufschmiede, eine Gerberei, einen Schlachter und einen winzigen freien Platz, der als Waffenhof diente. Zwei Jungen hackten mit Holzschwertern aufeinander ein. Van trat sofort an das Tor zum Hof und schaute den Knaben zu.

Der Dorfälteste kam und sprach sie an. Er starrte Maranth unablässig an. Höflich fragte er, wer sie seien und wohin sie zögen. Es war klar, daß sie keine Händler waren, da sie ja keine Wagen mitführten. Er erklärte, es gebe im Dorf keine Herberge, doch sie hätten eine Scheune, die traditionsgemäß für die Händler freigehalten werde, und sie fänden dort Boxen für die Reittiere und eine Feuerstelle vor der Scheune und einen großen Heuboden, um dort zu schlafen ... »Wir danken dir«, sagte Errel. Sie führten die Pferde zu der Scheune und rieben sie mit Strohbüscheln ab.

Maranth fragte: »Warum hat der Mann mich so angestarrt, verflucht noch mal? Ich habe mich doch wie ein gutes nordländisches Weib betragen und keinen Laut von mir gegeben!«

Errel lachte. »Wahrscheinlich hat er noch nie in seinem Leben Menschen – besonders keine Frauen – gesehen, die so dunkel waren wie du.«

»Wie weit ist es noch bis Pel Keep?« fragte Van.

»Drei Tagesritte durch die Steppe«, antwortete Errel. Ryke versteckte sein Grinsen in der Mähne seines Wallachs. Es war nicht mehr weit.

Die Scheune roch muffig. Norres entdeckte einen Eimer mit Torfziegeln, und sie entzündeten im Feuerloch ein Feuer. Van fragte, woraus diese Feuerziegel gemacht seien.

Ryke antwortete: »Aus Torf und Dung.« Sorren erbat sich eine Schüssel von einem der Häuser nebenan. Sie füllte sie mit Wasser, und sie tauchten alle die Gesichter und die Hände und zuletzt die Füße hinein. Der Himmel verfärbte sich zu Pfirsichtönen und Aprikosenrosa. Ryke stützte das Kinn in die Handflächen und redete sich ein, er könne über dem kahlen Horizont die Umrisse der Nördlichen Berge erkennen.

Der Wind wechselte. Schnee wehte ihm ins Gesicht. Er hustete und setzte sich ans Feuer. Sorren reichte ihm ein Stück getrocknetes Wildpökelfleisch. Es war zäh wie Baumrinde.

Van sagte: »Ich wünschte, es gäbe hier Betten!«

Maranth kicherte. »Ich erinnere mich noch daran, als wir aus Kendra-im-Delta verschwanden. Wir ritten vier Tage lang ununterbrochen durch das Asechland nach Shanan, und ich war so erschöpft, daß du mich auf dem Pferd festbinden mußtest.« Barfüßig streckte sie den Fuß vor und stupste Van in die Rippen. »Mein treuer Geliebter, du bist ziemlich verweichlicht seither!«

Van schnitt eine Grimasse. »Wirklich?« Er wandte sich Errel zu. »Was hast du dem Dorfältesten gesagt, wie wir die Gastfreundschaft im Dorf zu erwidern gedenken?«

Errel sagte: »Wir hier im Norden weisen Fahrende nicht von der Schwelle, auch wenn sie nichts geben.«

Van erhob sich, seine Augen blitzten. »Gut möglich. Aber der Rote Clan bezahlt, was er schuldet. Steht auf!«

Der Hof war zu klein für die Tänzer und ihre Zuschauer, also führte sie der Dorfälteste auf den Dorfplatz. Ryke lehnte sich an den Brunnenrand. Er kam sich vor wie ein Wächter, der etwas gegen nichts beschützte. Die Tänzer berieten sich kurz, dann zogen sie die Stiefel aus. Jemand entzündete eine Fackel. Errels Haar leuchtete brennend wie ein Sonnenuntergang. Sie formten den Kreis. Selbst Hadril wirkte müde von dem langen Ritt, doch dann stampfte Van auf den Boden, und der Rhythmus weckte sie auf, packte sie und ließ sie in wilder Lebenslust herumwirbeln. Gemessen an der Kunst in Vanima war es nur ein schlichter Tanz, doch diese Dörfler hatten so etwas noch nie zuvor gesehen, noch hatten sie je das Wort *chearas* gehört. Die Tänzer stampften und drehten sich wirbelnd und warfen die Köpfe zurück und wiegten die geschmeidigen Leiber. Ehrfurchtsvolles Flüstern, halb freudig, halb erstaunt, leise kleine Laute erfüllten den dämmerigen Platz, als sie innehielten.

Sie kehrten zu dem Feld vor der Scheune zurück. Der Dorfälteste kam an ihr Feuer. Er blinzelte in den Rauch. »Das war wundervoll«, sagte er.

»Setze dich zu uns!« sagte Errel und klopfte auf die Erde neben sich.

»Nein«, sagte der alte Mann. »Nein. Ihr müßt ruhen, ihr seid müde. Doch ich wollte euch sagen ... ich wollte euch erklären, ich habe so etwas nicht mehr gesehen, seit ich ein kleiner Junge war, viel jünger als meine Enkelsöhne, und die Clans der Wilden Pferde in der Steppe tanzen sah. In der Sonne.« Der Alte zupfte an seinem Bart. »Sagt mir noch einmal, wie ihr euch nennt!«

»Wir sind der Rote Clan«, sagte Van. »Wir sind *chearis* – das bedeutet Tänzer –, und ein Mitglied unserer Gruppe bezeichnen wir als *chearas.*«

»Das ist etwas aus dem tiefen Süden. Aber ihr bewegt euch wie die Wilden Pferde.« Er verließ sie mit kleinen, vorsichtigen Schritten.

Ryke trat an den Brunnen. Er war den Ledergeschmack des Wassers aus den Schläuchen leid, er wollte einen Mundvoll Quellwasser schmecken. Ein Dorfköter roch den

Fremdling und knurrte ihn von einem Tor her an. Er bückte sich nach einem Stein, und der Hund duckte sich, die Ohren flach an den mageren gelben Schädel gelegt. Hinter ihm knirschte ein Steinchen. Er drehte sich um. Ein Schatten fiel in Gleichschritt mit ihm. Der Schatten warf die Kapuze zurück – es war Norres.

Er drehte die Eimerwinde, Norres hielt das Seil ruhig. Über der Schöpfkelle beobachteten ihn ihre Augen, grau schimmernd wie Zinn. Die Gerüche des Dorfes schwammen um sie herum: Schmalz und Speck und der starke essighafte Duft des hellen Landweines. Ryke wußte, wie er schmekken würde. Sein Mund füllte sich mit Speichel.

Er ließ den Schöpfeimer stehen und hängte die Schöpfkelle an den Pflock. Rings um den Brunnen war die Erde schwammig und feucht; ihre Füße quietschten im Schlamm. »Liebst du Sorren?« fragte Norres plötzlich.

Der Westwind zerzauste Rykes Haar. Das kalte Brunnenwasser ließ ihn plötzlich frieren. Er griff nach seiner Kapuze und wollte sie hochziehen. Norres' Hand schoß vor und berührte sein Handgelenk. »Antworte mir!« sagte sie. »Verbirg dich nicht!«

Er versuchte Zeit zu gewinnen. »Ich habe sie nicht angerührt.«

Sie lachte. »Das würde sie gar nicht zulassen. Das weiß ich.«

Seine Antwort war dumm gewesen. Sie hatte ihn ja nicht einmal danach gefragt. »Ich liebe sie – glaube ich. Aber ich weiß, daß sie mich nicht liebt.« Seine Zunge fühlte sich geschwollen an. Er dachte nicht oft darüber nach, ob er jemanden liebte. Er hatte nie gelernt, das Wort richtig zu gebrauchen.

Die rechte Hand von Norres lag auf ihrem Messergriff. Sie blickte ihn prüfend an. »Aber sie vertraut dir«, sagte sie.

»Ryke, wenn du ihr weh tust, ich schwöre dir, ich bringe dich um!«

Seine Hände froren. Er steckte sie in die Achselhöhlen. »Ich könnte ihr nicht weh tun«, sagte er. Schweigend gingen sie zur Scheune zurück. Die anderen hatten das Feuer verlassen. Ryke kletterte die Leiter zum Heuboden hinauf und stieß sofort gegen jemanden. »Verzeih«, sagte er, »ich kann nichts sehen.« Er kroch über Beine hinweg, bis er einen freien Platz im Heu fand. Irgendwo jaulte ein Hund. Er stellte sich vor, wie der Hund um das ersterbende Feuer strich. Er zerrte sich die Stiefel von den Beinen und steckte seine Füße in ein wärmendes Heubündel. In seiner Kehle saß eine Spannung. Die Augen juckten ihn. Er fragte sich, was mit ihm nicht in Ordnung sein könnte, und dann spürte er, wie ihm die Tränen unter den geschlossenen Lidern hervorquollen. Voller Scham und Überraschung biß er sich in den Unterarm. Der Geschmack der Wolle ließ ihn würgen. Er schluckte, unterdrückte die Laute, die in ihm aufstiegen, und hoffte, daß keiner in diesem dichtgedrängten engen Scheunenboden spüren würde, daß er weinte.

Am zweiten Tag in der Steppe erblickte Ryke die Nördlichen Berge.

Sie standen grau und klein am Horizont. Sie sahen aus wie eine Wolke, nur hing niemals eine Wolke so tief und lag so bewegungslos da. Der Himmel war ein helles Blau, klar wie Kristall. Ryke zitterte vor Wonne. Der Wallach spürte seine Stimmung und begann zu traben. Er hielt ihn zurück. Zwischen ihrem Reitpfad und der Ferne, wo die Berge aufstiegen, war das Land flach wie ein See. Fahlgrünes Gras sproß aus der glatten Erde. An feuchten Stellen wuchs das Gras dichter und war durchsetzt mit jenen fettköpfigen Binsen, die man in den Dörfern »Baby-Besen« nannte.

Am dritten Tag waren sie nahe genug herangekommen, um Pel Keep zu sehen. Es erhob sich vor den dunklen Bergen wie eine gereckte Faust. Die Burg war größer als Tornor. Vom Fuß der Äußeren Mauern bis zur Spitze der Wälle im Innern war die Festung weiß, mit Kalk gestrichen. Sie sah aus, als wäre sie aus einem Stück geschnitzt. Die Farbe erweckte den Eindruck der Ganzheit. Als sie nahe genug herangeritten waren und die Wächter auf den Zinnen sehen konnten, löste sich ein Trupp Reiter von der Burg und kam ihnen entgegen. Die Männer trugen leichte Kampfausrüstung, dünne Panzer und Leder, ihre Helme zierte das Wappen Sironens: die drei Speere in Silber auf schwarzem Feld.

Van sprach die Wachen an. Der Anführer des Trupps wußte nicht, was ein *chearas* sei. Van erklärte: »Wir sind Spielleute, wie Akrobaten, wie Gaukler.«

»Woher kommt ihr?«

»Aus dem Süden«, sagte Van unbestimmt. Die Soldaten begafften die drei Frauen. Einer ließ sein Pferd steigen, um Sorrens Aufmerksamkeit zu erregen, aber sie nahm ihn nicht zur Kenntnis. Ryke versuchte das Gesicht des Prinzen zu sehen, doch die Mantelkapuze überschattete es. Ryke schaute sich die schlanken kräftigen Pferde der Wachen an, ihre gut gepflegten Waffen, und eine Welle von Lust stieg in ihm auf. Ja, mit solchen Männern konnte man Krieg führen!

Ein Kundschafter führte sie zu den Wällen der Festung. Er redete mit den Wächtern am Tor. Maranth preßte die Lippen zusammen, während sie den großen Gebäudekomplex betrachtete. Die Sonne strahlte heiß von der weißen Farbe zurück. Ryke roch Rauch und den bitteren Gestank glühenden Eisens. Sein Grauer spannte die Muskeln. Ryke preßte die Knie fest in seine Flanken. Dann entspannte er sich und klopfte dem Tier auf den gebogenen Hals. »Ruhig!«

Er blickte auf. Männer mit Spießen schauten auf sie herunter. Er schloß die Augen und stellte sich einen Wimpernschlag lang vor, daß dies Tornor sei.

Das kleine Tor öffnete sich. »Tretet ein!« sagte ihr Führer. Ryke ließ die anderen vorangehen. Ihre Schatten bewegten sich scharfkantig vor den weiß leuchtenden Steinen. Männer mit hohen Hellebarden standen im Inneren Hof auf den Wällen schweigend Wache. Unter dem Torbogen spielten vier gelangweilte Wächter ein Würfelspiel. Stallburschen kamen angehetzt, um ihnen die Pferde abzunehmen. Ein Page bedeutete ihnen, sie möchten ihm folgen. Ryke hörte das Geräusch von Holz, das auf Holz prallte. Es waren also Kämpfer im Hof. Aus dem Küchenkamin stieg Rauch auf. Ein Mann in einem Lederschurz schimpfte laut aus einem Fenster mit zwei kleinen Jungen.

Die Fahrenden ließen ihre Habe bei den Pferden, außer Errels Bogen. Der Prinz trug ihn selbst. Sie traten durch das zweite Tor in den Inneren Hof. Die Mannschaftsquartiere quollen über von Soldaten. Der Dunst von Waffenfett hing überall in der Luft. Ein Mann, der vor dem Quartier stand, sah die Frauen und stieß einen Schrei aus. Ein Dutzend Soldaten reckten die Köpfe durch die oberen Fenster. »Heiyah, Süße! Laß dich anschaun! Euch schickt uns der Himmel!«

Die Gasträume waren fast wie die auf Tornor, nur daß die Wandbehänge sauber waren. Auf den Böden lagen frische Binsenmatten, auf einem Tisch standen Blumen in einer Vase. Der Duft der Kräuter und Blüten kitzelte Ryke in der Nase. Maranth rieb eine Hand über die Wandbehänge. »Das ist eine sehr feine Arbeit«, sagte sie. Ihre Stimme klang gedämpft. Im Raum standen zwei breite Betten. Ryke setzte sich auf das eine, um seine Stiefel auszuziehen. Drei Diener zerrten einen großen Wasserbottich durch die Tür. Maranth wartete, bis sie wieder gegangen waren. »Ist Tornor auch so wie dies hier?« fragte sie. »So düster und alles aus Stein?«

Sie wuschen sich die Gesichter und Hände und hinterher die Füße. Eine Dienerin trat ein und nahm die schmutzigen Badetücher fort. Ihr Gesicht spiegelte hingerissene Neugierde wider. Errels rotes Haar schien sie zu faszinieren. Sie konnte die Augen nicht von ihm abwenden. Der Page kam herein und brachte ihnen eine Platte mit gebratenem Fleisch. Auf dem Tisch stand ein Bronzekrug. Ryke roch daran. Die Kanne war randvoll mit Weißwein. Ryke hatte seit einem Monat keinen Wein mehr geschmeckt. Er goß sich einen Becher voll ein. Der Wein schmeckte herber und kräftiger, als er es in Erinnerung hatte. Hadril starrte hingerissen auf die Bilder an den Wänden. An der westlichen Wand hing ein Teppich mit der Darstellung einer Burg und anhardischen Fußkämpfern, die angriffen, und Reitern, die sie mit schwingenden Schwertern zurücktrieben. Die Nordmänner trugen das sorgfältig gezeichnete Wappen von Pel Keep. Es müßte Tornor sein, dachte Ryke. Es wird Tornor sein!

Er wandte sich zur Seite, um mit Sorren zu sprechen, doch sie redete gerade mit Norres. Im Hof jaulten übererregte Hunde. Ein Mann schrie ihnen etwas zu. Ryke wünschte, man hätte dem *chearas* ein Gemach mit Blick auf den Waffenhof gegeben. Er wollte sehen, was dort vor sich ging. Er nippte an seinem Wein.

Van sagte: »Ryke, trink nicht nur so. Iß auch etwas!«

Ryke trat zu der Fleischplatte. Hadril stand schon da und bot ihm schüchtern ein Rippenstück an.

Dann drängte sich der Junge an ihn und flüsterte: »Werde ich ein Schwert bekommen können, ehe der Kampf beginnt?«

»Gewiß«, sagte Ryke.

Jemand pochte an die Tür und stieß sie auch sofort auf.

Es war ein junger Mann in schwarzer und silberner Kleidung, und sein Gesicht war ernst, ja es wirkte fast grausam. Er ließ die Augen lange auf Errel ruhen. Es ist das rote Haar, sagte Ryke bei sich selbst, aber dennoch zuckten seine Nerven. »Willkommen in Pel Keep«, sagte der junge Mann. Über der rechten Brust trug er das Wappen der Burg auf der Tunika. »Ich bin Arno, der Vierte Wachhabende des Herrn. Der Herr hat mich gebeten, euch zu ersuchen, ob ihr uns vor dem Abendmahl eine Vorstellung geben möchtet.«

Van antwortete: »Dazu sind wir gekommen.«

Arno verließ sie wieder. Maranth stapfte durch das Gemach. »Ein unsympathisch steifer Bursche«, bemerkte sie.

»Wir werden tanzen, also stopft euch nicht so voll«, warnte Van seine *chearis*. Er ließ sich auf das andere Bett nieder und legte einen Arm um Maranth. Das Haar fiel ihr ohne die Stirnbinde in Locken ums Gesicht und die Schultern. Sorren lag in einem mit Kissen ausgelegten Sessel zurückgelehnt. Sie rieb sich die Augen mit den Fingerknöcheln. Sie merkte, daß Ryke sie betrachtete und spreizte die Finger.

»Diese Blumen machen mich schläfrig«, sagte sie.

Der Page kam herein. Er taumelte unter dem Gewicht ihrer Reitpacks. Dann nahm er die Servierplatte fort und kam gleich wieder, um die Kerzen zu entzünden. An seiner linken Hüfte schaukelte ein Messer in der Scheide. Es erinnerte Ryke an den Jungen Ler. Er überlegte, wie viele Männer Sironen haben mochte und ob er davon einige nach Cloud Keep zu Hilfe geschickt hatte. Er stapfte von einer Wand des Raumes zur anderen. Errel bewegte die Schultern, um die Muskeln zu lockern. Schritte eilten an der Tür vorbei, und der Prinz war halb aufgesprungen, ehe ihm bewußt wurde, daß sie verklungen waren.

Hadril knackte mit den Fingergelenken.

»Bitte laß das!« bat Norres. Der Duft von gebratenem Lamm ließ Ryke das Wasser im Mund zusammenlaufen. Wieder tigerte er auf und ab durch das Gemach.

Sorren warf mit einem Kissen nach ihm. »Setz dich doch endlich hin und sei ruhig!«

Er legte sich flach auf den Boden auf die zart duftenden Binsenmatten und schob sich das Kissen unter den Kopf.

Die Wände der Großen Halle waren nicht geweißt. In eisernen Wandarmen schwelten Fackeln, doch ihr Licht strömte fast nur nach oben zur Decke. Ryke kam als letzter. Er hatte das Gefühl, als träte er in eine Höhle. Die Stimmen der Männer dröhnten und wurden vom Dach zurückgeworfen. Es standen fünf Tische in der Halle – sechs, wenn man die Tafel auf dem Podium mitzählte. Ryke blickte sich um. Auf den Bänken lümmelten großgewachsene, bleiche Männer, diskutierten, schwatzten, lachten. Hunde schwänzelten zwischen ihren breit gespreizten Beinen durch.

Sironen saß an der erhobenen Tafel auf einem geschnitzten Sessel aus Holz. Über seinem Kopf hingen auf der schwarzen funkelnden Wand drei goldene Speere. Ryke fragte sich, ob sie wohl Münzen geschmolzen hatten, um das Gold zu bekommen. Die Waffen wirkten massiv, nicht wie Goldblech oder Blattgold. Sironen trug Schwarz und Silber, genau wie seine Leute. Zu beiden Seiten saßen seine Offiziere. Dazwischen drei Frauen. Die an Sironens linker Seite, so vermutete Ryke, war seine Dame. Sie trug ein Kleid, das so rot war wie Errels Hemd, und ihr Haar war kunstvoll über den Kopf getürmt. Das Gesicht war grellweiß gepudert. Ryke vermutete, daß sie schön war. Die beiden anderen Frauen waren jünger und sahen fast genauso aus wie sie. Sironen selbst wirkte älter, als Ryke sich an ihn erinnerte. Das Haar war grau. Doch er sah nicht im geringsten geschwächt oder unfähig aus. Sein Rücken war gerade wie der Stamm einer Eiche. Über die rechte Wange verlief eine lange rote Narbe – wie von einem Schwerthieb.

»Also wollt ihr uns mit einem Schauspiel aus dem Süden erfreuen«, sagte er.

»Herr«, sagte Van. Ryke trat zurück. Der *chearas* bildete vor dem Podium seinen Kreis. Van stampfte den Boden. Er hatte Stiefel an. Die Hacken knallten auf den Steinen. Die Soldaten verdrehten sich die Hälse, um zuzuschauen. Einige standen von ihren Bänken auf, um besser zu sehen. Sie begannen in die Hände zu klatschen, als sie den Rhythmus begriffen. Van schleuderte Maranth über seinen Kopf. Die Männer schrien begeistert. Dann schlossen sich die Tänzer zusammen, drehten sich, wirbelten, warfen sich in die Luft. Rykes Finger schnippten im Takt. Die Diener drängten sich aus dem Küchengang herein. Die Wachoffiziere grinsten von dem erhbaenen Tisch des Herrn herunter. Die Tänzer hatten vor Anstrengung rote Wangen. Sie beendeten ihren Tanz mit einem Schrei, und die Soldaten sprangen auf und hämmerten mit den Fäusten auf die Tische. Eine Münze klirrte auf den Boden, eine zweite und mehr, bis sich zu Füßen der Tänzer ein dünner Teppich von Geldstücken ausbreitete. Sironen sagte etwas zu den Dienern. Zwei wieselten vor seinen Tisch. Sie hoben die Münzen von den Steinen auf und legten sie in eine Silberschale. Der eine überreichte dann Van die Schale.

»Hier«, sagte Sironen und warf etwas über den Tisch. Es blitzte rund und golden in der Luft. Van fing es elegant auf. Die Soldaten jubelten und stampften mit den Füßen. »Macht ihnen Platz, ihr lahmen Schnecken!« Von den Tischen reckten sich ihnen eifrige Hände entgegen. »Bringt ihnen Wein! Das ist eine Arbeit, die Durst macht!«

»Komm schon, Mann, setz dich hin!« sagte ein Mann mit einem mächtigen Bauch unter einem braunen Hemd und nickte Ryke zu. »Du gehörst doch zu ihnen.« Er schubste die Männer links und rechts von sich beiseite. Sie rutschten weg und machten Platz. »Verdammt, es macht mich schon durstig, denen nur zuzuschauen, wie sie sich bewegen.« Er lächelte Ryke an. »Mein Name ist Torib. Wie heißt du? Du siehst aus wie einer aus dem Norden.«

»Ich heiße Ryke«, sagte Ryke.

»Und du sprichst wie ein Nordländer. Woher bist du?«

»Aus der Nähe von Tornor Keep«, sagte Ryke.

»Hm«, machte Torib und griff nach hinten und packte eine Dienerin an der Schürze. »Süße, ich habe Durst«, klagte er. »Bring uns doch ein bißchen Wein!« Er tätschelte sie auf die Hüfte, als wäre sie ein Pferd, und schubste sie fort.

»Bei Tornor, aha? Hast du gehört, was in Tornor geschehen ist?«

»Ich habe es gehört«, antwortete Ryke.

»Aye. Sie sagen, daß dieser Hundesohn aus dem Süden versucht, die Geschichte geheimzuhalten, aber die Gerüchte haben Flügel. Wo hast du im Süden gelebt?«

Ryke fühlte sich nicht dazu aufgelegt, Fragen zu beantworten. Seine Antworten wären ja doch überwiegend Lügen gewesen ... »In den Bergen«, sagte er ungenau. »Wo stammst du her?«

»Einen halben Tagesritt von diesen Burgtoren entfernt«, sagte Torib. »Wo bleibt denn das verdammte Weib? Ah, da kommt sie. Meine Mutter hat immer behauptet, daß sie mich von einem Sumpfdämon empfangen hat. Aber sie war die Tochter von einem Schafhirten und wollte sich gern aufspielen. Ich danke dir, meine Süße«, sagte er zu dem Mädchen. Sie entwand sich seinen Händen und schob eine Weinkanne und einen Stapel Trinkbecher auf den Tisch.

»Also aus der Nähe von Tornor, hm. Warst du jemals Soldat? Du siehst aus wie einer.« Ein Diener stellte eine Schüssel mit Hammelfleisch vor sie hin.

Ryke schluckte. »Ich habe im Krieg gegen Anhard gekämpft«, sagte er.

»Mann, hast du wirklich? Prost!« Sie stießen ihre Becher aneinander. »Ach, das war ein scheußlicher Kampf. Weißt du, ich war auf dem Schlachtfeld, als wir den Mistkerl, ihren Herrn, fertiggemacht haben. Ich hab' gesehen, wie Athor von Tornor ihn persönlich vom Pferd zerrte und in Stücke haute!« Dann erzählte er die ganze Geschichte, mit allen akustischen Einzelheiten und vielen Gesten, und hielt kaum inne, um ab und zu einen Bissen in den Mund zu schieben.

Nach dem Abendmahl gingen sie in ihr Gastgemach zurück. Sorren setzte sich wieder in den kissenbedeckten Sessel. »Ich habe einem Mann die Zähne einschlagen müssen, weil er mich in den Hintern gezwickt hat«, sagte sie. »Es ist so lange her, daß ich in der Öffentlichkeit Frau war. Ich habe vergessen, wie das ist!«

Ryke trat zum Tisch. Während er sich einen Becher Wein eingoß, trat Arno in das Gemach. »Mein Vater ist sehr erfreut über euch«, sagte er. »Er läßt fragen, ob ihr noch einige Tage bleiben wollt.«

Van und Errel wechselten Blicke. Errel sprach: »Das hängt davon ab.« Arno starrte ihn an. Seine Augen verengten sich zu schmalen Schlitzen. Ryke stellte seinen Becher auf den Tisch. Errel schritt durch das Zimmer und reichte ihm etwas. Ryke wußte, daß es der Rubinring war. »Gib dies bitte deinem Herrn und achte darauf, daß kein anderes Auge es erblickt!«

Der Wachoffizier zog die Brauen zusammen. »Ich bin es nicht gewohnt, der Botenjunge eines Gauklers zu sein«, sagte er.

Errels Stimme war weich wie Wachs: »Bitte tu mir den Gefallen, Kommandeur! Es ist von Wichtigkeit.«

Arno stolzierte hinaus, Sorren schnaubte aus ihrem Sessel: »Dieser Pfau! Überlegt euch bloß: Wenn ich eine ehrerbietige Tochter in Tornor geblieben wäre, dann hätte ich so einen Schnösel zum Mann bekommen!« Sie zog ihr rotes Stirnband auf – für den Tanz hatten alle *chearis,* außer Errel, dessen Haupthaar zu kurz geschnitten war, es Van nachgemacht und sich das Haar mit roten Bändern zurückgebunden. Dann lächelte sie Norres zu, die am anderen Ende des Raumes stand.

Ein Diener brachte ein eisernes Kohlenbecken auf einem Dreifuß ins Zimmer. Es war mit Klumpen von Kohle und Reisig gefüllt. Der Diener schlug den Zunder und setzte das Reisig in Brand. Maranth streckte die Hände gegen die Flammen aus. »Meine Finger sind ganz abgestorben«, sagte sie.

Norres hob den Kopf. »Hört mal!« sagte sie. Sie vernahmen das Stapfen von Stiefeln im Gang. »Es ist nicht nur einer«, warnte sie. Arno betrat das Gemach. Der Diener machte sich an der Tür unsichtbar. Der Wachhabende war mit einem Schwert gegürtet. Ebenso die zwei Soldaten hinter ihm. Sie trugen Helme und leichte Rüstung. Ryke hatte sich auf ein Knie niedergelassen und tat, als nestle er an seinem Schuhband. Dabei tastete er nach dem Waidmesser aus Anhard in seinem Stiefel.

Arno wandte sich an Errel: »Der Herr Sironen wünscht dich zu sprechen!«

»Ich dachte mir, daß er dies wünschen würde«, sagte Errel ruhig. »Habt ihr etwas dagegen, wenn ich zwei Freunde mitbringe, Kommandant? Ich verabscheue es, irgendwohin allein zu gehen. Ich bin dies so gewohnt.«

14. KAPITEL

Der Duft der Blüten überwältigte sie fast, während sie durch die Korridore gingen.

Irgendwo rief eine Frauenstimme hell und klangvoll. Sie bogen um eine Ecke und stießen plötzlich auf die Frau: eine hohe knochige Gestalt in einem roten Kleid, das bewegte Gesicht war mit Schminke bedeckt. Drei Dienerinnen folgten ihr: eine schleppte Platten und Vasen, die anderen trugen frische Binsenmatten und Blütenstengel, von denen die Blütenblätter auf den Boden regneten und die ihre Schürzen feucht färbten. Die Mädchen drängten sich flach gegen die Wand, um die Männer vorbeizulassen, doch die Dame wich nicht zur Seite. Sie musterte sie von Kopf bis Fuß. Ihre Augen waren hellbraun. Es waren keine großen Augen, doch sie blickten mit ungewöhnlicher Kraft, und plötzlich fühlte Ryke sich an Chayatha erinnert. Unter ihrem Blick wirkte Arno augenblicklich mehrere Jahre jünger. »Verzeiht uns, Herrin«, sagte er.

»Welch kühler Ton, wenn du mit deiner Mutter sprichst«, bemerkte sie trocken. Er errötete. Sie nahm ihm ein schneeflockenleichtes Blütenblatt von der Schulter. »Sage deinem Vater, er soll sich die Viehlisten anschauen, wenn er seine Armee verproviantieren will«, fügte sie hinzu. »Wohin führst du diese Männer?«

»In das Gemach des Herrn«, sagte Arno. Ryke kniff sich in die Nase – der Duft der Blüten war überwältigend. Eine der Dienerinnen lächelte ihn an. Sironens Gemahlin nickte Errel und Van zu.

»Seid willkommen in der Burg«, sagte sie. »Ihr tanzt gut. Ihr tanzt *sehr* gut!«

Sironens Gemach war groß, ruhig und dunkel. Auf einem zahnlückigen Rost brannte ein mageres Feuer. Es beleuchtete ein Bett, dessen Matratze nicht dicker wirkte als die in den Mannschaftsquartieren üblichen, nur war sie wohl nicht mit Stroh gestopft. Sironen saß in einem Sessel ohne Kissen. Quer über den Schoß hielt er ein blankes Schwert. Die Wände waren düster und mit Waffen vollgehängt: Schwerter, Piken, Wurfspeere, manche anhardischen Ursprungs, andere ganz eindeutig nicht. Eine schekkige Dogge schlummerte am Feuer, so nahe dem Warmen, wie es möglich war. Um die massiven ältlichen Lefzen hing das Fell in zahlreichen Falten. Arno trat als erster in den Raum. Die Soldaten blieben vor der Tür, sie postierten sich steif zu beiden Seiten der Pfosten.

Sironens Stimme klang in diesem engeren Raum rauh. »Ich wünschte, den Mann mit dem Ring zu sprechen«, sagte er.

Arno setzte zum Reden an. Errel brachte ihn mit einer Handbewegung zum Schweigen. Er sagte: »Mein Herr, ich hoffe, du bist nicht verärgert. Aber ich bestand darauf, daß Van und Ryke mit mir kamen.«

»*Du* bestandest darauf?« fragte der alte Mann. Er warf finstere Blicke durch das wenig bequeme Zimmer. Ryke fragte sich, ob seine Gemahlin jemals mit ihm schlief. Wenn sie es tat, dann gewißlich nicht hier. Dieser Raum hatte nicht die geringste Spur von Gemütlichkeit oder Charme. »Und wer *bist* du, daß du auf etwas bestehen könntest?«

Errel wies auf den Ring, der in Sironens offener Hand ruhte. »Ich bin der Besitzer dieses Ringes«, sagte er.

»Der Besitzer dieses Ringes ist tot!«

»Mein Vater ist tot, Herr. Aber ich lebe, und ich bin sehr lebendig, ich kann es dir versichern«, sagte Errel.

Die Narbe auf Sironens Gesicht verfärbte sich purpurn. »Behauptest du, Errel von Tornor zu sein?«

»Ich *bin* Errel von Tornor«, sagte der Prinz. »Wer sonst könnte diesen Ring tragen?«

»Und wer sind die da?« fragte der alte Burgherr und starrte Van und Ryke an.

»Sie sind Feinde von Col Istor«, sagte Errel.

Sironens Rechte krampfte sich um den schön gearbeiteten Schwertgriff aus Bronze und Silber. Seine Stimme klang krächzend: »Vergib mir, wenn ich an deinen Worten zweifle. Vor einem Monat beschuldigte Col Istor Berent Einauge, er hätte seine Feinde versteckt, und griff ihn an. Ich schickte einhundert Mann unter dem Kommando meines ältesten Sohnes Ter Berent zu Hilfe. Ter ist tot. Und Berent und seine Söhne sind tot. Alle sind tot. Ich bin deshalb argwöhnisch Fremdlingen gegenüber, die an mein Tor klopfen und sagen, sie sind Feinde von Col Istor.«

»Auch ich wäre argwöhnisch«, antwortete Errel. »Vergebt mir, mein Herr. Ich erinnere mich an Ter. Er war weit älter als ich.« Ryke konnte sich an Ter überhaupt nicht erinnern. So viele sind tot, dachte er. Ist es so geplant? Daß wir so unser Leben leben sollen? Wir haben gegen Anhard gekämpft – und jetzt, jetzt bekämpfen wir einander. Er lehnte sich an die Wand. Er wünschte, Sironen würde sie zum Sitzen auffordern. Der düstere Raum machte ihn nervös: Die schmucklosen Wände und das spiegelnde Licht auf dem Metall ließen ihn an eine Kerkerzelle denken.

Sironen sagte: »Immerhin, du redest genau wie ein Mann von Stand.«

Arno sagte: »Ich glaube ihm nicht. Ich kannte Errel von Tornor. Sein Haar war blond.«

»Oh, ich bin noch immer blond«, antwortete Errel. »Hast du noch nie etwas von Henna gehört?« Die Dogge am Feuer stöhnte. Ihre Beine zuckten. Der Hund träumte von der Jagd.

»Laß mich die Farbe deines Haares sehen«, bat Sironen.

Errel trat neben den alten Burgherrn. Er kniete nieder und neigte den Kopf wie ein Mann, der den Nacken für die tödliche Axt entblößte. Sironen fuhr mit den Fingern durch die roten Locken, um die nachgewachsenen blonden Wurzeln zu sehen. »Er ist blond«, sagte der Burgherr. »Also dies in seiner Erzählung ist Wahrheit.« Seine Hand fiel von Errels Haupt. Der Prinz erhob sich. »Wenn du Errel von Tornor bist, dann beweise es mir«, sagte Sironen, »indem du mir etwas von deinem Vater berichtest, was ein Fremder nicht wissen kann.«

Errel sagte: »Was soll ich dir erzählen, mein Herr? Daß Athor jähzornig war? Daß er seine Hunde liebte? Jeder Dummkopf, der zwei Wochen in seinem Dienst war, würde das wissen.« Er blickte zu Arno. Sein Mund hob sich in den Winkeln in einer Weise, die Ryke nur zu gut kannte. »Ich werde dir einen Beweis liefern! Vor neun Jahren, als der Grüne Clan nach Tornor kam, um den Waffenstillstand mit Anhard auszuhandeln, kamst auch du mit deinen Söhnen. Ter blieb an deiner Seite, aber Arno und ich langweilten uns bei dem Gerede. Wir stahlen uns davon. An einem Morgen stritten wir, wie Kinder es tun, über eine Winzigkeit. Ich weiß nicht mehr, worum es ging, vielleicht weiß Arno es. Er hat gewonnen, also erinnert er sich vielleicht. Wir kamen völlig mit Mist beschmiert vom Stallhof in die Halle zurück.«

Ryke lächelte. Er wußte, daß die Geschichte wahr war, denn er hatte an jenem Tag vor dem Stall Wache geschoben. Er hatte die zwei Kampfhähne getrennt.

Sironen blickte seinen Sohn an. »Ist dem so?«

Mürrisch gab Arno zu: »Ja, mein Herr.«

Sironen ließ die Finger über sein Schwert gleiten. »Dann, denke ich, muß ich dir glauben.« Er hob das Schwert und ließ es in die Scheide gleiten. Er reichte Errel den Ring. Der nahm ihn entgegen. Sironen setzte sich bedächtig wieder auf seinen Sessel. »Wein«, sagte er beiläufig zu Arno. Der Wachoffizier trat in den Schatten hinter dem Sessel. Er kehrte mit zwei Silberbechern in jeder Hand zurück und reichte einen seinem Vater, den anderen Errel. Sironen hob seinen Becher. »Seid willkommen, Herr von Tornor«, sagte er.

Errel sagte: »Ihr seht nicht übermäßig erfreut aus, mich zu sehen, mein Herr.«

»Oh, ich bin erfreut, daß du lebst. Aber ich gestehe ein, ich bin neugierig zu erfahren, wo du während dieses letzten Monats geweilt hast und warum du nun in der Gesellschaft von Gauklern wiederkehrst, von Gauklern – und Südländern.« Sein Mund verzog sich bei dem Wort, als verursache es ihm einen sauren Geschmack im Mund.

»Wo ich war, mein Herr, das geht nur mich an«, sagte Errel. »Doch erlaube mir, meine Freunde vorzustellen. Dies ist Ryke, der mit mir aus Tornor geflohen ist und ohne dessen Hilfe ich dort zweifellos zugrunde gegangen wäre.« Ryke verneigte sich. »Und dies ist Van. Er hat einen Weg gefunden, wie wir Col Istor besiegen können.«

Sironen starrte Van grimmig an. »Ach, hast du wirklich?« Die Narbe in seinem Mundwinkel kräuselte sich. »Dann mußt auch du Wein trinken. Gieß den beiden ein!« Mit kalter Höflichkeit goß Arno zwei weitere Becher voll Wein. Wenn es ihn störte, zu Pagendiensten befohlen zu werden, so ließ er es sich doch nicht anmerken. Ryke lehnte den Becher mit einer Handbewegung ab. An einer Wand sah er etwas, das wie ein Hocker aussah. Er trat darauf zu, und es war ein Hocker. Er brachte ihn Errel.

»Ich danke dir«, sagte der Prinz.

Der Hund wachte mit einem Schniefen auf. Er hob den Kopf, gähnte und rollte sich zu einem noch engeren Ball zusammen. Sironen blickte zu ihm hin, in seinem Gesicht lag etwas, das man fast als Zärtlichkeit hätte bezeichnen können. Dann verhärteten sich seine Züge wieder. »Seit mein Sohn gefallen ist«, sagte er mit flacher Stimme, »habe ich sehr lange darüber nachgedacht, wie ich diesen verfluchten Südländer töten könnte. Ich habe noch keinen Weg gefunden. Er verschanzt sich hinter den Wällen der Burg. Soweit wir herausgefunden haben, verfügt er über dreihundert Mann, die alle kriegserfahren sind. Ich habe vierhundert. Aber ich werde sie nicht verschwenden, indem ich versuche, Steinwälle zu brechen. Ein Heer braucht Platz, um zu kämpfen. Habt ihr ein Mittel, diesen Usurpator aus seiner befestigten Höhle zu locken?«

»Nein«, sagte Errel. »Aber wir haben ein Mittel, seine Tore zu öffnen. Der *chearas* – die Tänzer, die du heute abend gesehen hast – wird nach Tornor reisen. In der gleichen Zeit führst du dein Heer nach Cloud Keep. Du nimmst die Burg ein und sicherst sie ab, so daß von dort keine Warnung an Col Istor gelangen kann, daß du unterwegs bist. Dann machst du dich nach Tornor auf. Die Tänzer werden die Tore von innen öffnen und deine Soldaten hereinlassen.«

Arno sagte: »Col Istor hat hundert Mann Besatzung in Cloud Keep zurückgelassen.«

»Und ihr habt mehr Männer«, sagte Van.

»Aber wenn einer davon fliehen kann ...«

Sironen unterbrach seinen Sohn. »Dafür ist doch die Armee da, oder? Um sicherzustellen, *daß* keiner entkommt.« Seine Lippen bleckten kurz und wild die Zähne. »Mir gefällt es. Es ist genau ein Plan, wie Ter ihn sich ausgedacht haben würde. Wieviel Zeit werdet ihr brauchen?«

Hinter seinem Rücken zuckte es in Arnos Gesicht.

»Acht Tage«, sagte Errel.

»Erlaubt mir einen Tag, um mich mit meinen Kommandeuren zu beraten ...«

Frauenstimmen webten ein Gespinst aus Lachen in den hellen kalten Gängen. Ryke dachte daran, wie es wohl seiner Schwester gehen mochte. Eine Ader pulsierte in seinem Hals. Er würde Becke bald wiedersehen.

»Ich werde euch Rüstzeug geben«, sagte Sironen.

»Ich werde es nicht brauchen«, dankte Errel. »Ich gehe mit dem *cheareas* nach Tornor. Ryke wird mit euch reiten. Er kennt sich mit Soldaten aus. Ich, ich bin ein Jäger. Meine Waffe ist der Bogen.«

»Das ist gefährlich für dich.«

»Nein, nicht wirklich«, sagte Errel. Er strich sich mit der Handfläche übers Haar. »Col würde Errel als Hofnarren wiedererkennen, als seinen Gefangenen. Als Tänzer mit einem Haarschopf von der Farbe der Blutbuche wird er Errel kaum wiedererkennen.«

Ryke nahm an Sironens Kriegsrat nicht teil. Errel saß eine Weile dabei. Als er in ihr Gemach zurückkehrte, sagte er kaum etwas. Er berichtete nur, daß die Kommandeure zugestimmt hätten. Maranth bemerkte: »Gut so. Ich mag diesen Ort hier nicht.«

»Tornor wird dir noch weniger gefallen«, sagte Norres.

Sorren strich sich das Haar aus dem Gesicht. »Wann reiten wir los?«

Am Abend ging Errel in die Schmiede, um sich breitblättrige Pfeilspitzen zu schmieden. Der Burgschmied beobachtete ihn mit kritischen Augen. Errel hämmerte die Metallstücke zurecht und befestigte die schweren Spitzen selbst mit Draht an den Schäften.

Die *chearis* ritten am nächsten Tag ab. Ryke begleitete Sironen und seine Wachoffiziere, um ihnen adieu zu sagen. Es war kalt und noch vor Tag. Der Himmel war dunkel. Die Fahrenden trugen ihre Pelze. Der Trupp machte einen sehr verlorenen Eindruck. Ryke preßte seine Wange gegen Errels Wange. Der Prinz hatte ihm Köcher, Bogen und Bogenhülle übergeben und ihn gebeten, darauf zu achten. »Acht Tage«, murmelte Errel. Sein Atem strich warm über Rykes Ohr.

»Ich werde da sein.«

Sorren löste Errel ab. Ihre Wangen waren rot wie Äpfel. Sie schlang beide Arme um Ryke und drückte ihn fest an sich. »Wir sehen uns wieder!« Hadril, der hinter ihr stand, hatte Mühe, seine schnatternden Zähne zusammenzubeißen. Norres stand mit grimmigem, schmalem Gesicht da und hielt die Zügel der Pferde. Sironen umarmte Errel und hob eine Hand zum Gruß für die anderen. Es war ein Zeichen guter Reisewünsche und gleichzeitig eine Geste der Ermutigung. Die Wachen öffneten das Seitentor. Der *chearas* ritt davon. Einen kurzen Augenblick lang konnte man die Reiter als Silhouette vor dem sich erhellenden östlichen Himmel sehen, dann schwoll die trübe Finsternis an und verschlang sie.

Der Innere Hof füllte sich mit Tieren, mit Wagen und Männern, als Sironens Mannschaften sich zum Aufbruch nach Cloud Keep bereitmachten. Aus der Schmiede drang Gestank – Fett, glühendes Eisen, Dampf, der Schweiß der Pferde. Er hing über dem Hof und den Quartieren wie eine Wolke. Jede Pore im Stein des riesigen weißgekalkten Gebäudekomplexes zuckte im Licht der Sonne. Ryke stahl sich einen Brocken Brot von einem Teller. Es war warm und schmeckte nach Mohn. Sein Magen knurrte. Er blieb zurück und ließ den Burgherrn und seine Offiziere weit vorausgehen. Es machte ihn nervös, unter ihnen zu sein – ohne Errel.

Auch fühlte es sich merkwürdig an, daß er nun wieder ein Schwert trug. Sironen hatte es ihm gegeben. Es war eine Arbeit aus Tezera, viel exquisiter als das Schwert, das er in Tornor zurückgelassen hatte. Er machte sich auf die Suche nach Torib. Er hatte den Dicken liebgewonnen. Auch hatte es ihn nicht erstaunt zu erfahren, daß Torib zweiter Wachsergeant unter dem Kommandanten der dritten Wachmannschaft war.

»Holla«, sagte Torib. Er überwachte die Verladung der Packs auf die Pferde. »Bist du fertig?«

»Ich bin bereit.«

»Wo ist dein Pferd?«

Der Graue war noch im Stall. Man hatte gut für ihn gesorgt. Das Fell war glatt und schimmerte, die Hufe waren geschnitten und eingefettet worden. Ryke legte den Sattel auf und die Kandare ein und führte den Grauen hinaus. Ein Diener kam vorbei, er schleppte einen formlosen Sack voll Hirse oder Weizen oder Hafer und konnte kaum darüber hinwegsehen. Der Graue reckte den Hals. Ryke hielt ihn zurück. »Benimm dich anständig«, sagte er. »Du bist jetzt schon zu fett!« In einer dunklen Ecke des Hofes standen ein Mädchen und ein junger Soldat und küßten sich. Ihrer beider Hände strichen verzweifelt den Körper des anderen auf und ab, als wollten sie sich dessen Fleischlichkeit für immer einprägen. Ryke sah ihnen gleichgültig zu. Er hatte seinen Abschied bereits hinter sich.

Gegen Mittag verließen sie die Burg und machten sich nach Cloud Keep auf. Sironen schickte einen Spähtrupp als Vorhut, eine Schwadron harter, stummer Männer auf schnellen Pferden, die den Befehl hatten, die Holzfäller und Schafhirten in ihre Hütten zu treiben.

»Und was ist mit den Leuten, die keine Torfstecher oder Schafhirten sind?« fragte Ryke.

Torib, der neben ihm ritt, strich sich in einer ausdrucksvollen Geste über seinen fetten Hals. »Wir wollen nicht, daß uns irgendeine Warnung vorauseilt«, sagte er.

Das Land begann sich zu wellen. Sie verließen die Ebene und ritten die steiler werdende Straße hinauf. Zu beiden Seiten hing fahlgrünes Moos auf den Felsen. Einmal erhaschte Ryke einen Blick auf Sironen, weit vorn an einer Biegung des Pfades. Der Burgherr ritt auf einem hochbrüstigen schwarzen Pferd.

Es war unmöglich, daß vierhundert Mann längs des Pfades lagerten. Von dem Reiter auf dem Schwarzen kam der Befehl zurück: *Geht zu Fuß weiter!* Die Männer glitten von ihren Tieren. Nebel wehte an ihnen vorüber. Ryke lehnte sich gegen seinen grauen Wallach, er teilte mit ihm die Wärme. Er atmete im gleichen Rhythmus mit dem Tier. Und immer noch zogen sie zu Fuß weiter. Dann kam die Warnung von der Spitze: *Pfad wird steiler. Paßt auf!* Auf einer Felsenspitze jammerte eine Bergkatze. Die Pferde zitterten nervös. Torib glitt aus und fiel flach zu Boden. Sein Pferd stolperte und trat ihn. Er fluchte. »Bist du verletzt?« fragte Ryke. Der Unteroffizier grunzte und hievte sich auf die Beine.

Gegen Mittag erreichten sie die Steppe und kampierten. *Keine Feuer!* sagten die Stimmen. Sie waren zu weit von Cloud Keep entfernt, als daß man sie hätte sehen können, doch Sironen wollte kein Risiko eingehen. Sie aßen kalt. Die Vorhut kehrte zurück und wurde abgelöst. Die Pferde, gefüttert und getränkt, rollten sich im fahlen neuen Gras, sie waren glücklich, den Felsgrund hinter sich zu haben. Ryke schlief. Als erstes hatte er, nachdem er seinen Grauen gefüttert hatte, die Stiefel ausgezogen. Als er aufwachte, liefen noch immer krampfartige Wellen von Stumpfheit durch seine Füße.

Sie erreichten Cloud Keep in der Dunkelheit.

Ryke kam es vor, als wären sie endlos durch die Nacht geritten. Sironen hatte ein scharfes Tempo angeschlagen. Sie hatten nur kurz Rast gemacht, und auch dies nur, weil die Pferde sich ausruhen mußten. Der dunkle, regelmäßige Felsstumpf im Nordosten vor ihnen mußte die Burg sein. Torib war nach vorn geritten, um Befehle einzuholen. Nun kehrte er zurück. »Wir gehen nach Westen«, sagte er. »In einer Reihe. Bleibt zusammen und beißt die Zähne auf die Zungen!«

Die Vorhut hatte gute Arbeit geleistet. Noch nie war die Steppe so schweigsam gewesen, noch nie hatte sie so leer gewirkt. Ryke kniff die Augen zusammen. Der Mond war untergegangen ... Es war beinahe Morgendämmerung. Während der endlosen Stunden im Sattel hatte er das Gefühl für Zeit verloren. Er spürte, wie der Wallach unter seinen Schenkeln schwer aufseufzte. Das Tier war erschöpft, viel erschöpfter als er selbst. Dann roch er einen vertrauten Geruch; er machte ihn schlucken. In der Nacht hatte jemand ein verlaufenes Schaf gefangen. Ryke lief das Wasser im Mund zusammen. Er grinste in die Dunkelheit.

Sie waren noch eine ziemlich große Strecke von der Burg entfernt. Der Himmel war von streifenden Lichtern überzogen. Die Umrisse der Reiter und ihrer Tiere wurden allmählich deutlicher. Ryke begriff, was Sironen vorhatte. Er schickte sein Heer in einem weiten Halbkreis rings um Cloud Keep, schnitt so die Burg von der Steppe und den Paßstraßen ab und trieb jeden, der sich innerhalb des Kreisbogens befand, auf die Burg zu. Toribs Wachtrupp war auf dem westlichen Flügel postiert. Aus dem Nichts flog ein Auerhahn auf und taumelte fast zwischen die Beine von Rykes Grauem. Der Wallach tänzelte und wieherte. Ryke beruhigte ihn. »Sachte!« flüsterte er befehlend. »Sei ruhig. Sei nur ganz ruhig!«

Es schien unendlich lange zu dauern, bis das Heer rings um die Burg in Stellung gegangen war. Kuriere trabten lautlos von einem Flügel zum anderen, die Hufe der Pferde mit Werg und Leder umwickelt. Die Männer stiegen ab, um ihren Pferden Rast zu gönnen und um ihre Beine an den Boden zu gewöhnen. Ryke spähte zu dem dunklen Fleck im Norden hinüber, wo Cloud Keep lag. Ab und zu sah er auf den Wällen eine Fackel aufglühen: Es sah aus wie winzige auf und ab tanzende Lichterchen. Aber er entdeckte kein Anzeichen von Alarm, keine Signalfeuer, keine Aufregung. Er schnürte seinen Wassersack ab und nahm einen Mundvoll Wasser. Er mußte mehrmals schlucken, ehe er das Wasser schmeckte, so trocken war sein Mund.

»Aufsitzen!« Seine Nerven waren gespannt. Er war in den Sattel des Grauen gesprungen, ehe seine Ohren seinem Gehirn meldeten, was sie gehört hatten. Seine Blase drückte, und in seinem Magen saß ein faustgroßer Krampf. Er nahm auf beides keine Rücksicht und trieb den Grauen vorwärts. Er konnte nun die Männer zu seinen Seiten erkennen. Torib grinste, sein langes braunes Haar wehte von seinem runden, massigen Kopf nach hinten. Ryke tastete nach seinem Schild. Er war ihm zuwider; der Schild behinderte ihn, doch er würde ihn brauchen, wenn es innerhalb der Burgwälle Bogenschützen geben sollte. Vielleicht hatten sie ja keine, dachte er, schließlich waren es ja Kämpfer aus dem Süden. Er beugte sich über den Nacken seines Grauen. Ein Steinchen flog auf und traf ihn an der Wange.

Es schmerzte. Er wischte den Schmerz fort. Auf seinem Handschuh war eine dunkle Spur. Das erste Blut. Dann konnte er den sich zusammenziehenden Ring erkennen. Von den dunklen Festungswällen hörte man die Rufe von

Männern. Fackeln begannen aufzublühen. Sironens Männer bewahrten noch immer Schweigen. Die Pferde galoppierten nun. Ryke schluckte tief. Sie waren jetzt fast in Schußweite für Bogenschützen.

Aber auch Sironen hatte Bogenschützen. Der Ring schloß sich, und sie kamen hinter den Reitern her und schossen über die Köpfe der eigenen Leute auf die Köpfe der Südländer, die sich über den Zinnen zeigten. »Absitzen!« Ryke packte Schild und Schwert. Er hörte ein Summen und riß den Schild nach oben. Also *hatten* die Südmänner etwas vom Norden gelernt. Ein Pfeil prallte von dem harten Leder ab, dann ein zweiter.

Er hörte das regelmäßige dumpfe Dröhnen eines Sturmbocks und das rhythmische Schreien des Sturmkommandos. Während er vorwärtsstürmte, fragte er sich, ob Sironen die Ramme bis von Peel Keep mitgeschleppt hatte, und wenn dem so war, wie die Männer sie über die Felsen transportieren konnten ... Es war unmöglich. Sie mußten sie zurechtgezimmert haben, während er schlief. »Hier!« flüsterte jemand. Ryke hielt instinktiv die Hand vors Gesicht. Holz klatschte gegen seine Hände. Eine Leiter. Schnaufend vor Anstrengung richteten die Männer die Leiter senkrecht zum Himmel und lehnten sic gegen den Stein des Äußeren Walls. Torib grinste. »Wünsch mir Glück«, rief er leise. »Es sind ja bloß hundert von denen, und sie können nicht überall sein!« Er kletterte hinauf. Ryke packte einen der Leiterholme. Hinter ihm kamen die Männer heran, sie kletterten unbeholfen die Sprossen hinauf. Der Pfeilregen hatte aufgehört. Ryke ließ den schmerzenden Schildarm sinken. Jemand stieß ihn von hinten an. Er stieg weiter hinauf. Oben sprang ein Mann mit einem zerzausten schwarzen Bart schreiend mit einer Hellebarde auf ihn zu. Ryke zog sein Schwert und hielt es vor sich. Der Südländer rannte direkt in die Klinge. Sein Mund riß sich vor Verblüffung weit auf. Ryke zog mit einem Ruck das Schwert aus dem Mann und hieb ihm die flache Klinge in den Nacken. Der Mann taumelte davon. Von jenseits der Mauer ertönte ein gellender Schrei. Das Dröhnen des Rammbocks hatte aufgehört. Ryke deckte sich mit dem Schild gegen die Pfeile der eigenen Bogenschützen und rannte die Brustwehr entlang. Äußerste Erregung erfüllte ihn. Er mähte mit seinem Schwert in weitem Bogen. Er war unverwundbar. Nichts konnte ihn verletzen. Unter ihm im Hof schrie Torib etwas. Mit verzerrtem Grinsen auf dem Gesicht suchte Ryke eine Treppe.

Die Südmänner kämpften wie die Dämonen, aber sie waren nicht genug an der Zahl, als daß sie den Ausgang des Kampfes hätten ändern können. Sironen ließ sie im Äußeren Hof zusammentreiben, in Ketten legen und unter Bewachung stellen. Es war ein entmutigter Haufen. Ryke suchte in den Gesichtern, ob er vielleicht eines erkannte, sah aber niemanden, den er gekannt hatte. Er war darüber seltsam froh.

Er war unverletzt. Die Kampflust war von ihm gewichen; er war nur noch müde. Die Arme schmerzten ihn. Torib hatte einen harmlosen Schnitt über den Schädel davongetragen, sonst nichts. »Ich hab' geblutet wie eine Sau!« sagte er voller Selbstironie. »Später hätte mich das fast umgebracht – ich konnte nichts mehr sehen, die Augen waren voll Blut!«

»Das hat dich aber nicht gehindert, den Weg zu den Weibern zu finden!« bemerkte jemand.

Torib grinste. »Ich find' die Weiber mit der Nase!«

»War sie willig?«

»Nach einem Monat unter diesen gottverdammten windigen Südländern kannst du sicher sein, daß sie willig war«, erklärte der Dicke schlicht. Er begann sich am Kopf zu kratzen, zog aber eilig die Hand von dem Verband zurück. »Aber ihr wißt ja, was ich immer sage: Wenn ihr sie nicht lachend verlassen könnt, dann sorgt wenigstens dafür, daß sie hinterher weinen.« Die Männer grölten über seinen Witz. In das Dröhnen mischte sich das Krächzen der Krähen. Sie hockten auf den Mauerzinnen und starrten auf die Leichen der Gefallenen, die glatten Köpfe ruckten von Seite zu Seite, so daß sie erst aus einem Auge blickten, dann aus dem anderen. Sironens Männer stürmten durch die Gänge, sie suchten nach Wein, nach Essen und nach den Weibern. Ein paar hatten sich auf und unter den Bänken in der Großen Halle zum Schlafen niedergelegt. Der Gestank von verschüttetem Wein und Blut ließ Rykes Magen zucken. Er hob eine Hand zum Gruß für Torib.

»Ich bin gleich zurück.«

»Geh uns nur nicht verloren!«

Ryke zwang sein Gesicht zu einem Lächeln und trat aus dem Burgtor, um nach seinem Pferd zu suchen.

Jemand hatte offensichtlich die nötigen Befehle erteilt; die Pferde waren angepflockt und grasten vor der östlichen Mauer. Die eigenen Toten waren zusammengetragen und auf einen Haufen gelegt worden, und man hatte sie mit Mänteln gegen die gefräßigen Aasvögel bedeckt. Die Mäntel hatten sie mit Steinen beschwert. Ryke tastete seinen Grauen ab und vergewisserte sich, daß sein Reitpack unberührt war und daß Errels Bogen sicher in seiner Hülle steckte. Alles war in Ordnung. Der Himmel war hell und klar. Der Staub von der Reiterschar hatte sich gelegt. Von den Wällen hingen noch Col Istors Flaggen. Sironens Männer hatten noch keine Zeit gefunden, sie herunterzureißen. Einige Pferde trugen südländische Kriegsausrüstung – runde Helme ohne Spitzen und Kurzschwerter –, aber im großen und ganzen hatte sich das Plündern in Grenzen gehalten. Aus den Frauenquartieren hörte man Kreischen und Jammergeschrei. Doch aus dieser Entfernung sah alles fast so aus, als wäre nichts geschehen.

Er kehrte in die Burg zurück.

Sironen und seine Kommandeure standen im Äußeren Hof. Die Bogenschützen hoben ihre Pfeile auf. Der Gestank nach Blut hatte sich verdichtet. Ryke blieb stehen, um Luft zu holen inmitten dieses Gestanks, und hörte plötzlich den fürchterlichen Laut eines Menschen, der Blut spuckt. Er blickte zum Tor und erwartete dort Bahrenträger zu sehen. Es waren keine da. »Verzeih mir«, sagte einer der Bogenschützen. Ryke trat beiseite. Er sah Sironen in der Mitte seiner Männer davonschreiten, und er sah die Reihe der Leichen an einer Mauer. Die Toten trugen Ketten. Rykes übermüdetes Gehirn stockte. Welchen Grund konnte Sironen haben, Leichen aneinanderzuketten? dachte er. Dann sah er, daß das Blut, das aus den Leichen rann, frisch und hell war. Er erinnerte sich an die grimmige blutlüsterne Wut des alten Burgherrn. Natürlich wollte Sironen keinen von seinen Männern zurücklassen, um südländische Gefangene zu bewachen. Er brauchte jeden Mann vor Tornor. Also war es einfacher, den Besiegten die Kehlen durchzuschneiden.

Von einem Schwindel überfallen, streckte Ryke eine Hand aus. Die Zeit raste zurück. Er fror zitternd unter einem anderen Himmel, der gleichgültig war, und die Leichen waren die seiner Freunde, und die Ketten lagen um seine eigenen blutenden Gelenke ... Er zwang sich zur Vernunft zurück. Er stand in Cloud Keep, und er war auf der Seite der Sieger in diesem Krieg. Er war nicht in Tornor.

Die toten Augen starrten ihn an, als machten sie sich über sein Entsetzen lustig. Er sagte sich: Sei kein Narr! Aber seine Haut war von kaltem Schweiß bedeckt, und er konnte das Würgegefühl, das ihn schüttelte, nicht unterdrücken. Er rannte zum Tor. Unter dem gleichmütigen Blick der grasenden Pferde kniete er sich hin und kotzte sich sodann die Seele an einem Dornengestrüpp aus dem Leib.

Sechs Nächte später kniete er vor den Wällen von Tornor.

Die Kniescheiben taten ihm weh. Er hockte in einer Schlammpfütze. Der Rücken schmerzte ihn vom Bücken, und der Stoff seiner Hosenbeine war vollkommen durchgeweicht.

Er strich mit den Händen über den Köcher und die Bogenhülle, um sicher zu sein, daß sie noch trocken waren. Über seiner Schulter schimmerte der Dreiviertelmond. Sironens Schwadronen atmeten hinter ihm. Fast glaubte er, sie zu hören, doch wenn er aufmerksam lauschte, vernahm er keinen Laut. Er war allein. Nichts durchbrach die Stille vor dem Morgengrauen, kein Schritt, kein leises Wiehern, kein Klirren eines Beinschutzes. Er konnte fast nicht glauben, daß vierhundert Mann sich so vollkommen still verhalten konnten.

Er zählte im Geist die Tore der Festung ab. Das Westliche Seitentor. Er berührte es mit der behandschuhten Hand. Dann das Östliche Seitenwachhaus. Die beiden inneren Seitentore. Das Haupttor mit dem Wachhaus und dem Zugang zum Äußeren Hof. Das doppeltürmige Innere Torhaus, das von einem Fallgatter geschützt wurde. Die Tür zum Turm. Wie viele Türen und Tore konnten sechs Menschen öffnen, ehe man sie entdeckte? Seine Beine zitterten. Langsam stand er auf, um den Krampf zu lösen. Er lehnte sich gegen das Seitentor und zwang seinen Willen, es zum Öffnen zu bewegen. Doch nichts geschah. Er ließ sich wieder in den Schlamm sinken.

Dann hörte er ein Klicken von Metall auf Holz. Es konnte

ein Wachtposten sein, ermahnte er sich selbst, eine Pike, die gegen einen Balken stößt ... Das Seitentor tat sich auf. Er erstarrte zur Unbeweglichkeit. Errel blickte aus dem Tor. Seine Zähne blitzten durch die Dunkelheit. Er winkte. Ryke erhob sich rasch und glitt auf ihn zu. Seine Stiefel rutschten auf dem feuchten Grund aus, er taumelte und stürzte beinahe.

Errel packte ihn am Arm und zog ihn ins Torhaus. In der kleinen Behausung stank es nach Wein, nach Erbrochenem und nach nasser Wolle. Ryke sang der Kopf vor Erleichterung. Sechs Tage lang (zwei in Cloud Keep, vier auf dem Ritt durch die Berge) hatte er sich ausgemalt, daß Errel gefangen sei, im Kerker liege, tot sei. Er zog den Prinzen gewaltsam an sich. Errels Gesicht kratzte vom Barthaar. Ryke vermutete, daß er sich den Bart hatte wachsen lassen, um seine Verkleidung zu unterstützen. »Alles in Ordnung?« fragte er. Er mußte sich erst räuspern, ehe er sprechen konnte.

»Ja. Wir haben heute abend getanzt und auch die Nacht davor. Er mag uns.«

In Tornor konnte es nur einen »er« geben.

»Er sei verflucht!«

Rykes Augen gewöhnten sich allmählich an die Dunkelheit im Torhaus, er sah die Wachtposten auf dem Boden liegen, zu ihren Füßen leuchteten zwei Würfel wie weiße Augen. »Tot?« fragte Ryke.

»Nein.« Errel imitierte die Geste eines Schlages auf den Kopf. »Hast du meinen Bogen?« Ryke reichte ihm Bogen und Köcher. Der Köcher war prall mit Pfeilen gefüllt. »Dank dir. Ich nehme an, Sironen hat Cloud Keep genommen.«

»Ja.« Ryke wußte, daß Errel von ihm erwartete, daß er ausführlicher redete. Doch er wollte nicht darüber sprechen.

»Später«, sagte der Prinz. »Komm jetzt, wir müssen das Innere Haupttor nehmen! Erinnerst du dich, wie man das Fallgatter hochzieht?«

»Ja«, sagte Ryke. Es war ihm bewußt, daß er kurz angebunden klang. Er spürte Errels Blick auf sich ruhen. Er konnte doch nicht sagen: *Gib mir Zeit, damit ich wirklich glauben kann, daß ich wahrhaftig hier bin!* Er strich mit dem Finger über einen Eichenbalken im Torhaus. *Gib mir Zeit zu begreifen, daß ich wieder auf Tornor bin!*

Errel legte den Finger auf die Lippen, um Schweigen zu gebieten. Sie traten aus der Hintertür des Torhauses. Zwischen dem Inneren und dem Äußeren Wall lag ein blasser Fleck Mondlicht auf der Erde. Der Weg zum Inneren Hof war pechschwarz und roch nach Pferden. Ryke dachte die ganze Zeit, daß es gleich zu Ende sein werde. Ein Hund bellte auf, seine Nerven zuckten bei dem Laut. Plötzlich wurde er gegen die Steinmauer gepreßt. Auf einer Messerklinge blitzte Licht. Ein eiserner Unterarm hielt ihm in direkter Bedrohung die Kehle nach oben.

Errel flüsterte: »Wir sind es.«

Das Messer verschwand. »Verzeih!« sagte eine dunkle Stimme. Van ließ ihn los. »Eure Zeiteinteilung ist perfekt. Habt ihr mir das Heer mitgebracht?«

»Sie stehen vor den Toren«, sagte Ryke.

»Die Seitentore sind offen«, flüsterte Van. »Wir sind bereit, das Haupttor zu öffnen. Maranth?«

Im Dunkeln hob sich eine Hand. Ryke hörte ein leises kehliges Kichern. Er biß sich auf die Innenseite seiner Wange. Im Inneren Torhaus hatten gewöhnlich vier Mann Wache. Er wußte, daß Maranth schnell war, doch er vermochte sich nicht vorzustellen, daß sie die vier allein überwältigen könnte. Er holte Luft und wollte sprechen. Errel berührte seine Schulter. »Paß auf!« Ryke stieß langsam den Atem aus. Maranth trat hinaus ins dünne Mondlicht. Sie trug die weichen bauschigen Hosen, die wie Röcke aussahen.

Sie schlenderte über den Hof, als wäre sie zu Hause in Vanima. Das Wächterhaus wirkte massiv und abweisend. Statt der Fenster hatte es nur Schießscharten. Und selbst die nach innen führenden Türen waren mit schmiedeeisernen Bändern gesichert. Maranth pochte an die Tür. »Holla!« Ihre Stimme trällerte in der schwellenden Dämmerung. Das Gucklochtürchen knarrte. »Ich kann nicht schlafen. Ich muß mit jemandem reden, und meine Freunde schnarchen wie verrückt. Kann ich ein bißchen bei euch sitzen?« Sie schob mit einer sinnlichen Bewegung ihr schweres Haar zurück. Ihre Hüften wogten. »Ich habe Wein mitgebracht.« Sie zog einen ledernen Weinschlauch aus den Falten ihrer Tunika. Das Tor wurde entriegelt. Zwei Männer schauten heraus. Sie trat von der Tür zurück und winkte lautlos. Wie behext stolperten drei Männer aus dem Wächterhaus. Zwei griffen nach Maranth. Der dritte rettete klugerweise den Weinschlauch aus ihrer Hand.

Van zischte: »Yai!«

Norres, Sorren und Hadril sprangen wie Wölfe aus der Dunkelheit hervor. Maranth umklammerte mit beiden Händen die Gurgel eines der Wächter. Den anderen blieb kaum Zeit, überrascht auszusehen. Sorren und Norres fingen sie im Fallen auf. Hadril stürmte ins Torhaus. »Kommt!« sagte Van. Er rannte quer über den Hof auf das Torhaus zu. Ryke hielt sich hinter ihm. In dem muffigen Raum brannte ein Licht. Darüber hing Hadrils Gesicht, bleich und verbissen. Er hatte Blut im Gesicht. Hinter ihm lag ein verkrümmter Mann auf einer Pritsche. »Bist du verletzt?« fragte Van. Der Junge schüttelte den Kopf. »Hast du ihn getötet?«

»Ich mußte es tun«, sagte Hadril.

»Nun weißt du also, wie man sich dabei fühlt«, sagte

Van. Er schlug dem Jungen leicht die Hand über das Gesicht. Hadril blinzelte. »Reiß dich zusammen!«

Von der Brustwehr hallte eine Stimme herab: »Was ist denn dort drüben los?« Es klang wie Helds Stimme. Ryke fragte sich, wen Col damit beauftragt haben mochte, seine Wache zu übernehmen. Vielleicht Vargo. Sorren glitt in das Wächterhaus und schloß die Tür hinter sich. Ryke hörte deutlich, wie das Schloß einrastete.

»Schnell!« befahl Errel. Ryke packte die Leiter zu dem Oberstock, wo sich die Winde für das Fallgatter befand. Sein Handschuh verfing sich in einem Nagel und riß auf.

Er stieg die Leiter hinauf. Auf der letzten Sprosse blickte er hinunter und sah den toten Mann auf der Pritsche liegen. Der Helm war ihm vom Kopf gerollt. Das Gesicht war unnatürlich bleich. So weiß wie frischgemolkene Milch. Die glasigen Augen waren vor Entsetzen weit aufgerissen. Der Mund hing offen, doch der Laut, den er hatte ausstoßen wollen, war mit ihm gestorben. Hadrils Dolch hatte ihm die Kehle dicht unter dem Kinn aufgeschlitzt, und der Schnitt hatte die Stimmbänder zerfetzt. Eine schon vertraute Übelkeit krallte sich in Rykes Eingeweide. Er verkrampfte die Hände und zog sich hoch.

Im Maschinenraum zögerte er. Der Raum wirkte anders, als er ihn in Erinnerung hatte. Er drehte sich im Kreis und stieß sich ein Schienbein an einem Flaschenzug. Er ließ die Hände über die Maschinerie gleiten und fand das Wellenrad. Er versuchte es zu drehen. Es knirschte, rührte sich aber nicht. Natürlich, dachte er, es ist blockiert.

Er hörte zerfetztes Bellen und Schreie. Die Geräusche schienen auf das Torhaus zuzukommen. »Beeil dich!« rief eine Stimme von unten. Ryke fand den Sperriegel des Rades und löste ihn. Er drehte an dem Rad. Es klemmte.

Eine schmale Gestalt kam die Leiter heraufgeglitten.

»Worauf wartest du?« fragte Sorren. Sie legte ihre Hände über die seinen. Sie drückten gemeinsam. Das Fallgatter begann sich zu heben. Das Quietschen war scheußlich, es war laut genug, um Tote aus den Gräbern zu scheuchen. Als der Lärm aufhörte, konnte Ryke den Rammbock gegen das äußere Tor dröhnen hören. Er hörte das Krachen – wie Steine, die aus großer Höhe fallen –, als die eisernen Bänder barsten.

Sironen führte seine Soldaten durch das zertrümmerte Tor.

15. KAPITEL

Es war ein scheußlicher Kampf.

Sironen trieb Cols Männer in die Mannschaftsquartiere zurück, umzingelte sie und zündete sie dann an. Die Steinmauern brannten natürlich nicht, doch die Balken und Streben fingen Feuer und stürzten zusammen. Sie setzten die Südländer in einem Gewirr von Holzbalken gefangen. Die Steine erhitzten sich, bis sie wie ein Ofen glühten. Um zu verhindern, daß die Flammen auf die Küchenquartiere übergriffen, hatte der alte Burgherr zwischen Brunnen und Küchendach eine Eimerkette bilden lassen.

Entsetzte Pferde schrien in den Stallungen. Die Männer, die Wache gehalten hatten, rannten über die Brustwehrgänge, verfolgt von den Kämpfern aus Pel Keep. Ryke glitt die Leiter aus dem Maschinenraum mit der Fallgatterwinde herunter. Sorren kam hinter ihm. Im Torhaus hatte es Kämpfe gegeben, es lagen weitere Tote auf den Pritschen. Errel und die *chearis* waren verschwunden. Sorren trat auf die Tür zu. Ryke hielt sie am Arm fest. »Warte!« Er suchte in dem von Tod erfüllten Raum, bis er ein brauchbares Schwert fand.

Verstreute Pfeile bedeckten den Inneren Hof. Im Eingang des Torhauses wälzte sich ein Mann, die Augen vor Qual weit aufgerissen, die Hände auf einen breiten Riß in seinem Bauch gepreßt, um seine Gedärme zu halten. Beide Hände waren zerschmettert. Ryke stieg über seine Beine hinweg. Sorren blieb stehen. Er sah sie aus den Augenwinkeln das Schwert zum Todesstreich heben. Rauch drang in Rykes Nase und Augen. Er spähte nach Sironens Kampfbanner aus und entdeckte es am Eingang zur Großen Halle. »Komm!« sagte er zu Sorren.

Ein Soldat aus Pel Keep rannte vorbei, er führte eine Koppel von Pferden fort. Eines der Tiere hatte einen blutigen, klaffenden Riß in der Brust, in dem sich bleich die Rippen abzeichneten. Eine Frau in einem grauen Kleid huschte auf das Tor zu, ihr blondes Haar flog hinter ihr drein. Jedermann in der Burg schien zu brüllen. Er hörte, wie etwas in den Mannschaftsquartieren zusammenbrach und wie Sironens Männer jubelten. Eine kleine dichtgedrängte Gruppe von Soldaten, die so blut- und dreckverschmiert waren, daß Ryke ihre Abzeichen nicht erkennen konnte, kämpfte wild in der Mitte des Waffenhofes.

Ein schwarzhaariger Mann raste über den Hof auf die Treppe zum Turm zu. Es war Held. Ryke schrie ihn wortlos an, doch der Mann schien nicht zu hören. Er wirkte unverletzt. »Dich hole ich mir später!« schrie Ryke.

Metall dröhnte auf Metall. Ein Südländer war aus dem Nichts aufgetaucht und griff Sorren an. Ruhig hielt die Frau stand, parierte seine Schwünge und ließ ihn sich selbst ermüden. Seine Rüstung war nicht befestigt. Die Platten flatterten wie Vorhänge. Er benutzte beide Hände am Schwertknauf. Ryke erkannte ihn an seinen Schwüngen: es war Ephrem. Sorren duckte sich. Der Hieb sang über ihrem Kopf durch die Luft. Sie sprang auf und setzte ihr Schwert mit der Genauigkeit eines Feldschers in Ephrems Rippen, nach oben gerichtet, auf sein Herz zu.

Der Mann fiel. Die Klinge steckte in seinem Herzen. Sie stellte den Fuß auf den Toten und riß das Schwert mit einem Ruck heraus. Sironens Banner wehte noch immer über dem Eingang der Halle. Ryke deutete hinüber. Sorren wischte ihre Waffe ab und rannte vor Ryke her.

Das Getöse von Metall, das auf Metall prallte, war so laut, daß es Ryke in den Ohren schmerzte. Die Große Halle dröhnte. Männer wirbelten wild in langen Reihen durcheinander, hackten aufeinander ein mit Schwertern und Streitäxten, stießen mit Speeren und blitzenden Messern zu ... *Tod!* brüllten sie. Ryke packte das Schwert fester. Er roch das Blut und den Qualm der Feuer. Seine Eingeweide schmerzten. Er wollte nicht da hineingehen.

Eine Axt zischte messerscharf an seinem Ohr vorbei, er sprang beiseite und holte blindlings in der Richtung aus, aus der sie gekommen war. Er spürte, wie unter seinem Schwerthieb Fleisch zerschlitzte. Ein Mann heulte auf. Ein anderer Mann mit Cols rotem und schwarzem Wappen griff ihn fluchend und heulend an. Ryke steckte mittendrin – er konnte nicht ausreißen. Er stemmte die Füße auf den Boden. Er war in Tornor, und er hatte nicht die Absicht, hier zu sterben. Nicht hier und nicht jetzt! Er spannte die Schultermuskeln und saugte in tiefen Zügen die rauchgeschwängerte Luft ein. Dann wirbelte er sein Schwert in einem schnellen Kreis um sich herum.

Er spürte, wie jemand sich gegen seinen Rücken stützte. Das Kampfgedränge zog ihn in sich hinein. Als er halbwegs in der Mitte der Großen Halle angelangt war, sagte eine tiefe Stimme an seinem Ohr: »Wo ist Col Istor?«

Haß stieg sauer in Ryke auf. Dazu war er nach Tornor zurückgekehrt: Col Istor und alle seine Männer zu töten, um das Land von ihm zu befreien, von ihm und allen seinen Taten und Bräuchen und all seiner Nachkommenschaft ... »Im Wachtturm!«

»Wie kommen wir dorthin?« fragte Van.

Ryke bleckte die Zähne. »Über den Hof.« Es gab nur eine einzige Treppe in den Turm. Und Sironen würde sie zweifellos bewachen lassen. Er stellte sich Col vor, wie er in dem kleinen Turmzimmer auf und ab tigerte, voll Wut wie eine in die Enge getriebene Ratte. »Gehen wir!« Ryke blinzelte sich den Schweiß aus den Augen. Van nickte ihm zu. Sie drängten Rücken an Rücken auf die Ausgänge zu. Plötzlich erzitterte der ganze Raum, als habe sich der Boden verzogen. Ein Keil von Männern preßte sich in die Halle und auf Sironen zu. An der Spitze des Keils kämpfte Col. Seine Männer brüllten. Ryke sah Held hinter seinem Oberbefehlshaber, einen Speer in der Hand. Ryke sprang vor, er wollte versuchen, zu ihm zu gelangen, um ihn zu töten.

Van fluchte und stürzte zu Boden.

Nun, da seine Rückendeckung gefallen war, schwang Ryke sein Schwert beidhändig. Seine Lungen brannten. Er schluckte gierig nach Luft. Dann stellte er sich breitbeinig über Van. Es blieb ihm keine Zeit, sich zu bücken und nachzusehen, ob der *cheari* noch lebte. Und er konnte ihn nicht allein lassen, um Col zu erwischen. Etwas biß in seine linke Flanke. Ihm wurde fast schwindlig von dem Gestank des Blutes. Er trat auf etwas Weiches und hoffte, daß es nicht Van sein möge. Der Kopf wirbelte und drehte sich ihm. Er hätte sich gern auf dieses Weiche niedergelegt, um sich dem allem zu entziehen.

Wieder verspürte er einen kurzen Schmerz in seiner Seite und wußte, daß er verletzt war. Was er roch, war sein eigenes Blut. Wuterfüllt hob er den Kopf dem Licht entgegen. Er war jetzt fast so nahe an Col herangekommen, daß er ihn hätte berühren können. Er hörte Sironen Befehle schreien. Er fauchte den Mann in Schwarz und Silber an, der sich vor ihm aufbaute: »Mach Platz da!« Er mußte Col töten. Er hatte sich geschworen, es zu tun. Die Speere schossen vorwärts. Der Soldat vor ihm sackte zu Boden.

Plötzlich stieß Held eine Hand in die Luft und fiel wie ein Stein. In seinem Körper steckte ein Pfeil. Die scharfen weißen Federn leuchteten im Licht. Ein zweiter Mann fiel. Ryke blickte über die Schulter. Er sah Errel auf einem Tisch stehen. Sein Gesicht war rußverschmiert. Er hielt seinen großen Bogen in der Hand. Er hob ihn und schoß. Ein weiterer Südländer fiel. Errel schaltete die Männer um Col einen nach dem anderen aus. Einen kurzen Augenblick lang herrschte in der Halle beinahe Stille. In der Ebbe dieses Lärms hörte Ryke den vom Eis befreiten, freudig dahinschießenden Fluß Rurian.

Col legte eine breite Hand über die Augen und blinzelte durch den Raum zu Errel hin. Seine Lippen bewegten sich. Errel schoß hintereinander zwei Pfeile ab. Der eine drang in Cols Bauch, der andere in seinen Hals. Der Südländer verzerrte das Gesicht. Blut sprudelte über seine Rüstung und färbte sie rot. Langsam sank er über den Leichen seiner Männer zusammen.

Van war eine Pikenspitze durch den großen Schenkelmuskel des linken Beins gedrungen. Der Schnitt an Rykes Flanke war nicht tief. Er wickelte ein Stück Stoff zusammen und legte es unter seinem Leder auf die Wunde. Seine Ohren summten. Er hockte sich nieder. Van saß auf dem Boden und zog fluchend den Stoff von seiner Wunde. »Hilf mir auf!« bat er Ryke.

»Warten wir nicht besser auf den Feldscher?«

»Ach, verdammt!« Van versuchte allein aufzustehen und fiel wieder zurück.

»Ich kann dir nicht aufhelfen«, sagte Ryke. »Ich bin auch verletzt.«

»Dann reich mir einen Spieß!« bat der *cheari*. Ryke wünschte, er würde schweigen. Sironen dröhnte einer Gruppe von Soldaten etwas zu, und Ryke wollte hören, was er sagte. Es war irgend etwas mit den Stallungen. Vielleicht hatten sie nicht alle Pferde herausbringen können. Vielleicht waren sie verbrannt. Er hielt sich steif aufrecht. Wenn er sich zurücklehnte, würde er an die Toten stoßen.

Das Licht der Sonne wanderte langsam die staubigen Wände hinunter und ließ die verblichenen Farben der Wandbehänge aufleuchten.

Maranth watete durch die Verwundeten und Toten. Sie brachte einen Wasserschlauch mit. Sie hielt ihn zuerst Van an die Lippen, dann gab sie Ryke zu trinken. Auf ihren Händen war Blut. »Bist du verletzt?« fragte Van sie.

»Nein.« Sie kreuzte die Beine. »Bleib still!« sagte sie und legte ihrem Mann die Hand auf die Stirn.

»Sind die anderen ...«

»Alle sind gesund und außer Gefahr«, sagte sie. Van seufzte. Er schloß seine rechte Hand über der ihren.

Der Feldscher war ein rundlicher Mann, und er wirkte unerschütterlich ruhig. Er ließ Ryke die Rüstung und das Hemd ausziehen. »Ach, das ist gar nicht schlimm. Trink das!« Er schob Ryke eine Flasche in die rechte Hand. »Jetzt halte den Arm ruhig.« In der Flasche war Wein, mit Honig vermischt. Ryke würgte. »Vorsicht! Versuche, nicht zu kotzen!« Ryke spürte etwas Kaltes an seiner Seite.

»Was ist das?«

»Ein Umschlag, der helfen wird, die Wunde zu heilen. Und jetzt hebe auch den anderen Arm hoch, bitte!« Der Feldscher wickelte Leinenstreifen um Rykes Rippen, während er mit beiden Armen über dem Kopf dasaß. »Danke. Du kannst die Arme wieder herunternehmen.« Er wandte sich Van zu. »Na, was haben wir denn da?« Er schnalzte mit der Zunge gegen die Zähne. In seiner glänzenden schwarzen und silbernen Uniform erinnerte er Ryke an einen Käfer, der seine Flügeldecken gegeneinanderreibt. Ryke strich sich über den Mund, um sein Lachen zu unterdrücken. Er dachte: Das bringen sie ihnen schon bei, wenn sie sie als Lehrlinge einstellen, wie man dieses Geräusch macht.

Der Feldscher gab fachkundige, verständnisvolle Laute

von sich, während er sich mit Vans Bein beschäftigte. Er säuberte es mit heißem Wasser. Vans Mund zuckte, aber er sagte kein Wort. Maranth streichelte seinen Kopf. »Es ist ein sauberer Stoß«, sagte der fette Mann. »Du hast Glück. Du wirst wieder gehen können.«

Van sagte: »Ich bin Tänzer.«

»Auch tanzen wirst du mit dem Bein. Wenn du ihm Zeit läßt zu heilen. Wenn du zu früh damit herumgehst, bricht die Wunde wieder auf. Und es hat genug geblutet. Halte es ruhig, oder sie wird dir zu schwären beginnen.«

Über Vans Kopf hinweg sagte Maranth: »Keine Sorge. Wenn es nötig ist, werde ich ihn an einem Stuhl festbinden!«

Ryke stand auf. Der Umschlag dämpfte den Schmerz in seiner Seite, die Binden juckten. Er blickte sich nach seinem Schwert um, fand es und steckte es in die Scheide. »Wir sehen uns dann«, sagte er zu den beiden *chearis*.

Maranth antwortete: »Wir werden hier sitzen bleiben.« Van sprach kein Wort. Er atmete hastiger als normal, in seinem Gesicht war wenig Farbe. Ryke trat aus dem Saal. Ein Kämpfer humpelte an ihm vorbei – der linke Stiefel hing in blutigen Fetzen vom Bein.

In trägen Runden kreisten Krähen über der Burg. Aus den zerstörten Mannschaftsunterkünften stieg Rauch in die Höhe. Fast alle Wände waren zusammengebrochen. Männer mit Eimern hatten eine Reihe vom Brunnen zu einem Winkel gebildet, in dem die Asche noch glimmte. Der Wind drehte. Ryke roch den süßlichen Gestank verbrannten Fleisches. Dort war keiner mehr herausgekommen.

Er ging zu der Treppe zum Wachtturm. Auf den unteren Stufen saßen zwei Kämpfer in Silber und Schwarz. »Tut uns leid. Niemand darf da hinauf!«

»Ich will nicht plündern.«

»Befehl des Herrn!«

Ryke fragte sich, welcher Fürst den Befehl erteilt haben mochte – Errel oder Sironen. Er trat zurück. Es wäre sinnlos gewesen, diesen Männern erklären zu wollen, daß er nur sehen wollte, nicht etwas stehlen.

Er zog sich die lederne Brustplatte ab. Er schwitzte unter ihr. Das Schwert zerrte an seiner Hüfte. Er nahm es ab und lehnte es gegen die Wand. Er brauchte es nicht mehr. Wieder drehte der Wind und wehte jetzt von Westen. Er hörte Weinen. Vorsichtig stieß er die unverriegelte Tür zu den Kemenaten auf.

Sein Fuß stieß gegen einen metallischen Gegenstand, als er eintrat. Er blinzelte in das Dunkel des Gangs, beugte sich vorsichtig und hob das Ding auf. Es war eine Frauenbrosche in der Form einer Maßliebchenblüte. Er wendete das Schmuckstück in den Fingern hin und her. Er dachte, es ist aus Silber. Dann ließ er es fallen.

Hier waren keine Wachen aufgestellt. Die Gemächer waren geplündert worden. Schmutzverkrustete Bahnen Seide und Samt waren über den Fußboden verstreut. Tief im Innern des Gebäudes hörte er die Stimme eines Mannes. Eine Tür war aus den Angeln gerissen worden. Er schaute in den Raum. Eine Frau saß mitten auf einem ehemals mit einem Baldachin versehenen Bett. Die Vorhänge lagen zerfetzt auf dem Boden. Die Brüste der Frau waren entblößt. Das fahle Haar hing ihr strähnig ins Gesicht. Ihre Augen waren geschwollen, doch jetzt weinte sie nicht mehr. Ryke schluckte den Speichel hinunter. Das Summen in seinem Kopf hatte wieder eingesetzt. »Ich tu' dir nichts«, sagte er. Sie starrte ihn wie versteinert an. »Ich suche meine Schwester. Becke.« Sie schien ihn nicht gehört zu haben. Schließlich fuhr sie sich mit der Zunge über die Lippen.

»Vierte Tür«, sagte sie.

»Ich danke dir«, sagte Ryke. Er trat wieder auf den Gang. Er zählte vier Türen ab. Hinter der dritten hörte er leises stoßweises Kreischen. Er hätte nicht sagen können, ob es Kichern oder unterdrückte Schmerzensschreie waren.

Er öffnete die Tür zu dem vierten Zimmer. Der Blutgestank ließ seine Nüstern zucken. Er machte einen Schritt in den Raum. Hinter dem Gestank des Todes roch er die leichten verwehenden Düfte von Kleeblüte und Jasmin. Der Raum war verwüstet worden, er war abstoßend häßlich. Becke lag auf dem Bett. Ein Arm war ausgestreckt, als schliefe sie. Sie hatten eine Decke über sie gebreitet. Ihr Haar floß über die Decke hin. Die Augen schauten an Ryke vorbei. Die braunen Locken reichten ihr bis zu den Knien. Er hatte nicht gewußt, daß ihr Haar so lang gewachsen war. Er konnte an den Umrissen ihres Körpers unter der blauseidenen Decke erkennen, was sie ihr angetan hatten. Er dachte daran, ob die Männer aus Pel Keep gewußt hatten, daß sie Col Istors Geliebte gewesen war, sein Besitz, und daß sie Becke deshalb umgebracht hatten. Der Rest war unwichtig. Das geschah mit allen Frauen. Und im Krieg konnte man es noch nicht einmal Vergewaltigung nennen.

Er trat aus dem Kemenatentrakt und stand plötzlich von Angesicht zu Angesicht Errel gegenüber.

Einen Augenblick lang erkannte er ihn nicht. Er wollte schon an diesem rothaarigen Fremdling vorbeigehen. Dann sah er den Bogen und den Köcher und hielt inne. »Ryke!« Der Prinz berührte ihn an der Schulter. »Bist du verletzt?«

»Die Rippe. Es ist nicht schlimm!«

Ein Soldat in Schwarz und Silber kam auf Errel zugelaufen. »Mein Herr!«

»Was ist?« fragte der Prinz.

»Der Herr Sironen läßt euch mitteilen, daß sie noch immer die Stallungen halten. Er läßt fragen: *Willst du, daß man sie ausräuchert?«*

»Auf gar keinen Fall!« sagte Errel scharf. »Sag ihm, ich komme!« Er ergriff Rykes Arm. »Komm mit!« Er trug den Rubinring an der linken Hand. Auf einer Wange waren noch Spuren von Ruß in seinem Gesicht, die linke Augenbraue sah versengt aus.

Gam und ein paar Männer seines Wachtrupps hatten sich in den Ställen verbarrikadiert. Sironen stapfte ungeduldig vor den Stalltüren auf und ab. In der bleichen Narbe auf seiner Wange pulsierte heftig das Blut. Seine Männer lauerten wie hungrige Katzen an sämtlichen Türen und Fenstern. Errel trat zu Sironen. Sie redeten miteinander. Die Männer beobachteten sie. Sie warteten auf den Befehl, was sie tun sollten. Ein paar hielten Fackeln in den Händen.

»Nein!« sagte Errel. Er schüttelte nachdrücklich den Kopf. Er trat vor die geschlossenen Stalltüren und erhob die Stimme. »Ihr Männer! Hört mich! Col Istor ist tot. Das Heer von Pel Keep hat die Burg eingenommen. Wenn ihr herauskommt und euch ergebt, werdet ihr ohne Schaden davonkommen. Ansonsten werden wir euch aushungern.«

Die Soldaten murrten. Es war deutlich, daß sie die Widerständischen lieber ausgeräuchert hätten. Der Wind blies Strohhalme über den Hof. Errel starrte die Männer mit eisigen Augen an. Das Murren erstarb. Hinter den geschlossenen Türen der Ställe hörte man eine erregte Auseinandersetzung. Dann rief Gam: »Wem sollen wir uns ergeben?«

Errel antwortete: »Dem Herrn von Tornor.«

Die Männer im Stall brauchten lange, bis sie die Säcke und Bündel von den Türen fortgezerrt hatten. Dann trat Gam heraus. Er trug einen runden nordländischen Helm und als Mantel eine gestreifte Pferdedecke. Sein Bart war zerzaust. »Wenn ich getötet werde«, sagte er, »werden die anderen die Türen wieder verrammeln.«

Errel trat auf ihn zu. »Laß deine Waffen fallen!«

Gam stierte ihn an. »Hoho«, sagte er. »Dich kenne ich doch! Der Hofnarr!«

Errel lächelte ihn hart an. »Der *cheari!*«

»Gut.« Der Stallmeister legte Errel sein Schwert und seinen Dolch zu Füßen. Dann kniete er im staubigen Sonnenlicht nieder und legte die Hände auf die Erde.

»Steh auf!« sagte Errel. Der alte Mann erhob sich. Seine Beine waren sehr krumm. »Du kannst gehen.«

Die Soldaten knurrten. Gam zerrte an seinem Bart. »Du läßt uns frei?«

»Glaubst du, ich möchte, daß ihr mir die Burg vollstopft?« sagte Errel. »Das Tor liegt dort drüben. Ihr könnt gehen. Und nimm alle deine Männer mit!«

Gam starrte ihn mit offenem Mund an, er konnte es nicht fassen. »Ohne Pferde?«

Sironen lachte, es klang wie ein kurzes, flaches Bellen. Die Soldaten begannen zu johlen. Gam stolperte in den Stall zurück. Sein Gesicht drückte in jedem Zug eindeutig Ekel und Widerwillen aus. Inmitten der allgemeinen Fröhlichkeit kamen die Südländer aus der Stallung. Ihre Waffen schleiften sie durch den Staub hinter sich her. Verwirrt starrten sie auf ihre von Gefühlen überwältigten siegreichen Feinde. Die Soldaten aus Pel Keep wischten sich die Tränen aus den Augen und scharten sich um die Kämpfer aus dem Süden.

Nachdem die Leichen vor die Festungswälle geschleift und die Scheiterhaufen entzündet worden waren, schickte Sironen seine Truppen aus der Burg und ließ sie unter dem Kommando der Wachunterleute kampieren. Errel, Ryke, die *chearis,* Sironen und seine Hauptleute und Gam und seine Männer blieben im Keep. Sironen hatte Errel überredet, die überlebenden Südmänner zu Gefangenen zu machen. »Wenn sie aus diesen Mauern entkommen«, hatte der alte Burgherr mit einem wölfischen Grinsen bemerkt, »dann bringen meine Leute sie um.« Errel hatte den Männern aus dem Süden dies erklärt. Dann hatte er sie an die Arbeit geschickt. Sie zogen vom Brunnen zu den Wohngemächern hin und her, schleppten Wassereimer und Waschbesen, und nur ein paar gelangweilte Soldaten bewachten sie. Sironens Soldaten hatten klugerweise das Küchenpersonal verschont. Und als das Kampfgetöse sich gelegt hatte, krochen sie alle aus den Vorratskammern, aus dem Anrichtezimmer und aus der Spülküche hervor.

Die meisten von ihnen kannten Errel. Die Leute aus dem Süden blickten argwöhnisch drein, die Nordländer warfen sich ihm zu Füßen. Einige weinten. Er schickte sie alle in die Küchenquartiere zurück. »Evad, warte mal!« Der Küchenjunge dieses Namens drehte sich um und drehte verlegen seine Schürze in der Hand. »Du kannst doch reiten, oder?« Der Junge nickte. »Gut. Du reitest ins Dorf! Erzähle Sterret, was hier geschehen ist, und bitte ihn, heraufzukommen und mit mir zu sprechen! Morgen dürfte früh genug sein.«

»Du schickst am besten einen der Soldaten mit«, sagte Sironen.

»Nein. Er kann das ganz allein.« Errel lächelte dem Jungen zu. Athor hat seine Männer so angelächelt, dachte Ryke, und sie haben ihn dafür geliebt. »Sterret ist sein Onkel. Du kannst es doch?«

»Sicher, mein Herr.« Der Junge wurde rot vor Stolz.

»Nimm eins von den langsameren Pferden«, bemerkte Errel trocken. Der Junge verneigte sich und rannte hinaus, wo die Pferde mit ihren Fußfesseln vor dem Wall grasten. Errel stützte sich mit beiden Ellbogen auf den Tisch und ließ das Kinn in die Handflächen sinken. Irgendwo hatte er saubere Kleidung gefunden. Ryke dachte, daß sie vielleicht Col gehört hatte. Die Tunika war purpurfarben, und Col hatte eine solche purpurrote Tunika besessen. Die Kleider waren für Errel zu weit. Rykes Augen schwammen, und er rieb sich die Fingerknöchel darüber. Er war sehr, sehr müde.

Sironen und seine Kommandeure sprachen über die hundert Südmänner, die sich noch in der Burg Zilia Keep aufhielten. Eine Dienerin trug einen Weinkrug aus der Küche herein, und sie reichten einander den Krug, als hätten sie nicht vor kurzem eine Schlacht geschlagen. Die untergehende Sonne färbte die anhardischen Waffen an den Wänden scharlachrot. Die *chearis* saßen etwas abseits von den Soldaten und hörten schweigend zu. Hadril hatte den Kopf auf seine Arme gelegt. Sorrens Kopf ruhte auf der Schulter von Norres.

»Verzeiht mir, ihr Herren!« Errel und Sironen blickten auf. Es war Torib. Er hatte sich vor dem massiven Tisch aufgebaut, eine schwere Hand hielt einen kleinen Jungen an der mageren Schulter fest. »Ich habe mir gedacht, daß ihr das da sehen wollt. Er sagt, er ist ein Sohn von Berent Einauge.« Der Junge wirkte magerer, als Ryke ihn in Erinnerung hatte. Seine Tunika sah zerschlissen und schmuddelig aus. Aber die Augen waren noch immer blaßblau, fahl wie Irrlichter im Sumpf, und sein Haar war hell und strähnig ... Errel reckte dem Jungen eine Hand entgegen.

»Komm zu mir!« Der Junge trat auf ihn zu. Errel nickte. »Ich erinnere mich an dich. Kennst du mich?«

»Du hast andere Haare«, sagte der Junge.

»Ja«, sagte Errel. »Am Anfang ist das verwirrend, nicht

wahr?« Ler nickte. »Hattest du Angst, als der Kampf anfing?«

»Ja. Aber ich war mit ihm. Und er hat mir gesagt, ich soll in die Küche gehen und mich zwischen den Kesseln verstecken und nicht wieder herauskommen, bis der Lärm aufhört. Und das habe ich getan.«

»Daran hast du ganz recht getan«, sagte Errel. »Hast du Hunger?«

»Ja, Herr.«

»Bringt ihn in die Küche und gebt ihm zu essen!« befahl Errel. Torib verneigte sich. Er griff nach Ler und zog den Jungen an sich.

Sironen sagte: »Bist du nicht Zweiter Wachoffizier? Was hast du außerhalb des Lagers zu suchen?«

Toribs Gesicht fältelte sich zu einem ausdruckslosen Lächeln. »Ich rede mit den Küchenweibern, mein Herr«, sagte er. »Über den Proviant.« Er verneigte sich noch einmal und schob den Jungen mit der Hand im Nacken in Richtung Küche. Ler ging mit steifen Schritten, die Hände lagen flach an seinen Schenkeln. All seine frühere Anmut war verschwunden und verdorben.

Also hatte Col das Kind doch nicht getötet. Errel hatte recht behalten. Auf den Brustwehren flatterten Cols Flaggen wie Wäsche auf der Leine. Aber Becke war tot. Rykes Gedanken zuckten vor dieser Vorstellung zurück wie Frösche vor einer Schlange. Seine Mutter würde es erfahren müssen. Er drückte sich die Handballen gegen die Augen. Und er würde es ihr sagen müssen; niemand sonst konnte das tun.

Eine Dienerin brachte eine Platte mit gebratenem Fleisch herein, es dampfte und war braun, und die Soße warf noch Blasen. Die Männer drängten sich heran und stießen mit den Spitzen ihrer Messer zu.

Lune, der Dienstälteste unter den Kommandeuren Sironens, sagte: »Vielleicht sollten wir dem Grünen Clan eine Nachricht zugehen lassen, damit sie mit den Besatzern in Zilia Keep Verhandlungen beginnen?« Er wedelte ein Stück gebratenes Schweinefleisch vor seiner Nase hin und her, um es abzukühlen.

Die anderen fauchten ihn entrüstet an. »Keine Lust mehr zum Kämpfen, was?«

»Was hältst du davon, mein Herr?« Lune lehnte sich zu Errel hinüber. Von seinem Fleischstück triefte Saft auf den Tisch.

Der Prinz blickte auf. »Dies ist eine Entscheidung, die ihr werdet treffen müssen«, sagte er, »nicht ich.«

Sironen fragte: »Was?«

Errel verschränkte die Hände vor sich auf dem Holz des Tisches. »Ich bleibe nicht in Tornor.«

Aus der Küche schlich verstohlen ein schwarzer Hund in den Saal. Sironens Kommandeure schauten ihren Herrn an, dann blickten sie einander ins Gesicht. Arno fragte: »Und warum haben wir dann hier gekämpft?«

»Um uns von Col Istor zu befreien«, sagte der Prinz. »Ihr hättet früher oder später sowieso mit ihm kämpfen müssen.«

Sironen schob das Kinn vor. »Aber du bist der Herr von Tornor!«

Errel antwortete: »Ja, aber nicht, wenn ich verzichte.«

»Zu wessen Gunsten?« fragte Arno. Sorrens Kopf hob sich von der Schulter Norres'. Errel drehte und drehte den Ring an seinem Finger.

»Mein Vater hatte noch ein Kind«, sagte er.

Sironen keckerte lachend. Er hämmerte beide Hände flach auf den Tisch. »Athor war ein Mannsbild! Wahrscheinlich hat er Dutzende von Kindern in die Welt gesetzt! Was heißt das schon!?«

Ryke fröstelte. Schweiß troff ihm aus der Haut. »Ein Kind, das bestimmt ist zu herrschen«, sagte Errel. »Ein Kind, das ein besserer Kämpfer ist als ich.«

Nun hatte er ihre gespannte Aufmerksamkeit. »Wer ist es?« fragte Arno.

Errel schaute zu den *chearis* hinüber. Sorren saß kerzengerade da. Ihr Gesicht hatte jede Farbe verloren. Norres, neben ihr, saß bewegungslos, als wäre sie aus Stein. Ihre Augen schimmerten unter den Tränen. »Schwester, willst du es annehmen?« Sorren nickte. Errel beugte sich weit über den Tisch und ließ den Ring in ihre Hand fallen.

Sironens Kommandeure schrien auf. Draußen am Rand des Hofes drehten sich die Südländer um und gafften. Sie stützten sich auf ihre Besen und Feudel, wie sie gewohnt gewesen waren, sich auf ihre Schwerter zu stützen. Arno war aufgesprungen. Das Silber auf seinen Abzeichen glitzerte. Er stemmte die Hände in die Hüften. »Wie soll ein Weib eine Burg beherrschen?«

Sorren neigte den Kopf zur Seite. »Du hast mich doch kämpfen sehen!«

Er machte eine flüchtige, eine verächtliche Handbewegung. »Sicher, du kannst kämpfen. Auch Wölfe kämpfen, und Hunde kämpfen. Aber kannst du *führen?*«

Das ist eine anständige und berechtigte Frage, dachte Ryke. Sorrens rechte Hand schloß sich um den Ring zur Faust. »Ich war einmal ein Bote«, sagte sie, »ein Mitglied des Grünen Clans. Fragt meinen Bruder! Er kann es euch bestätigen.« Die Köpfe wandten sich Errel zu. Er nickte. »Und wer bist du, daß du mich herausfordern darfst, wenn der Grüne Clan mich aufgenommen hat?«

Lune schob die Lippen vor.

Arno verzog finster das Gesicht. Plötzlich wirkte er sehr jung. »Frauen sind dazu da, daß man sie beschläft, damit sie den Männern Kinder gebären«, sagte er störrisch. »Keiner will, daß sie befehlen!«

Sorren stand auf. Ihre Augen waren rauchverschleiert. »Du Knäblein«, sagte sie. »Dafür werde ich dir die Ohren an den Kopf nageln.« Sie glitt über die Bank und mit der gleichen gleitenden Bewegung auf ihn zu. Er stierte ihr verblüfft entgegen, dann wurde ihm klar, daß sie es ernst meinte. Er fiel in eine geduckte Verteidigungshaltung zurück und fingerte nach dem langen Dolch an seinem Gürtel. Ihre Stiefel klatschten auf dem Steinboden. Sie umkreisten einander. Sorrens Hände waren waffenlos. Ihr Gesicht war gespannt und wachsam. Arno zog sein Messer aus der Scheide. Er hielt es unbeholfen, die Klinge direkt vorgestreckt, alle Finger fest um den Griff geschlossen. Er fiel auf Sorren aus. Sie glitt geschmeidig vor der Klinge weg, tanzte mit bezwingender Grazie um ihn herum und stand hinter ihm. Van schnaufte billigend. Arno wirbelte herum. Er kochte vor Wut. Sie lächelte ihn milde an und streckte die Hände aus, als wollte sie sagen: *Dich kann ich mit bloßen Händen besiegen, mein Junge!* Wieder machte er einen Ausfall gegen sie – einen Abwärtsstich auf ihren Kopf zu. Und erneut verschwand sie hinter ihm. Und jetzt hatte er die Sonne in den Augen. Er sichelte aus der Rückhand auf sie ein, ein Hieb, wie ihn ein Schwertkämpfer ansetzt. Sie drehte sich mit seiner Bewegung, sprang hinter ihn und legte ihn aufs Kreuz. Ihr Knie preßte gegen sein Rückgrat, sein rechter Arm war gerade über ihren anderen Schenkel gestreckt. Sie bog seinen Arm nach hinten. Seine Hand öffnete sich, und das Messer fiel ihm aus den Fingern. Sie hob es auf. Ihr linker Arm drückte härter gegen seine Kehle. Sie bog seinen Kopf zurück. Sein Körper bäumte sich auf. Die Stiefelabsätze kratzten über den Boden. Seine linke Hand hatte alle Kraft verloren und fingerte hilflos gegen den

Würgegriff an. Dann ließ sie ihn los. Er rollte auf den Bauch und preßte keuchend das Gesicht zu Boden. Sorren stand schweratmend auf. Sie trat an den Tisch zurück und steckte sich den Ring an den Zeigefinger ihrer linken Hand.

»Tornor gehört mir«, sagte sie.

Am Tag darauf kam Sterret in die Burg. Er hatte sich nicht verändert. Sein Stock pochte – *tock-tock* – auf die Erde. Der Mann hatte sich so wenig gewandelt, daß Ryke zum erstenmal bewußt wurde, welch kurze Zeit verstrichen war, seit Errel und er Tornor verlassen hatten. Weniger als anderthalb Monate. Und doch waren sie in dieser Zeit aus dem Winter in den Sommer und wieder zurück in den Winter gegangen, waren zwischen dem Norden und dem Süden hin und her gesprungen – und nun war es Frühling in Tornor. Unter den Dachtraufen nisteten die Vögel, auf dem frischen Gras hüpften die Pferde ausgelassen umher wie Fohlen. Es erschien ihm absurd. Wie hatte er sich nach diesem Frühling gesehnt, während er in Vanima war ...

Er stieß an den zertrümmerten Toren auf Sterret. Einer der Soldaten nahm die Zügel des Pferdes dem alten Mann aus der Hand. »Einen guten Tag«, sagte der Alte, als stünden sie am Gattertor zu seinem Haus. Ryke dachte: Evad muß ihm gesagt haben, daß ich überlebt habe. »Deine Mutter sendet dir Grüße.«

Ryke mußte es fragen: »Geht es ihr gut?«

Sterret starrte auf die zerstörten Mannschaftsunterkünfte. »Ja«, sagte er geistesabwesend. »Ganz gut.« Zweifellos rechnete er bereits im Kopf zusammen, wieviel Holz die Burg brauchen würde. Für den Wiederaufbau. »Geht es dem Prinzen gut?«

»Ja.« Rykes Kragen war verrutscht, er zog ihn zurecht. Er deutete zur Großen Halle. »Wir gehen dort hinüber.« Er machte kürzere Schritte, um sich Sterrets Gang anzupassen. Er würde dem alten Dorfvorsteher nicht sagen, daß Errel nicht mehr der Prinz, nicht mehr der Herr von Tornor war.

Sorren und Errel saßen auf einer Bank unter dem schimmernden Schaft einer Hellebarde. Die Klinge, dicht unter der scharfen Spitze, war geformt wie die zähnestarrenden Kiefer eines Drachen. Er führte Sterret zu ihnen. Er verneigte sich vor beiden, aber er konnte nicht verhindern, daß seine Augen zuerst Errel anblickten. »Herrin«, sagte Ryke höflich, »darf ich dir Sterret vorstellen, den Obmann von Tornor-Dorf.« Sorren erhob sich. Errel blieb sitzen. Ryke verzog sich und ließ Sterret allein mit den beiden. Der Alte blickte mit wachsender Verwirrung von einem Gesicht ins andere.

Ryke setzte sich in der Sonne nieder. Er konnte Gams Stimme über den Hof dröhnen hören, er trieb fluchend die Stallburschen an. Er sagte sich, er würde sich wohl daran gewöhnen müssen, daß südländische Typen das Wappen von Tornor trügen. Sironen hatte sich erboten, eine kleine Besatzungstruppe in Tornor Keep zu lassen. »Torib hier hat sich erboten, vorläufig die Kommandopflichten zu übernehmen, bis du andere Männer zu bestimmen beliebst.«

Sorrens Augen hatten lange auf Toribs lächelndem, fettem, verschwitztem Gesicht geruht. »Ist der alte Mann bereits fort?« fragte sie dann. »Der Stallmeister?«

»Du würdest also Südländer vorziehen?« fragte Torib. »Aber, Herrin, bedenke doch nur ...« Er brach ab, als er den Ausdruck auf ihrem Gesicht sah.

»Er kämpft als Söldner, oder?« fragte sie. »Und wenn er für Col Istor kämpfen kann, dann kann er es auch für mich.« Sironen befahl einem seiner Männer, Gam zu finden und herbeizuschaffen. Gam kam, in der Hand noch den

Wischfeudel, krummbeinig und gebückt. Sorren faltete die Arme über der Brust und sah ihn lange an. Er leckte sich über die Lippen. »Alter Mann«, sagte sie, »mein Name ist Sorren. Ich bin Athors Tochter und Errels Schwester, und diese Burg ist nun in meine Hände und Fürsorge gegeben. Ich brauche Kommandeure. Willst du einer von ihnen sein?«

Sein Mund klaffte auf. Die Zähne waren groß und gelb wie die eines Maultiers. »Warum solltest du mich haben wollen?«

»Du hast mir niemals etwas Böses getan«, sagte sie, »und du kennst dich mit Pferden aus.«

Gam verneigte sich ungeschickt. Die Fetzen des Waschmops hatten eine Pfütze zu seinen Füßen gemacht. »Ich stehe dir zu Diensten, meine Herrin.« Er schleuderte den Wischfeudel von sich, daß er in eine Ecke klatschte.

»Ryke?« Die weiche Stimme drang wie ein Messer in seine Gedanken ein. Sorren stand vor ihm. Sie war so leise gekommen, daß er sie nicht gehört hatte. Er stand auf. Er wußte nicht, wie er sie ansprechen sollte. »Ich wollte dich nicht stören«, sagte sie.

»Du störst mich nicht«, antwortete er.

»Kann ich mich zu dir setzen?«

Die Frage erschien ihm komisch. Es gab doch keine Stelle in Tornor, wo sie nicht hätte sitzen können. Die Steine selbst gehörten ihr. »Ich bitte dich«, sagte er. Sie hockten sich wieder auf die Stufen. Sie neben ihm, die Knie bis ans Kinn hochgezogen, das Haar fiel wie ein leuchtender Vogelflügel über eine Wange. Sie trug eine Seidentunika mit blaßgrünen gestickten Blüten und Männerkniehosen, und in ihrem Haar war das rote Stirnband der *chearis*. Sie strich sich das Haar aus dem Gesicht.

»Das ist ein hübscher Platz, den du dir da ausgesucht hast.«

»Ja.«

Sie schaute sich im Inneren Hof um. Ein schwarzer Hund trottete über das Pflaster. Ryke fragte sich, ob es wohl die schwarze Wolfshündin Athors sein konnte. Er pfiff leise. Der Hund wandte den Kopf, kam aber nicht zu ihm. Er trottete zielstrebig auf die Wohngemächer zu. »Ich bin froh, daß es vorbei ist«, sagte Sorren. Ihre Hand umfaßte mit einer Geste die verwüstete Burg. »Soviel Haß auf solch kleinem Raum ...«

»Ist es vorbei?« fragte Ryke.

Ihr Gesicht spannte sich. »Für mich ist es das.« Sie richtete sich auf. »Ryke, ich habe eine Bitte an dich.« Er wartete. »Es fällt mir schwer, dich darum zu bitten ... Ich brauche starke Männer um mich herum. Auch andere werden so denken wie dieser Grünschnabel Arno. Sie werden daran zweifeln, ob ich befähigt bin, die Burg zu halten.«

Also wollte sie ihn als einen ihrer Kommandeure. Er strich mit der Hand über die rauhen warmen Steine und wartete, daß sie es aussprach.

»Gam wird einer meiner Wachkommandanten sein. Herr Sironen hat mir gütigerweise jeden seiner Unterbefehlshaber angeboten – wen immer ich haben will –, um sie zu meinen Zweiten zu machen. Nein, es wird nicht Torib sein, das kann ich dir garantieren.« Sie grinste. »Norres wird mein Dritter!« Er blickte überrascht auf. Sie schaute ihm sehr lange in die Augen. »Sie hat mir versprochen, wenigstens ein Jahr auf Tornor zu bleiben!« Nur aus der sehr beherrschten Stimme vermochte er zu ahnen, welche Tiefen der Gefühle diesem Versprechen zugrunde lagen. Ryke fragte sich einen Augenblick lang, ob Norres für die Männer, die sie befehligen würde, Mann oder Frau sein würde.

Vielleicht würde sie sich wieder in einen *ghya* verwandeln. »Van schickt mir einen Meister des Hofs aus Vanima. Ich kann mit drei Wachoffizieren zurechtkommen. Van hat mir erklärt, daß eine solche Routine im Süden allgemein Brauch ist.«

»Aber ich dachte ...« Er brach ab. Sein Rücken war gespannt. Er reckte sich, um die Spannung zu lösen. »Und was willst du von mir?«

Ein schwarzhaariges Küchenmädchen kam aus der Küchentür und ging auf das Seitentor zu. Sie hielt ein geköpftes Huhn an den Beinen und schaukelte es achtlos hin und her. Blutstropfen fielen aufs Pflaster. Sie sang. Die Melodie drang dünn in Rykes Ohren, halb verweht von den launischen Windstößen. Ryke ertappte sich, daß er der verwehten Melodie die Worte unterlegte ... *ich bin ein Fremdling in einem fremden Land ...*

»Ich möchte, daß du nach Cloud Keep gehst«, sagte Sorren. »Ich möchte, daß du die Regentschaft für den Knaben Ler übernimmst. Er braucht jemanden, der stark ist, und ich brauche jemanden, der sowohl stark ist als auch treu, zwischen mir und Pel Keep. Ich traue Sironen nicht völlig. Du wirst Truppen aus den Dörfern und den Höfen ausheben müssen, auch werde ich dies tun müssen, und die Männer werden alle zu alt oder zu grün sein, aber du wirst zurechtkommen. Als erstes müssen wir den Grünen Clan kommen lassen, damit sie eine Friedensvereinbarung zwischen allen Grenzfesten aushandeln.«

Das Küchenmädchen verschwand in dem schmalen Gang zwischen dem Inneren und dem Äußeren Hof. Ryke überlegte sich, ob das Huhn wohl für Torib gedacht war. Wieder strich seine Hand über den Stein. Er hegte den Verdacht, daß dies eine von Norres' Bedingungen für ihr Bleiben gewesen war – daß Sorren ihn bitten mußte fortzugehen ... Er konnte sich weigern. »Ich werde mit Errel sprechen müssen«, sagte er.

Sorrens Stimme klang zärtlich: »Aber natürlich!«

Als er an den Wohngemächern vorbeikam, öffnete sich eine Tür und Norres trat heraus. Sie blieb stehen, die Hand auf dem Türgriff. Sie sagte kein Wort, und Ryke fiel nichts ein, was er hätte sagen können. Der schwarze Wolfshund kam durch die Tür. Sie schloß die Tür hinter ihm. Ryke ging weiter. Er fand Errel mit Hadril und Van auf den Stufen der Treppe zum Turm. Sie hingen da wie träge Katzen, die sich sonnen. Van hockte auf der untersten Stufe, sein Bein war über einer Decke ausgestreckt. Er hatte kein Hemd an. Seine Wangen sahen rauh aus von den Stoppeln seines eintägigen Bartes. Hadril kauerte auf der zweiten, Errel auf der dritten Stufe nach oben. Errel trug das rote Band der *chearis* um den Arm. »Holla«, sagte Van. »Komm her und setz dich!«

»Ich dachte, Maranth will dich an einem Stuhl festbinden?«

»Ach, es heilt gut. Und außerdem haben wir einen Kompromiß geschlossen. Sie hat geschworen, daß sie mich nicht ankeifen wird, und ich habe geschworen, daß ich auf einem Bein hüpfen werde.« Er stupste Hadril am Knie. »Komm eins runter, *chelito!*« Hadril tat es. Nun war die zweite Stufe frei. Ryke schlängelte sich zwischen Van und Hadril hindurch und setzte sich dort nieder.

Er spürte Errels Nähe auf der Stufe über sich erschreckend stark. In den Wohnräumen schlug eine Tür zu. Maranth kam heraus. Sie hatte sich die Haare gewaschen; ihr Schopf stand ihr in alle Himmelsrichtungen vom Kopf ab. Ryke rückte eine Stufe höher. Auch Hadril setzte sich nach oben. Maranth ließ sich neben Van nieder. Sie zog die Augen dramatisch zu schmalen Schlitzen zusammen, als sie ihren Mann anschaute. »Aber ich bin doch auf einem Bein gehüpft«, protestierte er.

Maranths Gesicht wurde mild. »Gut, ich werde nicht schelten.« Sie lehnte sich an Van. Ihre Körper schmiegten sich eng aneinander, als wären sie aus einem Guß. Ryke verspürte einen schmerzhaften Stich. Der Schmerz hatte nichts mit der Wunde in seiner Seite zu tun. *Er* hatte niemals jemanden gefunden, gegen den er sich so hätte lehnen können ...

Über Hadrils Schulter hinweg sagte er: »Was werdet ihr jetzt anfangen?«

Van sagte: »Wir werden abwarten, bis sich dieses verdammte Loch geschlossen hat.« Er legte Maranth einen Arm um die Hüften.

»Und dann?«

»Dann gehen wir natürlich ins Tal zurück.« Vans Stimme klang erstaunt über die Frage. »Was hast du denn gedacht, was wir tun würden?«

Die Leinenverbände um Rykes Rippen juckten. Er würde den Feldscher bitten müssen, sie zu wechseln. »Ihr könntet doch nach Süden gehen«, sagte er. »Die Festen würden für euch eintreten. Und du könntest das Urteil über deine Verbannung anfechten. Dann könntest du nach Hause zurückkehren.«

Noch während er sprach, fragte er sich, ob Van vielleicht verärgert sein könnte, wenn man so leichthin über seine wahre Identität redete. Hadril wußte ja vielleicht nichts davon. Der schwere Südländer wandte sich um. Er sah nicht ärgerlich aus. Er sagte: »Du verstehst es nicht richtig. Ich *gehe* nach Hause!«

Hadril zog sich das Hemd aus. Seine bloßen Schultern rieben sich an Rykes Knien. »Gehst du auch nach Hause?« fragte Ryke.

»Ja«, sagte der Junge. Er breitete das Hemd über die Knie und faltete es zusammen. »Es gefällt mir nicht, hier im Norden. Es ist mir zu kalt, und ich hasse den Krieg.« Seine Stimme schwankte vor Erregung. Seine Heftigkeit gab Ryke plötzlich das Gefühl, daß er alt sei.

Sein Mund war trocken. Er befeuchtete sich die Lippen. »Mein Prinz ...«

Errel wandte ihm den Kopf zu. »Du solltest mich nicht so anreden«, sagte er sanft.

»Wirst du auch gehen?«

»Ja«, sagte Errel. Er stützte die Ellbogen auf die Knie. Ihre Schultern berührten sich.

»Warum?«

Errel sagte: »Das weißt du doch, Ryke. Ich bin wie Hadril. Ich war glücklich in Vanima. Und ich bin nicht glücklich, wenn ich kämpfen muß.« Die Brise änderte ihre Richtung, und Ryke roch Errels ganz persönlichen Geruch, diesen einmaligen und einzigartigen Duft eines Körpers, den jeder Mensch von Geburt an mit sich bringt und der sich kaum jemals wandelt, ein Geruch, der von jedem anderen verschieden ist. Ryke hatte diesen Geruch geatmet, viele, viele Male, während sie das Lager geteilt hatten ... Errel hatte sich den Bart abrasiert, seine Wangen wirkten glatt und weich. Seine Haut hatte stärkere Goldtöne als die von Sorren. Das Haar reichte ihm knapp bis auf den Hemdkragen. Seine Augen waren von einem tieferen Blau als die Sorrens. Plötzlich wußte Ryke es: Es war die Ähnlichkeit mit Errel, die er in Sorren liebte. Seine Augen verschwammen. Er wußte nicht, ob er dies Norres jemals erklären können würde.

Er stammelte: »Sorren hat mich gebeten, als Regent für Ler nach Cloud Keep zu gehen.«

Die *chearis* saßen schweigend da. Errel sprach mit sehr

förmlicher Stimme: »Sie könnte keinen loyaleren und treueren Verbündeten oder Freund finden als dich!« Dann war es wieder seine eigene Stimme: »Ich möchte gern, daß du es tust.«

Hadril saß mit gesenktem Kopf und war zutiefst damit beschäftigt, einen Splitter aus seiner Hand zu pulen. Van und Maranth schienen ganz ineinander versunken zu sein. Chayatha hat es mir vorhergesagt, dachte Ryke. *Achte darauf, was in deinem Herzen ist!* Er hätte das Verlangen seines Herzens stillen können – und er hatte es vergeudet und verloren. Er war nicht behutsam genug gewesen.

Damals hatte er geglaubt, Maranth versuche einen Zauber. Über seinen Unterarm krabbelte eine Ameise. Sie trug das Stückchen eines Grashalms in ihren Beißkiefern. Er schnippte sie fort. Zwei Soldaten schlenderten aus dem Wachhaus. Einer deutete zum Waffenhof hinüber.

Hinter den dicken Wällen der Burg hörte Ryke die uralte Musik des Flusses, wie er um die Feste bog, angeschwollen vom Schmelzwasser des Schnees aus den Bergen. Er stellte sich vor, wie sich die Wasser durch die Schluchten drängten. Der Fluß braucht nicht zu wählen, dachte er. Die Felsen bestimmen, wohin er fließt. Er lauschte auf die hellen, leisen Geräusche des Wassers. Vielleicht konnte ihm der Fluß sagen, was er tun mußte. Das Wasser schien zu ihm zu sprechen, aber es war eine Sprache, die er nicht verstand.

Er bat, so wie *er* es verstand: »Ich könnte doch mit dir nach Vanima zurückgehen.«

»Du bist kein *cheari.«*

Seine Kehle brannte. »Nein.«

»Du hast meinem Vater einen Eid geschworen«, sagte Errel. »Ich entlasse dich aus diesem Eid.«

Ryke schaute über die Burgmauer in den Norden. Die Berge schnitten scharfkantig in den Himmel, ihre Gipfel zerfetzten die Wolken zu weißen Bändern. Die Wolken zogen über seinen Kopf weg, nach Süden. Er dachte: Du kannst mich nicht freigeben!

»Ich danke dir, mein Prinz.«

Er stand auf. Die anderen machten ihm Platz. Vorsichtig stieg er zwischen ihren Beinen hindurch. Sorren wartete in der Halle auf ihn.

Er ging, um ihr zu sagen, daß er einverstanden sei.

Die Glückskarten des Prinzen Errel

0 DER TÄNZER: ist die Karte ohne Wert. *Beschreibung:* ein junger Mann, der nur einen Lendenschurz trägt. Der linke Fuß ist vom Boden abgehoben. Sein Haar ist golden und sehr lang. Die Augen sind grau. Er ist bartlos. Der Himmel hinter seinem Kopf ist dunkelblau. Eine Mondsichel ist im Aufsteigen. Der Ausdruck des Tänzers ist freudig und entrückt.

1 DER WEBER: ist eine Frau in einem grünen Kleid. Sie sitzt an einem Webstuhl. Ihr Haar ist dunkel, lang und nicht zu Zöpfen geflochten; es hängt ihr über den Rükken. Sie wird von einem Fenster eingerahmt. Sie hält das Weberschiffchen in einer Hand. Das Bild, das sie webt, zeigt einen Baum in Blüte.

2 DER TRÄUMER: eine schlafende Frau. Über ihrer Liege ist ein Fenster. Wir sehen im Fenster zwei leuchtendrote Sterne. Die Frau liegt auf dem Rücken, ihre Hände sind über der Decke gefaltet. Ihr Haar ist lang und golden.

3 DIE HERRIN: eine goldenhaarige Frau, die im Freien steht. Es ist Tag. In der Ferne sehen wir Felder, eine Scheune, einen Obstgarten. Die Frau trägt ein Blumenbündel im Arm. An ihrer Seite steht ein schmaler weißer Windhund. Sie lächelt.

4 DER HERR: ein Mann mit strengem Gesicht, der auf einem hochlehnigen Holzstuhl sitzt. Er trägt Rot und Silber. Seine Augen sind blau. Sein Haar ist goldblond. An der rechten Hand trägt er einen Rubinring. Vor seinen Stiefeln liegt ein schwarzer Wolfshund.

5 DER GELEHRTE: ein Mann im schwarzen Talar mit Ka-

puze. Die Robe ist mit Silberbiesen verziert. Er steht an einem Tisch; eine Hand ruht auf einem Stapel von Pergamentrollen. Das Gesicht liegt größtenteils im Schatten seiner Kapuze.

6 DIE LIEBENDEN: über eine Mauer hinweg halten sich ein Mann und eine Frau an den Händen. Die Mauer ist von Efeu und blauen Blumen überwuchert.

7 DER BOGENSCHÜTZE: eine Frau, die nur einen Lendenschurz trägt. Hinter ihr sieht man den zunehmenden Mond. Sie steht im Profil und spannt einen Bogen. Ihr Haar fliegt hinter ihr. Es ist golden.

8 DER BOTE: eine Gestalt in Kapuze und Umhang, in Grün, die auf einem Schecken durch den Schnee reitet. Man kann nicht erkennen, ob die Gestalt Mann oder Frau ist. Der Himmel ist klar und dunkelblau.

9 DER REITER: ein Mann, der auf einem schwarzen Pferd durch die Steppe reitet. Sein Haar ist golden und fliegt hinter ihm her wie die Mähne seines Pferdes. Das Steppengras ist fahlgrün. Das Pferd trägt weder Sattel noch Zaumzeug.

10 DER STERNSEHER: eine Frau, die auf einem hohen Balkon steht. Sie blickt zu den Sternen auf. Ihr Haar ist dunkel, die Augen sind grau. Sie trägt ein blaues Gewand. Im Vordergrund ein Tisch, auf dem man die zwei sich aufrollenden Kanten einer Schriftrolle erahnen kann. Das Gesicht der Frau ist finster, ohne ein Lächeln.

11 DER ZAUBERER: ein junger Mann in roter und orangefarbener Kleidung. Er steht auf einem Bein. Er lächelt. Er jongliert mit einer Reihe grellfarbener Bälle. Um den Hals trägt er eine blaue Krause.

12 DER WOLF: zeigt Kopf und Schultern eines Grauwolfs. Die Lefzen sind zurückgezogen, er ist in Angriffshal-

tung. Die Fänge sind lang und gelb. Die Augen wirken rot.

13 DER ADLER: die Karte zeigt einen Adler, der über einem Abgrund schwebt. Die Greiffänge sind gestreckt, wie um eine Beute zu packen. Die Spitzen des Gefieders schimmern weiß. Der Himmel dahinter ist dunkelblau. Die Felsen sind vom roten Licht des Sonnenuntergangs überzogen.

14 DER PHÖNIX: zeigt den Vogel Phönix aufrecht und unverletzt inmitten der Flammen. Man sieht den Vogel im Profil. Die Schwingen und das ganze Federkleid schimmern in allen Regenbogenfarben.

15 DER SPIEGEL: zeigt eine Landschaft mit einem Haus und Bäumen und einen See, in dem sich all dies so genau spiegelt, daß man nicht entscheiden kann, was Wirklichkeit und was Spiegelung ist. Auf dieser Karte erscheinen keine menschlichen Gestalten.

16 DER TURM: zeigt einen hohen steinernen Turm, der gerade auseinanderbricht. Er wurde vom Blitz getroffen. Tief unterhalb sieht man Menschen und Pferde, die fliehen.

17 DAS RAD: ist ein großer Kreis mit acht Speichen. Zwischen den Speichen befinden sich Menschen. Sie sind alle verschieden: einige sind Männer, einige Frauen. Es sind alle Altersgruppen vertreten, vom Säugling bis zur alten Vettel. Alle pressen sich gegen die Radspeichen, als wollten sie dem ihnen zugewiesenen Raum entrinnen.

18 DER DÄMON: ist eine monströse halbmenschliche Gestalt. Er ist schuppig und trägt Hörner. Er ist nackt. Sein Leib ist grün. Er hat einen Stachelschwanz. Er bleckt grinsend die langen Fangzähne.

19 DER TOD: ein menschliches Skelett in einem Getreide-

feld. Im Schädel glühen rote Augen. Der Himmel ist fahl wie in der Dämmerung.

20 DER MOND: zeigt einen Vollmond, der über dem Wasser aufsteigt. Am Ufer steht eine Frau. Sie hebt beide Hände dem steigenden Mond entgegen. Sie wendet uns den Rücken zu. Ihr Haar ist lang und hell. Zu ihren Füßen sitzt eine schwarze Katze.

21 DIE SONNE: ein Kreis von Menschen mit verschränkten Händen. Ihre Zahl kann verschieden sein: manchmal sind es sechs, gelegentlich mehr, aber es sind stets mindestens drei Männer und drei Frauen, das Geschlecht der männlichen und weiblichen Kinder mitgerechnet. Hinter ihnen sehen wir eine Scheune, eine Mühle, eine Herde Ziegen. Helles Sonnenlicht strahlt über die Landschaft. Die Frauen haben Blumen ins Haar geflochten ...

KATHARINE KERR

DIE CHRONIKEN VON DEVERRY

Band 1: Der Wanderer von Deverry

Band 2: Die Ausgestoßenen von Deverry

Band 3: Dämmerung über Deverry

Band 4: Der Magier von Deverry

Band 5: Zeit der Verbannung

Band 6: Zeit der Omen

Band 7: Zeit des Dunkels

Band 8: Zeit des Feuers

Band 9: Der rote Drache